文学を読む

大橋健三郎

松柏社

装幀　加藤光太郎デザイン事務所

プロローグ——文学を読むということ

この本は、私の前二著『心ここに——エッセイ集』、『心ここに——文芸批評集』（共に一九九八）と同じく、過去三〇年ほどの間にさまざまな新聞、雑誌に寄稿した書評を集めたものだが、その編集の仕事を進めるに当って、漠然とではあるが、これをただのよせ集めではなく、全体として何か意味のある、しかも何か新しい視野を開くような文集にしたいという、密かな願い、あるいは期待があった。その願いもしくは期待とは、次第に煮つめてゆくと、次のようなものとなるに至った。——すなわち、（これは前著『心ここに——文芸批評集』の場合と大筋は同じことになるが）一方では、ここに収録した主として日米の文学作品、およびそれに関する批評・研究書の書評が、それぞれの作品や著書があらわにする個別的な作家、作品の特質を捉えながら、同時に他方、それらの特質が相互の多様な交錯を通じて、日米の近・現代文学の総体的な様相を少しでも浮かび上がらせることになるのではないか、という期待であり、願いなのである。

もとより、その総体的な様相が完全にあらわになるなどということは、けっしてあり得ない。常に変転し、新しいものを生成してゆくのが人間と世界の現実の姿であり、そしてまたその人間と世界の真実の相を、言葉を通じてさまざまに表出するのが文学なのだから、固定した様相を呈することなどある筈もない。しかし、次々と書かれる作品や批評が、日米の近・現代文学の個別的な様相や、作家・作品の特質を次々と見せてゆくと同時に、特に今日のように文学現象が国境あるいは文化圏の境界を越えて交錯し、多様《マルチ》化しつつある時代には、そうした様相や特質がその刻々の微妙な交錯を通して、日米文学の総体的な網の目を何らかの形であらわにしているのではないか、その網《ネットワーク》の目自体は微妙に動いているが、しかし、折りに触れてその形をキャッチして示す仕事は、ジャーナリスティックな面をもつ文芸批評としての書評のなし得る、またなすだけの今日的意義のある仕事だ、と言うことができるだろう。……

　このような意味では、書評家というプロフェッショナルな身分《ステータス》を設定することができるし、事実今日ではそういう肩書《タイトル》(註)がかなりはっきりと意識されはじめている。ただそうした身分、肩書にはまだ完全に定着しないところがあり、特に私の場合は、自分が書評委員の一人だったことも稀にはあったが、殆どが新聞、雑誌から依頼されたり、学会誌から指名されて執筆したもので、その頻度はかなり高く、一種のレギュラーのようになった時期もあったものの、やはり書評家と自称することはためらわざるを得ない。ただの書評者という曖昧な呼称を用いざるを得ないのだが、しかし、そのことは逆に私の立場を解放し、一途に書評的になるより、対象となる本の特質とその背景をじっくり詳察し得る柔軟性を与えてくれるのだ。だから私の書評は、そのかなり長い積み重ねを通じて、先に課題とした日米文学の総体的網《ネットワーク》の目の動きをそこばく示し得るのではないかという、願い、期待、もしくは夢を育むに至るのである。

　そしてこの願い、期待、夢は、実はその奥深くにさらに次のような願い、期待、夢を孕んでいたのだった。——つまり、日米の近・現代文学の個別的な特質と同時にその総体的な様相が浮かび上がるということは、さらに、単に日米間だけではなく、先の、文学現象の国境を越えての多様化を通じて、他の文化圏との間にも連なり、拡がってゆくのではないか、という期待、願い、夢である。本書の中で私は、例えば第I部のアメリカ関係の書評中の「文学論を読む」に、野島秀勝『自然と自我の原風景』や、篠田一士『ヨーロッパの批評言語』、さらには土屋哲『現代アフリカ文学案内』の書評を入れたが、これらは恣意的な選択ではなく、どこかでアメリカ文学とも、ひいては日本の近・現代文学とも通じあう所のある著作だと感じたからに他《ほか》ならない。

　本書では、紙数の関係上収録し得なかったが、私が日本の文芸評論書について書いた書評にも、同様に欧米の文学の特質に連なるものがかなりあるし（文芸評論書についての私の書評は、第Ⅰ部の「作家論を読む」に、日本のものとして大岡昇平『文学における虚と実』ただ一書を挙げたが、他の例は、のちに触れる『群像』所載の「新著月評」【本書第Ⅳ部】に見られる）、またこうしたことは、必ずしも文芸批評的な著作に限られるものではない。アメリカと日本の文学作品評として収録した書評も、それぞれどこかに、互いに、そしてまたは他の文化圏の文学と交錯する要素の暗示を秘めていることは、本書の読者に感じとってもらえるのではないだろうか。例えば第Ⅰ部の「作家論を読む」および第Ⅲ部の「作家を読む」には、文学史的配慮もあって、「作家論を読む」では数少ないながらアメリカ作家のポーから現代まで、「作家を読む」では十九世紀末から第二次大戦後までの作品評を並べたが、それに右の大岡氏の本、平井杏子『アイリス・マードック』、ガルシア＝マルケス『迷宮の将軍』、カズオ・イシグロ『浮世の画家』などの書評を入れたのは、日米の文学が主ではあるが、やはりそこに暗示される他の文化圏との文学的連動の可能性の、あるいはそれを検証するための一つの（まったくの一つだが）手がかりにしたいという、私の願いが籠められていたのである。

　あるいは、「作家論を読む」【第Ⅰ部】の中でも、ヘンリー・ジェイムズ、フォークナー、ヘミングウェイ、トニ・モリソンなどの作家、「作家を読む」【第Ⅱ部】の作品でもヘミングウェイ、フォークナーは無論のこと、マラマッド、ベローからメイラーやスタイロン、ロスなどの作品には、日本文学をも含む他の文化圏の文学との連動を誘《いざな》うものが強くあるし、そのことをも、この書評集が少しでも納得のゆくように示していてくれればというのが、私の切なる願いでもあるのだ。これを逆に言うと、第Ⅲ部、第Ⅳ部の日本文学関係の作家論（「新著月評」）、作品の書評が、逆のベクトルに沿う同じ連動、共鳴を示し得ていることへの願いともなるが、特に（これも偶然ではあるが）一作家で二点以上の作品を取り上げ書評した場合は、個々の作品の連なりが、そうした文学的共鳴をさらに広め深めているように思われるのである。

例えば、小島信夫『別れる理由』を含む四作、井上光晴『未青年』他の三作、大庭みな子の早い頃の『花と虫の記憶』他二作、後藤明生『眠り男の目』他二篇、そして中上健次の『地の果て至上の時』を含む中期の四篇の書評は、評者の関心のあり方にも関係するが、いわゆる「第三の新人」から「内向の世代」以後に至るわが国現代小説の流れが、（例えば井上、中上とフォークナーの関係を持ち出すまでもなく）極めて深い所でアメリカ、ロシア、その他の文化圏の文学と響きあっている、あるいは響きあおうとしていることを、暗示しないだろうか。後で書くことを先取りして言えば、本書最終部の作品五篇についての書き下ろしの書評が、以上のことをいわば裏側から逆に補強してくれるだろうという、ひそかな期待もあるのである。

いや、たまたま一点しか取り上げる機会のなかった作家の作品の場合でも、特に名は挙げないが、やはり「第三の新人」から「内向の世代」以後の作家の作品に、同様な連動、共鳴を暗示する作品は数多いし、これらの作家の中には、私が一時期（昭和五〇年〜五二年）雑誌『群像』に四か月おきに書いた「新著月評」で言及した作家も何人か混じっている。そしてこの「新著月評」【本書第Ⅳ部「文学を読む」】では、常に、同じ頃親しんでいたアメリカや他の国の文学との類比《アナロジー》を思い浮かべながら書いた覚えがあるのだ。

もちろん、その時には、その類比を具体的に書きつけることはできなかったが、そうした関心は、以後次第次第に深まっていった。そして今回この書評集をまとめる作業が最終的な形をとりはじめたとき、本書への追加として書き下ろしつつあった最近の内外五篇の作品の書評を、最終部として別立てにし、それぞれの個別的な特質を解明すると同時に、五篇はまったく偶然の選択だったにも拘らず、今述べたような類比によって相互の連関性に何か必然的なものを加味することができた、という思いがあるのである。例えば最初に取り上げたトマス・ピンチョンの『ヴァインランド』(年代は最終部の各論それぞれの項を参照されたい)は、わが国でも佐藤良明訳で多くの話題と波紋を投げかけた小説だが、この、ストーリーだけではなく、メタ的なものも含む実にさまざまな要素が複雑に交錯した一種迷路《メイズ》のような作品は、恐らくそのせいだろう。その迷路の奥底から、たまたま同じ頃に魅力を感じてここで取り上げた他の四つの作品に、個別的な特質を潜り抜けて深く連なるものを啓示してくれたのである。

その四篇とは、取り上げた順序に、わが国の三枝和子『伝説は鎖に繫がれ』、大庭みな子『むかし女がいた』、カリブ海出身のフランス作家マリーズ・コンデ『わたしはティチューバ』、そして再び日本の小島信夫『うるわしき日々』——すべて一九九〇年代の作品である。一見ちぐはぐと見えるであろうこの取り合せの詳しい理由は、あとの各論に委ねることにして、今はこの取り合せの結節点とも言うべきものを、集約的に述べておきたい。その結節点とは、急激に制度化し、構造化してきたハイテクノロジーと、自然および人間との間の深い亀裂もしくは(活)断層が、伝統的(あるいは因襲的)な考え方、感じ方——特に男女関係についての偏見——を否定的に浮かび上がらせると同時に、同じハイテク体制の中では、その偏見を否定するだけでは事を曖昧にしてしまう厄介な事態となる、という点なのだ。

『ヴァインランド』は、まさにその厄介な事態そのものを、小説的アクション、イメージ、言葉にさらにメタ的な要素をこき混ぜた、迷路的な方法によって、グローバルなスケールでたっぷり寓話的《アレゴリカル》に描きとった作品であり、一方『伝説は鎖に繋がれ』と『むかし女がいた』は、スケールはおよそ対極的な小品集であり、もちろん作風もまったく違う（またこの二作品の間でも違う）それぞれ独自の特質をもった作品である。だが、この二つのわが国女性作家の作品は、『ヴァインランド』が関わっているのと同じ厄介な事態を、極めて簡潔に寓話化した小品集であると言うことができるのである。

例えば三枝和子は、まさしく表題通り、それぞれ独自の生きた土着性をもった日本の「伝説」が、何か無機的な、死を思わせる「鎖」に繋がれて解体されている情況を、十五篇の象徴的あるいは寓話的なスケッチで描きとっているが、同時に男女の相対的な関係を端的に捉えて、いわばどちらがどちらなのだといった根源的な曖昧性の中に、今日の人間と世界の現実があることを暗示する。また大庭みな子は、日本の「昔男」的男女関係と今女的なそれとの、微妙に皮肉な対照によって、いわば裏返しに同様な寓話化を果しているが、その場合にもそこに潜んでいる厄介な事態は、煮つめれば結局どちらがどちらなのだということになり、その両義性《アンビギュイティ》を現実としてしっかり受けとめているところに、彼女が逆説的にピンチョンに連なっている理由があるのだ。

そして次に、再び日本を離れてマリーズ・コンデの作品に目を転ずれば、右に紹介した三作品に底深いところで連なりながら、まことに思いがけない形で、さらにそれらの世界の裏側に展開する人間男女の微妙な関係を追求する強烈な小説となる。この追求は、十七世紀初めのセイラムの魔女狩りという古い時代を舞台にしながら、人種、階級、性別の間の矛盾相剋、さらにはアメリカのピューリタニズムといわゆる第三世界の宗教との摩擦といった、まさに今日的な情況の中でなされるのだ。作品のこのような意外な展開は独特なものだが、しかしここに描かれている今日的な情況は、先の『ヴァインランド』にも深く反響しているし、また『伝説は鎖に繋がれ』や『むかし女がいた』にも遙かにこだましていることは、先にこの二作について書いたところからも察せられるだろう。これらの簡素な作品も、表面的にはおよそスケールの違うピンチョンやコンデの小説と、どこかで連動する内的な力を秘めているのである。

そしてそうした内的な力は、例えば次の小島信夫の小説の場合には、その連動そのものをさらに内的に多層化して、作品に独特な屈折した深みを与えることになる。『うるわしき日々』の多層、多元な構造は、かの『ヴァインランド』のそれが外へ外へと広がって、世界と人間の乖離の危機を啓示し、警告しているのに対して、作家自身の意識の内へ内へと還元していって、作家の内部と他者存在との極限的な対極関係を照射し、究極的には自他双方およびその関係の徹底的な凝視を、作家自身並びに読者に強いているように見えるのである。

かくしてここに浮かび出てくる人間関係は、むしろ『ヴァインランド』を裏返しにした形で、主人公である老作家夫婦とその息子、娘、あるいは息子の妻などだけでなく、老夫婦それぞれの先妻、先夫、いや、二人のそれぞれの親等々へと、次々に連なってゆき、その連なりが、あたかも現代の人間と世界の、そして今日の男と女の関係の変転極まりない情況の象徴のように見えてくるのだ。そしてその極限では、ピンチョンの場合が愛の存在を逆説的に確認するのに対して、小島の場合は、愛は究極的に孤独な作家の内面の課題として暗示される、と言ってよい。言い換えれば、表面上のベクトルが逆であるというだけで、深層においては二篇の小説は深く交錯し合っているのである。

以上で本書の成り立ちと趣旨はあらかた述べ尽くしたつもりだし、表題に『文学を読む』、そしてこの「プロローグ」の副題に「文学を読むということ」といったやや大袈裟な表現を用いた理由も感じとってもらえたものと思う。要するに事は、文学というものが、作品のテキストは固定してはいるが、けっして閉ざされたものではなく、固定した中で常に未来に向かって、あるいは他者に向かって開かれているという、両面的な事実に発している。作家の側から言っても、書きつけたテキストは一面閉塞的だが、他面、そのテキストを刻々に選択、決定してゆく行為そのものは自由であり、この両面性《アンビヴァレンス》は、書く行為《エクリチュール》における選択の偶然と必然の両面性を示していると言っていいだろう。そうだからこそまた、先に述べたような、ある文化圏の流動的な文学現象の、折りにつけての総体的な網《ネットワーク》の目を捉え、記述することができるのであり、その網の目はさらにさまざまな文化圏の交錯によって、いっそう普遍的な網の目へと拡大される可能性を孕んでいるのである。

読む側から言っても、原理は同じだ。読む行為《レクチュール》においても、読み手は固定したテキストを、知性と感性の現時的な働きに応じて自由に解釈し、感じとりながら読むのだが、それも野放図ということではなく、さまざまに可能な解釈と感得の中から一回切りのものを刻々に選択するのであり、やはり自由と閉塞、偶然と必然の両面を孕んでいる。それに——これは書く行為《エクリチュール》の場合も同じだが、——言葉は字で書き、眼で読む場合にも、必ずどこかに音声を秘めているのであって、特に読む場合は、その音声から感じとるものがかなり重要な要素となる筈である。音読ということが、読む行為には有用になるかもしれない。

そして読み手は、そうした刻々の両面的で多層な受けとめを、テキストの終りまで重ね連ねた挙句に心に残った印象を、文学批評という別の文学ジャンルとして、言葉によって表現することができるのであり、それが折り折りの個別的な作品批評として発表されれば、すなわち文学作品の書評が成立するのである。そしてもちろん、同じ原理によって、その個別的な書評が刻々に積み重なれば、先に述べた、あの同様な両面性《アンビヴァレンス》を孕んだ総体的な文学の網《ネットワーク》の目が浮かび出てくることになるのだ。

以上、文学作品の書評についての私見を長々と述べたが、もとよりこれは、何度も書いたように、私の願い、あるいは夢といったものにすぎない。現実は、やはり何と言っても、一つ一つが個別的な、一回切りの批評行為であるということであり、それがまた本来の形でもある。――その本来の形においても、本書に収めた私の書評が、充分な役割を果していることを祈念して、この「プロローグ」の結びとしたい。

（註）特に、平成一二年七月号の『文学界』に掲載された、坪内祐三氏の「批評としての書評とポトラッチ的書評」という一文は、書評の本来の姿を徹底的に論じて、批評の一ジャンルとしての書評を的確かつ激烈に定義している。だが、「書評家」という身分《ステータス》と肩書《タイトル》は、必ずしも明確に提示されてはいない。また、同年七月出版の『小説は玻璃の輝き』

（翰林書房）の著者高橋英夫氏は、その「跋」の中で、「書評の仕事をしている間は書評家になりきること、書き終ったら衣裳をぬぐように書評家から蟬蛻すること」（傍点筆者）という「戒律」を自分に課してきたし、今でも課しているという、まことに微妙な見解を書き記している。

（付記）欧米作家の名前のカタカナ表記は、筆者としては、統一の必要上集英社版『世界文学大事典』全六巻（一九九六～九八）によったが、取り上げた本の著者が、表題や文中にカタカナ表記を示している場合は、それを尊重してそのまま掲げたので、ときに表記が二種類になっていることがある——大した混乱にはならないので、ご諒解をお願いしたい。

第Ⅲ部──日本の小説を読む 145

第IV部——文学を読む 283

第Ⅰ部

亀井俊介著
『サーカスが来た！――アメリカ大衆文化覚書』

有機的なアメリカ文化

文句なく面白く、また今まで気づかなかったさまざまなことを教えてくれる、そして情熱に溢れた好著、いや、快著である。アメリカについて、私たちはかなり多くのことを知っていると思っているし、知っているはずである。書物や映画やテレビを通じてばかりでなく、既に戦後三十余年、実際に多くのアメリカ人たちを身近に見てきたし、そのほかさまざまな生活の様式についても、私たちは思いがけないほど多くのアメリカ的なものを取り入れているのだ。それに、この頃では多くの日本人たちが留学・ビジネス・観光などでアメリカ本国へ出かけている。だが、いったいアメリカとは、アメリカの文化とは何かを、全体として捉えるとなると、意外にわかりにくい。一つには、ここにはたいへん生真面目な、深淵なものとたいへん世俗的でけばけばしいものとが、いわば裏腹に同居していて、どちらか一方だけを見つめていると他方がぼやけ、全体像を捉えることが困難になってしまうからである。しかも、同時にその双方を見つめることは、これまたなかなかむずかしいのだ。

頂上文化と裾野文化

著者、亀井俊介氏は、そうした裏腹になった二つのものを「頂上の文化」、「裾野の文化」と名づけ、この『サーカスが来た！』では、例えばかつての氏の大著『近代文学におけるホイットマンの運命』などとは反対に、後者、すなわち「裾野の文化」からアメリカの正体に肉迫している。そして興味深いことに、その「裾野の文化」あるいは大衆文化に関する著者の豊かな情報と解説、および綜合的な解釈を通じて、私たちは、この「裾野の文化」そのものにある底深い、重層的な構造が内在していること、しかもその構造が「頂上の文化」を含めたアメリカ文化全体の構造を象徴的に照しだそうとしていることに気づくのである。

もとより、この本の副題に「アメリカ大衆文化覚書」とあるように、著者の情報・解説・解釈は必ずしも徹底性を求めるものではなく、しばしば暗示に留まっている。しかし、例えば全盛期のアメリカのサーカスには「娯楽と教育」が渾然一体になっていたことを、著者が具体的に興味深く説明し、ついで次々と、あるいはオペラ・ハウスの大衆演芸が、あるいは逆に十九世紀に流行した講演活動が、このサーカスと同じような特質を違った場で示していたことを解明してゆくときには、おのずからそこにアメリカ文化の有機的な構造が浮びあがろうとするのである。そして例えばマーク・トウェインが、そうしたなかでしたたかな「文学的コメディアン」としての役割を果していたことを確認するときには、読者はおそらく、アメリカの「頂上の文化」とこれら「裾野の文化」との微妙な関係に思いいたって、多大のスリルを感じることであろう。

アメリカ性の起源

それればかりではない。こうしたサーカスやオペラ・ハウスや講演など、人工的な「国家的機関」のまことにユニークなアメリカ性には、あのアメリカの神話の源泉である西部、あるいはフロンティア、あるいは荒野の影像が深くまつわりついているに相違ない。ビリー・ザ・キッドなどの美化されたガン・ファイターへの憧れが、大衆的な西部小説をダイム・ノヴェルといった形で夥しく生みだし、その大衆的英雄像が、フロンティアの消滅した二十世紀になるとターザンの影像に変貌し、しかもそのターザンの「栄光と憂鬱」が、かつてのフロンティアズマン、クーパーのナッティ・バンポーのそれに繋がっているとなれば、本書における著者のアプローチは、まことに壮大なパースペクティヴをかかえていると言わなければならないであろう。

亀井氏はさらに映画の重大な役割を論じ、かつ氏自身の故郷（岐阜県）の田舎町における少年時の体験と比較しつつ、アメリカ文化の意外な近さとその身近な衝迫の意味を、日本人自身に深く関係する問題として捉えようとしている。「エリート文化」と「ポピュラー文化」という背反をいささか意識しすぎているような気もするが、これはおそらく氏自身言うように氏の学問的良心の故にほかならず、「直接的体験」で文化を味わおうというその姿勢は、今後アメリカの大衆文化ばかりでなく、むしろ大衆文化そのものについての、いっそう示唆的な研究成果を生みだしてゆくに相違ない。

亀井俊介著

『摩天楼は荒野にそびえ――わがアメリカ文化誌』

大自然とハイ・テクノ文化との繋がりを明快に

戦後、アメリカが私たちにとって急激に親しいものになりはじめてから既に久しいが、いったいどんな点でアメリカが私たちに近しく、どんな形で私たちの生活にかかわっているかということは、なかなか測定がむずかしい。周辺を見まわせば、どうやらこれはアメリカふうのものらしいと見えるものが数多くあるが、さてはたして、と問いかけると、そう簡単にけじめはつかない。それほどにアメリカ的なものは私たちの生活に浸透しているとも言えるし、またそれほど私たち自身の日本的なものの正体が怪しくなってきているとも言える。もちろん、他にもさまざまな、外国の文化が私たちの生活に影響を与えているが、そうした外国文化との関係を反省してみるのは、私たち自身を知るうえでもたいへん重要であろう。

亀井俊介氏の「わがアメリカ文化誌」と副題をつけた本書は、まさにそうした意味でアメリカを知るのにうってつけの本である。もとよりこの本は、アメリカ文化――それは著者自身言うように現代を代表する大衆文化なのであるが――への著者の情熱的な愛情に基づいている。けれども同時にその愛情は、私たち自身の生活の基盤の大きな一つとなっているわが国の大衆文化へも向けられているのであって、読者はこの本によって、いわばアメリカ文化を鏡にして自分自身を映しだすことができるのである。

例えば本書の第Ⅲ部は「生活」と題されているが、ここではかつてのアメリカ独特の生活様式であった丸太小屋や幌馬車などについての興味深い歴史的な説明が簡潔になされていると同時に、デパート、ジープ、タイプライター、ジーンズ、バーボン（ウィスキー）、コーラ、アイスクリーム、チューインガムなどについてのまことに鮮かな歴史的説明があって、私たちをはっとさせる。これらはもはや私たち自身の生活の一部になりきっていると言っていいが、実はまさしくアメリカ独自のものであり、独自のアメリカ的な存在理由と歴史をもっているのだ。

そして著者は、第Ⅰではそうした私たちに身近でしかもアメリカに独特な文化の歴史を詳しく辿り、第Ⅱ部では広大なアメリカにおける地域別の文化の種々相を具体的に語る。著者は前著『サーカスが来た！』と同様、現代アメリカ文化の発生を南北戦争以後のいわゆる「金ぴか時代」に置き、その流れをカーター大統領の現代まで辿り、地理的にはニュー・メキシコ、ミシシッピー川、ニューヨーク市などにまつわる象徴的な文化の様相を扱っているが、根本的には、一見機械的で、高度に科学技術的に見える今日のアメリカ文化の根底に、実はかつての壮大な「荒野」の精神が生きているという信念をもっている。それが表題の理由であり、そのようにまた文章も情熱を孕みながら明快かつ爽快である。

平川祐弘・鶴田欣也編著
『内なる壁――外国人の日本人像・日本人の外国人像』

国際的相互理解の好論文

Ⅰ「外国人の日本人像」に日本と外国の研究者による十四論文、Ⅱ「日本人の外国人像」に同様に十二論文、それに「まえがき」「あとがき」を付し、総ページ数五七七の大冊である。Ⅰで扱われる主な外国人は、中国、韓国、アラブ、ロシア、英国、フランス、アメリカ人等、Ⅱではヨーロッパ諸国、アフリカ、中国、朝鮮、アメリカ人（特に黒人）等。もちろん地理的、歴史的な制限があり、考え出せばまだまだ多くの場合を考え得るが、それは無限というに等しく、かえって収拾がつかなくなるかもしれない。

ここに論じられているだけでもきわめて多様、かつ二つの部は表裏の関係があるから、全体を読み通したあとも容易に焦点を結ばない。むしろ結ばないのが当然で、これは国際的相互理解の新しい出発点を定めようとする企てなのだ。それでもここには教わることが多く、またある基本的な問題が浮かび上がってくるように思われる。

私自身は、例えば外国諸国における日本人のイメージが、片や野蛮、片や侍的精神力、また女性的優雅さといったステロタイプのプラス、マイナス両面での変形を、いかに長い間持続してきたか、また日本人の外国人像の変転にもそれに似たことがあるのを改めて確認して、むしろ新鮮な驚きを感じた。もちろん現代に近づくほど相互理解は深まってくるが、それでもある論者が書いているように理性での理解と生活感情としての違和という矛盾は、容易に払拭《ふっしょく》しがたい。

それにステロタイプは、例えば西洋合理主義の行き詰まりから日本の美や死の観念が新しく価値づけられるように、場合によっては一つの創造をもたらし得るのだ。逆に例えば日本の現代作家の小説における黒人のイメージは、その真実性にもかかわらず、しばしばアメリカ黒人作家のそれに通じ、黒人差別の歴史のない日本では大衆から遊離するという指摘は、類型化の檻穽《かんせい》を示す。それぞれが資料を十分に駆使した好論文だが、突きつめてゆくと結局は、ある論者が言うように、国際性の極は中立的なものとなり、共通性と同時に（差別は排すべきだが）差違を受け入れることになるかもしれない。少なくとも本書が拠《よ》りどころにしている文学は、そうした受け入れによってより豊かな包容力を獲得してゆくのではないか。

高橋正雄著

『アメリカ自然主義の形成』

独自の小説観からするアメリカ文学論

高橋正雄氏は「あとがき」のなかで書く――「・・・だが、日本人には日本人なりの、ぼくにはぼくなりの、アメリカ小説の読み方があるはずだし、アメリカ小説には不案内なわが国の読者向けの書き方もあろう。それには、できるだけ数多くのテキストを、自分の目で読み、自分の心で受け止めたままを、書くしかないと考えた。・・・各作家の研究書も、目ぼしいものは一とおり目を通した。しかし、作家の史的位置づけにしろ、作品の解釈や評価にしろ、自分なりの考えに従って書くことにした。」・・・たとえ高橋氏の読み方、書き方に異論や反撥があろうとも、彼はまさしくこの「あとがき」の言葉通りの本を書いたし、続けて三冊の本を書こうとしている。そこには一種抗しがたい迫力がある。

高橋氏はこの「二十世紀アメリカ小説I」で、まずアメリカ自然主義小説に取りくんだ。序論の部分にあたる「自然主義発生の背景」二章は、平均的な、よくまとまった「社会的背景」と、ジェイムズ、ハウエルズ、ガーランドの理論と文学的実践を概観する「文学的背景」からなるが、殊に後者には高橋氏独特の方法論と文学観があらわれていて、おそらく多くの反論を生むことであろう。例えば自然主義の発展という視点からすれば、確かにリアリズムを志向するはずのジェイムズの小説には「人工性」が目だち、彼の世界は「結局のところロマンスと近代小説（ノヴェル）の混合に終わっている」かに見えるが、高橋氏自身が言う「後代の表現主義とか意識の流れといった新手法に通じるとして［取りざたされる］彼［ジェイムズ］の現代的意義」は、はたして自然主義をも含む現代小説史のなかで、いや、自然主義小説そのものを論じるに際しても、このように簡単に捨象され得るだろうか。もとよりジェイムズの小説はこの本の枠組からはずれているし、おそらく高橋氏は次の本で、ジェイムズを少なくとも一つの源流とする現代小説の「現代的意義」と取り組む決意であろう。ともあれ、以上のことは逆に、彼がこの本では自然主義発展という視点を頑固に守りぬこうとしていることを示している。その頑固さからある危険と同時に一つの力が生まれてくるのである。

なぜなら、それは自然主義発展という主題を借りた、彼自身の理想の小説追求の一途さにほかならないからだ。第二章以下、「初期自然主義作家」「自然主義の成立」「二人の女流作家」「自然主義の分化」という史的区分によって、彼はクレイン、ノリス、ロンドン、ドライサー、グラスゴー、キャザー、ルイス、アンダーソンについて簡潔な伝記を辿ると同時に、めぼしい作品の筋を正しく紹介して彼自身の眼からする批評を加えるが、それはむしろアメリカ小説史を高橋氏独自の小説観から鋭く横に切って、それぞれの作家のいわば作家魂に迫ろうとする企てである。あるいは人は、「まとまり」とか、登場人物が「血肉のかよった人間として書かれていない」とか、また「小説に対する心構えの足りなさ」とかいった種類の表現の頻出に戸まどい、反撥するかもしれない。あるいは、こうした書き方のために、それぞれの作家が並列させられてしまっているようなもどかしさを感じるかもしれない。だが、こうした高橋氏の一徹なアプローチが、やはり正鵠を得た評価へと肉迫しているのを否定することはできないし、そこに評者はある抗しがたい迫力を感じとるのである。

ともあれ、この本は高橋氏の四部作の序章と言うべきものであろう。彼はフォークナーとの出会いからアメリカ小説への関心を深めたと言う。そのフォークナーの文学へ、さらに戦後の文学へと、彼がどのように二十世紀アメリカ小説論を発展させてゆくか、刮目して期待すべきであろうし、そのゆるぎのない達成を心から願わないではいられない。

高橋正雄著
『「失われた世代」の作家たち』

作家の成熟度を追う リアリズムの考えに基づく読み方

本書は、高橋正雄氏の予定されている「二十世紀アメリカ小説」論四部作の第二冊目である。既に『アメリカ自然主義の形成』が出版されていて、氏の意欲の旺盛さにまず敬意を表さなければならない。

前著は、アメリカ自然文学の形成過程を、ヘンリー・ジェイムズ、W・ディーン・ハウエルズ、およびハムリン・ガーランドを基点として、スティーヴン・クレインからシオドア・ドライサー、シャーウッド・アンダーソンなどまで辿った労作であった。今回は、「失われた世代」と呼ばれている作家たちのうち、F・スコット・フィッツジェラルド、ジョン・ドス・パソス、アーネスト・ヘミングウェイ、ウィリアム・フォークナーを取りあげて、二十世紀アメリカ小説の核心に迫ろうと意図している。

高橋氏のアプローチは、前著同様、これらの作家の主要作品の梗概を詳しく辿り、それを基盤にして作品を批評することである。それと同時に、四部作に一貫した文学史的叙述の一環として、一時代の作家たち、ここでは「失われた世代」の作家を全体的に捉えようと試み、冒頭に「〈失われた世代〉の精神風土」という一章を置く。そして高橋氏の視線は、主としてこうした精神風土との関連における、作家の作家としての充実度もしくは成熟度といった点に収斂されてゆく。これは究極的には、いわゆる「リアリズム」の考えに基づく読み方であり、それ故氏が克明に辿る作品の梗概は批評の重要な一部、いやむしろ、批評そのものとして措定されているのにちがいない。

いかに作品が作家の成熟した視線と筆力をもってリアルに描かれているか——その点を追う高橋氏の作品の読みは徹底していて、けれん味がない。そしてその読みの結果、例えばフィッツジェラルドの処女作『楽園のこちら側』は、当時の評判にもかかわらず、もとより習作の域を出ず、むしろ「全体のまとまりなどおかまいなしに」書きまくった「無鉄砲さ」が当時の読者に喜ばれたのではないか、と氏は指摘する。同じ作家の『偉大なギャツビー』にしても、その文学的成熟を認めながらも、「大小説」ではなく、せいぜい次の「充実」が期待される「ごく上出来の娯楽小説」と呼ぶしかないと判断される。ドス・パソスの『マンハッタン乗り換え駅』や『U・S・A』にしても、またヘミングウェイ（彼の文学に対する高橋氏の評価は高い）の『日はまた昇る』や『武器よさらば』などにしても、同様な評価と保留がつけられ、結局のところフォークナーの『響きと怒り』、『八月の光』、『アブサロム・アブサロム！』に最高の評価が与えられて、フォークナーの文学世界こそ二十世紀アメリカ小説の「巨峰」と、高らかに歌いあげられるのである。

おそらく高橋氏のこの評価は正しいであろう。だが、作家の充実度もしくは成熟度といった氏の批評上の尺度はあまりにも主観に流れすぎて、最後的な説得力を欠くと言わなければならない。前著『アメリカ自然主義の形成』の場合は、対象がいわゆる「リアリズム」の作品であったから、氏の方法はある迫力をもち得た。だが、さまざまな意味でモダニズムの洗礼を受けた「失われた世代」の作家の場合は、想像力の構造は本質的に複雑かつ逆説的になっている。高橋氏はフォークナー解釈の場合そうした問題にかなり気を配っているが、他の作家の場合にはそれは捨象されがちで、折角の梗概も空転するかのように感じられる。またそのために世代全体として捉えるという意図も、氏の意に反してぼやけてしまっているのではないか。——しかし、高橋氏としてはこの方法に徹するつもりであろう。第三冊を期待しなければならない。

渡辺正雄編著
『アメリカ文学における科学思想』

文学と科学の有機的関係を探る

これは大部分が女性の研究者の手になる共同研究的な書物であるが、「序論」で編著者渡辺正雄氏がのべている、〝どかく水と油のように考えられがちな文学と科学の間に、実は、ともに同じ土壌から生成した所産としての切っても切れぬ関係があることを、アメリカ文学について見てみようとするのが、また科学の発展が思想や文化に及ぼす影響というものを、文学の面でとらえてみようとするのが、本書の一般的な目標である〟という主旨に基づいていて、私のように文学を通じて世界を見ようとしている人間にはたいへん刺激的である。

例えば、植民地時代の指導者コトン・マザーの思想の背景にある科学思想、ポーの『ユリイカ』における科学的想像力の理論的根拠と微妙な詩的逸脱、エマソン、ソロー、ホーソーン、メルヴィルなどにおける博物学的発想、詩人ホイットマンの宇宙論的な想像力の背景にある天文学および生物進化論的科学思想、アメリカの自然主義作家たちに大きな影響を与えた（ソーシャル）ダーウィニズムの問題、さらには二十世紀のスタインベック、カーソンなどに見られる生態学的な生物観等、今まで文学研究者の多くが漠然とそこにあるとしか感じとっていなかったものを、かなり詳しく跡づけているのは、（科学研究プロパーにとってどうかは、私の論じ得るところではないが）アメリカ文学研究にとって一つの重要な貢献といわなければならない。

時代を追う本書の諸論文を読み進んでくると、ニュートンの万有引力の法則、天体研究、いわゆる博物学、その必然的な結果としてのダーウィンの進化論、それへの一つの反動としての二十世紀の相対論的な生態学的思想、ひいてはそれらと同時に発達してきた産業機械文明とテクノロジーによる自然破壊、公害などが、正負の両極でアメリカの作家や詩人の想像力にいかに大きな波紋を投げかけてきたかがよく分るのである。論文のなかには、女性らしく純粋に自然破壊と公害告発の姿勢を感じさせるものも見られて、その問題意識の所在が私たちの共感を呼ぶ。

だが、欲をいえば、こうしたさまざまな科学思想およびテクノロジカルな事実が、今日の時点から見て、全体としてどのような有機的な関係のなかで文学的想像力にかかわってきているのかを、もう少し整理して書いてほしかった。文学作品とは、おそらく科学思想と同じく、個別的であると同時に常に有機的な普遍性を志向するものである。この本の意図もそうした点での科学と文学の関係を探るところにあったに違いない。おそらくその意図からくる一般読者への配慮が、やや型にはまった文学的解説を多くの項目に付すことになったのだろうが、これは私たちにはもどかしいし、一般読者も中途半端な感じを受けるのではあるまいか。文学と科学ではなく、一つのものを追求して、科学から文学を徹底的に切ってほしい。そうすれば、文学的想像力もまた切りかえして、科学的想像力に一つの貢献をする機会を得るに違いないからである。

短篇小説には、文学のエッセンスが、人生の精髄が濃縮されている！

人生の精髄が濃縮されている

短篇小説には、取っておきの愛蔵の品か、気に入りの料理を味わうような楽しみがある。もちろんそればかりではなく、短篇小説は文学作品の常として読者にさまざまなことを考えさせるが、それでも掌にのせて愛《め》でるような楽しみが消え失せるものではない。ひそかに抽出《ひきだし》をあけて愛好の品々を一つ一つ楽しむ、あるいは例えば懐石料理の一品一品をじっくり味わうような。初めての品ならいっそう好奇心が湧いて、上物であればいよいよ味わいが新鮮になろうし、繰り返しはその味を深めこそすれ、飽きることなど毛頭ない。そんな楽しさなのだ。

それはおそらく、短篇小説には文学のエッセンスが、従ってまた人生の精髄が濃縮されているからであろう。かつてE・A・ポーは、芸術的な効果が損われずに一つに凝縮される短篇小説——ポーは彼の時代の慣習に従ってそれを「テイル（話、物語）」と呼んだ——を称揚して、効果を持続し得ない長篇小説を軽視したことがあったが、この彼の考えはいささか誇大な言辞のように聞えるとは言え、短篇小説の本質とその美点を鮮かに言いあてたものと言っていい。効果という言葉を、ポーはきわめて審美的な意味で使ったが、その意味をもっと拡大して、言葉の芸術としての文学の面白さ、楽しさ、またそれがあらわしている人生のしみじみとした味わい、と言いかえてもよかろう。『フランス短篇24』の編者の渡辺一民氏がその後記の「フランス短篇小説について」という一文に書いているように、例えばモーパッサンの作品に代表されるような、「作者のいだく理念の斬新性、現実截断の切れ味、作品の世界の完全性」が本質となっているような短篇小説は、今日では既に過去のものになっているには違いないが、それでもやっぱり短篇小説にはそれ独自の完結性、モーパッサンの場合などとはまた違った、否定的であれ肯定的であれ何らかの形での意味の（しばしば知的な）凝縮はあって、それが短篇の味わいを意外に奥行の深い、濃密なものにしているのではないだろうか。

フランスの短篇小説

私の好みに従って読めば、例えば渡辺氏も例に挙げているヴァレリー・ラルボーの「包丁」では、主人公の少年ミルーのある夏の心の冒険は、何の明確な結末もないままに、夏休みの終りと共に一家の乗ってゆく馬車に運び去られてしまうかに見えるが、それでもここでは、まさにその中断ということ自体——つまり、現実的な少女ジュリアや家族に取り囲まれているミルーが、ジュスティーヌへの愛という夢のような憧れそのものと擦れ違ってしまうその皮肉自体に——人生の意味深い断面が感じとられて、しみじみとした味わいが余韻のように残るのである。

こうした短篇の仕組にはいかにもフランス的な知性が感じとられるが、作家は常にその知性をあまり際立たないように、そして逆に物語がいっそう直覚的な、感性的なものになるように心がけていて、それがここに集められている作品を新しい、新鮮なものにしていると思われる。マンディアルグの「ダイヤモンド」などは、ごく硬質な、知的な構想とイメージから成っていながら、感覚的なもの、とくにエロティシズムがその知的なものとみごとに融けあって、まことにユニークな、新鮮な世界を作りだしている。人間とダイヤモンドの融合が、そのままこの作品の多角的な、それ自体ダイヤモンドのような、どこか冷たいけれどきわめて魅力的な立体の世界を作りあげているのである。

ドイツの短篇小説

図式的になることを恐れずに言えば、ドイツの短篇小説は、知的と言うよりはどこか観念的な——知性やその逆の日常的な感覚の世界からもずれて、観念が深くまた壮麗に響きあうとも言うべき——世界を現出しようとしているかに見える。けれども新しい作品になるほど、その観念性がやはりいっそう感覚的なイメージと結びついて、物語そのものを読者にたいへん身近な、魅力的なものにしていると言っていい。ムージルの「ポルトガルの女」は鋭い刃《やいば》のような恐るべき文体で書かれているが、そのメルヘン性はケッテンの領主やその妻のポルトガルの女がふと見せる、ごく人間的な感情によって深いリアリティを獲得し、人間性の一断面を、読者の心に染みる一つのすぐれた寓話へと高めている。これに似た特質は他の国々の新しい短篇にも見られて、いよいよ短篇小説の面白さを倍加しているとと言えるのである。

ブロッホの「ささやかな幻滅」も、ややカフカばりだが、言うに言われぬ人間感情の精髄を伝えているし、読後に（夢のようではあるが）忘れられぬ美しい余情を残す。かと思うと、ノサックの「カサンドラ」のような作品は、その堅固な、古典的とも言うべき整合性によって、私の心を打つ。ギリシアの古典を下敷にしていることが一つの利点となっているとは言え、短篇小説によってこのような壮大で荘重な世界を現出できるとは、まさに驚嘆すべき事柄ではなかろうか。ドイツの短篇の味わいは、現実的な、肉体的な形象のなかから響き出る、観念もしくは思想の深々とした反響にあるように思えてくるが、こうしたことは、短篇小説の今日における役割をいっそう拡大し、その力を明らかに証拠だてているように思われる。

イギリスの短篇小説

しかしながら、何と言っても私のようにイギリスやアメリカの文学に親しんできたものにとっては、短篇小説の面白さは、これらの国の作品に見出されると言わないわけにはいかない。お国柄のせいか、あるいはこの国の人々に流れてきている経験主義的な生活態度のせいか、例えばイギリスの諸短篇では何よりも人物造型が鮮かで、人間関係の断面が生き生きと捉えられている。これは、かつて唱えられたいわゆるリアリズムというのでは、必ずしもない。リアリズムが原理なのではなく、生き生きと描きとられることが同時にある凝縮された意味を孕んで、それが読者の心にほのぼのと染みこんでくる。味わいはそこで凝固してしまうのではなく、いわば溶けるように開かれて、その暖かさによって読者の心を支えようとするのである。

ミュリエル・スパークの「ドーラ」は、軽妙な筆致で人生と文学の裏と表を描いてみせて、皮肉というのではなく、人間の運命の不思議さを読者に感じさせ、それが誘う驚嘆によって人の心をむしろ勇気づける、といったふうに私には思える。マードックの「何か特別なもの」やアンガス・ウィルソンの「下品な仲間」も、背後にある思想こそ違え、人生の断面を描いて普遍的な人間の心情を感じとらせる——詩人ブレイク流に言えば「一粒の砂に世界を見る」——と言った域に近づいているのだ。

アメリカの短篇小説

アメリカの短篇について言う余裕がなくなってしまったが、ここアメリカはもう魅力的な短篇の世界そのものだ。イギリスのそれのようなありのままの人生の断面像は必ずしもないが、人間関係の面白さ、人間と自然の象徴的な関係、悲しみとそしてユーモア、行動的な人間像とその破綻の悲哀、暴力と人の心の暗さとそこからの救済への願い、人種の違いが醸しだす人間の問題とまたその哀歓、軽妙な語りとそのさまざまなヴァリアント——実にここには、多様をもって誇りとする私たちの愛蔵の品と同様な、そしてまた世界そのもののような、きわめて多様な短篇の宝庫があるのである。シャーウッド・アンダーソン、アン・ポーター、サリンジャー、オーツ、マラマッド、フォークナー、ヘミングウェイ、バース等々、すぐれた短篇作家は枚挙にいとまがない。これは必ずしも我田引水の言辞ではないと思う。——長篇もさることながら、これら世界の短篇を一つ一つ、また繰り返し味わうことによって、私たちは今日の人間のありように親しみ、人生と文学の楽しさ、面白さに身を浸して、心に勇気を与えられるのではないだろうか。

野島秀勝著
『自然と自我の原風景——ロマン的深層のために』上・下

批評研究の王道探る

西洋近代では自我が目ざめ、そのことによって人間の可能性は新しく展けて、今日の文明の世界が現出してきたとは、もう言い古されすぎたことで、今日では当然のこととしてほとんど誰も口にしなくなっている。けれども、実際に自我がどのような形で目ざめ、その目ざめがどんな結果を引き起こして今日に至っているかという具体的な問題になると、案外に私たちにはよく分かっていない。わが国もまた明治以来その西欧の目ざめの波濤をかぶっているのだが、自分たち自身の問題となると、いっそう迷路に迷いこんだようで、自分の立っている場所が見えない不安を感じる。

野島秀勝氏はこの『自然と自我の原風景』で、わが国自体が深く巻きこまれてきた西洋近代の問題の核心を、文学作品に見られる具体的なイメージ（心象）を軸にして探り、分析し、それを彼自身の言葉で読者に伝えようとし、大きな成功を納めている。彼は英米文学の研究者だから、勢い対象は英米の作品が主となるが、事は西洋近代という世界的な広がりをもっているから、その他の西欧諸国の文学についても、特にわが国の文学についても当然の考慮を払っていて、その目配りは真剣で広くかつ鋭い。

近代の自我の目ざめが巨大な矛盾を孕《はら》む正負両様の意味で最も決定的な危機あるいは転換点に達したのは、何と言っても十八世紀末から十九世紀初めへかけてのロマン主義の時代で、このとき人間の自我は、その目ざめが作りあげてきた近代文明とその目ざめを衝き動かしてきた自然との裂けめに陥ちこみ、作家、詩人たちは、多くその二つのものの相剋のイメージを通じて自己の存在の場（アイデンティティ）を探り求めてきたのだった。英国詩人ワーズワス、キーツ、ブレイク、いや、反ロマン主義的なオースティンやスウィフトですら、それにアメリカのエマソン、ホーソーン、メルヴィル等……。自我は文明の側からは自然を「庭」として囲いこむが、その囲いのなかで息を詰まらせ、解放を求めてもだえる。わが国の漱石にもそうしたもだえはあったし、この問題は時代を超えて、例えばランボー、ロレンス、イェイツ、フォークナー、遡ってはシェイクスピア、そしてわが国を含む今日の作家たちにもぬきさしならずかかわっている。

野島氏はそれぞれの作品を的確に読みこなしながらも常に全体の相を捉えようとし、かつわが国そして彼自身に立ち戻る。時に彼独自のレトリックが目立つ場合もあり、例えばホイットマンが充分に論じられていない理由が気になったりもするが、野島氏が外国文学研究の古い枠組みを払いのけて、自己と外なる世界にかかわる文学の批評研究の（当然の）王道へと踏みだした勇気に、深い敬意を表したい。

篠田一士著
『ヨーロッパの批評言語』

「現場批評」論に本領が理論的尖鋭に代るある根源的な特質

「ある文学作品を読んで感動をおぼえたとき、ぼくたちは、なぜこの作品が感動させるのか、どういう点がすばらしいのかということを、かならず考えようとする。その感動を中断するためというよりは、少しでも長く感動を持続させよう、あるいは深めようとするための努力で、こうしたぼくたちの志向はほとんど無意識的なものといっていいほど、ぼくたちの精神の働きにおのずから即応しているといってもいいのかも知れない。／ここに批評というものが行われる根源がある。……」

(「批評の読みかた」)

これは、このエッセイ集のうちでも最も早く一九六三年三月に発表された一文の冒頭の言葉であるが、この著者の姿勢は、巻末の新稿一篇にいたる二〇篇ばかりのエッセイを集めた本書に一貫していて、ある重層的な、そしてゆるぎのない重厚さを本書全体に与えている。この本は、作品論ではなく、批評を扱った書物だから、著者の言う「批評言語」ということが当然反省されてこざるを得ないが、ここでは、今引用した文章における「文学作品」という言葉を「批評作品」というふうに置き換えれば、まさしくこの引用文こそは著者の「批評言語」の本質を言いあてることになるに違いない。

著者篠田一士氏は、「感動を中断」して、鋭利な理論や観念操作で截断する批評の姿勢はとらず、まさに「感動を持続させ」るために、ここで扱われている欧米近代批評家の批評作品の微妙な襞の中に分け入り、同時にそれらの作品への、平衡感覚のある自己からの遠近法を定めて、そこに広く深い近代批評のヴィジョンを築きあげようとしている。本書では、著者がこれらのエッセイを書きつつあったときに最も尖鋭な批評としてわが国にも喧伝されていた、構造主義的ヌーヴェル・クリティクの批評家たちに関する論考はきわめて少ないが、おそらく一つにはそれは、その尖鋭な理論性を嫌ったと言うよりは、それが未だに著者のヴィジョンのなかでおのずから所を得るほどに、熟したものと見えなかったからであろう。このことは、それ自体微妙な、重要な問題を孕んでいるが、しかしその微妙さはまた逆に、篠田氏の方法をも、一つの充分な根拠のあるものとして正当化しないではいないのである。

なぜなら、そのうえに、この著者の方法は、二様の意味で理論的尖鋭さに代るある根源的な特質によって支えられているからである。一つは歴史的なパースペクティヴを踏まえた、批評文学の世界性——この場合は対象の関係上、アメリカをも含む「汎ヨーロッパ性」ということに絞られている——の把捉という普遍的な面であり、今一つは、いわばそれとは対極の批評の現場性——本質的な意味でのジャーナリスティックなその特質——の認識というアクチュアルな面に関するものだ。「クルチウスへの感謝」という長文の力作は、私のようなドイツ批評にうとい者にも、『神曲』という中世世界と近代世界の接点となる作品を軸にしてヨーロッパ文学の全体像を把捉する、クルティウスの方法の精髄を教えてくれるし、アウエルバッハの『ミメーシス』論は、「模写」というアクチュアリティの背後にある文学の世界性を説得的に示唆してくれる。

しかし、何と言っても篠田氏の本領は、遥かにジョンソン博士やサント・ブーヴに発する近代批評の一つの流れに棹さす現代の批評家、エマンド・ウィルソン、レイモンド・モーティマー、シリル・コノリーなど、それにわが平野謙についてなされた、いわゆる「現場批評」、もしくは批評とジャーナリズムの必然的なかかわりに関する考察であろう。殊にウィルソン論は、変転きわまりないこの特異な批評家の本質を、全体的な透視を通じて一個の歴史的な個性とし位置づけ、描きとり、読者を魅了する。篠田氏の批評家としての特質は、むしろ英国的重厚さにより多く由来していると思われるが、彼がそうした制約をつきぬけて広く世界にかかわり、また日本にかかわろうとしていることは、このウィルソン論や平野謙論、さらには本書中のT・S・エリオットやヴァレリーに関する鋭い考察からも明らかなはずである。

ただそれでも歴史は動く。動くばかりでなく、破壊し、創造する。例えば構造主義批評も、歴史に組みこまれてしまう前に、多くのものを創造しているに違いない。その「現場」を具体的にどう捉えるか、そうしたことは、やはり喫緊の問題として常に残っているのではないか。私は、今日の混沌とした批評の現況に戸惑っている一読者として、(いずれその機はあるのだろうが)例えばそうしたことについても、このすぐれた情熱的な批評家から、わが国をも含めた広い世界との関連における見解をききたいと、真率に願うのである。

佐伯彰一著
『日米関係のなかの文学』

「ワシントン会議の世代」の運命

この本は、最初はややゆるやかに、主題と密接な関係のある歴史的、地理的（時間的、空間的）背景を低徊論述しながら、次第にその一種螺旋状の論述を早め、最後には一気に中心にある主題へ迫るという、ある円環的な構造をもっている。そのプロセスは、必ずしも体系的ではなく、おそらく雑誌連載という形式のためであろう、随時の発想、連想の感を呈しているが、しかし、著者の目標、主題は最初から意識的、無意識的に定まっていて、それが拡散しようとする全体をおのずから引きしめ、最後に一気にいっさいを収斂することになったと思われるのである。

その目標、主題とは、何と言っても、ほとんど著者自身の出自の秘密にかかわるとも言うべき、日米戦争とその終結という歴史的事件が彼自身に対して孕んでいる意味——そしてそこから発して、その歴史が今日の日本とアメリカの双方、従ってまた世界と人間に絡まる意味——にほかならない。それを著者は、「日米関係のなかの文学」といったふうに、視座を時間的空間的に拡大し、文学を通して把捉しようと意図しているが、その根底に彼自身の生《ライフ》があり、それ故「文学」もより根深い文脈を孕んで、ほとんど生き方といった点にまで拡張されていることを否定できない。いや、むしろそこにこそ、この労作の迫力と魅力はあり、あくなき伝記、自伝の追求者でもあるこの著者の本領はその姿をあらわしていると言うべきであろう。

従って、著者佐伯彰一氏が前半で低徊的に論述するいわば背景の部分は、それなりに（評者などの及びもつかぬ）新しい発見や洞察に満ち、独立した面白さを充分に備えているものの、必ずしもそれだけでは胸底に迫ってこないもどかしさを、しばしば含む。例えば最初の方の、真珠湾奇襲のアメリカの文人に与えた衝撃を叙する部分は、導入部としては面白いが、暗々にほのめかされている主題——先に触れた、著者自身が一九二三年生れの、いわば日米の新しい緊張関係が始まった「ワシントン会議の世代」に属し、長じてアメリカ作家メルヴィルを卒業論文の対象としながらアメリカを「敵」としなければならず、しかも戦後決定的に「日米関係のなか」に投げだされたその出自の秘密——とは、必ずしも深く斬り結ばない。戦時中におけるアメリカ側からの日本の批判的研究（例えばベネディクトの『菊と刀』）と、わが国における同じ頃のアメリカ研究の格段の劣勢の指摘も、鋭いがそれほど新奇なものではなかろう。ただ、和辻哲郎の『菊と刀』批判に発する、この独自の思想家の精神構造の分析は、生理的な要因から始めて、近代産業文明への日本的抵抗を鮮やかに指摘した点で、私は目を洗われる思いをもった。しかし、この本の場合、例えばさらにそれをアメリカにおける近代文明批判と比較対照することは、この本の主題からそれすぎるだろうから、その主題自体の追求は抑えられざるを得ない、というジレンマが感じとられるのである。

本書の後半で、日本人排撃が始まった今世紀初めのアメリカへ渡ったわが国の文人である、高村光太郎、長谷川海太郎（谷譲次）、前田河広一郎の、「ジャップ」差別への怒りを詳しく跡づける部分になると、読者は、話題が次第に、しかし募りゆく迫力をもって、著者の本来の主題へと肉迫してゆくのを感じる。アメリカ作家マーカンドの早い頃の日本理解も興味深いが、「ジャップ」の問題は、むしろ私たち自身とアメリカとの関係の精神的位相にかかわる問題であり、従ってまたあの運命的な戦争中では、「敵」と「人間」という底深い問題に直接繋がってきて、佐伯氏の論述も勢いその方向へ驀進せざるを得ない。この間にも、アメリカ自然主義の「生物主義」が、光太郎や有島武郎（『ある女』）と響きあっているといった、さらに発展させてほしいテーマも言及されるが、しかし、行きつく先は戦争中の著者自身、いや、私自身もその仲間だが、数知れぬ同世代の人間たち――戦争を軸にして価値の逆転と、新しい世界的な規模での大きな緊張の中に投げこまれた人間――の今日に及ぶ精神並びに生き方の問題にほかならないのである。

そしてこの際、著者の心底には、ほとんど不可避的に、戦時中キャンプに収容された在米日本人、特に二世でありながら戦時中日本で学生生活を送り、日本軍隊に入った、身近な「ワシントン会議の世代」の人たちの運命が消しがたく刻印され、ここにいたって、著者佐伯氏自身の原点とも言うべきものが、外なる世界とのパースペクティヴの中で深く堀り起され、特に私自身のような同世代の読者には底深い感動を呼び起すのである。これですべてが言いつくされたわけでもないし、細部ではしばしば見解を異にする所があるが、この原点こそはまた、今日の日本の運命を決した原点でもあり、その凝視を他の世代の人たちにも強いることであろう。――著者の世代に属する者自身は、そこからまた未来とより広い世界へと再び赴き、そうした苦しい往復運動を続けねばならぬにせよ。

……

西川正身著
『アメリカ文学覚え書 増補版』

新鮮な迫力と持続力
アメリカ文学研究史の重要な一齣

ほぼ一八年ぶりに増補再出版された本書を改めて読みなおすと、新しくつけ加えられた第Ⅳ部（主として高垣松雄および著者自身の戦前戦中におけるアメリカ文学研究についての回想から成る）はもちろんのこと、既に旧著に収められていた諸論文が、今また新鮮な迫力をもって心に訴えかけてくるのに、深い驚きを感じる。しかも、旧著に収められていた論文のうちには、戦前および戦中に書かれたものが八篇あるが、それは、戦後三〇数年をへた今日、改めてその生命を甦らせて、長い歴史を通じてのその持続力を深く記しづけていると言わなければならない。

例えば昭和一六年に発表された「メルヴィルの暗さ」という論文があるが、これは一見「暗さ」ということをいささか強調しすぎているように見えながら、実際には、その綿密な研究の手続きと周到な思考、および着実な筆の運びによって、まさしくその「暗さ」を軸とするメルヴィルの想像力の真実の相の一端を、今日になおみごとに伝えている。それに、この昭和十六年という早い時期に、著者が可能な限りの資料を誠実に駆使しながら、アメリカ文学についての本格的な論文を数篇書いていることを改めて確認したことは、私にとってはまことに新鮮な衝迫であった。「ヘンリー・ジェイムズとアメリカ文化」（昭一六）、「マーク・トウェインの人間観」（同十七）も、充分な方法意識とそれに見合うみごとな文体を備えた本格的論文である。

もとより、いわば高垣松雄の研究を独自の立場から止揚しつつ、戦時中のこの時期から本格的なアメリカ文学研究を志したとも言うべき著者にとっては、数々の困難や制約があったであろう。そうした困難や制約の結果は、あるいは、著者自身も認めている、アメリカ文学の背景の究明と、作品自体の文学的解釈との間のある深い断層といった形で、究極的には立ちあらわれていると言うことができるかもしれない。しかし、それはただ著者一人だけの問題なのではなく、むしろ二十世紀の第二大戦前から後にかけて今日にまで及ぶ、現代の文学研究そのものの問題なのだ。著者がテキストを厳密に読むことを信条とし、かつそれを誠実に実践してきたのも、そうした普遍的な問題に深く根ざした事柄にほかならない。

だから、旧著に収められていた戦時中から戦後の大体昭和三〇年頃までにかけて書かれた諸論文の間には、著者自身の抱負でもあり、誇りでもある一貫した学問研究の姿勢が力強く感じとられて、ある爽かで雄勁な読後感を残すばかりでなく、著者の論ずるところは、植民地時代からフランクリン、メルヴィル、ジェイムズ、トウェイン、アダムズと広範に亘って、アメリカ文学全体の像を奥行き深く照しだそうとする。そしてこうした一貫した姿勢は、同時代のアメリカ文学研究や翻訳に対する厳しい批判を生みだし、また、新たにつけ加えられた数篇の回想的文章では、わが国におけるアメリカ文学研究史の重要な一齣を的確に浮き彫りにすると同時に、著者西川正身自身がそのなかで果した画期的な役割を、改めて私たちに正しく理解させるのである。

亀井俊介著
『わが古典アメリカ文学』

詩的感性に貫かれた姿勢

長年のアメリカ文学についての考察に、著者の詩人的資質と情熱が混りあって、読後に爽快な感を残す一書となっている。

ここに収められた文章は、かなり年代を隔てて書かれたもので、全体の均衡という点では必ずしも充分ではないが、それでも対象となる作家や作品の本質に、可能な限り先入主や偏見を捨てて迫ろうとする姿勢が、詩的感性に貫かれている点では、一貫している。殊に詩人を扱った諸篇は、著者の資質が充分に生かされていて読みごたえがある。

ピューリタン詩人についての文章は、通説によらず彼らの生きた時代との関連で彼ら詩人たちの美質を捉えようとしながら、まだ論じ残した部分の多いのが感じられるが、「ポーの家」と題する一章は、さりげなく旅行体験から始めながら、ポーの夢と現実感覚、そうした意味での、豪華な夢への陶酔とその崩壊の恐怖を納得のいくように説き、この詩人・作家の、近代を超えての現代性をいつのまにか髣髴させることに成功している。本書中で、私が好む亀井俊介的文章の鮮やかな一つである。

もちろん、本書中のホイットマン論は、さすが著者の若い頃からの情熱の対象を扱ったものだけに、質量ともにきわめて充実した、本書の中では一種重厚な論考となっている。特に私にとっては、

『草の葉』初版以後におけるホイットマンの「あらたな混乱の時期」についての部分、第三版における、「混乱や苦悩の一つのまとめであると同時に、それからの脱出の姿」を論じたところが示唆的であった。殊に「死」のイメージの横溢や、「インド以上のものへの道」が孕む「ほとんど痛ましいまでの悲しみ」といった指摘は、私も前々から感じていたところで、その証《あかし》を得た思いだった。ただ、そのあとになお確認される「時空を越えた神秘主義的な宇宙意識」や「信じる意志」の構造もしくは機構《メカニズム》がどうなっているかは、必然的になお残るタンタライジングな問題なのではあるが。

散文作家論の方へ眼を転じると、著者亀井氏のもう一つの顕著な美質が浮かび上ってくる。それは、彼がマーク・トウェインについて言う、「たくさんの全集にもタバコの景品にもなれる」資質——つまり、文学という普遍性を志向する世界にも通じ、また最も生活に身近な民衆の文化の象徴にもなり得るという資質——への、著者自身の深い共鳴である。「このどちらかになれる人は何人もいるだろうが、両方になれる人は、彼のほかちょっと思い浮かばない」と著者は書くが、ちょっと待って下さい、亀井氏よ、実はあなたがその人、いや、少なくともその候補者、いやいや、真摯で情熱的な立候補者ではないのですか、とつい言いたくなるほどなのだ。

実際、あの厖大なホイットマン研究以後の著者は、まさにこうした共鳴を実際にその著書の中に実体化し続けてきたし、本書のフランクリン、クーパーおよびトウェインについてのエッセイにも、その豊かな結実を見てとることができる。フランクリン論は、文学以外の要素が多いためか、先の二つのものが充分に融合しない嫌いがあるが、クーパー論は、短いながらに「神話的ナッティ」と「田舎紳士」的なマーマデューク・テンプルとの関係の現実のありようをきちんと押え、氏の大衆文化論の方法の片鱗を見せて説得力がある。

とりわけてマーク・トウェイン論は、伝記的な事実と作品解釈を織りまぜて、あの二つのものを的確に踏まえた軽妙かつ示唆的なエッセイとなっている。そこに付された『ハックルベリー・フィンの冒険』の解釈」という一文は、著者が「あとがき」で「珍らしく論文調で書かれている」とかなり面映ゆげに述懐するものだが、私は「論文調」だから云々ということはさらさら感じないし、むしろ「解釈」よりは「最も生ま生ましい現実に対する最も人間的な人間の反応を、素朴な魂の言葉によってあらわしているところ」にある「文学的な力」を踏まえるという若き著者の願いが、もう少し具体的に展開されるように加筆してもらいたかったほどなのである。

その具体的なありようはしかし、(ソロー論にもその幾分かがうかがえるが) 巻末の「ロレンスの『アメリカ古典文学研究』」に目ざましく浮き彫りにされていて、私の心を充たしてくれる。この論考は、本書中のエッセイでも最もよく調べられた主題について、著者がロレンスの時代の、英国とアメリカの文化の状況を充分に踏まえながら、著者自身の詩人的資質をフルに生かして、この特異な英国作家の詩魂に迫り、しかもその詩魂を通じて更に「〈アメリカ人の魂の底〉にいつもある〈暗い不安〉《ダーク・サスペンス》」を深く捉えた、迫力のある文章である。この一文を得ただけでも、本書に例えばホーソーン論や充分なメルヴィル論が欠けていることなどを、充分に償っていると私は思うものだ。

最後に著者へ一言。あなたはこの本の「あとがき」でもアカデミズムへの（たぶん両面的な《アンビヴァレント》）反撥をほのめかしておられるように見受けましたが、いささかなくもがなのオブセッションのようにも見えかねないそんな懸念は、あなたが今まで確立してこられた研究方法とその堂々たる成果の前では、こだわる必要もない瑣末な事柄ではないでしょうか。私は、常に研究者を縛るアカデミズムなど見たこともないと思っていますし、もしそんなものがあれば、それは文学や文学の研究とは違うレベルに存在するもので、それにはまたそれ相応の別の処理法があるはずです――例えばあなたの大衆文化論によって笑いとばしても……。あなたの真摯な探求心と民衆精神の理解と詩情に純粋に魅せられている者たちの心を、そのまま信じて受けとめて下さった方がどんなにうれしいかと思う次第です。

巽孝之・鷲津浩子・下河辺美知子著
『文学する若きアメリカ――ポウ、ホーソン、メルヴィル』

アメリカ文学そのものの今日的意味と魅力を探る

これは三〇代の気鋭の研究者三人が、アメリカ文学の最初の目覚しい開花であったいわゆる「アメリカ・ルネッサンス」の文学の本質を、今日の新しい批評理論と方法によって問い直し、アメリカ文学そのものの今日的意味と魅力を探った、意欲的、示唆的な本である。新しい主張の論考がしばしばそうであるようにときに論理の展開を急ぎ過ぎる場合もあるが、言わんとする所は明快で、読後に爽やかな印象と確かな手応えを残す。

「アメリカ・ルネッサンス」とは、一九四一年にアメリカの学者＝批評家F・O・マシーセンが、一八五〇年代に次々とあらわれたこの国の代表的文学作品を通じて、エマソン、ソロー、ホーソン、メルヴィル、ホイットマンを論じた大著につけた表題だが、爾来今日に至るまでこの時期の文学は、アメリカ精神の原点を内包するものとして反復論じられてきている。その基調はしかし、マシーセンがエマソンとホイットマンを主軸としたときと同じように、アメリカ精神のありのままの姿としての「歴史性」をむしろ「修辞法」によって攻略し隠蔽し、いわばそのポジ像を「再生《ルネッサンス》」と言うより、「再上演《レプリゼント》」する傾向にあった、と著者たちは見る。

そうした傾向は、十九世紀中葉の一つの合言葉であった「若きアメリカ」という観念が含んでいた、イデオロギー的、ナショナリスティックな部分の再生、上演という危険を孕んできたが故に、今こそ「歴史性」を踏まえた別の「アメリカ・ルネッサンス」の本質を明らかにしなければならない。その手段は今日の記号論、精神分析論、脱構築論等であり、方法は主に脱構築的《ディコンストラクティヴ》だが、もし書評者自身の言葉で言ってよければ、「アメリカ・ルネッサンス」の正の面よりは負の面を、西洋近代の精神《サイキー》のありように即して確認するということになろうか。だから本書では、マシーセンが取り上げた作家のうち前者の代表と覚しいエマソン、ソロー、ホイットマンが省かれて、近代の病理に見合う自己言及性を独自の修辞《レトリック》に包むポーが筆頭に取り上げられ、メタフィクション的要素を多分に含むホーソーンと近代との対決を間《インター》テクスト性に託するが如きメルヴィルを加えて、一書となすのである。

かくして以上の主旨の「序章」の書き手巽孝之氏は、ポーの『ゴードン・ピム』、「群集の人」、「黒猫」について、この作家において「語る」小説的行為が「書く」行為へと「切り裂かれてゆく」経緯、近代都市の雑音《ノイズ》環境からくる「深い罪の予型《タイプ》（印刷物《タイプ》）」、ミステリーの破局に参加する「読む」行為のありようを鮮やかに抉り出す。続く鷲津浩子氏は、ホーソーンの『緋文字』、『七破風の家』、「ウェイクフィールド」を論じて、緋文字Aの孕むテクストの重層性、家という物（呪物）と人間関係のテクストにおける照応、またこの作家のメタフィクション的戦術を、論者自身の自己言及性を逆手に用いて軽妙に語る。

最後の下河辺美知子氏は、メルヴィルの『白鯨』、「ベニト・セレノ」、『ピエール』について、『白鯨』がいかに「文字という記号」に主導されてイメージの逆転の連鎖による独特な世界を現出しているか、「ベニト」におけるテクスト（言葉）の二重、三重性、また悩めるピエールが代表する「文学する若きアメリカ」（章題であり、本書の表題となる）の特質とテクストの関係を、やや重厚に説く。

いずれも納得のゆく論旨で、もしこれを批判するとすればむしろここに書かれなかった無数の事柄を挙げつらうことになろう。今はその愚を避けてただ一つ言えば、この本に含めた作家と、その主旨上落した作家との間には、逆転の形であれやはり深い因縁があるのではないか。その因縁の構造についていつか聞きたい。

柴田元幸著

『生半可版　英米小説演習』

「書く」と「語る」（あるいは「歌う」）の交錯から文学に迫る

——半可通の先生と学生の対話

柴田君転じて柴田先生の『英米文学演習』は、「生半可版」と銘打ってあるが、私のような老学習者にとっては……とここまで書いてから、少し気になって「あとがき」を見ると、著者自身は必ずしも教師の側ではなく、むしろ「レポート提出者、ゼミ報告者の側」に立っているとあり、結びに、かつて教室で発言できなかった学生の二〇年後の「発言」として、この本を私（かつての先生）に「捧げる」とあるので、いささか鼻白んだことだった。というのは、私は続けてこう書くつもりだったからだ。——この「演習」は文学作品の新しい特質の発見に満ちているだけでなく、その新しい特質が自ずから時間（歴史的連続性）と空間（表象の共時性）の網の目を織りなして、私自身が「発言」する暇もなく、なるほどそうかと感得するばかりだった。……

つまり、先生が二つに分裂して、どちらがどちらともつかぬことになったのだが、しかし考えてみればこれはごく当り前のことで、殊に文学研究の場合には、「教える」「教わる」は事の表裏に他ならず、だからこそ文学は「演習」に価することになるのだ。——だが本書の特質はそんな公理にではなく、著者が文学作品を成立させているさまざまな現実の細目を実に綿密に踏まえて、そこから発見したものを、右に書いたように生きたまま網の目に捉え返している所にある。

例えば先に引いた「あとがき」中の「発言」という語を「　」で囲んであるのは、ただ著者のかつてと今のコントラストの皮肉を強調するだけではなく、この「演習」で扱われている英米文学作品の重要な特質の一つに繋がっているのである。――殊に現代の文学作品では、作家が言葉で歌いあげることは不可能で、常に活字の中の沈黙を強いられるが、それでもその沈黙の中から声もしくは（言葉の）音楽が聞えてくる所に、文学作品としての本質があらわになる。著者は一見「発言（声）」から（書かれた）「レポート」へ転じたかに見えて、実は後者の極限から再び前者への回帰を切実な夢としているのである。

本書は二八人（＋α）の英米作家の作品を作家名のアルファベット順に取りあげ、原文からの引用とその訳に解説（時に語義注）、邦訳リスト、索引を付した手のこんだ「演習」教科書だが、心憎いことに、こうした常套的な構成の中から、著者の夢に繋がるあの声と沈黙の摩擦・矛盾という根源的な主題があらわになってくる。この主題に言及のある作家は、付された番号順に（作品名は省略）①のオースター、④のデリーロ、⑨のホークス、⑪のホーバン、⑬のキンケイド、㉒のピンチョン、㉓のロス等。その頻出度からしてこの主題が今日の文学の極めて重要な主題の一つであり、また先の「あとがき」の言葉からして著者自身の重要問題であることは明らかであろう。

ということは、ここで取りあげられている英米文学作品にはその根底に、（著者自身も共感する）声と活字の矛盾に連なるさまざまな形の分裂、そこからくる閉塞、無化あるいは自己喪失が潜んでいることを著者が見ぬいて（日本でも「スキゾ＝パラノ」（？）というネオアカ的用語が流行したことがあった）、それらをかの網の目に織りこんでいることを意味する。例えばゼロに近づいた人間の一種の解放感と恐怖（オースター）、狂気・痴呆（②ベルンレフ）から、そうした自己分裂を象徴する鏡のイメージ。――そしてここで「演習」は、現代から十九世紀前半のホーソーン（⑩）、ポー（⑳）、メルヴィル（⑯）へと、網の目に時間（歴史）の縦糸を織りこむ。ホーソーンの項は書下ろしと「あとがき」にあるが、この網の目の拡大は著者の視座の広さと深さを示していると言わなければならない。

かくしてまた「演習」は、いわゆる「アメリカ・ルネッサンス」期から二十世紀のナサニエル・ウェスト（㉗）やフォークナー（⑦）、さらにはサリンジャー（㉕）、フィリップ・ロス（㉙）、ピンチョン、そして再び現代へと縦横に時間と空間を往き来し、その手応えある実質を作りあげてゆく。例えば『八月の光』の項も書下ろしだが、ハイタワー、バンチという体制からズレた周縁的人物に光をあてて、この作家の底深い二重性を捉えているし、そうした把捉はまたメルヴィルにおける「影」やサリンジャーにおける自己消失の恐れ、あるいはピンチョンの一種の言葉のモンタージュ、エリクソン（⑥）の公と私の摩擦、またイシグロ（⑫）の閉塞の中の強迫観念等へと呼応して、著者の手並の並並ならぬことを証している。

網の目を強調しすぎたかもしれぬが、これは束縛的なものではなく、天網恢恢（と言っても悪が対象ではなく、想像力の柔軟さのことだ）の疎であり、それ故にまた上に述べた夢が生まれ、「演習」は先生と学習者との豊かな交流となる。それは著者の謙譲さをも意味するが、私などの知らぬ新作品を次次と読み解いてゆく超人ぶりには、脱帽するほかない。

前田絢子・勝方恵子著
『アメリカ女性作家小事典』

女性側からのアメリカ文学史への果敢な挑戦

植民地時代から現代に至るアメリカの女性作家（詩人、小説家、劇作家、批評家、フェミニスト、ジャーナリストを含む）のうち一一五人を選んで、簡潔な伝記と著作の特質、それに主要作品のリストを記し、それらを年代順に配列して小事典とした。小事典と言っても、それぞれの作家についての平均一、二ページの叙述は、伝記的事実と作品の特質を重点的に要領よくまとめ、リーダブルであると同時に有用である。こうした事典では作品の内容が不明のままになりがちだが、最小限の原作からの引用や批評家の評価を織りこんで、叙述を豊かにする努力を払っている。

さらにこの小事典の特質として、作家の年代順による配列という点を挙げなければならない。普通のアルファベットあるいは五十音順に並べたのでは、各項目がばらばらに並列されて中心点がぼやけてしまう恐れがある。それよりも、年代順に並べることによってアメリカ女性文学の歴史の厚みと広がりを明らかにすることを、著者たちは選んだ。この選択は力を発揮して、著者の一人である前田絢子さんが抱負として言う、「女性文学の歴史の全体像が、おのずから織り成されていく」という「期待」が充分に満たされている。ただ単に「女性文学の歴史」だけではない。今までの文学史類にありがちな男性作家中心の歴史に対して、女性の側からのアメリカ文学史全体のイメージへの果敢な挑戦がここにはあるのだ。

こうしたことには、著者たちが新しく発掘した、アメリカ文学およびその根底にあるアメリカ文化の多様性と問題性が深くかかわっている。植民地時代初期の十七世紀には、すぐれたピューリタン詩人アン・ブラッドストリートがいるものの、さすがに女性作家の数は寥々としているが、十八世紀に入ると取りあげられる作家は次第にふえはじめ、同世紀末から十九世紀前半に至ると、その数はもちろん、彼女らの多様性と問題性は俄然高まり深まってゆく。

特に顕著にアメリカ的なことは、奴隷問題と女性の権利の問題への関心と果敢な実践が目立ってくることだが、文学のジャンルとしても、詩、小説から劇作や評論などの分野が女性によって新しく開拓されてゆく。十八世紀には黒人奴隷で初めて詩集を出した女性がいたし、先住民インディアンについて書く詩人や小説家があらわれ、かと思えばまたスザンナ・ラウゾンのような感傷小説風のベストセラーを出す作家もいたといった状況である。十九世紀になると、奴隷問題がいっそう関心を呼ぶと同時に、それと並行して女性の権利の問題がクローズアップされてくることは、自由平等を謳いながら差別問題を潜在させてきた西洋近代そのものの盲点をついて、今日にも深い示唆を与える。

この頃はもうマーガレット・フラーやストー夫人のような著名な文人があらわれてくるが、同時に初の女性コラムニストとして人気の高かったファニー・ファーンや、当時の代表的男性作家ホーソーンに、「いまいましい物書き女ども」と腐されるほどに人気のあったスーザン・ウォーナーのような作家がいたことは、アメリカ文学ならではの多彩な豊かさを思わせないではいない。

そして二十世紀に入れば、さらに（本年度のノーベル文学賞受賞者トニ・モリソンをも含む）アフリカ系作家やユダヤ系作家を加えて、多彩性は極まってゆく。彼女たちの中には文学史上名をよく知られた作家ばかりではなく、あまり知られないながら重要な活躍をした人たちがいて、読者の心を打ち、啓発する。

この事典が広く活用されるために、たとえ限られた数であれ今日読み得る邦訳や代表的な邦語文献のリストがほしい、といった小さな注文も幾つかあるが、ともかくもこれは、アメリカ女性の豊かな想像力と同時に人間の豊かさをも見せてくれる、読者にとって新しい発見と刺戟に満ちた、意味深い読む小事典である。

風呂本武敏著

『土居光知　工藤好美氏宛 書簡集』

学問と生活万般に亘る
厳しく、かつ友情溢れる情熱の書簡集

いったい五〇年余にも亘って、一人の年長の学者がちょうど一廻り年下の学究に、次々と手紙を、それも学問研究上の問題を主《しゅ》に熱情をこめて書き綴ったためしが、ほかにどれほどあろうか。本書に収録されたものだけでも長短併せて（しかし長いものが圧倒的に多い）一四九通、しかもその間に書き手、受け手双方における、第二次大戦を挟む時代のさまざまな、運命的とも言うべき苦悩と困難があったことを思えば、これはまさに知と情と意のまことに感嘆すべき発露と言わなければならない。

土居光知先生は、戦時中から生前ずっと私の（父の年齢に当る）恩師だったし、工藤好美先生も土居先生を通じて識ったかけがえのない師表としての学者だったが、この両先生の間にこの書簡集に見られるような親密かつ厳格にして鮮烈に理想主義的な心の通いあいがあろうとは、本書を繙くまで私は全く知らなかった。残念なのは、工藤氏（以下簡略化のためこう呼ばせて頂く）から土居氏に宛てた手紙が一通も残っていず（工藤氏の息女大原千代子さんの序文による）、両者の熱意と敬意のぶつかりあいが直接に見られぬことだが、いずれ劣らぬ熱情の人だったから、むしろ時に応じて読者が想像を逞しゅうする秘かな愉しみも残されているであろう。

これらの手紙を読んでさらに私が驚嘆することは、土居氏が意外に実際的（practical）な姿勢を一貫していることだ。それも、相手の身の振り方や処世の法、また研究の姿勢への賛否だけでなく、研究成果をいかに有効に、いや実利的に生かしてゆくかということについてなのだ。早い話が、書簡（一）は工藤氏の『ペイタア研究』（大13）寄贈への礼状だが、（二）になるともう相手のワイルド論への、賛と否（その物足らなさ）を、謙譲ながら手厳しく書き連ねる。かと思うと（三）では工藤氏の『マリウス』の訳を禿木との共訳という名義で出してほしい、ついてはいずれ貴名で出す権利を獲得してあるから、という励ましも忘れず、また印税でなく二千円で買い取りになるが……といった調子なのだ。

こうした心遣いは、先達の学者が後進を引き立てるのにそれが不可欠だった時代の反映であろうが、土居氏の意気込みは一時的な生やさしいものではなく、日本の学界の現在、未来を貫くべき勢いを秘めていたと感じざるを得ない。――が、（再び）かと思うと、少しあとの（五）では、工藤氏の結婚問題についての、ゲーテの「自叙伝」まで引きあいに出しての結婚論となり、今日から見ればいささか男性優位に偏しているかに思える点もあるが、当時、いやそれ以降も氏はむしろ尖端的なフェミニストだったのである。大正十四年頃土居氏四〇歳前後の頃のことで、この一種の、ロマンティシズム、とそれへの懐疑は、氏の生き方と学問に一貫していたと、私は信じるのである。

こんなふうに書いていくと、もうこの本全体を読者に委ねるほかなくなるので、次にはいささか形式的だが、書簡の変遷を概括して参考に供するほかない。五十年余りの長い年月だが、当然個人的または歴史的な節節というものがある。まず工藤氏が佐倉の中学から、富山高校をへて昭和三年台北帝大助教授になり、かつ同七年結婚して二児を設けるまでの、二十年弱の比較的平穏順調な時期がある。もちろんこの時期にも土居氏の『文学序説』、『基礎日本語』、『英文学の感覚』、『日本語の姿』等のそれぞれ画期的な著作、工藤氏の『ペイタア研究』、『コウルリッヂ研究』他があり、これらの著作をめぐって相互の（と察せられる）単刀直入の論議が見られるが、時あたかも大正末期から昭和初期へのわが国近代リベラリズムの時期に当り、筆法は明るく、また土居氏の媒酌による工藤氏の結婚から漂い出てくる生活の明るさもそれに加わる。

だが、次に一転して、太平洋戦争の暗い嵐が両氏の学問と生活を覆い、土居氏は長男をガダルカナルで失い、大学も一般に甚だしい窮地に立たされる。この戦争の影がさし始めた頃から、二人にもそれぞれ変化が起り、どうやら工藤氏は当時の言葉で「左翼的」になり始めたらしく、土居氏はそれに批判的ながら、その対極たるファシズムの危険との間に挟まって、心揺らぐ。しかもその揺れを逆のバネにして、例えばH・G・ウェルズの世界展望等を介して、いわば両者を止揚するべき新しい価値とその文学的形象をしうねく追求して、私を圧倒する。私は最近漱石の「明暗双双」の理念を金科玉条とする傾向にあるが、ひょっとしてこれは土居先生ばりではないかと思ったりもするのである。もっとも土居氏は、苦しい時には雪の山へ「逃避」して精神力を取り戻していたが、戦中の弟子の私は、一度だけ先生のお供で蔵王へ夏山登りに出かけた以外は、この点でもまったくの不肖の弟子でしかなかった。

そして敗戦。この頃は私は身近に知っているが、土居氏は進駐軍のために北五番丁の邸宅を摂収されて、氏に招かれて一時東北大で教鞭をとっていた桑原武夫氏の家に寄寓し、以後転居を数回重ねる苦労を経験した。戦時中にも土居氏は阿部知二氏を講師として東北大に招き（おかげで私は阿部氏および桑原教授を親しく識ることを得た）、また工藤氏をも招く予定だったようだ。その後の混沌とした状況の中でも、工藤氏の内地引き上げ、名大、奈良女子大、神戸大、そして京大へというかなり目まぐるしい転進を、心温かく、また氏の学問の日本における大いなる貢献を念願して厳しく、かつ公私共に実践的な成果あることを望みつつ、援護するのである。

かくして土居氏の東北大退官、津田塾大への転進、やがて東京住まいとなり、工藤氏も青山学院、東北学院、東海大と勤めが変ることになるが、手紙のやりとりは依然として同じ調子であるばかりか、論議の対象としては従来のものの他に「世界文学」の考えや、『源氏』とＴ・Ｓ・エリオットとの対照、実践面ではユネスコ関係の仕事などが加わり、スコープはいよいよ壮大になってゆく。ただ一九七五年にれう夫人を失くし、次いで翌々年次男の峯男氏を失ったあとは、土居氏は九〇歳にして死（特に安楽死）を思うと記すが（一四八）、その頃既に氏の自選著作集全五巻は完結しているのだ。そして続く最後の書簡（一四九）では、「只今九十歳をすぎてまたそれ（国文学と外国文学の比較研究）を始めています」と記し、同じようなインスピレーションを万葉歌人が抱いていたことを思って、「この世界共通な人間的興味は繰り返されるように思われますがいかゞでしょう」と書くのだ。……

何という不屈な永遠の魂だろう。私は、「先生、その通りです」と心で叫びながらも、もうこの師の衣鉢を新しく継ぐのは、私などより遥かに若い世代の役目であろうと思い知る。本書は、過去・現在・未来を貫く深い叡知を秘めた感動の書だ。——それを今誠意をもって纏めあげた編者風呂本武敏氏と、貴重な原資料の提供者大原千代子さんに、心からの感謝を捧げる。

土屋哲著
『現代アフリカ文学案内』

絢爛たるアフリカ文学の世界

土屋哲氏の新著は、『現代アフリカ文学案内』という表題がつけられていて、確かに現代アフリカ文学を縦横に論じた快著だが、しかしこれは決してただ文学だけを論じた本ではない。そもそも文学だけを論じるなどということは不可能なのだが、この本は、(著者自身の言葉で言えば)「五十年にも満たない」短い歴史しかもたぬ現代アフリカ文学が、なぜ「質・量両面で」「目を見張る」ような「多種多様さ」を生み出したかを、人間の歴史、特に近代以来のヨーロッパの歴史を背景に徹底的に解明したものなのだ。

それに、これはただの研究とか知識の披瀝といったものではない。土屋氏が一九七三年ナイジェリアのイバダン大学に留学して以来今日まで何度も、それも広大なアフリカのほとんど全土を訪れ、ヨーロッパ諸国の強引な植民地政策に抗してアフリカを解放しようとするさまざまな運動、特にアパルトヘイトへの抵抗運動の過程とそれによるアフリカ社会の変化に立ちあい、かつその渦中にあったセネガルのセンベーヌや南アのゴーディマを始め、多くの作家たちと親しく接して意見を質《ただ》した、その情熱に裏打ちされた豊かな体験が、ここには生き生きと息づいて多大の迫力と魅力を醸し出しているのだ。

そして世界の歴史の中で今日のアフリカを見る著者の眼は、鮮かに一貫して鋭い切れ味を示す。

それは、近代の始まり以来ヨーロッパ諸国が近代化の名において、それ自体の自然と伝統文化をもっていたアフリカの諸民族をずたずたにし、白人絶対の植民地主義的差別体制を作りあげた罪悪性と、それに対するアフリカ人の反攻とその勝利の曙光を浮彫りにする、透徹した目差《まなざし》である。この視角は一見単純なようでいて、けっしてそうではない。土屋氏は近代ヨーロッパのアフリカ侵蝕の原動力を、十六世紀の宗教改革と十八世紀の啓蒙運動に見、近代の人間の解放を意味したこれら二つの大きな歴史的出来事が、実は宗教上の選民意識と進化論的「優勝劣敗」の論理によって、そのままアフリカにおける白人絶対の体制を作りあげたその皮肉《アイロニー》を鋭く衝くのだ。

かくして十九世紀末からその抑圧に対するアフリカの反攻は起るのだが、この広大な大陸(五十三の独立国があり、土着語はほとんど公用語とならず、主に英仏語がそれに代わり、かつ熱帯から南半球に至る異なった気候をもち、しかも実にさまざまな部族がさまざまな伝統を保っている)では、反攻の進展は必然的に緩慢なばかりか、反攻主体の間の主張の調整は容易なことではない。

二十世紀も三〇年代になってフランスの同化政策に抗するネグリチュード運動がパリで起るが、反攻がはっきり姿をあらわすのは、何と言っても第二次大戦後の南アにおけるアパルトヘイト体制の強化に対する激しい反攻を俟たねばならない。著者はこのアパルトヘイトの凄まじさとそれへの反攻の結実の過程を諸所(特に「アパルトヘイトと文学」という章)で生生しく描く。実はこの表題が示しているように、凄まじい差別と激しい反攻をもたらすこうした社会的、政治的、文化的状況の中でこそ、アフリカ文学は初めてその生命を得、五〇年に満たぬ短い歴史の間に目ざましい

「多種多様さ」を示すことになるのだ。単にアパルトヘイトだけではない。それが象徴するアフリカ的状況の中で、例えばサンゴール、センベーヌ（セネガル）、チュツオーラ、ショインカ（ナイジェリア）、ングーギ（ケニア）、ラ・グーマ、ゴーディマ（南ア）、それに何人かの女性作家など、実に絢爛と言っていい文学作品が生まれてゆく。

著者はこうした文学を状況の文学と呼ぶが、そうであればこそ、ヨーロッパ的近代化が一方的に強引に行われたのとは反対に、この文学は錯雑し、それ故また多様化してゆく。完全な解決はないが、よりよい世界を求めて次々とダイナミックに動いてゆくところに、アフリカ文学の今日性はあるのだ。そして土屋氏は更に詳細に、そのダイナミズムの根底にあるアフリカ文学のアニミスティックな性格、それ故の詩への傾斜や口承文化の力、文字なき土着語の力を形象化する映画など新しいメディアの開発、さらに普遍的な文化としてヨーロッパとアフリカを繋ぐものの模索等、その問題性を明らかにしてゆく。家族共同体的タテ社会という点で意外にわが国と似ていて、その文学の日本の古代伝説や俳句の世界に近い特質なども著者の射程に入ってくるが、そうしたこと一切を含めてここには、私たち読者の眼を開いて、私たち自身の問題として新しく世界を眺め直すことを誘《いざな》う、稀有な情熱の書があるのだ。

八木敏雄著
『ポー —— グロテスクとアラベスク』

ポーの中に芸術をあるいは芸術のオーラをバックにポーを

ポー及びポーと同時代のアメリカ作家たちは、「〈経験〉から、あるいは〈外部のそれであれ、内なるそれであれ〉〈自然〉から創造しているというよりは、つねに〈芸術〉の内部で仕事をしていると自覚していた」と、著者八木敏雄氏はこの新しいポー論のなかで書いているが（一〇九頁）、ちょうどそれと同じように著者自身この本で、ポーの内部、ポーの芸術の内部で仕事をし、かつそのことを充分に意識していたと言うことができる。著者にポー経験、ポーによる人間及び自然についての発見が豊かにあることは、前著『ポオ研究——破壊と創造』を持ち出すまでもなく、知る人ぞ知ると言うべきだが、そのうえでなお彼はポーの芸術の内部に入りこんでそこで仕事をした——そのことは、やや小冊ながらこの新著で、普遍的な芸術上の重要問題がポーの作品との関係において能う限り取りあげられ、論じられていること、並びにそれを論じる著者の躍動的な文体のなかに如実に見てとることができる。ポー経験及びポーの自然は、ミニマムの必要に切りつめられ、しかもかなり充分にその役割を果しているのである。

もっとも、冒頭に引用した「〈芸術〉の内部で仕事をしていると自覚していた」という言葉は、実はこの時期のアメリカ作家たちが遭遇していた特殊な状況——「つまり芸術的創造をみちびく絶対的基準に欠けた時と所で創作を企てる者は、〈体験〉であれ、先行する文学的テキストであれ、そこから盗み、借用し、引用してきたものを独創的に組み合わせるよりほかないという自覚を強いるのであろう」と著者は書く（一〇八頁）――にかかわっていて、必ずしも普遍的な芸術上の問題として書かれた言葉ではない。しかもなお、こうした十九世紀前半におけるアメリカ文学の特殊な状況――特に著者がポーについて繰り返し本書で指摘している、パロディや語呂合わせやホークス、バーレスク、並びにそうしたやり口に基づく諧謔あるいはグロテスクなどの横溢といったこと――が、同時に今日にあっては文学美学上の普遍的な原理に通じているように思われるばかりでなく、また実際に通じあってもいるのだ。こうした興味深い符号についてはさらに著者の説明を聞きたいところだが、しかし彼が本書で、ポーの特殊性を論じることによって普遍的な芸術の問題に入りこんでしまったことに疑いはなく、その意味でここには重要な発見とその充分な説明が多く見出されるのである。

本書におけるそうした発見とその説明の最も重要なものは、何と言っても「グロテスク」と「アラベスク」についてのそれ、すなわち、この二つの用語の意味にはそれほど決定的な違いはなく、むしろほぼ同義語として、「各種の歪曲、均衡の欠如、異質な要素結合、美しいものと、奇怪なものや嫌悪をもよおすものとの共存、各部分の全体への混沌たる融合、夢と現実の混交――つまり〈奇異なる組み合わせ〉」（一五一頁）といったふうに解釈すべきである、という指摘であろう。この際著者は、（バークはもちろんのこと）、当時の『エンサイクロペディア・アメリカーナ』（一八三九）の「グロテスク」の定義から、ラスキン、カイザー、フリードリッヒ・シュレーゲル、ユゴー等々の「グロテスク」論を援用して、「浪漫的イロニー」としてのその特質を追求し、併せてポーの「グロテスクとアラベスク」の本質に迫る。さらにその際ポー自身の作品――例えば「引きまちがい」ないし「もじり」をふんだんに使った「おかしい話」としての作品「ある苦境」や、「赤死病の仮面」、あるいは「架空動物」の物語と「モルグ街の殺人」、詩作品「アル・アーラーフ」と短篇「ライジーア」等々――が鋭く、鮮やかに分析されることは言うまでもない。そして結局のところ、ポーが何度か引用している、ベーコンの「どこかに均衡を破る奇異な点がない美はない」という言葉こそ、「ポーの〈美学〉の中心概念」にほかならず、それがまた「アラベスク」を属性の一つとする「グロテスク」の定義でもあり、かつその「グロテスク」がバークの定義した有名な「崇高」に通ずるものである、という結論が導き出されるのである（一七四頁）。

おそらくこの結論的指摘は、八木氏のポー論のキーをなすものであろう。なぜなら、「どこかに均衡を破る奇異な点がある」という「グロテスク」の美とは、例えば著者が初期の詩（「アル・アーラーフ」と「ソネット――科学へ」）について論じている、詩による科学の批判ではなくて詩と科学の結びつけという（正しい）解釈（四六頁）の根底をなすものでもあるし、あるいはまた、例えば「大鴉」をT・S・エリオットのように「不正確な」語法という点から批判するのではなしに、むしろその「不正確さ」に「諧謔」の意図を読みこむことによって、そこから発する「至上の諧謔、おかしさ」を確認すること（六五頁）にも通底しているからである。つまり、詩人は「ただ在来の言葉を新しく組み合わせることができるだけだ」という、いわば極度に合理的で、決定論的でさえあるポーの「認識」（五八頁）が、当然パロディや語呂合わせや引きまちがいなどによるホークスやバーレスクやファルスを生みだすと同時に、その合理性の極限から、そうした滑稽なものにシリアスな美を付与し、延いては「グロテスク」性を通じてそれらを「崇高」なものへ、言い換えれば非合理的で、超自然的でさえあるものへと繋ぎとめることがあり得るという、八木氏の根源的な考えが、続いて述べる他の具体例を含むこの著書のいたるところで検証されているということになるであろう。

もとより、このようなやや小冊の著書の場合、そうした検証は必ずしも充分に行われ得るとは言えない。と言うより、やはりその困難さは、特殊的なものと普遍的なものを過不足なく融合させることのむずかしさ、もしくは究極的な不可能さにこそあるのだろうが、だからと言ってその融合の努力を放棄することが許されるわけのものではない。すべての真摯にして真実な文学的努力はその方向に向かっているのであり、本書の著者の場合はまさしくその真正の例にほかならない。あるいは、本書だけを通じて八木氏のポー論に接する人は、例えばポー晩年の「〈囲われた庭〉の夢」についての彼の所論を一応納得するものの、それだけで晩年のポーの想像力の全般を推すことに不安を覚えるかもしれないし、そう言い出せば、そうした個別的な議論と他の重要な問題についての説明との関連を必ずしも充分に納得しないかもしれない。だが、例えば著者が「アーンハイムの地所」から、例の「奇異な感じ」のヴァリエーションである、「自然という感じはいまだ残るが、その性格に変更の手が加えられているように思われる。怪しい均斉、ぞっとするような統一、気味悪いほどの妥当性がこの自然の作品にはある」というポーの美の理論を引用して（二〇三頁）、この「〈囲われた庭〉の夢」をあらわす作品を説明するときには、読者はそれがやはり「グロテスクにしてアラベスクな作品」であることを納得し、かくしてここにこの著書全体に通底する理論の一つの鮮やかな例証を見てとって然るべきなのだ。

　同様にまた、読者は、例えば「モルグ街の殺人」の探偵デュパン氏が「異常さ」の次元に踏みこむことによって事件を解決するといったことが、やはり「グロテスク」の構造の知悉に由来しているという（一七九―八〇頁）著者の見解に、その充分な根拠を見出すことができるはずである。既に評者である私が今までに紹介してきたところによっても、さまざまな重要問題を繋ぐ根底的な理論の糸の所在は明白であり、そのことは、著者がその理論の糸を、言い換えれば彼がポーの芸術の内部で仕事をしていることを、充分に認識し、かつみずから「自覚」していることを明瞭に示している。けれどもまた、それにもかかわらずなお必ずしもその普遍的な理論の糸が、個別的な現象と有機的に融合して生きた構造として浮かび上ってこないとすれば――そういうことは先述の通り、いわば不可能事に属する理想そのものにほかならないのだが――まさにその理想の名において敢えてその理由をここで問うておくのも、けっして無意味ではないであろう。

　それは、ごく卑近に言って、あるいは本書がページ数の限られた比較的小冊であるせいだったのだろうか。あるいは著者自身が「あとがき」に書いているように、本書が前著『ポオ研究――破壊と創造』と二部作をなすものとして、「前書に欠けているところを補い、またポーについての新しい視野を提供する」ものであるからだろうか。著者は、前著を補うつもりで書いて結局新しい本を書く試錬を経験してしまった旨書き記しているが（以上、二一四―一五頁）、それはまことにその通りであったに相違ない。そういうきわめて自然な、いわば著者の真摯な努力に伴う困難さが、他のさまざまな条件と一緒になって、上に述べたような理想の達成を阻む原因となったのだろうか。

おそらくそういうことも大きな理由になったに違いないが、理想という点から逆に考えてゆけば、必ずしもそれだけではなかったと見ることができる。これはまったく私見に属することであるが、その理由は、今日において例えば作家の伝記的事実と、彼の作品の芸術性（すなわち言語芸術としての文学の美学的特質）と、さらに今一つ、深層心理に関する解釈をも含むより大きな文化的コンテキストからする解釈とを、いかに一つに結びつけるかというその困難さ、及び、しかもなお今後の新しい文学批評・研究にあっては何とかしてそれを結びつけねばならぬという無言の要請、ということにあるのではないだろうか。この書評の文章でそのことを詳述することはできないが、例えば本書で八木氏は、「瓶の中から出た手記」と『アーサー・ゴードン・ピムの物語』を論じる「怒れる海の物語」という示唆に富んだ章で、『ゴードン・ピム』とメルヴィルの『モービー・ディック』とを併せ考えながら、このポーの冒険物語に、「海がカオスと危険の象徴である」が故にこそ主人公たちが「海に乗り出してゆく」という、ロマンティックな志向があることを指摘する（一三二頁）。そして続いて『モービー・ディック』との比較において、メルヴィルのこの作品には人間関係、社会性、言い換えれば「探求としての冒険、利潤追求としての冒険、生産活動としての冒険が重層的にかさなりあっていて、多くをはぶいて言ってしまえば、そこに『白鯨』のアメリカ小説としての強み、世界の大小説としての貫禄が由来している」のに反し、そうしたことがいっさい描れない『ゴードン・ピム』はやはり小説としての欠陥を免れ得ていないと断定する（一四〇頁）。

これらはもちろんまことに透察力のある考察であって、読む者に深い衝迫を与えないではいないが、しかしここのところで、このポーの一欠陥が他のポーのすぐれた特質といったいどのような関係にあるのかと問うのは、もはや今日の批評・研究では不可避なことではなかろうか。この「カオスと危険の象徴」としての海への船出と、そうした自然を「囲う」「庭」のイメージとは、真実どのような関係をもっているのか。八木氏がその問いを怠っていたとは、けっして思えない。この章の最後に引用してあるオーデンの言葉が、ポーの作品のそうした欠点のなかの言葉の芸術性、すなわち、「細部にわたる描写、数字、図形その他の工夫」といったものを指摘しているように（一四一頁）、著者もそうしたところに、他の問題の場合に共通するポーの特質を認めているのであろう。けれども、そこになにか一つのミシング・リンクがあるような気持も、けっして否定することはできない。

一つには、この書評の最初の方で触れた、アメリカ文学のアメリカ的特質とポーの特殊性との関連性ということも、ここに引っかかってこよう。だが、上述のようなポーの欠陥が感じられるにもかかわらず、例えば『ゴードン・ピム』のそうした欠陥と見えるものが、実は逆にポーの普遍的なアピール、彼の世界性の最も重要な要因の一つになっているのではないかということも否定できないのであって、そのことを他の問題とどう関連づけるかということが重要になってくるように思われるのである。それは、あるいはひょっとしたら、著者が別のところで「ベレニス」や「ウィリアム・ウィルソン」、あるいは「物言う心臓」や「黒猫」、「天邪鬼」などについて述べている、「しかしこれらの作品に共通するのは、その悪の衝動やその所在が人間の『自然』の部分である意識下の『内的恐怖』や『イド』にあり、決して『社会制度』や『社会悪』にはないことである」という主張（一八七頁――下点筆者）と、深い関係にあるのではないか。こうした深層心理にかかわる部分を否定できないとすれば、それと例えばあの芸術的な「組み合わせ」及び「グロテスク」の美との関連、言い換えれば「人間の『自然』の部分」と「芸術」との関連の問題は、どうしても再び辿らなければならなくなるに違いないのだ。

そうしてそういうことになれば、次にはまた「意識下」とは逆の極であるポーの意識の部分、言い換えれば、さまざまな資料によって推定され得る「エドガー・ポオの生活」（前著『破壊と創造』より）の次元も、やはり今一度全体との関連において重要要因として浮かび上ってきはすまいか。それがあったからこそ、『ゴードン・ピム』はアメリカ的な特質としての『モービー・ディック』と重なる部分を持ち得たはずなのであり、他方またその特異性は「意識下」との関連において、ポー独特のあの普遍的な、現代にも深く繋がる「芸術」の世界を生みだしたに違いないのである。――もちろん、この深い示唆と魅力に富んだ八木敏雄氏の新著を前にし、しかも彼のすぐれた旧著を思い起しつつ、なお（いかに理想の名においてであれ）このように何もかもを――これは言い換えればすべてということなのだ――を要求することは、もはや自明なないものねだりというノンセンスのそしりを免れ得ないかもしれない。しかし今後の新しい展望と理想の名において、敢えて再び…。(著者は既に気づかれていると思うが、小さな誤植がかなりあり、特に八二頁三行目「ポーの手紙よりの引用」に、「私はリッチモンドにとどまり」とあるのは「ボルチモアにとどまり」の誤記である。執筆中の著者の没頭ぶりの、微笑ましいあらわれであろう。)

中村真一郎著
『小説家ヘンリー・ジェイムズ』

作家による作家論
方法の追求を通じて

本書は、ただの研究書、解説書なのではない。わが国の重要な現役作家の一人が、自己の創作への思いをこめて、主として創作手法の面から、ヘンリー・ジェイムズの長篇小説の全部、それに加えて百篇を越える中短篇小説から五〇篇ほどを選び、徹底的に読み、解剖し、評価を下し、かつ問題の所在を指摘した、まことに刺激的で、同時に独特な味わいを含んだ本である。フランス文学を専攻しながら、難解なところの多いジェイムズの七十篇にも及ぶ長中短篇を、原語や仏訳などで丹念に読み、その結果を一つ一つ適切にまとめて記述してゆくその仕事ぶりも、驚嘆に価するが、その記述が、著者中村真一郎氏の、一九四〇年頃から今日にいたる約半世紀間もの長いジェイムズへの真摯な関心からおのずと立ちあらわれてくる、意味深い一種の歴史性——氏のジェイムズ体験が同時に近現代文学思潮史の本筋に重なるという歴史性——を、まざまざと見せてくれることも、読者には新鮮な驚きをもたらすに相違ない。

著者は、この本を書き進めてゆくうちに、三度の（ジェイムズとの）「出会い」のことを書きつけている。最初はジェイムズの初期中短篇の中に、彼が学んだフランスの小説家にも匹敵する、みごとな技巧を見出して満足していたが、やがて後期の長篇を仏訳で読み始めて、「苦渋に満ちた人間の魂の深渕な探求家」としてのジェイムズに傾倒するにいたった。これは、本書で繰り返し述べられている、著者が、二十世紀小説の技法の一頂点としてのプルーストから遡って、ついにジェイムズに達したという経緯にも見あう事柄であるのだ。

ところが、最近ジェイムズの作品の和訳選集の各巻にエッセイを書き、さらに中短篇についての感想を雑誌に連載し始めて、『ある貴婦人の肖像』を中心とする中期の充実した諸作に改めて向きあったとき、著者は後期のあの深渕さ、精緻を極めた寓話的構成や、「視点」による二十世紀的な内的独白の方法への接近などとはおよそ正反対の、フランス自然主義の巨匠たちからジェイムズが真摯に身につけようとした、あの「客観小説」の手法の徹底ぶりに再会して、この「対極」的な二つの要素を共に改めて深く考察する契機を与えられた。かくして最後の三度目の出会いとは、この「対極」の一方である客観的な写実主義から、再び後期三部作に結実する、「視点」を軸とする現代性への道を辿って、改めてそれら後期の作品に向きあったことを意味している。

そして実際、中村氏はまことに真摯に、このいわば弁証法的な追求を本書で果し終えるのだが、氏の豊かな読書および創作体験に裏づけされたこうした努力からは、過去半世紀だけでなく、ジェイムズが学んだバルザックやフロベールに始まるフランス近代小説から、二十世紀のプルーストやジッドやジョイスに至る西洋文学の流れのエッセンスが浮彫りになり、かつその中で、アメリカから加わったジェイムズが、「視点」という技法を通じていかに重要な飛躍のキーとなったかという、歴史的状況が明瞭に立ちあらわれる。それればかりではない。著者は、西洋とわが国の文学の流れの、歴史的な接点に立って、ジェイムズの方法研究を通じて、西洋近代文学とわが国近代文学との関係について、直接にではないが、暗黙の重要な暗示を与えていると言わなければならない。

若い中村氏が戦前軽井沢で、堀辰雄がジェイムズの厖大な回想録を読んでいるのを見て、自身ジェイムズ熱をもち始めたということも、今日見直すべき重要な出来事だし、ましてや、一九六五年に亡くなった高見順が、見舞いにいった著者に向って、苦しい息の下から、「ヘンリー・ジェイムズの今日的な重要性」について語り始めたということは、驚きであると同時に、まだまだ西洋文学と日本文学の現実の関係状況には、掘り起すべきものが多くあることを読者に思い知らせて、今後の外国文学研究者の責任のようなものを感じさせないではいない。本書では、ホーソーンに関連するもののほかは、アメリカ側の情報がいささか不足している感があるが、しかし、著者が蓄積してきた該博なフランス側、ヨーロッパ側の情報は、アメリカ側からの考察自体を重層的な深いものにしてくれるに違いない。そうした多層な協力作業からこそ、新しい重要な研究成果は生まれてくることだろう。

本書は、著者の言葉通り、「二十世紀小説」の方法を探るものであり、ために作品そのもの、特に主題についての詳しい分析は与えられないという、不満も生じるかもしれないが、小説の形そのものが一つの重要な主題であると見ざるを得ない今日の状況からすれば、今日的なものを多く孕んだジェイムズの小説の方法の解釈記述の中に、充分主題の批評も含まれ得るはずだし、実際にまた(ここで詳しく、評者なりの考えも加えて触れる余裕がないのは残念だが)著者が方法の長短を論じてゆくその論旨が、しばしば主題の的確な批評ともなり得ているのを目撃して、私たちはまた感嘆を禁じ得ないのである。

中田幸子著
『ジャック・ロンドンとその周辺』

自由に論じるという濶達な方法

外国の作家、しかもジャック・ロンドンのように、かつてはわが国でもよく名を知られていたが、今ではほとんど忘れさられてしまっている過去の作家を、今日この日本の文学風土で再評価し、納得のゆく形で改めて紹介し直すことは、大変むずかしい。説明すべきことがあまりに多く、またその説明を、今日の文学の文脈のなかで整理することが容易な業ではないからである。

『ジャック・ロンドンとその周辺』の著者中田幸子氏は、ロンドンを今日新しく解釈紹介し直す方法として、作品別の批評よりは、主題的にロンドンのさまざまな面を自由に論じるという濶達な方法を選び、その方法によって充分に豊かな成果をあげた。それには、何と言っても、一読瞭然の如くに、この著者がこの特異なアメリカ作家の作品を隅々まで詳しく読んでいるばかりでなく、「その周辺」と表題にあるように、十九世紀末から二十世紀始めにかけての、特に社会進化論に関する文献、および堺利彦や幸徳秋水などの同時代のわが国の思想家の著作によく通じていることが、大いに与っている。

ロンドンの著作に見られる「生物学的人間像」、「改革」への情熱、ニーチェ的超人の変種像、「改革」への情熱とは表面的に甚だしく矛盾する「反革命の要素」あるいは白人優位論、そして自然への共感等について読んでゆくうちに、読者は、この過去のアメリカ作家の追求し、描きあげ、主張したことが、けっして完全に過ぎさった、私たちに無縁な事柄なのではなく、例えばわが国も今なおその大きな影響を抜けきっていないダーウィニズムや、社会進化の理念に根ざす社会主義の波、それと今なお矛盾しつつある個人主義のイメージなどを通じて、それが私たち自身と深く繫がっていることを理解する、いや、理解させられてしまうのである。その途方もない矛盾を含めて、そうなのだ。と言うより、その途方もない矛盾は私たち自身の矛盾を照らし出し、私たちは、今日の人間存在の問題の重要な源流の一つが、まさしくロンドンが身をもってあらわにしたような西欧近代の潮流にほかならないことを知って、深い反省を促がされるのである。

そしておそらく、もしジャック・ロンドンが今日再評価され得るとするならば、その理由はまさにこの点にあると言うべきであろう。ロンドンはその潮流に棹さした人たちのただの一人にすぎないが、著者が描きあげる、科学的志向と本能もしくは自然への回帰との間に死ぬまで引き裂かれていた彼の姿は、何とこの大きな時代の流れを鮮明に象徴し、現在の人間の問題をもう一度その根源から見直すことを、強く私たちに促すことか。――ただその促しにいかに応えるかは、私たちに、そしてこの本の著者自身にもまだ残されている問題である。主題別の自由な追求は、今一度歴史のなかのロンドンという視点から整理し直されて、新しいパースペクティヴが示され、この著者の主題がいっそう読者にとって身近になることが望まれる。

岡庭昇著
『フォークナー――吊るされた人間の夢』

表現のダイナミズム

この本における岡庭昇氏の最も鮮烈な、そして最も意味深い主張と論証の一つは、二十世紀アメリカの作家であるウィリアム・フォークナーの文学を、解体した「近代」の文学の延長線で捉えることを敢然と拒否して、逆にその流れを完膚なきまでに逆転倒置した、真実の意味でラディカル（「根底的」）な文学として把捉しようとするところにある。常常たとえ岡庭氏とは違った観点からであるとはいえ、フォークナーの文学を、例えばプルーストやジョイスの延長線上においてではなく、彼らの文学を根源的に揚棄しようとする、現代の中軸的な作家の一人として考えぬこうとしてきた私にとっては、この岡庭氏の主張は刺戟的であり、彼の論証はこの本に関する限り常に迫真的に響く。例えば岡庭氏は次のように書く――。

「フォークナーが提示しえた文学の全体性は、このような方法（意識の流れあるいは心理主義）とは無縁であり、対極に立つ。女の子の泥にまみれたズロース（作品『響きと怒り』発想の根源としてフォークナー自身が語ったイメージ）が出発点となるとき、いかなる意味でも企図ではなくひとつの自然であるほかない表現のダイナミズムが、心的な世界の広大な闇をその象徴へあつめ、さらに象徴そのものをも否定的、媒介的にのりこえていく、巨大な全体を現出してしまうのである。この全体はいつも発生しつつある（だから同時に消滅しつつある）混沌とした動態として私たちの前に存在しているのであって、いかなる意味での作品完結（確定）性をも許容しない。」

これはまことにみごとな、と言うより直感的に真率かつ真実な、フォークナー文学の精髄の把捉と言うほかない。実際フォークナーは、一つのダイナミズムとしての全体を近代的「自然」のそれとして表出しようとしたのではなかったし、またその延長としてのいわゆる「象徴」として形象化しようとしたのでもなかった。そうした意味での完結（確定）性は、この作家の場合根源的に拒否されているのであって、彼の全体性の把捉は、まさしくそれ自体ひとつの自然にほかならぬ表現のダイナミズムを通じて現出してくるものと言わなければならないのである。

このようにフォークナー文学の本質を鋭く見ぬく岡庭氏の洞察は、従ってまた彼の各論的論証においても光彩を放つ。数多い例のなかから一、二を選べば、例えば『八月の光』におけるジョー・クリスマスの悲劇を、「フォークナーが、人間存在の暗部のいわば負の全体性をもとめて、どこまでも下降していったとき、ちょうどさかさまの地点から」つかみとった人間の「血にまみれた」「自己証明《アイデンティティ》」へのパッションの象徴として捉えること。このことは単にクリスマスだけの問題に留まらず、この作品のなかで最も捉えにくいハイタワー牧師や、通説によってはその本質を見ぬき得ないリーナやバイロン、あるいは『響きと怒り』や『アブサロム、アブサロム！』などの重要作品に登場する人物についての本格的な解釈につながり（特に『館』におけるミンク・スノープスの解釈は示唆的である）、と言うよりそれらが岡庭氏のフォークナー文学透視の総体を創りあげて、金石範の描く済州島の悲劇のイメージと重なる「吊るされた人間の夢」というこの本の主題を、おのずから肉付けしてゆくのだ。
だが、岡庭氏の言う「吊るされた人間」とは、フォークナーの主要人物たちがそうであるように、現代における唯一の確かなものである事実もしくは事物そのものにぶちあたって、「うしろむきに充される」べき「負の全体」をみずからに収斂している人間像のことであって、そのイメージは必然的に、その「負の全体」を新しく現実に充すべき次の契機——逆説的な「夢」の力——を想起させずにはいない。

岡庭氏はその根源的な全体化を「官能の全体化」として捉え、そこに「まったく新しい意味での〈歴史〉」の要請を感じとって、「いわば、歴史を官能化し官能を歴史化するという弁証によって架け渡された、想像力の究極の世界像」、言いかえれば「いわば革命の官能化ともいうべき、〈行為〉の転倒」を希求するのである。

この希求は岡庭氏独自のものであり、それを批判しだせば別の文章を書かなければならないが、それが不可避的にフォークナー自身と小説そのものを振り捨ててゆこうとすることにいささか異議をさしはさむとき、私は再び岡庭氏自身の言う「表現のダイナミズム」ということに戻っていかなければならない。「表現のダイナミズム」が現出してしまう「巨大な全体」とは、それ自体イメージ、特に詩的イメージとして停止《スターシス》をかけられてしまうものなのだろうか。

むしろ文学の言葉によって刻々に啓示されつつも、また刻々にその言葉そのものによって吸引され、常に生きたものとして現出しつづけるものではないだろうか。それがフォークナーの「小説を自己否定する小説」の「表現のダイナミズム」にほかならず、そこにこそ小説の言葉が持続として全体にかかわる契機があると私は考え、岡庭氏の所論によって明確となったフォークナー文学の精髄と共に、更にこの作家の文学の意味を探りつづけたいと思うのである。

今村楯夫著
『ヘミングウェイと猫と女たち』

官能的でほのぼのとした興奮

谷崎潤一郎の「猫と庄造と二人のをんな」と表題が似ていて、ある興味をそそるが、むろん今村楯夫氏の『ヘミングウェイと猫と女たち』(新潮選書)は小説ではなく、小説家ヘミングウェイの心を深く探り描きとった、魅力に満ちた研究・批評の書である。ただ主観や閃きだけで書かれた本ではない。ヘミングウェイがその小説の重要なものを書きあげたゆかりの地、フロリダ南西のはずれの島キー・ウエストと当時の彼の住居の実地探訪、この作家にまつわる貴重な資料の大半を集めたケネディ図書館(ボストン郊外)での綿密な調査研究、そしてヘミングウェイ自身のテクストの徹底的な読み、の上に成った本なのだ。

「プロローグ」が、重要な事実を織りこんだ、キー・ウエスト訪問の美しい、ヘミングウェイの心の戸口まで読者を導いてくれる魅惑的な紀行、続く六章から成る本文は作品その他第一次資料の精緻な読み、「エピローグ」がケネディ図書館での調査と瞑想の記録で、三つの部分がみごとに秩序づけられてこの本は完結する。ヘミングウェイの心の奥深くに息も継がずに潜りこみ、ついにそこから解き放たれたような、一種官能的と言っていいほのぼのとした興奮が読後に残る。

それは、主題が猫と女たちであるせいだけではない。通俗的に〈マッチョ〉と言われるヘミングウェイの心《サイキー》の奥底にあった「永遠に女性的なもの」、あるいは「母なるもの」への憧憬を、そのまま読者が追体験するよう本書が誘《いざな》い、その追体験が読者自身の心の奥底とどこかで一つになるからに違いない。言い換えれば、先に挙げた谷崎の小説についてかつてサイデンステッカー氏が指摘したような（全集第二十三巻附録、昭三三）、現代の男の「孤独」がもたらすある普遍的な願望を本書がしたたかに捉えこみ描きあげているからなのだ。

猫が主題の一つになるのには、事実と想像力の二面がかかわっている。著者が、キー・ウエストの旧ヘミングウェイ邸（今は観光用に保存されている）を訪れる第一の理由を、「猫を見に行く」ためとニューヨークの空港の税関検査官に言うのは（「プロローグ」）、ただのしゃれなのではない。ヘミングウェイは実際に猫を好んでいたばかりでなく、例えば彼の最初の妻ハドレーを「子猫ちゃん」と呼び、また作中の女性を一種偏執的に同様な愛称で呼んだのだった。そればかりでなく、彼の小説ではしばしば猫がまことに重要な象徴的役割を果すのであり、いわば猫と女と小説が三位一体をなして、彼の想像力の本質を作りあげているのだ。

本書でのその本質の追求は、作品、資料、想像力を徹底的に駆使して、圧倒的な迫力をもつ。まずヘミングウェイと強圧的な母グレースとの確執をつぶさに洗いあげて、彼の実母否定が逆に「母なるもの」への憧憬へ転化する経緯を探り、次いで次々と妻を変えてゆく彼の心の中の空虚さとおそらく孤独感が、猫という愛称を通じて最初の妻ハドレーを原型的な女性像へと観念化してゆく過程を、除々に辿る。そして圧巻は、『武器よさらば』のキャサリン（「キャット」）や『誰がために鐘は鳴る』のマリアと猫のイメージとの関係の意味の解明、特に初期の短篇「雨の中の猫」にあらわれては消える猫についての徹底的な追跡解釈である。

詳しくは本書を読んでもらうよりほかないが、この解明、解釈はまたヘミングウェイの文体、「異質なるもの」の一種不条理な介入による独特な暗示的手法の分析にも繋がり、多くの彼の小説の重要な主題である「愛」――私が本誌（『波』）昨年（一九八九）五月号で紹介したフィードラーのアメリカ小説論に則って言えば「愛と死」――の解釈にも繋がる。特に興味深いのは、こうしたことと関連する、彼の作品にしばしばあらわれる兄と妹の関係、その近親相姦願望と同性愛禁忌がもたらす究極的な「両性具有《アンドロギュノス》」憧憬に著者が当てた、鮮やかな光である。これは、四年前（一九八六）にやっと出版されたヘミングウェイの遺著『エデンの園』の精緻な読みから逆に輝きを得た感があるが、しかしもちろんそれまでの著者の絶えまのない探求との相乗作用による光なのだ。

この『エデンの園』にあらわれる二人の女と一人の男との、性転換願望や「宿命の女《ファム・ファタール》」的幻覚をも含めた、そしてどこかで深く猫とかかわる関係は、私にふとまた谷崎の小説を思わせるが、著者はさらに晩年の『河を渡って木立の中へ』から『老人と海』にいたる過程を辿り、後者における「母なるもの」としての海への老人の憧憬が、無垢な少年マノーリンの影像や、老人が見る「少年の日のアフリカ」の砂浜で「子猫のようにじゃれあっている」ライオンたちの夢と共に、一種の「無私の愛」、「世俗を超克した愛の一体化」の願望へと昇華するのを最後に確認する。そして読者は、ケネディ図書館の調査を終えてこの本の構想を思い浮べたときの著者の感動が、ある普遍的な力をもって深々と伝わってくるのを感じるのである。

西村頼男著
『トマス・ウルフの修業時代』

想像力を劇的なものへ誘う

トマス・ウルフは、一九三〇年代にアメリカの特異な天才作家として名声を馳せたが、その名声をもたらした彼の四大長篇は、自伝小説、その意味で一種の教養小説（ビルドゥンクスロマン）であった。しかしアメリカ南部ノース・カロライナ州生まれのウルフの場合、ヨーロッパ的教養を充分身につけながらも、作品は、例えばトーマス・マンの『魔の山』あるいはジョイスの『若い芸術家の肖像』のようには、すっきりと教養小説にはならない。さまざまな要因が入り乱れて彼の小説を一種混沌たるものにしてい、そこにまたウルフ独特の大型の魅力と問題点があるのだが、本書はその魅力の源泉を彼の修業時代戯曲作品に探った示唆的な労作である。

著者はまず、若いウルフが、私塾の女教師や州立大学の演劇コースの教師、またハーヴァード大学の有名な演劇学者ベイカー教授から受けた影響を、文献に即して明確に辿りつつ、彼の初期の習作戯曲の詳しい読みから、ハーヴァード時代以後の本格的劇作を目ざした四篇の戯曲の分析へと論を進めてゆく。

若くして身につけた広い英文学的教養から、ウルフがどういう資質の故に熱烈に劇作へ進んだかという問題は、情熱的な演劇コースの教師＝コーチの影響という以上に必ずしも充分に説明されていないが、例えばコーチの「フォークプレイ（庶民の戯曲）」の理想が、南部山間部出身のウルフの反都会的な一種の保守性と響きあい、またこの保守性と広い世界への知的参加の理想との激しい葛藤が、もともと演技好きだったらしい彼の想像力をおのずから劇的なものへと誘《いざな》っていったことは、著者の周到な多面観察から充分に察せられる。その意味では、最初の戯曲『山脈』(一幕物と三幕物)の詳しい考察は、ウルフの想像力が著者の指摘する三点、すなわち故郷の根とも言うべき山脈、南部社会の指標とも言うべき家族、そして葛藤する若者を軸に広がり深まってゆくありさまを、よく説明し得ている。

そして続く『ようこそわれらが町へ』、『マナーハウス』では、その広がり深まりが必ずしも形定まらず、凝縮よりはむしろ拡散の方向をとり、世界の全体像を捉えようとする作者の志向が、むしろ多面な矛盾葛藤の巨大な混沌の世界を現出してゆく。かくして進化論を認めぬ南部の頑迷さへの批判も、三〇年代に顕著になった黒人種問題、延《ひ》いては過去の奴隷制に関する急進的思想も、故郷南部との生きた関わりの中ではその根拠を揺すぶられて、混沌の波にさらわれようとする。家族や家(屋敷)のイメージも山脈の自然のイメージも、それと対立する科学技術の産物(例えば汽車)や大都市、また世界的な知的モダニズムへの憧憬によって、まことにアンビヴァレントなものになってしまう。ウルフ自身、その間《かん》ハーヴァードへニュー・ヨークへ、ヨーロッパへと放浪を続けるのであり、そうしたウルフ的茫洋さ(これは現代そのものの姿でもある)を、著者は文献の緻密な調査研究のうちにいわば自然に浮かび上らせてゆく。

だからこうした茫漠とした戯曲への努力が行き詰ると、当然のように、自己回帰としての厖大な一連の故郷探求の自伝小説は始まるのだ。この転換はもう少し最初から暗示的に説明してあればよかったと思うが、それでも最近あまり論じられないこの作家の文学の本質を、初期戯曲から緻密に捉えようとした著者の意欲に敬意を表するものである。（外国人名の片仮名表記に多少気になる点があった。たとえばＪ・Ｍ・バリエとあるのは、バリーではないか。）

藤平育子著

『カーニヴァル色のパッチワーク・キルト――トニ・モリスンの文学』

複雑な変転を捉えた労作

近年稀な大型の女性黒人作家トニ・モリスンの小説を、初期の『青い眼がほしい』(七〇)から『ジャズ』(九二)に至る六長篇について、それぞれ克明に解読し、かつこのノーベル文学賞受賞(九三)作家の文学全体の構造を捉えようとした労作である。ただの労作ではない。作家自身が意識的、無意識的に関わっている主題と方法――その形としてのイメージ、言葉、音と音楽、従ってまた「語り」の種々相、その反面の沈黙、いやそれらを視覚化する色、そして民話・神話的(特に原初の自然に関わる)寓意等々――を、作家の創作の進展につれて詳しく解釈してゆくばかりでなく、その文学全体を対象とする以上は、各作品の間を行きつ戻りつ、常に個の現象を全体の相の中へ捉え返していかなければならない。殊にモリスンのような方法意識的な作家の場合には、その方法意識と無意識の相との関係にも深い注意を払って、全体の構造を見通し続けねばならない。そうした労多い作業を果そうとしたという意味で、労作と言うのである。

だが、その労苦にも拘らず筆つきは明るく楽しげ、と言うより章を追うにつれて明るく楽しげになり、ついに終章では筆先から満足の溜息が聞えてくるほどだ。これはもちろん、第一にモリスン文学の深々とした豊かさの故だが、同時にそれを次第に深く感じとってゆく著者の鋭敏な知性と寛やかな感性のせいである。最初いささか息苦しいのは、モリスン自身の書き方《ライティング》が、まず既成の秩序や価値観、その一般的なイメージの強烈な破壊から始まり、論者はどうしてもそれを追わなければならぬからであろう。第一長篇『青い眼がほしい』の父親による娘のレイプと彼女の狂気と沈黙、次いで『スーラ』（七三）における黒人女性の黒人共同体への「魔女」的挑戦と、息子を焼き殺すその祖母——こうした極限的な設定とその形象化は、背後に隠されている一層深い動機を探る緊張を論者に強いるのだ。

　だが、さらにその緊張を包みこむ奥深い層を感得し、暗示するのは作者自身であり、本書の著者もまた敏感にそれに反応して、その複雑な変転を捉えてゆく。例えば次の『ソロモンの歌』（七七）では、「自分自身の人生を生き」るために「洞窟探し」に出る黒人青年の物語が中心になるが、その物語は、それまでの作品にも潜在していた小説の言葉そのもの、特に「語り」（もしくは「口承」）の問題を深く孕み、主題と方法の探求が渾然一体となるある豊かさを獲得する。ただのメタフィクション的実験なのではない。実はその根底に、（著者も最初から注意していたのだが）「アフリカ系アメリカ女性」のアイデンティティという根本命題が常に厳として、しかし比類ない柔軟性を秘めて潜在していたのである。先の破壊、狂気、殺意……等もすべてそこから発し、従ってその奥に新しく見出される豊かなものも、すべてこれを軸にして展開してゆくのだ。

　かくして次の『タール・ベイビー』（八一）では、白人女性の子供虐待と裏腹になる、深く自然に根ざした黒人の母性が神話的意味を孕んで啓示され、『ビラヴィド』（八八）では、女性の奴隷が蒙った死に至る身体と心の傷がついに「癒される」経緯が、人間自身の癒しとして幻想的に描かれ、

『ジャズ』では、そうしたことすべての根源に波打っている黒人の音楽、殊にブルースの豊かな生命が喚起される。その豊かさの拡がり、深まりは、あたかも次々と切りとられたさまざまな色の布切れが次々と縫い合わされて、やがて眼もあやなキルトを作りあげてゆくかのようだ。本書の表題の「カーニヴァル色のパッチワーク・キルト」も、作中の言葉であり、著者もここに辿りついて、ある満足の吐息を洩らすかに見えるのである。げに作者と評者の羨ましい心のハーモニーと言うべきだろう。

だが、おそらく事はここで終るのではない。小説は「政治的」で、かつ「美しく」なければならぬとモリスン自身が言う以上、常に新しい切りとりと縫い合わせは起り、作家も評者も刻々それを見つめ続けねばならぬだろう。そこにこそアフリカ系アメリカ女性作家の文学、いや文学そのものの現実と生命はあるに違いないのだ。

平井杏子著
『アイリス・マードック』

哲学と文学の交錯
作家としての立場から

著者の平井杏子さんの文章には、創作（小説）以外に接したことがなかったので、この正面切ったマードック論は刺戟的でもあり、またさまざまな問題を考えさせられる契機ともなった。問題の中心は、何と言っても本書の主題である、マードックにおける哲学と文学の関係の構造ということだが、同時に著者自身の文学と哲学の関係構造、延いてはそもそも哲学的思索の核としての観念と、文学が一次的にかかわるそこにあるものとしての現実（私はこれを「リアリティ」よりは「アクチュアリティ」と呼びたいが）との関係はどうか、ということになるだろう。

最初に一つの大雑把な感想を述べれば――この場合たとえ哲学と文学が異種のものではなく、むしろ表裏をなし、一方から他方へという因果律的過程にあるのではなく、常に往復運動の関係にあるとしても――マードックが、そのキャリアの示すように文字通り哲学から文学へという過程の痕跡を残しているのに対して、平井さんの場合は、創作を始めた時期にかかわりなくまず文学が先にあったのが、何か――おそらくマードックの作品に触れたこと――のきっかけで、感性を根底で支える観念《アイディア》を自己省察的《セルフ=リフレクシヴ》に探ることになったように見える。どちらから始まっても、問題の核は同じところ（著者が「あとがき」に書いているように、その解き放ちがたい「曖昧さ、混沌」）にあるのだが、そこになお過程《プロセス》といったものが揺曳していることを否定できないのではないか。表裏という空間関係にも、どこかに時間的契機が纏わりついている筈だからだが、しかしこの二人の場合には、あるいは日本的感性と西欧的知性の違いという微妙な文化的要因が背後に働いているのかもしれない。

二〇年来の愛読による著者のマードック理解は、数多いこの作家の作品を重点的に選んで、詳しくその方法、構造、そして究極的達成を突きとめようとする正攻法のものだが——そうした経験のない私にとっては、この著者のテキストがマードック理解の唯一の手掛りにほかならない——それだけに、哲学と文学というメビウスの帯は、一般的に論者に論述の反復を強い、その円環的と言うより循環的な反復こそがマードック文学の、そしてまた著者自身の探求の本質であるように見えてくる。

かくして、例えばサルトルの実存主義に不可避的にあらわれる「人格が意識的で全能な意志にまったく依存していると信じる」「驕慢」を排して、むしろ「現前する実際的、実質的なことがら」に「新しい文学の可能性」を見出し、かつその地平で超越的な「善」に帰一するというのが、マードック文学の本質であるとする、第一章「魅惑者から逃れて」における主張は、続く各章——『網の中』、『砂の城』、『赤と緑』、『ブルーノの夢』、『召使たちと雪』、『ブラック・プリンス』等の解釈——でも、微妙な変移、増幅、深化を孕みながら倦むことなく繰り返される。それは最終章「寛容と無」で、マードックの人物たちが「アンティクライマックスを経て、あるがままの現実に目覚め、自らを無と認識して行く過程」（傍点筆者）を、禅の悟りの過程に比べる所でも反復されているのである。反復を非とするのではない。むしろ逆だ。先に微妙な変移云々と書いたように、ここにはマードック自身の小説家としての現実描写（ストーリー）が一作毎に織りあげる、さまざまな衣裳を綿密に説明し、かつ彼女の思索と方法の展開を、サルトルからベケット、ジョイス、いやシェイクスピア、セルバンテス、あるいはニーチェ、ハイデッガーから遡って、プラトン、再び下ってフロイト、ヴェイユ、さらには北齋、仏教、禅、インドの宗教にまで亘って跡づける、丹念な作業が積み重ねられているのである。そうした中での反復は、もはや著者自身の文学と哲学の関係探求そのものと言ってよく、それはまた作家平井杏子の新しい可能性発見の過程でもあった。彼女は「あとがき」に書く――「[小説を]書くことによって、それまで分析的にしかとらえていなかったマードックの作品の創造の過程がおぼろげながらも見えてくるようになると、そこには文学としての思いがけない魅力が無限に埋もれていることに気がついた」。

そしてこのことには、先にも触れたように、やはり著者の日本的感性が深く働いているのだろう。彼女は、当然マードックの哲学と文学のアンビギュアスな関係を共有しているが、常に感性の側から理論に向きあおうとしているように見える。これはむしろ彼女の強みであり、そうした感性が、知性との深いかかわりにおいて、創作に、批評に豊かな実を結ぶことが期待されるのである。

さりげなく挿入された近藤耕人氏の写真が、文章に自然に溶けこんで、すばらしい。羨ましい本である。

大岡昇平著
『文学における虚と実』

「創造的想像力」の解明を
――虚を実から開放する術はどこに

本書は、鷗外の「堺事件」に関する論考、および江藤淳氏の漱石論、特に氏の近著『漱石とアーサー王伝説』への批判を軸とする諸論文を含む第Ⅰ部と、作品「問わずがたり」他二篇、並びに「問わずがたり」を自解する『問わずがたり』考」を収める第Ⅱ部からなっているが、この書物を評する最も実りある方法は、著者大岡昇平氏がここで提出している最も本質的な問題、すなわち「文学における虚と実」というそれに、直接踏みこむことであろう。

この問題の明確なありようの一つは、例えば江藤氏の「薤露行」論の方法を批判する大岡氏の次のような考えに、最も端的にあらわれている。「漱石の構想力」と題する講演のなかで、氏は、江藤氏がその著書で漱石の作品の文学的解明を、嫂登世との禁忌的恋愛という伝記的事実への推定と結びつけているのに対して、むしろ「漱石の構想力、つまり小説家としての創造的想像力」といったものの解明を主とすべきであると言い、「創造されたもの」と「伝記的事実」は因果関係にあるように見えて、「もともと別の次元に属している」と述べる。従ってすべてにわたってこの二つの対応関係を探るのは「むだ」で、作家の想像力の「現実とのかかわり方のパターンのようなものを見出す必要がある」と考えるのである。

この見解は、きわめて至当であり、むしろわが国の文学批評・研究でそれが実質的に方法化され、実体化されることが意外に少なかったことに、不思議を感じるくらいである。私自身は漱石研究を専門にしているものではないが、江藤氏の著書にしても、大岡氏も認めているそのさまざまな学問研究的成果ばかりでなく、方法上の可能性も多分に暗示しているにもかかわらず、実際にとられている作品の秘密究明の方法自体としては不思議に短絡的であるのに、ある戸惑いを感じないわけにはいかない。もとより、今の私は細部のすべてに亘って、両氏の「薤露行」に対する見解を正確公平に裁断する立場にはいない。例えば『薤露行』の構造」のなかで大岡氏が新しい構造的解釈として提出している、死んだランスロットの「化身」としての白鳥という考えにしても、おそらくそうであろうと推定しながらも、一抹の割り切れなさの感が残る。だが、それは本質的には、漱石の「想像力」の構造自体の問題にほかならず、「ユリの美学」や朝日新聞紙上の論争でも大岡氏が江藤氏の所論について指摘している、「作品と作家の現実の生活」との不思議に短絡的な関連づけということとは、まったく別の問題なのである。

しかしながら、また、大岡氏の言う「小説家としての創造的想像力」の研究という地平から、まさに根本的な難問が次々と生起してくる。氏もけっして伝記的事実と作品の関係を、例えばかつてのアメリカの「新批評」家のように完全に否定しているのではない。氏は「現実とのかかわり方のパターンのようなものを見出す必要がある」と言い、そうした意味で本書では「文学における虚と実」の関係を追求しているのである。

しかもその場合氏はまず、「文学理論としての、リアリズムにおいて考えられる虚構と真実の意味ではなく、むしろそれ以前の、作者のイデオロギー、感情、偏見などによって作品の中に現われる〈虚〉を研究」（「あとがき」）せざるを得ないのだ。「堺事件」における鴎外の想像力の「体制イデオローグ」的性格の追求は、その鮮かな例だが、意外な、あるいは当然のことながら、その研究は、富永太郎の伝記執筆のための取材をもとにした大岡氏の作品「問わずがたり」を通じて、ほかならぬ氏自身に跳ね返ってくる。『問わずがたり』考」は、私には苦しい、本質的な難解さを孕んだ文章である。今日の文学研究、従ってまた文学そのものが必然的にプライヴァシーにかかわってくるという一面を避けて通ることはできぬにしても（これは必ずしも日本だけのことではなく、今日の世界の文学状況を象徴していると思われる）、いったい文学「以前」においてではなく、文学自体において真実に新しく「虚」を「実」から解放する術《すべ》はどこに見出され得るのか。こう言うとき、私はここでは言い尽し得ない、関連するさまざまな問題を踏まえているつもりである。そうした意味で、この書物が、江藤氏との論争における大岡氏の「創造的想像力」という考えを主軸にして、文学、殊に小説における「虚」と「実」の多層的な関係の新しい創造的な探求への、一つの重要な指標となることを、私は信じ、かつ期待しないではいられない。

第Ⅱ部　作家を読む

スティーヴン・クレイン著／西田実訳

赤い武功章　他三篇

スティーヴン・クレインの作品の世界は、言ってみれば可能なかぎり固有名詞を排除しようとする世界だ。あるいは、それでもあとに残る固有名詞的なものと、それを排除しようとする意志との葛藤の地点に成立する世界だ。『赤い武功章』の主人公はヘンリー・フレミングという固有名詞をもっているが、彼はヘンリー・フレミングであるよりは、むしろ「若者」であり、彼の戦友たちはジム・コンクリンであるよりは「のっぽの兵隊」、ウィルソンであるよりは「どら声の兵隊」もしくは「戦友」である。収められている短篇「オープン・ボート」にしても「船長」「オイル係り」「コック」「記者」が登場人物であり、「青いホテル」では「スウェーデン人」「カウボーイ」「東部の男」など、「花嫁イエロー・スカイに来る」でさえも「花嫁」の固有名詞は与えられていない。こうしたことは不思議な効果をもたらし、かりに固有名詞をもった人物があらわれても、彼らはその固有名詞とは無関係な存在に見えてくる。

それを更に延長してゆけば、『赤い武功章』の南北戦争は歴史的な戦争と言うよりは、「戦争」あるいは「戦場」そのもの、「青いホテル」と「花嫁イエロー・スカイに来る」のフォート・ロンパーやイエロー・スカイは、例えば「西部」といったどこかに抽象性を孕んだものとなり、クレインが現実に体験した難破を素材にした「オープン・ボート」でさえも、きわめてアクチュアルに描かれていながら、究極的にはどこかでアクチュアリティを脱している。十九世紀末アメリカの深まりゆく（自然主義的）リアリズムの趨勢のなかに彼の文学を据えて考えると、これはまことに不思議である。たとえアメリカの小説には抽象化、象徴化の伝統があり、そもそも自然主義というものに一種の抽象化の傾向があったとしても、その不思議さに変りはない。なぜなら、クレインの作品には一方でアクチュアリティへの志向が歴然としてあり、それと抽象化志向との無意識の葛藤の地点に成立する彼の文学は、けっして抽象的とも象徴的とも呼び得ないものだからである。

この不思議な二重性、両義性は、今日の私たちの感覚から言えば、不条理というのに一番近いかもしれない。だが、クレインは不条理を不条理として捉えているわけではもちろんない。『赤い武功章』では彼は、自ら経験したことのない戦争そのもの、と言うより戦場に投げ出された一人の田舎者の青年の心理とその変貌を懸命に追っているのだ。しかも、「彼は、大きな死に触れるために出ていって、結局、大きな死も、それだけのことであると知って帰ってきた。彼は大人になった」という一つの回心が、その結論なのである。その結論が私たちを焦《じ》らし、そこへの過程が私たちを魅了する。そして他の三短篇におけるより成熟した作家の眼と突き放した筆つきが、私たちを感嘆させると同時に、立ち竦ませる。アクチュアリティと抽象性の中間に凝然としてある彼の文学は、今日の文学状況の、小さいがしかし厳としてある、振り返るべき一つの原点のように思えてくるのである。

訳しにくいクレインの文章を、原文の趣きを損なわずによくこなした訳文に敬意を表し、彼の作品がもっとわが国の読者に読まれることを願ってやまない。

ガートルード・スタイン著／金関寿夫訳

アリス・B・トクラスの自伝

この本が今やっと邦訳されたというのは、不思議なくらい遅きにすぎたという感を禁じえないが、また考えなおしてみれば、これはまことに時宜にかなった出版であると言っていい。なぜなら、私たちは今やっと、二十世紀初頭に始まったあの全西欧的な新しい芸術運動の意味を、私たちなりの世界的なパースペクティヴによって捉えることができるようになったと考えられるからである。ということは、この本の著者ガートルード・スタインの二十世紀の文学・芸術に占めていた位置が、今やっと私たちの眼に分明になってきたということにもなるだろう。私たちは今までこの本を読むに際して、たとえばピカソやマチスなどの当時の無名の画家たちが、スタインの慧眼と寛大さによってその天分を発揮していった経過にまつわるさまざまな挿話や、またヘミングウェイその他の若いアメリカ作家についての同様な逸話に、あまりにも興味を惹かれすぎてはいなかっただろうか。

もちろん、そうしたことはそれなりに今なお大変面白いばかりでなく、それこそがこの本の血肉そのものであると言っていいのだが、しかし、今この本を改めて読みなおしてみれば、おそらく私たちは、それらさまざまな挿話や逸話を見つめているスタイン自身の視線の深さと厚み、さらにはその時代そのものの深さと厚みを感じとらないではいられないはずである。トクラスの視点を借りて、ほとんど人を喰った一種男性的なスタイルで淡々と筆を進めてゆくその独特な語り口は、三〇年代初めからふりかえった過去二五年ばかりの文学・芸術の歴史を、立体的な厚みと深さにおいて現出するのに成功しているし、それは今日の私たちの視線を遮るどころか、むしろその根を与えてくれる。そしてここにはまぎれもなく、当時新しい世界の担い手だったアメリカ人の新鮮な洞察力と強烈な自信があるのだ。――私は、同じ頃に厖大な日記を書きついでいた、およそスタインとは対照的な今一人のパリ在住の女流作家、アナイス・ニンのことをふと思いあわせ、その後の文学・芸術と、そしてアメリカそのものの成りゆきを考えて、今日にのしかかっている二十世紀の重みを改めて深く感じとらないではいられないのである。

ジャック・ロンドン著／辻井栄滋訳

アメリカ浮浪記

ジャック・ロンドンの作品は、違ったものを読むたびに新しい驚嘆すべき発見をもたらしてくれる。今度翻訳された『アメリカ浮浪記』（原書は一九〇七年刊）などは、いかにもこの作家らしい奔放な冒険譚《たん》でありながら、その舞台となっている前世紀末アメリカの、これまた今日の我我に改めて驚嘆をもたらす人間と社会の状況を生き生きと、しかも真実に伝えて、我我の眼を見はらせるのである。

ここに描かれているのは、ロンドン一六―一八歳の時の、カナダからアメリカへかけての物乞《ご》いや貨物車無賃乗車の旅、ナイアガラ瀑布《ばくふ》の刑務所での三〇日間拘留、何百人というルンペンたちとの冒険行や交友、離別、さらにはアメリカ史上有名な、一八九三年の大不況の時失業者の軍団を組織してワシントンへ請願行進したコクシーに呼応して、行軍を始めたケリー軍団への参加、などの体験の回想であるが、これは回想と言うより、過去をもう一度現在に生きる臨場感溢《あふ》れる記録と言うべきものだ。物乞いや無賃乗車と言っても、広大なアメリカ大陸で一個の人間のからだを張る、スリルそのものといった冒険行で、個人の自由と無法のすれすれの中間をいく、まさにアメリカ的な物語でもある。

しかも、真実なのだ。巨大化したアメリカ資本主義の矛盾が激しく露呈された時代における、独立革命以来の民衆の社会正義と抗議の精神の大きな燃焼が背後にあり、若いロンドンもそれを深く感じとっている。だが、それは、ここでは観念とかイデオロギーに留《とど》まることなく、まさしくその精神そのものの肉体的躍動となって読者を魅了するのである。ケリー軍団に属しながらむしろ軍団を出し抜いていく件《くだり》などは、あわやアナーキックになろうとして、しかもかつてからの雄《ゆう》勁《けい》なアメリカ精神の軌道を離れぬ、不思議な魅力を孕《はら》んでいる。
ロンドン独特のノンフィクション作法と共に、このアメリカ的な力には、今日改めて学ぶべきものが多くあろう。

U・S・A（一）

ジョン・ドス・パソス著／渡辺利雄・平野信行・島田太郎訳

ジョン・ドス・パソスの作品、特に彼の代表作である『U・S・A』三部作は、かつて一九三〇年代から四〇年代にかけては、多くの作家や批評家にまことに大きな文学的衝迫を与えたのに、不当なことに今日では、専門的な研究の場合を除いてほとんど忘れさられてしまっている。かつてはアメリカ本国で高く評価されたばかりでなく、フランスではサルトルが示唆的なドス・パソス論を書き、またクロード＝エドモンド・マニーが彼の作品を重要な発想の手掛りとして、刺戟的なアメリカ小説論、『アメリカ小説時代』を書いた。わが国でも、早くからドス・パソスは注目されていたが、殊に戦後の一時期には、フォークナーとともに主にその斬新な手法の面から、十分に深く評価されていたのである。

その彼の『U・S・A』が、今日欧米でも日本でもほとんど忘れさられてしまっている理由は、一つにはこの作品以後ドス・パソスがあまり注目に価する作品を書かなかったこと、および一種不可解とも言うべき彼の表面上の政治的転身ぶりにあったと言えるかもしれないが、しかし、より本質的には、彼が一九三〇年代に描きあげたような現代社会のなまなましい影像が、今日ではもはや既成の事実となってしまっているばかりか、その影像が孕んでいた矛盾が今や現実には遥かに深化してしまっている、という点にあるであろう。例えば、『U・S・A』で究極的にあらわになる現代社会における人間個人の疎外状況は、今日ではむしろ極限化していて、それを再び小説作品で描きあげることは、一つのまったくの同語反復《トートロジー》になってしまわざるを得ない。また、そうした面からのみこの作品を読めば、斬新とは逆に、むしろ既知の古い世界に触れさせられたような気がするかもしれない。手法的に言っても同じで、殊に映画の方法に擬せられているドキュメンタリー的手法は、今日の複雑に発達したさまざまなメディアの前では、あまりにも単純、あるいは荒削りに見えることでもあろう。

だが、今日の社会矛盾の極限化、および文学の手法の複雑化は、けっしてそれでよいといったものではない。それどころか、逆に袋小路を意味してさえいる。そんなときに、いわば今日の人間ならびに文学の状況を鮮烈に先取りしていた、その一つの原点とも言うべきドス・パソスの『Ｕ・Ｓ・Ａ』は、今一度私たちの足下を見直すという意味で、改めて生き生きと、新鮮に甦ってきはしないか。ここからは、今日の私たちが馴れ親しみ、いわば不感症になっている現代世界のありようを初めて発見した作家の想像力の、深く感動的な精神的おののきが、まざまざと伝わってくる。殊にこの翻訳第一冊における手法および物語の展開には、今日の私たちが再び想起すべき、人間および文学の根源的な生命のリズムが、聞き紛うかたなく生き生きと響いている。私はかねがねドス・パソスの文学の再評価を、さまざまな意味で真実に願っている者だが、今この『Ｕ・Ｓ・Ａ』が文庫本として、しかも訳者たちの、殊に「ニューズリール」の新しい解説を含む、精緻な翻訳によって、広く読者に供されるにいたったことを、心から喜ばずにはいられない。全六巻は大変な仕事であるが、着実に完訳が達成されることを、祈ってやまない。

ウィリアム・フォークナー著／西川正身訳

八月の光

「じっさい、言葉から言葉へと往復する翻訳こそ、最良の、そしておそらく唯一の正当な文体論の学派である、と宣言してもたいして驚きに価する発見とはならない」と最近『プロテウス、その嘘、その真実』という魅力的な翻訳論を書いた、カリフォルニア大学のロバート・M・アダムズ教授は言う。まさしくその通りなのだ。翻訳者は何よりも文体を求める。たとえ既訳が幾つかある場合でも、いや、あればあるほど、ひたすらそれを求める。必ずしも自分の文体でも、原著の文体でもない。自分と原著の間のある焦点に像を結ぶ文体と言ったらよかろうか。アダムズ教授はそれを「前面《ファサード》」と名づけるが、その奥には「原著《オリジナル》」が厳然と存在しているはずなのだ。

西川正身氏の『八月の光』の翻訳を読みながら、私はしきりに右のアダムズ教授の言葉を思いだしていた。「忠実」と言うことなのではない。「忠実」は必ずしも文体を生みださない。かと言って、奔放な個性的文体でもない。今日、翻訳における自由奔放をどこまで信じ得るだろうか。「忠実」と「自由」を共に含み得る文体のことを言うのである。それは根をもたない抽象的な文体だと非難されるかもしれない。だが、そもそも翻訳とは根のないところに根を生やそうとする苦しい作業なのだ。そして新しい根は生えなければならないのである。

しかし、この苦しい、アダムズ教授流に言えば「嘘」と「真実」に満ちた文体から、しばしば新しい真実と自由が輝き出る。紙面の都合でただ一例を挙げれば、例えば冒頭のリーナ・グローヴを読者に紹介する一節——

道ばたに腰をおろして、荷馬車が一台、丘をのぼってくるのを見まもりながら、リーナは思う、『あたし、アラバマから来たんだけど、ずいぶん遠かったわ。アラバマからずっと歩いて、ずいぶん遠かったわ』つづいて『旅に出てからまだひと月とたってないのにもうミシシッピー、うちからこんなに遠くまで来たのは生まれて初めて。十二のときにドーンズ・ミルで暮らすようになってから、こんなに遠くうちを離れたことなんか、これまでに一度だってなかったわ』

「忠実」と「自由」が入りまじっているが、それによってフォークナー独特の流動と静止の織りなすリズムが充分に伝わってくる。前半の同じ語句の繰り返しは忠実、「つづいて（Thinking…）」から後半の体言どめなどの工夫は日本語に即した自由の例で、その組みあわせが原文と訳者の間に新しい訳文体の像を鮮やかに結ぶ。この作者独自の、時間を一挙にたたみこむ文体あるいは巧みな語りのそれなどの日本語による再現は、西川氏の訳文体に新しい輝きをそえている。

ただ不可避的に欠けるのは、原文の音である。日本語の音は究極的にやわらかく、原文に響く暴力《ヴァイオレンス》の音を原文よりもいっそうやわらかに包みこみがちだ。だが、おそらく音とは一つの分水嶺で、だからこそさまざまな訳文体が可能になるのであろう。音は翻訳者の永遠の課題であり、西川氏のこの『八月の光』の新訳がその永遠の課題に独自の形で挑んでいることは、言うまでもない。

アーネスト・ヘミングウェイ著／沼澤洽治訳

エデンの園

この小説は一九八六年の春、作者の死後二五年目に編集者の手で整理して出版された作品だが、未完とは言っても独自の一貫性をもち、作者の生前に出版された諸作品では容易に窺い知ることのできなかった、ある顕著な特質を鮮明に浮き彫りにしている。

その特質とは、よく知られたヘミングウェイ独特のあの行動の的確な再現を軸とする作風とはおよそ正反対の、と言うよりはそれとは表裏をなす、ひたすら受身的、自己省察的な姿勢を描き取るという特質である。この面は生前出版された作品にも当然読み取られた筈なのだが、あたかも作者自身がその面は公にしないと固く決意していたかのように、徹底的に抑えつけられていたかに見えるのだ。

ストーリーは、ある意味では単純でいささか図式的、あるいはパロディ的である。成功した若い作家デイヴィッドに二人の美女がまつわりつく。金髪系の髪をした妻キャスリンとの南仏での生活は、性の快楽をも含めて一種の「エデン」だが、夫が「仕事」のことを考え始めると同時に、妻は男性への転移の願望と女らしさへの願いの間に引き裂かれて、次第に精神の異常を来してゆく。ところがカンヌで黒髪の娘マリータがあらわれ、徹底した女性らしいやさしさでついにキャスリンに取って替わり、デイヴィッドの伴侶となる。

二人の女に挟まれたこの若い作家の心はまさしく修羅そのものだが、彼はひたすらやさしさと理解によって中立的たろうとし、その心の空虚をただ「書く」ことによって切りぬけ、たとえキャスリンに貴重な原稿を焼かれても、その信念によって、失われたものを心(想像力)の中に一層完璧に再現してゆく。

この小説は、作者自身の四人の妻との関係を思わせる自伝的な面を色濃く孕んでいるが、しかし今書いたような、「書く」行為自体についてのヘミングウェイ独自の考えとその実践を、作品として定着して見せたのだと考えるのも意味ある読み方ではないだろうか。いわゆるメタフィクション的なものの根は、きわめて深いのだ。

ハワード・ファースト著／宮下嶺夫訳
市民トム・ペイン――「コモン・センス」を残した男の数奇な生涯

伝記的小説とは、おそらくそれほど書きやすい文学ではなかろう。大幅に換骨奪胎して、一つのロマンスとして空想で描きあげる場合ならともかく、いささかでも史実に忠実になろうとすると、無人称的な歴史の動きと、主題である人物の個性との融合がむずかしくなって、人物像が躍如としてこない恐れがある。そのうえその人物が、この『市民トム・ペイン』の場合のように思想的・政治的大義の追求者であるとすれば、叙述が生硬になりがちで、人間的な幅の広さや魅力を盛り込むことがいっそう困難になりはすまいか。

それればかりではない。作者ハワード・ファーストがこの作品を出版した年（一九四三）は、また彼が二八歳にしてアメリカ共産党に入党した年であった。もちろん、ファースト自身ののちの転向告白で回顧しているように、それにはさまざまな個人的な問題がまつわりついていただろう。しかし、やはり何と言っても、イデオロギーへのかかわりがさらに文学作品を一面的な、性急なものにしなかっただろうか。

しかしながら、今このファーストの伝記的小説『市民トム・ペイン』を宮下嶺夫氏の訳で読むとき、そんな障害はほとんど感じられない。もとより一人の人間の生涯に亘ることだから、その生涯を一書に凝縮しようとすればいささかの飛躍、いささかの不均衡は立ちあらわれる。激しい変転の生涯だから、モチーフの一貫性が時として崩れて、些少の矛盾を見てとることもある。だが、そんなことはほとんど欠陥とはならず、このアメリカ革命の、いや、近代革命そのものの鬼、その論理の飽くなき追求者にして民衆の心の透徹した読み手、そしてそれ故にまた人間的な苦悩と不幸の赤裸な体現者ともなったトム・ペインの生涯は、息つぐ遑もないほどに読者を魅了して、最後まで一気に読ませるのである。

なぜだろうか。訳文の魅力も大いに与っている。訳者は原文の文脈を見失わずに自在に自らの文章を生み出して、独特のリズムを創りあげている。だが、それを差し措いて原作の魅力を言えば、それはやはり、作者がトム・ペインその人の魅力を今日に生き生きと再現もしくは新しく創造し得た点にある。ここには、ちょうど独立の頃英国からアメリカに渡って、次第に独立革命ということの本質を見抜き、「コモン・センス」や「危機」などの著作によって民衆に訴えて、革命の巨大な支えとなったトム・ペインの、一種小気味のよい知的切れ味が再現されているばかりでなく、それと裏腹をなす悪夢のような敗色と退廃、また成功後のトムの空虚感や慢心や老いの惨めさが仮借なく描かれて、単なる思想家、革命家だけでなく、人間社会の泥にまみれたその赤裸な姿が彷彿としている。

それはもちろん、作者ファーストの想像力の働きによるものだが、それはまた、十八世紀末から十九世紀初めへかけてのアメリカにおける、底深い人間および革命家としてのトムのイメージと、二十世紀の第二次大戦中における若い作家ファーストの心情との間に鮮かに通いあったもの、つまりアメリカというもののせいに違いない。アメリカの魅力は、ただジャズやテンポの早いこだわりのない生活といった点にのみあるのではなかろう。やはり建国以来貫いてきた、少なくとも貫こうとしてきたあの自由の精神がどこかに生きているからこそ、現代的な魅力も生まれてくるのであろう。『市民トム・ペイン』は、そうしたことを改めて啓示してくれる、今日なお新鮮さを失っていない書物と言うことができる。

バーナード・マラマッド著／小島・浜本・井上訳

レンブラントの帽子

この短篇集は、帽子もしくは冠と、手紙にまつわる物語集であると言っていいかもしれない。帽子もしくは冠と言っても、いわば落ちた冠のことであり、手紙と言っても、通ぜぬ手紙のことにほかならない。両者はもちろん深くからみあって、その意味を無限に拡大増幅してゆく。

例えば巻頭の「銀の冠」は、高校の生物教師をしている男が、今まで何一つしてやれなかった、癌で死にかけている父親を何とか救ってやろうと考えて、ある日偶然にブロンクスで見つけた、「銀の冠」を作ることによって病気を直すと称する、怪しげなラビに多額の金を支払い、結局は幻の、と言うことはつまりまやかしの銀の冠を見せつけられるだけで、挙句の果てには父親への自分自身の思いやりも、幻もしくはまやかしにすぎぬことを暴露してしまう、といった話であるが、ここでは「銀の冠」は、親子の間、ひいては人間同志の心の通じがたさと、しかも通じあうことへのもだえという、まことにやりきれぬ相互循環的な二重性の、奥深いイメージ化となっていると言っていいであろう。冠は確かに落ちてしまったのだが、この男のように「戦争、原子爆弾、公害、死に腹を立て」る「すぐにいらだつたち」の人間には、まるで催眠術にかけられたようにそれが再び怪しげな輝きを放ちはじめるところが、まことにやりきれないのである。

表題の作品「レンブラントの帽子」では、冠は帽子に変じてはいるが、けっしてただの帽子ではない。レンブラントの自画像がかぶっているような、すばらしい、白い帽子、いや、そう思いこんでしまった帽子なのだ。しかもそれを「王冠のように」かぶる男ルービンは、ニューヨークの美術学校で教えているあまり冴えない、孤独な芸術家（彫刻家）であり、そう思いこんでしまうのは、どうやらやはり心の通じあいへともだえ、「いらだつたち」らしい、同じ学校で教える美術史家アーキンである。アーキンの思いこみは、常にそっぽを向いているルービンに心を通わせようとした結果とも言うべきだが、それを当の相手に言葉で伝えた途端に（誰がそうしないでいられよう！）、心の通じあいは完全に断ちきられてしまう。なぜか、ということをマラマッドはむろん直接には書かず、アーキンと読者に推理させるのだが、その推理はどうであれ、アーキンが自分のもだえから生まれ出た思いこみと言葉によって、ルービンのプライヴァシーに闖入し、その孤独な心を蹂躙したことだけは確かだ。なぜならそのことによって彼は、ルービンの白い帽子が落ちた冠の卑小な補完物にすぎぬという事実を、相手に突きつけたのだから。ましてや、偶然とは言え、白いカウボーイの帽子などをかぶったおのが姿を、その相手に見せつけるにいたっては！

この作品は、アーキンが自分の思い誤りをルービンに告白することによって再び心の通じあいを取り戻すという、一種鮮かな喜劇の調子で終るが、これは作者の側における通じあいへのもだえの、真率さと執念深さを伝えるものであろう。だが、逆に言えばそれはまた通じがたさの証明ともなり、例えば「手紙」という小品では、その通じがたさのどうにもならぬ悲哀を、ほかならぬ手紙そのものが象《かたど》ることになる。頭の狂った息子が同じ精神病院にいる父親に出そうとしている、何も書いてない手紙という形で。「引退してみると」と「パーティでレディのくれた手紙」も、通ぜぬ手紙という皮肉がまき起すあわい悲喜劇だが、「わが子に、殺される」では、再び親子の間の絶望的な通じがたさそのものが主題となり、息子は波打際に立ちはだかり、父は風に飛ばされた帽子を追ってゆく。

だが、マラマッドの現実感覚は彼をこの瀬戸際に留まらせずに、逆に、例えば、「引き出しの中の人間」では、アメリカのフリー・ランスの文筆家とソビエトのわが意を得ぬ作家（共にユダヤ系であり、共に「いらだつ」人間である）の通じあいへのもだえを、現実に重なる幻想の域へと高めさせ、「レンブラントの帽子」と共に集中の圧巻とも言うべき「もの言う馬」では、同じような主題を一種シュルレアリスティクに執拗に追求しぬかせる。すべて鋭い現実感覚に裏打ちされ、しかもなお人間を見失わぬアメリカ的心情の風を吹き通わせる、重くかつ爽やかな作品集である。

巻末の小島信夫氏の「心の中で花が開く」という解説は、作家の心そのものに迫って、他国の文学を私たちにぐっと引きよせ、私たちの文学をそこへ向かって解き放つ、翻訳解説として新しい、望ましい企てで、そうした息ごみのせいであろう、共訳者たちの訳文は何れも冴えている。

ソール・ベロー著／橋本福夫訳

サムラー氏の惑星

小説『サムラー氏の惑星』において七四歳の主人公アーサー・サムラーが一貫して果す役割は、識別者もしくは「要約者《コンデンサー》」としてのそれである。地球の運命と月移住について彼と長い議論（これはこの作品の圧巻である）を交す、『月の将来』という論文の著者、インド人の生物学者ゴヴィンダ・ラル博士は、彼に向かって言う――「あなたは実に明瞭に物事を表現なさる。第一流の要約者です」と。

いったいサムラー氏は究極的に何を「要約」したのか。彼の眼は一方が潰れていて、片眼でしか物が見えない。そのうえ彼は一度死んだ人間である。一九三九年秋故郷ポーランドのクラカウで、ナチの大量殺戮にあい、彼は妻と片眼を失い、自分は偶然に屍を掻き分けて脱出し、九死に一生を得たのだった。その後もザーモシュト森で今度はポーランド人に襲われ、墓場に潜んで生きのびて、ついに一九四七年娘のシューラと収容所にいるところを、アメリカで外科医として成功していた甥のイーリヤ・グルーナーに助け出され、以来その甥の庇護を受けてニューヨークに暮らすことになったのである。このポーランド生れで元英国紳士の国際人、今は娘とも別れて亡妻の姪マーゴットの許に身を寄せているユダヤ人アーター・サムラーは、独立した生計も立て得ぬ孤独な一介の老異国人《フォリナー》にすぎない。彼は生き残ったとさえも言い得ない。ただ生き続けてきたにほかならないのだ。そんな彼がいったい何を識別し要約し得たのか。

だが、もとよりこのサムラーとは、作家ソール・ベローの想像力が喚起した彼の一つのペルソナ（仮面）にほかならない。このペルソナの陰からは、片眼こそが鋭い眼光を放つのである。それはときには見えすぎる位だ。例えばサムラー氏のこの片眼は、バスのなかで彼の意に反して、堂々たる紳士風の黒人掏摸が巧みに金を抜き取るところを見てしまう。見てしまった以上は、彼の秩序と正義の感覚が彼に弱々しい孤独な行動（警察への連絡）を強いないではいない。挙句の果て彼はその黒人にわが家のアパートのロビーまでつけられ、壁に押しつけられて「割礼をうけていない大きな紫色がかった褐色のしろもの」を見せつけられるはめになる。これはただのグロテスクな一挿話にすぎないのだろうか。

だが同時に同じ片眼は、かけがえのない近親の者たちの姿態と挙動をも具さに観察して、その背後にあるものを鋭敏に見ぬかないではない。例えば娘のシューラは、『H・G・ウェルズの追憶』という大著を完成するものと彼女が思いこんでいる尊敬する父のために、ラル博士の『月の将来』の原稿を盗むが、これは秩序と正義という点から言えば、あの黒人掏摸の行為とどれほど隔っていようか。また愛する甥イーリヤの息子ウォリスは才能ある青年だが、どこかに畸形性を秘め、父が動脈瘤の手術で死の床にあるにもかかわらず父の隠金探しに夢中になり、その姉のアンゼラは、放縦な性生活の行き詰りを重態の父を相手に打開しようと殺気だつ。すべて既に死んだはずのサムラー氏の古い生活信条から言えば狂気の沙汰なのだが、それらは端なくも生き続けている彼の隻眼を通じて否応なしに彼の心に見えてくるのだ。しかも悪いことに、彼は秩序の世界からの唯一の生存者として、友人や一族の者から「審判者」あるいは「司祭」という一つの「象徴」に仕立てあげられているのだ。だが、それは何の象徴なのか。

　見える片眼はニュー・ヨークをソドムにしてゴモラと見、この地球なる惑星を狂気の集約と見る。見ざるを得ない。「月の将来」に情熱を傾けるラル博士は、この意味からはあるいは正しいのかもしれない。だからサムラー氏の見えない、死んだもう一方の眼は、まさしくその死を一つの根源的な転回点として、この狂気の世界に再び私心を去って自由と愛を再生産することを、工学よりは形而上学を新しく創造することを、また「この惑星上に正義をきずく」ことを、最も合理的なこととして彼に促さずにはいないのだ。たとえ愛するイーリヤが、例の隠金をマフィアとの関係で実際に手に入れていたことが、ほかならぬシューラがそれを発見したことから明らかになり、そのほかにも陰鬱な事件があってサムラー氏に大きな衝撃を与えたにしても、この真実に変りはなく、イーリヤの死に際して彼が呟く最後の祈りの言葉は、その真実を再び人間すべてのものとして確認しようとする勁《つよ》い、充実した人間の声にほかならない。

　ソール・ベローは見える片眼で現代の幻覚の衣裳を次々と剥ぎとり、潰れた片眼でその赤裸な狂気と無の底になおあるべき真実の生を掻き探る。解決はあるはずもないが、その一点に現代の知性の究極的な責任と心情そのものが迫真的に凝縮する。『サムラー氏の惑星』は、私たち自身の知性と心情が一度は必ず通過すべき現代の世界の一点を、アメリカを通じて明瞭に指し示している。

ノーマン・メイラー著／山西英一訳

性の囚人

かつてのヘンリー・ミラーの『性の世界』（一九四〇）を思いだしてみると、このノーマン・メイラーの『性の囚人』は何と錯雑した世界を現出していることだろうか。もちろん、その錯雑はメイラーにとって負《ふ》ではなく、正であり、書くことの糧《かて》もしくは意味そのものであるはずである。だが、「性の世界」という発想と「性の囚人」という発想とでは、そもそも出発点が違っている。メイラーはミラーの世界が終ったところから出発しながら、何ものかの囚人となりはて、再びミラーの、いや、ロレンスの方向にさえ駆けもどって、過去の性の思想の総体を取りこみつつ現在に相対《あいたい》さなければならない。

たしかに五〇年代以降に何か途方もないことが起ったのだが、それはおそらくメイラー自身が承知しているに違いないように、性のテクノロジー化とただ名づけ、憎むだけではどうなるものでもない。それと戦い、それをうちひしぐ新しい戦略を見つけだし、実戦に移さなければならぬのだ。なぜなら、ウーマン・リブの闘士たちのテクノロジー的な武器は、というよりテクノロジーそのものは、性と生を、そして人間を子宮の外に追いはらい、自然そのものを破壊する危険をつきつけているのだから。

あるいはメイラーにとって、ウーマン・リブのラディカルな理論は、テクノロジーに対する彼の全面的な新攻勢への好個のきっかけとも言うべきものだったのかもしれない。性は生の根源であるのに、本来生の真実の解放に向かうべき女性解放の思想が、生を押し殺すテクノロジー的性と結びつくときには、その勇み足は明白であり、敵（テクノロジー）の隙が見えるからだ。どこかにメイラーの高笑いが聞えさするように思える。彼の新しい戦略とは、まず、「女性の第一の責任は、おそらくせいぜい長くこの地上にあって、かの女にとって最上の伴侶を見つけ、人類を改良する子供を懐胎することである」という逆説的命題をつきつけ、一方ウーマン・リブのラディカルな理論を一つ一つくつがえしてゆくこと。その課程は、ノーマン・メイラーのユーモアの新しい文学的活路と言ってもいい。それに、何と彼はこの本で文学的であることか。第三章のミラー論、ロレンス論は、性の視点からするものとは言え、嫋嫋《じょうじょう》たる純文学論の趣さえあると言うことができる。だが、この文学性は、この性の書の錯雑をけっして解放しはしない。いや、むしろ、それは錯雑そのものを逆に照射するものと言うべきであろう。ウーマン・リブに対してムキになれば、それだけ足をすくわれ、テクノロジーに裏をかかれる――その危険をメイラーが察していないはずはない。彼は「両性は本来一つであったと信じていた」が、その神話的なヴイジョンをまだこの本で充分に展開してはいないし、展開を憚っているかに見える。もしそれを今彼が書いている新しい小説にすべて託すと言うなら、メイラーはいよいよテクノロジーとの対決を文学そのものに賭けようというのだろうか。

ジョーゼフ・ヘラー著／篠原慎訳
なにかが起こった 上・下

このヘラーの小説を読みながら、私はしばしば小島信夫の『抱擁家族』を思いだしていた。『なにかが起こった』も、『抱擁家族』と同じく、根深い社会的変動を背景とする家庭崩壊の物語である。中年者の夫婦に娘と息子を中心とする家庭という設定の点でも、両作品は似ている。そしてこうした一種典型的な上流中産階級的家庭に何かが起こって、その崩壊があらわになり、現代の人間の状況がぬきさしならず示されることになる。

だが、もちろん両者の間には根底的な意味深い違いがある。『抱擁家族』の場合に起こった何かとは、平均的とおぼしい日本の家庭にいわばアメリカが闖入して一家の主婦と姦通し、そのために顕在化した価値の相対化のために家庭の絆は切れてしまう。

一方『なにかが起こった』では、実は現実の出来事としては、ほとんど何も起こらない。コネティカットの特選郊外住宅地に住むスローカム家の主人である「わたし」は、ただささえ確執の多い社会でケーグルという営業部長の地位を襲うことを約束される。——主な事件はただそれだけで、「わたし」の愛する息子が交通事故で死ぬという事件と、「わたし」が営業部長になった以後の出来事は、最後の数ページにまるで幻覚のように語られているにすぎない。つまり、「わたし」自身が言うように、ここでは「何も起きない、という ことが起こ」った、別の言葉で言えば、もう既に決定的に「なにかが起こっ」てしまっているのだ。

ということは、「わたし」および「わたし」の見ているスローカム一家が、既に二重三重に強固に作りあげられてしまった制度や機構や慣習の網の目の中にすっぽり包みこまれていて、ここではもう何も目新しいことは起こらないばかりでなく、例えば反市民社会的な行為である姦通といったことまでが、もう当り前のこと、ただの反復にすぎなくなってしまっている。だから、社会での人間関係も、仕事ではなく、ただ人事と情事の関係にすぎなくなっており、翻って家庭内では、「わたし」は妻や娘や息子と、もう何もかも先行きがわかってしまっていながら、なおかつ理屈をこねて互いに猥雑なエゴをぶつけあうという事態になる。妻とは一番うまくいっているようだが、「愛している」などという言葉はもうどうにも口にすることはできず、逆に離婚して自由になるということも、今ではあまりにもステレオタイプになっていて、「別れる理由」をついに見つけ出すことができない。娘とは、まるで鏡と言いあいするようなやりきれぬ泥沼の関係、逆に愛する息子にはナルシス的な愛を投げかけて不毛な悪循環に苦しみ、あげくには息子の死によって二重に裏切られなければならない。

何のことはない。すべては巨大な金太郎飴のようなもので、どこを切っても同じ大きさの現代の澱んだ顔に出くわさねばならない。過去も現在も未来も同じ鋳型に鋳こまれ、その両極には死と狂気が位置している。実はスローカム家にはデレクという白痴の末息子がいて、この子は社会的に保護されるどころか、むしろ災厄の象徴なのだ。そしてこの巨大な金太郎飴とは、実はアメリカそのものではないだろうか。いわば『抱擁家族』では闖入者にすぎなかったアメリカが、ここでは世界の中心そのものであって、それ自体悪しき円環に金縛りになっている。だから「わたし」が現実に営業部長になるという事態は、例えば「わたし」が職場の精神病患者マーサを精神病院に送り、妻に「愛している」とぬけぬけと言うことが示しているように、決定的な悪夢のような出来事を意味しているのだ。——この極限的な世界のゆゆしさを感じとると同時に、私は、例えば『抱擁家族』との微妙なズレの中に、わが国の文学の状況やその新しい可能性について考えるべき問題が、多く含まれているように思うのである。

草の竪琴

トゥルーマン・カポーティ著／小林薫訳

『草の竪琴』を現代における一つの愛のメルヘンとすれば、このメルヘンでは、その幻想性に色濃い現実性（アクチュアリティ）の隈《くま》取りがついているように思われる。とは言っても、この作品が作者カポーティの少年時代の思い出に深く染めあげられているということを言うのではない。ここではむしろ、現代のメルヘンが一つの作品の形として、ついに現実性の影を完全に吹っ切ることができない、その二重性のことを言うのである。

もともとメルヘンとは本来的に二重性を担っているものだし、それだからこそメルヘンはメルヘンとしての一種の象徴性を獲得するのだが、しかし、その場合幻想性と現実性の関係は、言ってみれば鏡に映る像と物体のそれのようなものであろう。その映像に物体そのものが直接関与することはあるまい。これはもちろんあまりにも理想的な考え方だが、しかし現代のメルヘンは、つねに影像に物体が直接かかわろうとするという厄介な問題を担っていると言っていいのである。

つまり、今日では、幻想をくっきりと影像化する滑らかな鏡を容易に手にすることができないのだ。鏡はいびつで、影像はしばしばグロテスクなものとなる。『草の竪琴』における樹上の人間たちの美しい愛の生活の幻想性は、けっして幻想としては完結せず、絶えず現実性に侵され、今にもグロテスクに転じようとする瀬戸際にある。いや、それはもう既にグロテスクであるかもしれないが、作者の愛と美の思念が、特にその文体が、それを辛うじてメルヘンの世界に繋ぎとめている。そして、カポーティの才能が最も鮮かに力を発揮しているのは、まさにこの地点においてなのである。

この作品におけるカポーティの文体は、多分に修辞的である。それが修辞的であるのは、闖入してくる現実性に対して幻想性を守ろうとする無意識の抵抗から、必然的に生まれるものであろう。少年コリン・フェンウィックを「わたし」という一人称の語り手に仕立てるという設定も、この作品の二重構造に究極的な統一を与えるのに必要な方法と言わなければならない。子供と大人の中間にある少年の眼とは、幻想性と現実性という互いに矛盾したものを矛盾のままに繋ぐのには最も適切なものであり、現代においてメルヘンを成功させるほとんど唯一の方法を指し示していると言っていい。その語り言葉の修辞性はまた、思春期の少年の心理の二重構造をみごとにあらわしている。

だが、こう書いてきて、私は、カポーティのすぐれた才能に目を見はると同時に、不満を洩らしている自分に気づかざるをえない。その不満は、以上に述べたように、一切があまりにも、適切すぎるというところからきている。ストーリーそのものも、それに一役買っていないわけではない。物欲に取りつかれたようなヴェリーナと、それとはまったく対照的な純真なドリーという老姉妹の取りあわせ、この二人をめぐって純粋な愛を分かちあう樹上の「愚者」たちとこの世的な「賢者」たちの対照、そして究極的な両者の和解と、少年の開眼、すなわち、大人への成長……。だが、私の不満は必ずしもこうしたストーリーからくるものではない。これはこの作品の素材にすぎない。私の不満はむしろ、こうしたストーリーやテーマと、視点の取り方や文体とのあまりにも完璧な照応からくると言わなければならないのである。

だが、同時にまたこの完璧な照応はたいへん不気味でもある。カポーティがこの作品を発表したのは二七歳の時であるが、彼の才能はこのときいち早く、幻想と現実の和解という現代における最も不気味な現象の到来を見ぬいていたのだろうか。もしそうだとすれば、彼はこのとき既に、あの『冷血』という現代の別の不気味なメルヘンの世界を探りはじめていたのかもしれない。

ウィリアム・スタイロン著／大橋吉之輔訳

ナット・ターナーの告白

スタイロンの描いたナット・ターナーは、いったいどういう意味で、何を契機として、一個の聡明かつ従順な黒人奴隷から残虐きわまりない叛乱の指導者となったのだろうか。そしてまた、何ゆえに彼はその凄まじい計画が成功しようとするかに見えたその瞬間に、たちまちにして「しめつけるような嘔吐感、つめたくねっとりとした不安感」を感じはじめ、ついに絶望と挫折のどん底に落ちこんだのだろうか。

　その理由は、この作品のなかに、凄まじいばかりの執念と一貫した理論に基づいて、作者スタイロンの手によって丹念に書きこまれている。リベラルなターナー家の主人のもとで愛され、激励されたナットの生涯に振りかかった思いもよらぬ運命の激変、リベラルであるがゆえに無力であり、そのゆえにまたナットをいわば生殺しの覚醒状態に置きざりにしなければならなかったサミュエル・ターナーに対する、と言うよりは、そうした不条理な状況に対するナットの憎しみと怒り、そしてそこから逆転して生まれでた彼のはげしく目ざめた使命感、など。そうしたことがらは、十九世紀初めのヴァージニアの黒人奴隷の世界という、歴史の深奥に横たわる一種の原始的神秘性そのもののなかで真実に描きとられているし、またその原始的神秘性からのナットの無慙な覚醒も、同じ歴史の深奥のなかで充分に捉えられている。彼ナット・ターナーは、あたかもそうした神秘的な幻想とそれからの覚醒の接点という、きわめて悲劇的な地点に立たせられていたのであり、おそらく、こうしたナットにたいする作者スタイロンの凄まじいばかりの共感は、現代の社会にも内在している同様な状況への彼の深い反応にその端を発しているのであろう。

　だが、私は今この作品をそうしたレベルにおいてのみ捉えることに、あるためらいを感じる。現在の状況に対する反応を過去の歴史的事実に読みこんで、いわば過去を現在の暗喩と化するということだけを考えるなら、作家の消しさりがたい生きた情念を捉えることにはならぬだろう。じっさい、たしかにスタイロンその人のなかにあるそうした暗喩化への情熱は、逆にこの作品をしばしばあまりにも一貫した条理の世界に追いこみ、作者自身、いや、読者そのものの不条理の世界からそれを追いやろうとする危険を孕んでいると言っていい。その危険を作者が知らないはずはなく、彼は一人称の話者という技法の利点を充分に駆使して、その危険から身を守ろうとしている。彼は彼自身のぬきさしならぬ情念を形象化しようとしているのだが、それならその情念そのものを私たちはどのように捉えたらよかろうか。

この情念は、「変身」もしくは「変容」のそれであろうと、私は思う。この作品における一介の奴隷ナット・ターナーは、現実の世界の矛盾の極限から突如として黒人救済の予言者に変身し、かつ、いわばみずから復讐の神に変容したのだ。そのとき、彼は初めて黒人の言葉で説教する――

「皆の衆!」私はどなった。「笑うのは止めて、おれのいうことを聞いてくれ! そのばか笑いを止めて、皆の衆、神の御言葉を告げる牧師のいうことを聞くんだ!……皆の衆、お前さんたちは人間だ、人間なんだ、野の獣じゃない! お前さんたちは四足の犬でもない! 人間なんだ! どこに、いったいどこに、皆の衆、お前さんたちの誇りはあるんだ?」

「人間なんだ!」と彼は叫ぶ。だが、その彼は、そう叫ぶことによってみずから人間を逸脱し、神の位置を簒奪《さんだつ》したことになろう。その「変容」の罪に対する罰は不可避的に訪れる。彼が現在の主人トラヴィス夫妻にまさかりの一撃を加えようとしたときに、その相手が「一介の人間」であることを知った驚きこそが、彼自身を再び一介の人間に押しもどし、かつ彼の究極的な挫折を導くのである。これこそが不条理の世界における不条理というものであり、近代の孕む根源的なジレンマであるとは言えないだろうか。なぜなら、いわば近代の極限に生きている私たちは、その不条理のなかで、何ものかへの変身もしくは変容を願望し、かつさらに大きな不条理によって常にその願望を裏ぎられつつあるからである。

したがって、最後のマーガレットとナットの、幻覚の性愛のなかでの合一も、その人間の不条理のゆえに限りなく美しく、かつ同じ理由によって限りなくむなしい。思うにアメリカ社会における白人と黒人の関係とは、現代における不条理を最も端的に象徴することがらの一つであり、スタイロンの情念がそこに胚胎したとしてもそれは真実以外の何ものでもないだろう。ただその真実のゆえにこそ、さらにそれを乗りこえるべきべつの道を探りたい気はするのだけれども。

ウィリアム・スタイロン著／大浦暁生訳

ソフィーの選択

この翻訳作品を書評しようとして、私は、原著にはまったくかかわりなく大浦暁生氏の訳で読み通した。だいぶ前に原文をちょっと覗いてはいたが、今回は大浦氏の『ソフィーの選択』に徹した。

そして、初めはいささかのとっつきにくさや違和感に遮られながらも――どんな翻訳だって、いや、原著だってそうだ――次第に作品の中に、と言うより大浦氏の文学の言葉の中に惹き入れられ、『ソフィーの選択』という作品の根底に触れ得たと思った。もちろん最初にウィリアム・スタイロンがいる。が、その作者に訳者大浦氏の「人間」（"person"――敢えて「個性」〔"personality"〕とは言わぬ）が深く重なりあってきて、いわば原著の世界をアメリカから日本にまで拡げたと言うべき、紛れもない第一級の翻訳文学の世界に浸ることができた。飛田茂雄氏がどこかで、大浦氏は原著の中にみごとに隠れたといった賛辞を呈していたが、スカトロジーやポルノグラフィをもラブレー的グロテスク・リアリズムをもってふんだんに含むこの作品の中に、大浦氏がみごとに入りこみ、隠れ、言葉の魔術の中で力一杯技を振っているのを目撃するのは――好みの違いなどを超えて――まことに壮快と言わねばならない。

そのスタイロン=大浦が読者を深く連れこむのは、まさしく今日の世界の暗く恐ろしい底辺そのものである。ここではただソフィーが経験したアウシュヴィッツの悲惨が呈示されているのではない。第一、ソフィーはポーランド人ではあるがユダヤ人ではなく、むしろ抵抗運動参加も拒否して、何とか生きのびることを選び、かつ生きのびてきた女だ。彼女は亡命先のニュー・ヨークで、狂者のユダヤ人男性ネーサンと、それと知らずに愛しあうが、実はネーサンこそは、アウシュヴィッツを自分の妄想に引きずりこみ、ホロコーストを生きのびてきたソフィーを、愛するが故に激しく憎むという、今日の人間のサイキーの分裂そのものを徹底的に象徴する男なのである。

そしてこうしたことをすべて、「ぼくをスティンゴと呼んでもらおう」とイシュメールもどきに言う「私」——スタイロン自身を象《かたど》ると覚しい人物——が観察し、立ちあい、まきこまれ、同時に読者をその巨大な暗い渦巻きの中に引きこむ。読者はそれらの出来事をただ傍観するのではない。読者は、いわばみずからの存在の罪とも言うべきものに直面させられ、「私」スティンゴと共に呻かねばならぬ。なぜなら「私」は南部人で、かつての奴隷制度や黒人差別の罪の刻印を深く意識しているからだ。ここには、現代の世界の差別と非道と罪のマトリックスとも言うべきものが、深い網の目をなし、読者もその認識とそれからの浄化をみずからに課したい衝動を覚える。

南部作家らしい大時代性を感じないでもないが、この罪の世界に、例えば戦争や核の罪もまた深くかかわっているのを私は感じる。その網の目に一度は我々も直面すべきだし、大浦訳はその迫力を充分感じさせて心強い。

フィリップ・ロス／斎藤忠利・平野信行訳

ルーシィの哀しみ

ルーシィという女の名前は、「光」という意味を含んでいて、英米文学ではかつてからさまざまなニュアンスをこめて、作中人物の名前に用いられてきた。イギリス文学では、たとえば素朴な自然の少女のイメージをもつ、ワーズワスの一連の叙情詩「ルーシィ・ポエムズ」があるが、アメリカ文学でもこの名前は、しばしば「闇」との逆説的な関係を秘めながらよく小説に登場する。

ある意味では単純な名前だが、その単純さが逆に複雑な人間性の深淵を喚起し、照射するのである。

だが、このフィリップ・ロスの『ルーシィの哀しみ(原題—彼女がいい子だったとき)』(一九六七年)の同名の女主人公は、何という「闇」そのもののなかにみずから転落していることか。彼女は明らかに狂っている。「光」という意味を孕むその名前そのものにおいて、狂っているのだ。「光」によって「闇」を照らし出すとか、「闇」によって「光」を瞥見するとかいった、そんななまやさしいものではない。「光」であることがすなわち「闇」であり、狂気であることにほかならない。ということはつまり、ここには「光」など、ルーシィなどまったく存在しないということである。「光」(ルーシィ)は、その徹底的な自己主張のゆえにみずから孤立した自我の脱殻《ぬけがら》となり、そのゆえにまたその存在理由を完全に失ってしまうのだ。夫に棄てられ、夫の家族から、いや、自分の家族からも気違い扱いされ、あまつさえ最愛の息子である幼いエドワードからまで、「母さんの顔は真黒だ！　むこうへ行ってよ！」と拒否された彼女は、たとえなおもこの世の悪に向かって究極的な「善と正義と真実」の主張を絶叫しようとも(「この世の終りだというのに！　この世界が燃え上がっているのよ！」)、もはや死以外に赴くところをもたない。

父親を徹底的に憎悪

だが、なぜこんなことになるのか。おそらくそのなぜを究明することがこの作品の究極的な狙いなのではなく、むしろなぜを究明する遑《いとま》もないほどにこのルーシィの非劇が現実そのものになってしまっている、その実相を描きとることこそが作者の狙いなのだろうが、それでもなぜは精密にたっぷりと描き出されていて、この、現代には珍しい堂々とした正攻法の作品のストーリーを作りあげている。——そもそもルーシィの悲劇の発端は、必ずしも彼女自身のなかにのみあったのではなかった。彼女の祖父フィラード・キャロルは、一九〇三年に、アメリカ中西部の田園の野蛮な生活を憎んで、文明生活を求めてある小都市郊外の町リバティ・センターに住みつき、そこで郵便局長補佐にまで昇進した人物だが、彼が到達した人生哲学は、あくまでも「話しあい」によって新しい生活を築きあげようという、まことにアメリカの文明人らしいそれだった。だから彼は、最愛の娘マイラの夫のホワイティ・ネルソンが三〇年代の不況のために挫折しても、辛抱強くその再起を待ち受けたのである。

だが、その間に、ホワイティの娘ルーシィは、父親を「町の酔っぱらい」として徹底的に嫌悪し拒否する、「石」のように冷たい女として成長してゆく。彼女は一五歳のときに、酔っぱらって母に暴力を振るおうとした父親を、電話で警察に引き渡したばかりか、一八歳でロイ・バッサートという二〇歳の青年と結婚した（一九四八年）のあとでは、帰ってきた父親の眼の前でドアに鍵をおろして、彼をこの町から追放してしまいさえするのである。

アメリカ人の悲劇を追求

これはたしかに狂気の行為、悪魔の行為だ。しかし、この狂気と魔性の奥底には、さまざまな要因、とりわけ第二次大戦後における世代間の凄まじいばかりの落差が揺曳している。

ルーシィは、祖父のウィラードのように辛抱強く文明生活の到来を待ち受けることができない。いや、彼女とて、善良な若い夫と愛のない結婚をしながらも、常に愛を求め、息子のエドワードを得たあとは、若いルーシィ・バッサート夫人として威厳のある家庭生活を夢見さえするのだが、戦後の文明生活のなかでは、祖父の哲学にも拘らず、その威厳ある生活を支えてくれるものは何もないのだ。「善と正義と真実」を、「光」を一途に求めるルーシィは、ついにはみずから「善と正義と真実」、そして「光」そのものと化さざるを得ず、そのゆえにまた狂人、悪魔になり果てざるを得ない。善良な夫も、そのなまぬるさのゆえに永遠の敵となり、彼女は夫の一族に最後の挑戦を投げつけ、今は獄中にある父から母に宛てた、再起の決意と愛を伝える手紙を顔におしあてたまま、かつて処女を捨てた公園で雪に埋もれて死んでゆく。

この作品で、ユダヤ系作家ロスは、ユダヤ人をではなく、徹底的にアメリカを、アメリカ人の悲劇を描き追求している。そのためか、ここには個性のない、マスクのような文体があるという評もあるが、しかしこの徹底ぶりはただごとではない。おそらくルーシィは、現実の父を拒絶しながらも、この父なき現代の世界に究極の父を求めて死んだのであろう。

待ち受けるということは待ち受けないということと裏腹になっているのかもしれないし、その矛盾の悲劇は私たち自身のなかにもたしかに揺曳しているのである。

ガブリエル・ガルシア＝マルケス著／木村栄一訳

迷宮の将軍

シモン・ボリーバルとは、世界各地で革命、独立の機運が澎湃《ほうはい》として起りつつあった十九世紀初頭に、故国ベネズエラの宗主国スペインからの独立、この小説の作家マルケスの故国であるコロンビア共和国の創設を果したのみならず、広くラテン・アメリカの統合と一大共和国化を実現しようとして〈解放者〉と呼ばれた、歴史的な英雄であるが、マルケスのこの小説は、そのボリーバルの、上昇期のポジ像ではなく、死の直前数か月の病に苦しみ、夢と挫折の反復に激しく心を動揺させる、四六歳で既に老いたネガ像を描いて、彼の不思議な人間的魅力と、近代における理想と現実の微妙な絡みあいを浮彫りにしている。

例えば冒頭にいきなり、浴槽に素っ裸のまま目を見開いて浮かんでいるボリーバル将軍のイメージがあらわれるが、この死に瀕《ひん》した肉体の中には驚嘆すべき精神力と体力が潜み、ヨーロッパ亡命という弱気な企てが中断すると、たちまち共和国政府を支持する統率者として目ざましい力を発揮するというありさまで、最後までポジとネガは目まぐるしく交代し続けて、読者の心を引きつけるのである。

それはただ政治的、軍事的活動だけでなく、将軍を最後まで擁護して蘇《よみがえ》った女武者ともいうべきマヌエラ・サエンスをはじめ、おびただしい美女とのゆきずりの情事、革命仲間の軍人たちとの友好と離反、召使いのホセ・パラシオスを含む庶民や、庶民的な歌への愛等々、実にさまざまな公的活動と私的生活の面においても同様であり、熱帯独特の風土の中でそれらは互いに関連しあう。

そこからはまた、西洋近代の合理精神に基づく統合という壮大な夢と、自立志向によるその破綻《はたん》との絡みあいが浮彫りにされ、読者は今日にそのアポリアが続いていることを確認する。それは、「くそっ、いったいどうすればこの迷宮から抜け出せるんだ！」というボリーバルの最後の言葉通り「迷宮」なのだが、作者マルケスはその中にもなお人間の心を繋《つな》ぎとめる愛を捜し求めているかに見えるのである。

カズオ・イシグロ著／飛田茂雄訳

浮世の画家

日本を舞台にした英語作品の日本語訳に生じる二重性

飛田茂雄氏訳のカズオ・イシグロ『浮世の画家』をじっくりと読みながら、今まで考えたこともなかった問題に訳者が取り組んでいるのを思い知った。その問題とは、端的に言ってしまえば、異質文化の交錯をどのように翻訳の言葉で捉えるかということである。

そもそも翻訳というものには、当然異質文化の交錯ということが本質的に内在する。特定の外国語の文章（今は文学作品について考える）を日本語に翻訳するときには、ただの機械的な言葉の等価物《エクイヴァレンツ》の置き換えですむものではない。たとえ語学的な読解が先行するにしても、その読解には、まずその外国語自体がもっている生きた言葉の秩序と音調《トーン》の感得が伴わなければならぬ上に、そこに表出されてくる世界の文化のテキストの充分な理解が要求される。

が、もちろんそれだけではない。その原文理解を新しく日本語で書きあらわしてゆくときには、今度は日本語の秩序と音調《トーン》並びに日本語が孕んでいる文化的含蓄《インプリケーション》と、原文理解との摩擦が起る筈である。そのときに成立する翻訳の日本語を、私は、両文化の接点に生まれ出るまったく新しい創造と考え、それが成立する地点をかつて、文化的無人地帯《ノーマンズランド》と呼んだことがあった（『翻訳の世界』一九七八年十一月号）。だからここでは、根底で実はまことに複雑な文化の交錯の問題が起っているのだが、しかしこの場合大抵はむしろ、二つの文化が異質であるお蔭で、その問題に深く捲きこまれることはあまりなく、翻訳者は（語学力と文化的テキストの読みの豊かさを前提にしてのことだが）比較的自由に創作家に近い態度で翻訳の言葉を選びとってゆくことができるのである。その成否は、時代に向かってなされるいわば一種の賭けであって、その賭けを更に制約するものはまずないと言ってもいいだろう。

だが、『浮世の画家』の翻訳の場合は、更に文化の交錯の問題が複雑になってくる。これも考えてみれば当り前のことなのだが、イシグロは原作《オリジナル》を英語で書いているが、英国の異質文化の世界を描いているのではなく、日本の世界——それも明治末期から大正、昭和二五年までの幾つかの場面——を描き、しかも英国人を登場人物とするのではなく、人物はすべて土着の日本人である。こう書いただけでは何でもないことのようだが、翻訳者の立場からすれば、これはただ外国語で書かれた外国の世界と人間を日本語で表わすといった単純な作業ではない。

　原作は英語で書かれている（しかも、たとえ根は日本人であれ、英国の作家として英国および英語圏の読者を直接対象としている）から、まず英国および英語圏での英語の秩序と音調《トーン》に応じて、原作の特質と味わいをキャッチしなければならぬのは言うまでもないが、そこに表出されている世界は明確にある時期の日本の都市の世界であるから、日本の翻訳者には、同じ文化に属する人間として肌身で知っている、日本人および日本の環境が織りなす世界そのものについての知識とイメージが、まず先にある筈である。原作に描かれている世界そのものを直接知っているかどうかは問題でなく、あくまでも文化との親近性の問題なのだ。つまりここには、翻訳者が肌身で知っている日本文化の知識とイメージを、英語を通じて日本を描く小説の翻訳でどう扱うかという問題が新しく出来してくるのである。

　なぜなら原作者は、彼が描きあげる世界を直接知っているにせよ、それとは反対に見聞や調査や取材によって主として想像によって描きあげるにせよ、その世界をいかに英語を通じて真実に描きあげるかに腐心すればいいのであり、その際にはその世界は日本そのものを離れて、むしろ英語文化圏での新しい創造物となっている——殊に原作者が英国および英語圏の読者に向かって書いているからには、日本の土着性、地肌の直接性から何層にもわたって離れてゆくことになるだろう。そうして創造された小説の世界を、日本の翻訳者はもう一度日本の地肌へ引き戻す。両文化圏にわたる遙かな往還運動を踏まえた上でのこの翻訳作業には、AからBに行ってまたAに戻るとき、あとのAはA´にほかならず、この二つの間の微妙なズレ、二重性という一種苛立たしい問題がつき纏ってくるのである。

作品の現実と文化の実体

　そしておそらく、根本的にはこの問題にこそ、*An Artist of the Floating World* を日本語に訳した飛田茂雄氏の苦心は集中したのだと、私は臆断する。例えば冒頭の、語り手「わたし」の豪奢な邸宅の描写などは、そのまま原作に忠実に日本語に移してゆくことにそれほどの抵抗はなかっただろう。場所をどこと限定しなくても、このような邸宅は日本のどこかにあり得る筈だし、それが架空の場所であっても一向差支えない筈である。翻訳における「忠実《フィデリティ》」ということは、私も先の拙論で触れたように翻訳の基本の一つであり、飛田氏は、私の見るところその「忠実」さを充分に大事にした上で、日本語として自然な、透明な訳文の文体を創造することに成功している。

　それら個々の風物、あるいは人物にしても、それぞれを忠実に日本語にしてゆくレベルでは、今の邸宅の場合と同様に、普通の翻訳の場合と同じくさほど特別の難問は起ってこなかったに違いない。難問が立ちあらわれてくるのは、おそらくそうした個々の細目を積み重ねてゆくうちに、そこに現出してくる世界が、翻訳者がもともともっている日本の社会や人間のイメージと微妙にズレてくるときではないだろうか。例えば、この邸宅を「わたし」に譲った杉村明（名前の漢字書き《トランスクリプション》も、どういう原則でするか気になるところだが、しかし、原作者と翻訳者との間にある種の了解があったと考えれば問題はないだろう）の遺族の一種特異な気位の高さといったことは、果してどの程度に現実的なこととして我我が受けとめることができるか、気になり出せばまことに気になる事柄である。

特に、その邸宅を買ったとき（一九三三、昭和八年頃）の、主人公である語り手の画家小野益次は、おそらく四五歳ぐらいだが、その頃のこの階級の文化人、そして気位の高い土地の権勢者の二人の娘は、原作の文章から我我が感じとるような日本語で実際にしゃべったのだろうか。そう言えば、この語り手自身、語っている一九四八—五〇年の頃は多分六〇歳ぐらいと思えるが（彼は一九一八［大正七］年頃結婚していて、生れは一八九〇、明治二三年頃ではないだろうか）、この年頃の人はどんな話し方をするのか、と言うより、原作から感じとれるような日本語で現実にしゃべったのだろうか。

それに、この人物はいったいどんな訛りをもっているのだろうか。舞台になっているのは、戦災によって変わってしまっているとは言っても、歓楽街あり、副都心部のような地区もあり、市電も通り、かつ主人公のような上流社会の者の交際する社交界もあるといったかなり大きな都市だが、これはもちろん架空でいいとして、言葉はどうしたらいいか。関東であれば標準語でいいが、それにしても江戸っ子訛りとか山の手言葉とかいろいろあろう。それに「わたし」は、この市から汽車で半日かかる鶴岡村の商家で生まれ、一五歳のとき自分の一生の仕事のことで父と衝突したことになっているが、この父は実際にどんな言葉でしゃべったのだろうか。

国際性が重層する現代の翻訳、その課題に応える

以上のようなことは本来すべて瑣末なことなのだが、実はこうした事柄が文化の実体を作りあげているから、むしろ基本的な重要なこととなるのである。外国の世

界を日本語で翻訳表現する場合はかなり自由で、例えば田舎訛りを北関東訛りにするなどということもなされてきたが（これも、今日では一つの岐路に突き当っている）、今のように英語を通じて日本の文化の現実へ突き戻されるという二重構造の場合が難題となるのだ。そして原文の英語のリズムは、けっして詩的に高揚したものではなく、むしろ今日の若い作家らしく（カズオ・イシグロは、この小説を出版した年は三二歳になろうとしていた）自然な淡々とした調子を基調とする透明な文体を駆使し、ヒロイックなイメージよりは日常的な雰囲気を醸し出そうとしている。

飛田氏はおそらく、先に述べたさまざまな問題を充分に踏まえながら、敢えてこの原作者の文体をできる限りそのまま日本語で表現する道を選び、その努力を払ったのだと思う。そもそも小説の世界とは、当然さまざまな文化の様相を孕んではいるが、結局は作者の語り、その文体によって濾化されている筈だからである。だから話し言葉は、（私が記憶している限り）黒田の家を捜索にきた私服が一言《ひとこと》「くせえ絵はくせえ煙を吐きやがる」と呟く以外は、ほとんど標準語、それも大部分は中・上流階級の言葉になっている。

もう少しのヴァラエティを、と願いたくなる気持もあるが、もしそうすれば、そうする根拠は何もないのだから、まったく恣意的な、悪くすると乱雑なものになってしまうだろう。ここでは、私のいわゆる文化的無人地帯《ノーマンズランド》ももう自由な賭けの成立する辺境《フロンティア》ではなく、むしろ二国語法《バイリンガリティ》が平行のまま実体そのものとなった一種窮屈な世界である。もしその窮屈さを脱却するとすれば、作者が一人のベケット、一人のナボコフとなるか、そうでなければ訳者がその役割を果すしか仕方がないが、それではもういわゆる翻訳ではなくなってしまうわけである。

これは最初にも述べた通り、今日の翻訳の新しい問題であり、国際性が何重の層にもわたって拡大しつつある今は、実は同じ問題がすべての翻訳の場合に何らかの形で内在しているのだ。読者は、例えば小説『浮世の画家』の、彼ら自身が知っている日本の姿に似た翻訳の世界に接するよりも、むしろ原作に忠実な、日本の姿とはどこか異質に感じられる世界に接することによって、逆に自分自身の姿を無意識に振り返り、実にさまざまなことを考えめぐらす機会を手にするに違いない。飛田茂雄氏は、あらゆることを考えた上で、この翻訳に可能な限りの有効有能な手を尽したのだと私は思う。——もっとも、英国でどんなに読まれているにせよ、日本人としてこの小説を好むか否かは、またまったく別の問題ではあるが。

第Ⅲ部　日本の小説を読む

歴史を透視する確かな眼

大岡昇平著　萌野

この作品におけるほど、個人的、私的な体験の世界が個人的、私的なままで、ある普遍的な、象徴的でさえある文学的地平に抱きとられようとする例を、私はほかに知らない。かつて小島信夫氏の『異郷の道化師』に収められた数篇の作品を読んだときに、同じようなことを感じたのを思いだすが（これら二つの作品が共にアメリカを舞台にしていることは、興味深い暗合である）、小島氏がアメリカにおける体験を自分もろともに突き放して（より小説的に）眺めようとしているのに対して、大岡昇平氏はそれを端的に自己に収斂しようとしている。そしてその収斂の仕方が、例えば小島氏の場合との対極において、不思議に鮮かにある文学的普遍性、象徴性を獲得しようとするのである。

もちろん、作品『萌野』は、『異郷の道化師』と同じように形としては小説ではないし、そのように読むことはできない。これは書き手大岡昇平が、一九七二年四月八日から四月二〇日まで、ニュー・ヨーク市に住む息子貞一夫婦を訪ねたときの旅行記であり、日記であり、見聞録であるにほかならない。「私」大岡は、日航の新航路開設飛行に招待されてメキシコを訪れた足でニュー・ヨーク市に至り、ヒルトン・ホテルに宿をとって、その一二日の間貞一夫婦と食事をしたり、オペラを観たり、あるいは一人で美術館を歩きまわったり、ドナルド・キーン氏に会ったり、息子の勤務先を訪ねたりする。「私」には一つの思惑がある。今嫁の博子に子供が生まれようとしているので、出産費用を届けかたができればその出産を見届けるつもりなのだが、同時に、あたかもヘンリー・ジェイムズの『大使たち』におけるストレザーのように、妻の願いもあって、できるだけ早く故国へ帰るよう息子を説得するという一種の使命を帯びているのだ。

そしてこの旅日記の世界は、父の息子に対する感情の動きを太い軸にして展開してゆく。ほとんどこれは、老年期に入った父である「私」の、異国で不安定な(と見える)生活を送っている息子への、明暗を深く孕んだ愛情の物語と言っていい。

「私」は、息子を早く故国へ帰らせたがっているが、同時に息子が一人前の人間として、自分と同じようにみずからの生活を切り開いていってくれることを願わないではいられない。

このアンビヴァレントな感情が、短い滞在期間中に意外に底深い生の深淵を「私」にのぞき見させる。そのことは、表面的には、きわめて日常的な思考と感情の行き違いとなってあらわれる。例えば、息子の勤務先のボスに彼の将来を相談すると、早く帰らせたいという願いが裏目に出て、息子はその建築会社で一応の確実な基盤を固めるために、もう四年間建築学の勉強をする計画をたててしまう。特に親父と息子の争点は、生まれようとしている子供の名前についてである。貞一夫婦は萌野《もや》という名前を選んだ。かつて夫婦間の危機を切りぬけたあと博子が妊娠二、三ヵ月になったときに、五番街に靄が立ちのぼってくるのを見て、この名前を思いついたのであった。

だが、親父は古風な言語改革反対論者で、「もや」という読み方に頗る不服である。字は美しいが、湯桶《ゆとう》読みにもならぬ無理な読ませ方が心の角《かど》にひっかかる。ある夜、疲れと酔いが手伝って街頭で口喧嘩となり、「私」はかっとなって、「勝手にしろ、萌野なんて低能な名前のついた子は、おれの孫じゃない」と口走って、一人でホテルに帰ってしまう。もちろん、あとはお定りの和解の模索である。事は当然自然に運び、あげくの果てには、親父は息子に自分譲りの一種の反骨を見出して手放しの幸福を感じ、最後に一八七センチの大男の彼と別れてアンカレッジに向かう機上の人となった「私」は、その息子のことを思って、「きみはいま駒形あたりほととぎす」などという、少年の頃講談本で読んだ埒もない「馬鹿な句」を思い浮べたりするのだ。何と言う親馬鹿、何と言う滑稽、いや、何と言う悲哀、何と言う人間……。

なぜなら、この親馬鹿は、ある歴史のはざまに人間として一人立っているからなのだ。この作品の場合「歴史」などという大げさな言葉は使いたくないが、しかし、それが歴史であることに変りはない。彼（「私」）は私的な、自由な個人だが、私的な、自由な個人は同時に歴史の網の目に織りこまれるという二重性を担っている。「私」は一八年前にこの同じマンハッタンを訪れたことがあり、そのときの記憶と現在眼にするものとの不可解な二重写しに驚くが、それが歴史でなくて何であろう。「私」には第二次大戦で死を覚悟した記憶や、自分の父や結婚生活、ほかならぬ幼い息子貞一に父として相対したときの「うしろめたい」記憶があるが、それと今父親になろうとしている彼との異様な二重写しこそは、歴史の介在の証左でなくて何であろう。ニクソンの北爆は刻々の泥沼を暗示し、息子夫婦はそれに不感症になったアメリカで「ウルトラ・エゴイストの核家族を形成しかけ」、『野火』のペンギン版が出版されると同時に、日本では三島由紀夫に続いてノーベル賞作家川端康成が自殺する——これが歴史の現出するグロテスクな二重写しでなくて何であろう。とりわけ、春になりかけたニュー・ヨークから帰国しようとして荒涼たる冬のアンカレッジに向かう「私」自身の孕んでいる二重性は、歴史のはざまに立っている赤裸な私的、個人的な人間の象徴的な姿ではないのか。「イカナルオトギ話モ述ベナイ」というプラトンの句を噛みしめながらも、「私」は「私という存在はなんと『オトギ話』的であることか」と考えざるを得ない。

生まれでようとしている「萌野」もそうである。「萌野」は「私」が帰国したあと五月三日に女児として誕生したが、日米の法律によって二重国籍を有し、成人してみずからの意志をもたなければその帰趨はわからない。モヤは「私」にとって、文字通り解きあかしがたい未来そのものなのだ。

そしてまたそれが現実でもあるにほかならない。いっさいが事実であると同時に「オトギ話」であり、その二重性がほかならぬ現実なのである。そして私はまさしくこの地点に、今日の小説の、文学の原点とも言うべきものを見る。歴史の偶然が私的事実と象徴性の二重写しをもたらしたのではない。『レイテ戦記』の場合と同じように、作家大岡昇平氏の歴史を透視する確かな眼がそれをもたらしたのである。私は、ここにも「アメリカ」が深く介在していることに改めて驚きを感じる。それが歴史の事実なのであろう。だが、同時に私は、人間の営みとしての文学を、小説のことを憶う。こうした私的事実と象徴性の二重写しの原点から、世界における人間の真正の「オトギ話」、いや、小説（文学）の世界の新しい構築は始まるだろう。始まらねばならぬと思う。それはちょうど、生まれでた「萌野」に無限の可能性が秘められているのと同じなのである。

裁判の中の「物語」

大岡昇平著　事件

作品『事件』を一つの「物語」として読む。かつてこの作品が『若草物語』と題されていたためでもなければ、作者大岡昇平氏が「あとがき」で、「事件の内容」「人名」および「地名」がすべて「架空」であると述べているためでもない。あるいは、ただ作者自身が冒頭で「この物語」といったふうに書いているためでも、むろんない。むしろ、作者年来の「文学における虚と実」についての考えが、この作品にどのように肉化されているかを見、今日の小説の問題と可能性に思いを馳せたいためである。実際にこの作品を読み進むに際しては、私自身そんなことを考える暇もなく、引きこまれて読んだのだが、読みおえて、その魅力の本質がまさしく「文学における虚と実」の関係から由来するもののように見えてきたのだ。

冒頭作者は、昭和二六年六月二八日、まだ暑気が残っている五時頃、山裾の細い道を上田宏が自転車を押して下りて来た時から、「この物語は始まる」と書く。つまり、この「物語」は、上田宏が坂井ヨシ子を愛して、妊娠させ、ヨシ子の姉のハツ子に中絶を強要されて、それへの怒りからついにハツ子を「過失致死」にいたらしめ、発覚して裁判にかけられるといった筋を、小説的に追うものではなく、むしろ宏の犯行の終ったあと、そして彼が、のちの法廷での証人の一人となる町の雑貨商、大村のじいさんに出会うところから始まる。しかも、この作品では、右のような事件の経緯が推理小説のように長い間伏せられているのではなく、初めから裁判にかかわる「事件」として直接間接に描かれているのだから、「物語」そのものの本質がむしろ「事件」の解釈、特に主として法廷という制度を通しての「事実」と「真実」の解釈ということ、そうした形での「虚と実」の関係ということに収斂されてくるのも、当然のことであろう。

作者は「あとがき」で、約一五年前にこの作品を『若草物語』として「朝日新聞」夕刊に連載していたとき、「途中から日本の裁判の実状があまりにも、裁判小説や裁判批判に書かれているものとは異っているのに驚き」、その実状を伝えようとして主題が途中から変わったと述べているが、確かにその通りだったに違いないとしても、このいわば「物語」から「事件」への変化の契機は、「文学における虚と実」ということに深く思いを致してきた大岡氏にあっては、この作品に最初から胚胎し、むしろそのことによってこそこの作品は一個の文学作品となり得ているのではなかろうか。

従ってまた、例えば作者が強調している「集中審理方式」批判にしても、あるいは「判決」そのものが「事件」であると観じ、「制定法はそれが制定されている故に正当である、という古い同義反復的観念」にふと恐ろしい矛盾を感じる菊地弁護士の思想にしても、裁判そのものに関する真実であると同時に、あるいはそれ以上に「文学における虚と実」ということにかかわる真実なのではないか。私は、これらの大岡氏の法思想を批判するだけの知識を持ち合せていないし、それに蒙を啓かれこそすれ、それを云々するつもりは毛頭ない。ただ、やはりこの作品を作品として、「物語」として読み、従ってまた、ここに描かれている裁判の事実とその解釈を、むしろ文学（小説）の一つの暗喩もしくは象徴として読みとりたいのである。

例えば、この作品で主として菊地弁護士を軸に展開してゆく、一種手に汗を握るような裁判の経緯に、私はむしろ十九世紀西欧の小説に繋がる正攻法の小説作法を感じとる。ただこの場合、作者は物語の一環として裁判を描いているのではなく、裁判そのもののなかに物語を、言い換えれば事実そのもののなかに一つの虚構を見ようとしていると言っていい。そのことが、結末の方で啓示される「事実認定」の困難さと、「真実」に対する裁判官の「謙遜な気持」という作者の思想に通じ、この思想はまた同時に、「事実」そのものから真実の「物語」の世界を創りあげようとする作家としての姿勢に通じているのである。「事実」のかける呪縛はなお深いが、そのなかに入りこんでみごとにその裏をかく作者の自由は、したたかにここにある。

小説の可能性追求の姿勢
人間の開かれた心情へと立ちもどる

小島信夫著　釣堀池

著者の「あとがき」によると、この作品集に収められた諸篇は、二〇年ほど前から本にならないまま残されていた五篇と、「ほかの仕事のために短篇を書く暇がなく、散発的に書きっ放したままで、打ちすてられてきた」比較的最近の四作から成っているということだが、そのような、いわば日陰の作品とも言うべきこれらの短篇をじっくりと味わってみると、小説のあらゆる可能性を試みてやまぬという、かつてからの小島信夫氏の作家魂を改めてひしひしと感じとることができる。「ほかの仕事のために」というのは、おそらく『群像』連載中の、いわば「変幻自在の人間」を描く『別れる理由』やほかの連載作品、及びこの作家のその他もろもろの幅広い関心を指すのだろうが、そうしたことと対照してみると、ますます、ここに収められた諸短篇に見られる著者の小説の可能性追求の姿勢がまざまざと浮び上ってくるのである。

第一に、何と言ってもこれらの作品は、短篇小説の王道を歩んでいる、少なくとも歩もうとしている。王道と言っても、王道であるが故にそれはきわめて深くかつ広いから、ここにもヴァラエティは生まれ出るのだが、しかしそれが王道であることに少しも変わりはない。表題作の「釣堀池」と、例えば「歩きながらの話」とは、前者は全くの虚構としての、茂《しげ》さの女房の方言を含む語り、後者は一見私小説風の作りとして、甚だしく違った作品と見えるだろうか。確かに方法としてはいわば両極をなす二作と言っていいが、そもそも小説にあっては虚構と事実の違いなど、相対的な、むしろ程度の問題にすぎないのだ、根底にあるものは変わらぬ人間の真実であり、永遠にかかわるものなのだ――これは自明の理なのではなくて、小島氏がこれらの短篇における可能性の追究を通じてみずから新しく発見し、かつ読者に啓示してくれる真理にほかならないのである。

「歩きながらの話」は、四国での学会の帰りに三人の外国文学関係の大学教師が、車で和歌山や伊賀上野を抜けて帰京するさりげない一種の旅日記であるが、そのさりげなさのなかに潜んでいる微妙な人間の心の揺れ、生の危うさをそれとなく、しかし奥深く描き出し、しかもなお人の心——それは愛と呼んでもよかろう——を求めておののく人間の姿を浮彫りにして、静謐な感動を誘う。この感動は、「釣堀池」における虚構の語り手茂《しげ》さの女房が、茂さにおのが女房を寝とられながらその人のよさと潔癖さを貫いて、釣堀池の失敗と共に死んでゆく由《よつ》さに感じとる人間の心——それが読者にもたらす感動——と、どれほど隔っていようか。

「泣く話」は以上の二作の中間にあるような作品、「人探し」、「仮病」は、小島氏には珍しく、疎遠になった近親者訪問によって血縁の深さと意味を探る連作だが、小島氏はけっして過去と血縁に足をすくわれることなく、微妙な一瞬に現在へ、人間の開かれた心情へ、愛の可能性へと立ち戻る。ここがユニークな所であり、王道をゆくその短篇の方法は、さらに例えば「雨を降らせる」では鮮かな人物スケッチ、「ガリレオの胸像」と「季節の恋」では男と女の愛のみごとな二つの変奏曲、「船の上」ではかつてのあの内面化した道化としての主人公の物語へと、まことに自在に「変幻」するのだ。

そしてこの内面的道化の主人公は、かつての三輪俊介や先の「歩きながらの話」の山本と同じように、しばしば人の心を求めて「小走りに」歩くが、このやさしく繊細、かつどこか柔軟で強靭な道化の精神こそは、変幻極まりない小島信夫氏の短篇及び長篇の世界を根底で支えている力なのかもしれない。

虚実を超えて

小島信夫著　美濃

小説家というものはいつも、自分を取りまいている他者たちの世界に分け入り、それを描き切ろうとしながら、同時に自分自身へ、自分自身へと押し戻されつつあるものなのだろうか。もちろん、自分自身から仕事を始めねばならぬ動機も充分にあるが、それと同じ位に他者にかかわらねばならず、そして結局また自分に突き戻される。誰でもこうした循環は周期的に繰り返すものかもしれないが、小説家の場合それは時に大きな周期《サイクル》を作り上げ、突き戻されるときには他者と自己との複雑微妙な関係――それは自身の存在そのものと言っていい――のエッセンスを凝縮して描き出すことがある。

小島信夫氏の『美濃』は、いわば『別れる理由』や『私の作家遍歴』における自己から発する広大な他者追求が、大きく一巡りして小島氏自身の自己に揺れ戻ってくるその地点に生み出された、まことに独自の興味深い作品と言える。もとより今書いたように、ここには自己だけでなく自己と他者との関係が主題となっているのであり、そもそも周期とはそういう両面を含んだダイナミックなものである筈なのだが、それでもここで精神の向かう方向は、他者よりは自己、外よりは内、未来よりは過去、幻想《ヴィジョン》よりは事実といったものであることを否定できない。この作品の前五章を著者が「ルーツ前書」と名づけた所以であるが、実際、冒頭から作者である「私」が自分の伝記的な事実をいっさい故郷の詩人篠田賢作に「委ね」て、まさしく彼と「分身」同士になろうとしていることが示しているように、この作品で作者自身は、一面おのが過去、その過去にまつわる事実、従ってまた故郷の岐阜、その文化的、歴史的総体としての美濃、あるいはそれらすべてにかかわる過去及び現在の人間たち等にすっぽりと包みこまれ、いわばそれらの虜囚とさえなっているのである。

　そしてもちろんそうしたことには、「あとがき・その二」で小島氏自身が書いているように、いわば故郷に「一種のスキンシップを求め」る「可憐なほど脆弱な思い」がまつわりつき、例えば郷里の灌漑用水の流れる「山ぎわ」といった、他人には何の意味もない地形に作者である「私」はひめやかな、「胸があつくなる」物思いを抱いたりする。それは時にはまた、賢作との場合が象徴しているように故郷との愛憎共存的、ナルシス的もしくは近親愛的な感情となり、「私」を愉悦の高みから深い罪と「罰」の深みへと大揺れに揺さぶらないではいない。故郷とか事実とかいったものには生々しい人間関係がまつわりつき、それだけでも現実の迷路を作り上げるに充分だが、さらにその上に、賢作に「委ね」られた作者の伝記的事実は、「ガリレオの胸像」と題する彼の以前の作品の原稿ばかりでなく、他にもさまざまな彼自身にまつわる新事実をあばき出そうとする。まさに故郷や過去や事実は、そちらへ深く心を向ければ向けるほどその心の持主に手痛い復讐を、「罰」そのものを加えないではおかないのだ。

　それでいいのだ。人生というものがそういうもので、人間は誰もその側面を逃れ得るものではない――と作者は一面言っているように見える。――むしろそれに耐え、それを超絶することによってこそ、存在の真実に触れることができる。特に作家がそうなのだ。敢えてここで明白なモデル小説の方法を取ったのは、むしろその自縄自縛から逆に自在の境地を獲得し、それを言葉で表出するためなのだ。仮名というものは実名以上にその人物の実在性を暗示するもので、その呪縛は作家がみずからに科する「罰」であり試練である。それはまた、作家が蒙るその「罰」を通じて、例えば賢作や郷里出身の画家平山草太郎や詩人矢崎剛介、学者・批評家篠田数馬、祥雲堂主人中嶋八郎父子などの虚実の人々、故郷そのもの、いや人間そのものが互に試練を投げ交し、かくして救済とは言わぬまでも、作者と共に人間であることの精髄を真実に、かつ自在に分ちあうことができる媒介の場でもあるのだ。

小島氏自身がこのように考えていたかどうか、もとより私は知らない。だが彼の書き方、あるいは方法についての率直な自省などから（「何だか〈文体〉くさいし、それに方法くさい」と彼はみずから言う）そのように解釈できるのである。そしてこの事実、過去、郷里の呪縛は作者に死の幻想《ヴィジョン》を与える。「ルーツ前書（二）」に既に「私が不意に死ぬことになった」らというモチーフがあらわれているが、このモチーフがひそかにある形を取りはじめるのは、小説家である「私」が古田信次という仮名をも持ちはじめる「モンマルトルの丘」からのことであろう。ここで「私」は小説家古田という仮面の人物と新しい「分身」関係を作り上げ、その古田ののちの死（もしくは仮死）を通じて、古田の先輩友人で『月山』の作者である林貢氏が言うように「生きのびる」根拠を摑みとりはじめるのだ。古田自身が自殺者のとばっちりを受けて瀕死の重傷を負うのは、「美濃（十一）」に至ってのことだが、その予想が形作られはじめたときから「私」の筆先はまことに活き活きとし、賢作ばかりでなく数馬や他の人物たちも自在な生命を得て、故郷の束縛的な、一面罪と罰に呪われた土地そのものが「輪中根性」の象徴する「世界の中心」、モンマルトルの丘とさえなるに至る。

そして美濃の歴史が、文化が、神話が生命を取り戻しはじめる。方言が活き、平山などの話を通じて土地の艶やかさが山水の風景と共に精彩を放つ。とりわけ芭蕉の弟子各務《かがみ》支考のみずから死を装って書いたという『終焉の記』は、林貢氏が「私」の方法を暗示して言う狐の「死んだふり」と共に、一種の起死回生の物語でもあり、またそれと分ちがたくかかわりあっている虚と実の関係の、さらにはそれを捉える小説の方法自体の物語でもあるこの作品の本質を、みごとに言いあてるに至る。そしてこのいささか難解な一種パロディックな作品は、作者自身の自己に大きく揺り戻されてきたあの大きな周期を受けとめる、渾身の、しかし自然な力業でもあり、また作者がけっしてただの内面や過去や事実や故郷のなかに埋没せずに、その現実と、あの『別れる理由』や『私の作家遍歴』の広大な外なる世界との間に保っている微妙な、しかも力強く豊かな均衡の形象化でもあるのだ。「ルーツ前書」とあるようにルーツそのものが問題なのではなく、そこから甦る生命が問題なのである。死んだ平山や矢崎の好んだ虹の鮮やかさのうちに、古田信次もどうやら愛をもって甦ったらしい。

広大で壮麗な反復の世界

小島信夫著　別れる理由　I・II・III

小説の運命そのものを体現する

小説というものは、常に、みずから行きづまりながらもまさにその行きづまった地点から脱皮し、変身をとげて、新しく甦るものだ。そしておそらくこうしたことは、今に始まったことなのではなく、そもそも人間が言葉による芸術である文学をもちはじめて以来のことであるに違いない。特に小説というジャンルが明確になった近代以来、小説はこの脱皮と変身による甦りをその運命としてきたのであって、それは今日おそらくその極限に達しているのであろうが、ほかの何らかの明確なジャンルへと突如変貌するのでない限り、小説は小説としてこれからも重く豊かな役割を果し続けることであろうし、それがまさしく小説の運命そのものにほかならないのだ。——

こうしたことを、小島信夫氏の三巻の小説『別れる理由』は如実に示し、かつみずからそれを証《あかし》してくれる。完結に要した十数年という年月は、従って、けっして長いとは言えず、むしろ主人公前田永造の名のごとくに一種の永遠の時間を作品に取りこむのには、驚嘆すべきほどに短い時間であったと言わなければならない。もっとも、この小説が三巻で完結したと見るのはやはり短見にすぎず、前田永造はかつての『抱擁家族』の三輪俊介の変身像であると同時に、彼自身既に『別れる理由』以後の小島氏の作品では、別の人物に変身している。終りは常に始まりであり、始まりは既に終りを孕み、永遠の時間の取りこみは、いつ阻害されて作者を荒涼たる現実の断絶した孤独な時間へ置き去りにするか、量り知れない。小説家の業《ごう》のようなものがここにはあるが、そのことがまた彼の勝利と愉悦そのものにほかならないのであろう。

小説の中味もまた従って、いわゆる小説的なストーリーと、哲学的もしくは形而上学的なヴィジョンとの糾い《あざな》――永遠と一瞬、業と愉悦の両面性のような、両者のいわば背中合せの構造――から成り立っている。これもまた運命的な事柄なのだ。小島氏はこの小説を、言ってみれば『抱擁家族』の後日譚のような形で始めた。前田永造と死んだ先妻陽子との子供である啓一と光子の存在――これがストーリーの起点をなし、それに、永造が再婚した京子と京子の先夫伊丹との間の子供康彦の問題が絡み、さらには永造が陽子の生存中から関係していた京子の友人会沢恵子とその夫の存在、またもう一人の京子の友だちである、妻のある男と同棲している山上絹子の身の上などがかかわりあって、ストーリーとしての人物関係を複雑多層にしている。小説である以上、こうしたアクチュアルな場面やドラマやイメージを形作る物語の部分は、不可避であったに相違ないのだ。

男女親子関係から広大な次元へ

そのストーリーの部分は、主として男女の性的な関係を通して――しかし、永造の子供や、特に京子の子供康彦が突きつけている愛の所在の問題が、それに密接に絡みあっていることは言うまでもない――人間男女、いや、人間同士の根源的な結びつき（それを愛の主題と呼んで一向差支えない）ということを、根本的な主題として深く広く追求してゆく。この間に、永造が教えている大学の学園紛争の模様が興味深く描き出されるが、それとてもこの結びつき、この愛の主題の一環をなしているのであって、小島氏の主題が男女親子関係から次第により広大な人間関係へとひろがってゆこうとしていることを示している。「別れる理由」とは、最初「別れられない理由」というのが作者の意図であったのを、森敦氏の解釈によってそう変えたのだということだが、愛の主題の深い人間的な両面性を言い当ててまことに妙であり、また、結局は時間や死の相によって別れてゆき、またそのことによって逆に生きている間は愛を本命としなければならぬ人間の運命を微妙に暗示している。小島氏がこのアクチュアルなストーリーの部分を書くのに一巻分（約四年）を費やしたことは、きわめて自然なことであったと言うべきであろう。

だが、このような人間の結びつきとしての愛の主題の凝縮した追求は、いつかはアクチュアリティをアクチュアリティとして受け容れることを拒否し、むしろある抽象性、例えば象徴性もしくは神話性を志向することになるかもしれない。主人公永造のセックス問題専門家としての強調から、康彦の問題で知りあった野上女教師と彼との性的関係へと移行してゆくあたりから、アクチュアリティをおしのけてではなく、それにかぶさって、神話のパロディやバーレスクをふんだんに含む夢の世界が賑々しく豊かに展開してゆく。この夢の世界の展開によって、時間の相はいわば一挙に乗り越えられ、男女の性はその境界をとっぱらわれようとして、永遠の相がその全貌をあらわにしはじめる。仮面の利用による、永造や他の人物たちの男女の性を交換する変身、またシェイクスピアやモンテーニュやギリシア神話などの反復もしくはパロディ——作者の言う「くりかえし」ということ——によって、時間空間超絶の幻覚が与えられるのである。これは、構造主義者の言う「インターテクスチュアリティ（テキスト相互関係）」の理念に近いが、小島氏は、ちょうどこの第二巻の部分を雑誌に連載していた頃に別に書いていた戯曲や『私の作家遍歴』などを通して、独自にこうしたアイロニーと逆説を含む広大壮麗な世界を創造していったに違いないのである。

けれども、こうした永遠の相、そしてまた性こそ生命の根源であるといったその相に関する思想にもかかわらず、いや、あるいはその故にこそ、個別的な現実の出来事や状況はついに捨象しさることはできず、前者の極限において再びその存在を主張しはじめるのである。作者は、第一巻に主として書かれたあのストーリーの部分をけっして忘れていないし、永遠の相や思想と現実の相や出来事とは大いなる循環をなして、いっそう広大な反復の世界を創りあげてゆく。第三巻におけるアキレスの馬になった永造の、「作者」に相対する独立した存在への変身は、夢の連続と同時に、おそらくその夢のなかになお存在を主張する現実の影をも意味している。確かにこのことによって永造は、この作品『別れる理由』を飛びこえた普遍的な存在となったのだが、ちょうどドン・キホーテが究極的には幻覚破れて、一介のアロンソ・キハーノとして死んでゆくのと同じように、彼もまた生身の前田永造に立ち帰らなければならぬ運命を担っているのである。実在の藤枝静男、大庭みな子、柄谷行人らしき人物の登場はその前奏曲とも言うべきものだ。もちろん、これらの現実の影は、小島氏の小説の主人公の次の大きな循環と変身の契機を孕んでいるのだが、ここでは分離した永造と「作者」は最後に再び融合し、『月山』の作者と「作者」との哲学問答によって、永遠と瞬間、夢と現実の循環はついに一度《ひとたび》はその巨大な輪を閉じ、作品『別れる理由』はその広大な小説の世界を一応完結するのである。

生の比喩としての小説の可能性

ここには、最初に書いたように、あらゆる試みをなしつくした小説家の栄光と愉悦があると同時に、なお循環のなかで常に動的に創造にかかわってゆかねばならぬ彼の業《ごう》とその悲しみのようなものが、壮大に糾《あざな》われている。だが、それはまた人生そのものでもあり、小島信夫氏は、今日の世界における生の比喩としての小説の可能性を、この『別れる理由』で誰にも真似のできない形で、一つの極限まで追究してみせたと言うことができるであろう。

メービウスの帯のマンダラ

小島信夫著 寓話

この小説は、敢えて要約すれば、例えば自己と他者、過去と現在、事実と虚構、あるいは男と女、日本と異国、個別と普遍といったさまざまな対立を、それらが対立したままで壮麗に循環する一つの生命の総体——一つのマンダラの世界——として捉えようとしている。このことが、この小説の表題である「寓話」ということとも密に関連しているのであるが、特に歴史と世界という時間と空間の相の深い交錯が取りこまれていることは、それ自体「寓話」への強い傾斜を孕んでいたかつての『別れる理由』のような作品にも、あるいは『寓話』とほとんど平行して書かれた『菅野満子の手紙』にも充分には見られなかったところで、この小説の「寓話」性に、新鮮な情熱と意欲を潜めた底深いダイメンションを与え、かつそのマンダラの世界を充分に納得のゆくものにしている。

もちろん、こうした要約は結果論的、概念的であって、それだけでは何の意味もなさない。結果ではなく、むしろ過程の中にこそすべてがあり、そこにこそまた生命が、そしてストーリーが、文学が顕現することは、作者が一番よく心得ている。いや、そのことは、この小説の最も重要なテーマの一つ、あるいは最も重要なテーマそのものかもしれないのであって、そこからまたこの小説のユニークな方法は立ちあらわれるのである。

『寓話』の筋書そのものは、ごく単純である。かつて作者自身が初期の「燕京大学部隊」(一九五二)や、少しのちの「墓碑銘」(一九五九)で描いた、戦時中中国における日本情報(暗号)部隊に一兵卒として入隊していた、浜仲富夫と名づけられるアメリカ系二世の人物が、一九八〇年五月のある日に突然作者である「私」に電話をかけてき、続いて延々と暗号による手紙を書き送りはじめることに端を発し、そうした中で、かつての戦時中の過去から現在にいたる「私」と浜仲に関するいろいろな事柄が明らかになる。例えば浜仲は、戦後日米を股にかけて実業に大成功を納めるが、最近では一種謎めいた深い文化的関心を抱いて、例えば「私」のかつての先生であったドイツ文学者の菊池栄一氏に日本で会ったり、また、ロサンゼルスでは、伝記図書館を設立しようとしたり、かつて中国で「私」と知りあった山下美代の娘の志津が送ってくれた、NHK教育テレビ番組、『森敦・マンダラ紀行』のビデオを二世のアメリカ人に見せたりしている。

それればかりではなく、浜仲はかつて異父妹の茂子に、昭和三二年(一九五七)ロックフェラー財団の奨学金でアメリカはアイオワ・シティにきていた「私」の動向を探らせようとしたことがあり、それ以後の彼の行動や、今「私」に暗号で手紙をよこし続けていることは、どうやら「私」自身への浜仲の、これまた謎めいた関心によるものらしいのである。そしてこんな中で、思いがけない一つの事実が浮かび上がってくる。かつて敗戦直後「私」は北京で、暫時知りあった先の山下美代と関係し、娘の志津は実は「私」の子供である。少なくとも浜仲はそう思いこんでいて、それが「私」への彼の関心の重要な理由であるらしい。いや、ほかならぬ「私」自身がそう思いこんでいるようでもあるのだ。……

この事実は、美代自身の「私」あての手紙によって直接否定されるが、しかし今までの浜仲の長い暗号による手紙は、当然あとに微妙な余韻を残している。そしてまさにこの余韻が、今まで述べてきたほとんどストーリーとも言えぬ断片的な筋書の背後にある意味を、無限に変容させ、増幅してゆくのだ。なぜなら、浜仲の手紙はただの手紙ではなく、暗号であることもさることながら、例えば妹茂子がかつてアイオワ・シティで「私」を探ろうとしたとき兄に書き送った手紙を書き写したものを含み、山下美代が「私」との関係について彼に書き送った手紙を含み、さらには菊池先生自身の彼への手紙ばかりでなく、直接日本で会ったときの先生の言辞を含み、またかつての上官や上官夫人の言葉やその他もろもろの情報を含んでいるからである。彼は「私」に関してはあらゆることを知っているらしく、彼の手紙の背後には、いわば「私」に対する他者の眼の総体とも言うべきものが潜んでいる。

だが、それだけではむろんない。この浜仲の手紙は、「私」が暗号解読して、その内容についてのコメントやさまざまな人との対話を付して雑誌に連載発表中であり、それを浜仲ばかりでなく、菊池先生も森敦氏も、ロサンゼルスで浜仲のビデオを見たある日本文学研究者の二世青年も、いや、早死にしたと思われていたが実は生きていた浜仲の妹も、山下志津も、みんな読んでそれに対応している。それを延長すれば、今このの『寓話』を読んでいる評者である私自身も、つまり潜在的な読者であるあらゆる人が読み、かつそれについての対話に参加しているのである。言いかえればこの小説は、「私」が書いている文章を媒体にして、他者もしくは外部にあるものが自己もしくは内部へと果てしなく汲み上げられて、おのずから豊かで自然な心と生命の循環をなし、それが解かれるべき新しい壮大な謎として、読者に迫ってくるのだ。

これは確かに、菊池先生が『私の作家遍歴』について浜仲に言ったような一種のポリフォニックな小説であるが、しかしそこには、先にも触れたように、かつての戦時と現在というダイナミックな歴史の時間、および混血児浜仲が体現している異文化間の相剋とその超脱という壮大な世界の空間が、あたかもメービウスの帯のように手繰《たぐ》りこまれている。おそらくそれは常に新しい謎であると同時に、かくして顕現する壮麗なマンダラこそがその謎の答えそのものなのであろう。

そしてここには、戦時中二つの国籍に引き裂れ、今は成功した文化的国際人となっている浜仲と作者である「私」とを軸にし、この二人と浜仲の妹や山下母娘その他さまざまな人々との人間関係を貫いて、愛の主旋律が深々と流れている。これは、この小説にリフレインのように繰り返される、菊池先生が著書『唱和の世界』で説くゲーテとマリアンネの「恋の暗号通信」と深く呼応しあっているが、その意味を深く感じとっている浜仲は、暗号の手紙を書き送っておのが姿はまったく見せぬことによって、みずから、他のさまざまな人物が感じとっている大きな愛を抱きとめる底深い暗号となっている。その暗号が森敦氏の『マンダラ紀行』に書かれているところとぴたりと重なろうとするとき、著者である「私」は――そしておそらく読者も――涙がこみあげてきて、法悦の境へ誘《いざな》われるのである。――一面容易に捉えがたく、まことに危うい小説の世界であるが、その捉えがたさ、危うさこそが「意味の変容」としての深い「寓話」性を生みだすのであろう。

主題の多層性による普遍的世界の構築

中村真一郎著　夏

作品『夏』の主人公である語り手「私」は、人間の内面を認識するためには意識の「多くの層を同時に総合的に捉えなければいけない」という信念をもち、実際に彼自身の過去を回想しておのが意識を分析する際にも、その「意識の多層性」という考えを注意深く適用しているが、それと同様にこの作品の構造、あるいはこの作品を書きあげてゆく作者の方法そのものも、まことに「多層」的なものとなっている。

まず時間の相から言えば、ここには「私」が「五〇年代」の「暗鬱（神経症）」から酒と女性遍歴によって徐々に恢復し、ついにA嬢との肉体的にして肉体を超越した「愛」による一種の自己超出、もしくは「神秘的な恍惚」に達した、「六〇年代はじめ」という主要な、圧倒的な過去の時間が流れていると同時に、そうした過去に相対し、その「神秘的な恍惚」を、今にも顕在化しようとする「老い」に対するいわば最後の「若さ」の充実として「私」が持続させている、「七〇年代はじめ」の現在の時間が厳として存在している。

この現在の時間の層は、「物語」の主要部分を占めるあの過去の層に比べれば、かつてのA嬢との愛の充実を谺のように響かせているにすぎない、まことに薄氷の如きものにほかならないが、この層を無視すればすべては解体してしまうに違いないという微妙な、いわば宿命的な層であり、それと過去の層との作者による二重写しは深く真実を衝いて、「私」の自己超出をきわめてリアルなものにしている。

そしてこの二重写しのむずかしい作業は、このように「私」の過去の経験およびその結果としての「神秘的な恍惚」を物語の骨子とする場合には、その経過を物語のなかで説明すると同時にその「恍惚」そのものを読者に伝えねばならぬという――中村真一郎氏の場合には、過去の経験の分析による認識と「恍惚」自体の直覚的表現を、小説（物語）の言葉によって同時に果さねばならぬという——いっそう困難な作業と、本質的に繋がっている。

この、いわば認識と存在の二つの層への同時的なかかわりは、しばしば二者択一的になって今日の文学における最も重大な問題の一つとなっているが、作品『夏』の著者はその問題をきわめて自然に——辻邦生氏との対談における彼自身の言葉を借りて言えば「造形を放棄した」、「自分のイマジネイションの手綱をゆるめて、勝手に語らせる」といった方法で（『波』四月号）——みごとに切りぬける。

言い換えれば認識についての語りが自然に自ら燃焼し尽すことによって、そこにおのずとその認識の根底にある存在感覚（「恍惚」の持続）が読者に伝わってくるという方法であるが、このことはただ野放図に想像力に語らせるだけではけっして達成することのできぬ、むしろ認識と直覚を全体の相において常にゆるぎなく働かしていなければならぬまことに困難な作業であって、そのことを成しとげた作者中村氏には最大の敬意を表さなければならない。

そのために現在と過去の二重写しはいっそう精緻になって、より大きなダイメンションを獲得しようとし、例えば「黒い部屋」を軸にして「私」が交渉をもつ数々の女たちとの性関係の克明な分析も、まさに「低俗」になろうとする瀬戸際で逆にむしろ豊かな、人間味のあるユーモアをさえ孕んで、その「肉の森」と対照されるA嬢との「にいまくら」の神聖さを、感傷的なものになることから救っているのである。

さらにここには「私」のかつての憧れであった西欧、殊にフランスと日本の文化の層、七〇年代の今かの国にいるA嬢の記憶を一つの「生霊」として触発するP夫人や、女優のオデット・Qなどが暗示する、知的モダニティと日本の伝統としての情感の層の交錯、あるいは男女の性的交渉における無垢とソフィスティケーションの逆説的な関係、さらには「神経症」という病的な状態と健康、不条理と条理、老いと若さ、死と生のような背反しあう両極の層が、自然にしかもゆるぎなく糾《あざな》われて、一つの壮麗な起承転結をみごとに作りあげているのだ。

ただそれでも、小説における「私」の自己超出という主題は、「私」が対峙している他者の世界をしばしば「私」だけにかかわるある特殊な世界に留めがちで、多層な読者をおのずと拒む場合がある。

作品『夏』の世界は、例えばわが国王朝文学に見られる性の世界とのパラレルといった、より普遍的な主題を確かに充分に納得のゆくものとしているし、既に述べた主題の多層性によって一つの普遍的な、作者自身の言葉で言えば「全体的な」世界を作りあげようとしているが、それによってある特殊性あるいは個別性を完全に免れているわけではけっしてない。

作者自身が最後に「恍惚」のなかでの「老い」の認識を暗示せざるを得なかったように、「四季」四部作の構想のなかにあっても、さらに新しい超克は新しい他者との対峙のなかで常に要請されているのである。

愛と美の病理

中村真一郎著　秋

前作『夏』では、語り手「私」とT嬢との愛の「宗教的な恍惚感」とも呼ぶべき「官能による浄福感」を中心に、現在初老の年齢に達している「私」の過去の生の全体が多層的に、充分な存在感覚をもって描きとられていた(語られていた)とするならば、この『秋』では、その『夏』の情感を除いた、その前後の「愛」と「性」のいわば病理が(語りを通じて――作者はこの小説を繰り返し「物語」であると強調している)分析され、そして生と死の交錯の暗く怪しい秘密が暗示される。これは前作『夏』の一種のアンティクライマックスをなしているが、それはまた『夏』完成の段階で予告されていたところでもあり、その意味ではこの作品は前作のカウンターポイント（対位法）として意図されている、と言うこともできるであろう。作者中村氏は、次の『冬』による四部作完結を心に置いているはずであり、その（彼自身の言う）全体小説への意欲と精力は並のものではないのである。

なぜこの作品『秋』で『夏』の出来事以前の「私」の生が改めて探られるにいたったかと言えば、それは、現在六〇代にかかろうとしている「私」が、少し前に病んだ大病から恢復したあとで、今までは思い出すことさえ恐くて心の外に追いやっていた、「私」の最初の妻であったM女との悲劇的ないきさつをようやく客観的にふり返る心の余裕を得——「私」はM女との間に「隔離感」をもてるようになったのである——しかも、今や自分が「人生の最終ラウンドの直線コース」を走りはじめているのに気づいて、「自分の生きてきた証拠を残すために紙のうえに私自身の全体像を再現しようと思い至った」からにほかならなかった。M女は「私」との生活のうちに「神経症」にかかっていたのだったが、そのことをそのときの「私」は知らず、約二〇年前の彼女の悲惨な死のあとでは自分もまた「神経症」にかかり、それを長い間脱することができなかったのだった。だから、今や「人生の最終ラウンド」にかかろうとしている「私」が、おのが生涯の暗い、しかしそれなくしては全体が完結せぬ不可欠の一部としてM女とのことを回想するときには、それが「愛」と「性」、もしくは「生」の病理学の如き趣を呈するのはやむを得ないことだろう。その「神経症」的なものを今全体のなかに秩序だてようとすれば、病理の認識によるその正当化がまず何よりも有効な手だてとなるだろうからである。

実際、『夏』の場合にも似たことがあったが、この『秋』の場合には、出来事の、精神科医ではなく自分自身による臨床的な精神分析と、それによる「私」自身の認識の更新といったことが、あまりにも立て続けに行われるために、しばしばそれは「私」の意に反しての自己満足、悪くすれば一種微温的な自己中心主義にさえ、あわや落ちこみそうな危険を感じさせることがある。それが結局そうはならずに、あるいは自己批評や独特な軽いユーモアによって切りぬけられ、あるいは逆転して多層的な生（存在）そのもののなかへと読者を導くことになるところに、中村氏らしいしぶとい作家精神が感じとられるのだが、それは一つには知性の深さと心の純粋さに、今一つには美（芸術）への究極的な没入ということによるのであろう。

冒頭の、激しい熱病のうちに早くに失った母の影像への自己投入と幼児体験再現の双方を同時に幻覚したことの分析に始まり、女を知ることの遅かった「私」が性的に洗練された「水の女王」によって性の深奥と極致に誘われ、それが突如中断したことからM女との愛に突入していった経過の分析に至る、母親コンプレックスから性的「離乳」による独立へ、しかし同時に「妻は母ではない」という矛盾へ、という推移も充分に納得できるが、何と言っても圧巻は、「私」とM女との純粋な愛の関係が女優という彼女の天職、つまり芝居という芸術（もしくは美）の介入によって、虚構と現実の二つに致命的に分裂し、やがてはM女（次いで「私」自身）の「神経症」と彼女の悲惨な死をもたらすに至る経緯と、その分析であろう。「妻は女ではない」うえに「女優は女ではない」という二重の矛盾、さらにM女自身の疾患と精神的傷《トローマ》が加わってこの悲劇はもたらされるのだが、ここでは――彼女の死や「神経症」そのものはほとんど描かれていないが（「表現するのがいやだった」と、中村氏は加賀乙彦氏との対談のなかで言っている）――分析は物語に溶けこんで、深く象徴的な域に達している。とりわけ、随所に「魔的な」姿をあらわし、ついにリア王を演じながら自分が生ませた娘のコーデリアを抱いたまま最後に倒れる、女たらしの名優Dの存在は、よく出来すぎているかに見えるまさにその地点で一種グロテスクな象徴性とリアリティの双方を獲得した。

　そしてこのことは、愛と美と悪の根源的な、そして宿命的な交錯と、その果てにある死という、この作品の根本主題と深く通じあっている。しかもこの主題は、この作品の結末部分であまりにも多くの死――先のDばかりでなく、「私」が昔世話になった奇矯な老人、『夏』で重要な役割を果した秋野氏、および『夏』の女性Tの死――が語られてかなり過重な起承転結をなし、また「私」が熱病のうちに見る悪魔の幻覚に凄まじさと同時に一種の唐突さが感じられるにもかかわらず、この作品の最も深奥な、感動的な部分を作りあげているのである。作家中村真一郎の文学的総決算の趣すら感じられると言ったら、言いすぎだろうか。

　ただ、それでもやっぱり、あまりに多くの死による一種の起承転結の過剰は、前に述べた病理学的分析の過剰と共に、ある微妙な不均衡をこの作品に与えているように思われることを、私は否定することができない。さらに言えば、第七章「戦後の混乱」における政治をも含む外なる社会の影像、並びに第九章「女たち」における別の何人かの女性との交渉の経緯は、必ずしも作品全体に溶けこんで『夏』の場合のように全体的な迫力を増幅することがない。たとえこれが一種対位法的な作品であるとしても、（「神経症」そのものの分析は美の要請によって省略したとはいえ）やはり分析による認識ということへの要請が、物語に融合さるべき豊かな存在感覚をいささか阻害しているから、微妙な不均衡が生じているのではないだろうか。あるいはそれとも、作者は既に第四部『冬』を遠近法のなかにおさめて、敢えてこうした構成をとったのだろうか。

やがて世に出るその四部作完結篇に答は示されるであろう。

荒廃と対決する眼

井上光晴著　未青年

『未青年』は、前作の『心優しき叛逆者たち』よりもいっそう集約的に、今日の人間の状況——思想と行動ばかりでなく生活そのもののある極限的な姿、そしてそうしたなかでの人間の心の確かなありか——を描きとろうとする。従って、作品の構造あるいは性格としては、前作には見られなかったある象徴的、隠喩的志向があらわれているように見えるが、しかし、その根底に作者の強《したた》かな現実の透視とそれへの対決の姿勢があり、それがこの象徴的、隠喩的志向を深く裏打ちしていることに変りはない。そしてそうしたことはすべて、「心優しき叛逆」ということの真実のありようとその意味の方向を指差しているのだ。

もとより、そのありようと意味が直ちに立ちあらわれる筈はない。順序はまさに逆であって、それはむしろ裏切られ、破壊され、失われてゆく過程にある。運命などと言うより、そのことが現実なのだ。その現実は暗く、おそろしく、それへの作者自身のおののきが読む者の心にまざまざと伝わってくる。だが、「心優しき叛逆」とは、運命などといったものによってではなく、まさしくこうした過程としての現実そのものを通じて、逆に刻々に甦り、かつその所在を人間の心に刻印してゆくものではないのか。そうした真実の一つの鮮烈な文学的試金石《タッチストーン》として、私は作品『未青年』を読み、同時にまた深い文学的感動を受けとめる。

最近の井上光晴氏の作品が特にそうであるように、この作品でも三つの違った物語が併置され、それぞれの物語の断片が円を描くようにして書きつがれる。三つの物語は因果関係的に交錯するのではなく、ただ併置されたままだ。この併置の方法は、因果律的な物語の連続よりは、むしろその断絶によって逆に現実のありようを多角的に照射する。しかもこれは、パノラマ的な、拡散的な方法ではない。井上氏は前作『心優しき叛逆者たち』の場合とは違って、ここでは拡散とは反対に収斂する。それはどのようにして可能か。また、究極的にどのような結果を生みだすか。

おそらくこの作品の中心にあるのは、最初に姿をあらわす好摩英次の物語であろう。長崎県の西海岸と思われる安満で、犬のような顔をした奇形の鱶を手段に、公害の元凶たる三光精油を巧みに告発しようとする作《さく》集《しゅう》弥一と共に行動し、ついに三光精油あるいは権力の手先そのものによってではなく、作集自身の属すると覚しい組織の工作もしくは謀略によって死へと追いやられてゆくかに見える、一人の中年の「心優しき叛逆者」の物語である。作集は『悪霊』のピョートルをふと思わせるが、好摩英次の最後の朦朧とした意識のなかでは真相は定かではなく、そのことが却って現実の夢魔的なおそろしさを刻みつける。

だが、同時にまたそのことこそが、好摩の「心優しき叛逆者」たる真の所以を刻印しているのではなかろうか。彼は最初に作集と出会ったとき、作集の考えに「賛成」して互に名を名告りあい、彼と行動を共にしたのだった。好摩は、啄木を思わせるその名の如くに放浪のなかに自由と人間の真実を求め、その故にこのように行動し、かつ裏切られたのだが、彼の人間としての本体は、まさしくこのような現実の過程を通じてしか証《あかし》され得なかったのだ。彼にはまた、シベリア抑留時代の冷たく暗い思い出があり、志別芳野との実らぬ愛と何者の手によるものとも知れぬ彼女殺害の衝撃の生々しい記憶があって、それらは今の彼の悲劇へと真直ぐ繋がってくるように見えるが、再びそれは運命なのではけっしてなく、彼がみずから選んだ道の厳しい真実さを逆に照しだすものにほかならないのである。

もとよりここには微妙な問題が蟠り、作者は「後記」で、雑誌『世界』に連載したときの「冬宮の死滅」という表題の響きに「作者の偏執ありとする批判を受入れ」、「未青年」と改題したことに関して、「スターリニズムの凍原を踏みつづけねばならぬ放浪者にとって、それは身を灼くほどの渇望でもあるのだが」と書き加える。しかし、「スターリニズム」とは歴史的なものであると同時に深く潜在的なものであり、それに対決するには「心」の「優しさ」から常に新しく力を汲み取り続けねばならぬであろう。私は「未青年」という改題をむしろ素直に受けとめ、敢えてそこに一つの永遠の主題を読みとりたいと思う。

なぜならこの作品は、ドストエフスキーの同名の作品にも似て、一面まさしく未青年の物語にほかならぬからだ。併置されている他の二つの物語、母に対する父親（実は義父）の獣のような淫乱に耐え得ずにその父を殺害、逃亡して捕えられる一五歳の鍬崎矩生の物語は言うまでもなく、棹取連の内部抗争のために孤立し、内ゲバの犯人にデッチあげられて逮捕される生田始の物語にしても、そうではないか。鍬崎矩生の悲劇の背後には、戦時中から戦後へかけての暗い歴史が渦を巻いていて、その悲劇の象徴的な意味を増幅しようとしている。未成熟のまま無惨にも押し潰されてしまったが故に、逆にそのあらゆる可能性を深く保留するにいたったとも言うべき、「未青年」性の象徴的意味のことを言うのである。また、棹取連にしても、そのかつての理想は「現代のビルに出没する鼠小僧の集団」とでも言うべき「未青年」的なもので、本来彼らは「心優しき叛逆者」と同じ血を分ちもっていた筈なのだ。組織や査問委員会の介入による生田始の悲劇は、未青年鍬崎や中年の放浪者好摩の悲劇に根源的に通じあっていて、物語の併置というこの作品の方法は、却って中心的な主題をその多様の相から浮彫りにしている。

もとよりこうしたことはすべて、作者の鋭い現実感覚と裏腹をなしていて、あの点綴されている行きずりの人間たちの会話が暗示しているように、ここには究極的に霧のように深い両面価値《アンビヴァレンス》が揺曳していると言うべきであろう。だが、同時にその両面価値のなかから人間の力が新しく喚起され、例えば犬のような顔をした鱶とそれをめぐる人間たちや、初期棹取連などの忘れがたい、まことに興味深い人間の物語が創造されたことに、私は心からの拍手を送らないではいられない。

親しく懐しい情景への誘い

井上光晴著　黄色い河口

『黄色い河口』の諸篇を読んでゆくと、次第にある親しい、懐しいと言ってもいい世界へ引きこまれてゆく。井上光晴の文学に親しんでいるから懐しい、というのでは必ずしもない。それよりは、ここに断面のように切りとられている日本の、日本人の情景が、われわれ誰しもの心の奥に潜んでいるものにつと触れて、思わず息をのむことになるからなのだ。

息をのむということは、しかし、そこに溺れこむことを意味しない。むしろ心の奥に触れた途端に、その心を突き放す。突き放して宙吊りにし、心はその衝撃でうろたえ、立ち直ろうとして井上光晴の世界を見つめ、自己を、周辺を見つめる。見透そうとする。

——例えば「待たれる男」では菜市海岸に住む普通の男女が、姿を消してしまった救い主陸別連次先生をむなしく待ち受けていると、そこへ陸別が初めて姿をあらわしたときと同じ赤い幟をもった男があらわれる。だが、この男は「二番煎じ」で、その浅薄な反復のために人々は、と言うより我我は肩すかしを喰って、はっとなる。だが、そのあとには何も書いてないのだ。

だから、この世界は固定し、安定した世界ではない。

全二二篇がそれぞれ七ページほどの断片であることもそれと関連しあっているが、個々の断片がすべて、何かに結びつく一歩手前でふつりと切れ、待たれる男は、あらわれないにしてもやはり待たれる男であり続けるように、これら断片の世界は、表面的な脈絡なしに互に反響しあいながら、なお流動し、新しく生起し、持続するものがあることを暗示する。それには、これらの小篇の舞台が長崎県の廃鉱地帯ばかりでなく、東京、横浜、山形等に及んで、広がりゆく地平を示唆していることも関係しているが、もう一つには、これら諸篇が、今挙げた「待たれる男」や老人ホームの忘年会を描いた好篇「金鶏勲章」ほか数篇を除いて、多くが少年少女の視点から書かれていることも関っているだろう。幼いものの眼は固定することなく、誰でも覚えのある友情、親しみ、その意味での懐しさの中に、いつ裏切られるかもしれない危うさと裏腹になった、常に未来に向かう力を秘めているからだ。

だが、この作品で井上光晴の眼は、かつての『黒と褐色と灰褐色』より一歩出て、再び、しかしいっそう深く、九州廃鉱地域からの眺めに据えられようとしている。表題の「黄色い河口」が背景になっているのは、中学生の同好会を扱った「にくてんの秋」だが、朝鮮人差別問題を主題とするこの作品に、「あいだに対馬海峡と朝鮮海峡の横たわっとるけん」という言葉がある。ほかにも差別を扱った作品があるが、井上の眼は、東京や横浜を描いても、何と言っても北九州から裏日本に、あるいは別の所で彼が書いているように「五島列島から望む東支那海の水平線」に据えられ、そこから世界を見はるかそうとしているように見える。それは、あの独特な意味での親しく懐しい情景の把捉からこそ可能になるであろうし、まさにその一歩一歩の新しい成果こそが待たれるのである。

老人の異様な熱気と芝居

陸の孤島としての施設——有料老人ホームを舞台とした〝裁判劇〟

井上光晴著　**憂愁**

「憂愁」と名づけられたこの小説の舞台、有料老人ホーム日輪荘の世界は、いわば陸の中の島、あるいは壁のない収容所のような世界だ。ここは孤島なのではなく、ここの老人たちはいつだって自由に外へ出てゆける。いや、ここを嫌って去ろうと思えば、いつだってそうできるはずなのだ。六〇代後半から八〇代に及ぶ彼ら老人男女は、特別施設とは違ってきわめて自由であり、豊かであり、かつ若々しく、まだまだ生命力に満ち溢れている。ここには、一種ただならぬ異様な熱気が立ちこめているくらいである。

だが、その熱気のただならなさとは、実は彼ら老人男女が、豊かで自由で活力に富んでいながら、やはり身寄りも、働くべき社会の場も、あるいは交わるべき異性もなく、結局はこの閉ざされた施設にみずからを縛りつけざるを得ないことに由来している。例えば六九歳の青方定子は、性についての自意識から長い間独身でいたあげく、三〇年近く前に小長井炭鉱の組合書記と名のる男と初めて情事をもち、妻子ある故にまもなく捨てられてしまったが、まるでその後遺症のように何か刺戟を受ける度に自慰に耽る。彼女自身の欲求不満だけでなく、ホームの老人という社会の枠が一枚加わって、その不満を異様な熱気を孕んだものにしているのだ。

だが、青方定子はまだ個性のはっきりした方で、ほかにはただ気分で動く女たちが沢山いる。青方をも含む彼女らのアイドルは、大洲満男という役者上りの七二歳の男で、施設長とは別に、男子三分の一というこのホームの人間関係を切りまわし、この作品の冒頭では、彼の作る裁判劇の役割をめぐってさまざまな老人男女が疑心暗鬼となり、たまたま大洲が入院して役割発表が中止になると、彼らはまるでタレントに会いにゆくように大洲の見舞に出かけるありさまである。

この小説では芝居、特に裁判劇ということが一つの重要なモチーフとなっていて、実際の役割はついに発表されず、芝居も行われないが、それに代ってまことに生臭い現実の裁判劇が現出することになる(当事者がそれに気づいていないからまさに生臭いのだ)。と言うのは、この閉ざされた世界にも次々と外の世界の波が押しよせ、熱気が分別を押しのけるその混沌の中へ新興宗教や心霊術などが流れこんだりするが、また逆に、まるで高齢者の怨念が喚び出したかと思われる過去の亡霊が、「噂」という魔法のマントを纏ってその混沌の中を暴れ回るからである。

七類雪子という六八歳の女が戦時中佐世保で娼婦をしていたばかりでなく、今も似たことをしているという噂が手のつけられぬほどに広がり、おまけに別の特別養護施設で同様な噂を立てられた老女が、自分は娼婦ではなく、娼婦を使っていたれっきとした女郎屋の娘であることを、七類に証明させるために乗りこんでくるという、ドタバタ芝居が起る、日輪荘でも体面の故に七類雪子を裁こうとする勢が高まり、ついには誰かが言ったように、「大芝居」から「別の曲芸団」の見物といった仕儀となるにいたるのだ。

いったいこの芝居は誰が脚本を書き、演出したのだろうか。日輪荘の中でも最も人の心を靡かす分別と力を備えた大洲満男も、自分の書いた脚本を演出するのではなく、逆に、現在に及ぶ女遍歴の呪いの故に、精神病院を脱走した妻に情婦と共に刺されるという別の芝居を演じてしまう。しかもこれが大団円になるのではないのだ。二人は軽傷と最後に報告され——かの七類雪子自身が実は、秘かに浮浪児の世話をしている人間的な、爽やかな人物とわかるのが一つの救いとは言え——こうしたブラック・ユーモア的な吐け口のない老人の異様な熱気と芝居はまだまだ続いてゆく勢にある。これが日本の姿なのだろうか。日輪荘はおそらく佐世保付近の海辺にあるが、私たちもいつかそこに入居することになるのか。

「女」の場――寓話と現実

大庭みな子著　花と虫の記憶／淡交

『花と虫の記憶』は、本質的には一種の観念小説、少なくともある抽象性を秘めた寓話的小説である。女と男のこと、女と男の関係を、考え得る限りのさまざまな角度から、しかも常に深い女の場において捉え、考え、かつ形象化しようとしている。著者年来の主題であるが、ここではきわめて大胆に女の本性そのものに入りこみ、そこに根を据えて、究極的なものを見つめようとする。だからこの作品は本質的に（いわゆるリアリズムを突きぬけた）寓話的構造をもち、その文体もどこか説話風な色調を帯びているのである。

とは言っても、もちろん現代の寓話は、現実的な肉付をどこかに必要とする。固有名詞をもった作中人物があらわれるばかりでなく、彼らの間の関係は、現実のあらゆる面を映し出すべく、（整理されながらも）まことに複雑となる。この作品で、そうした人間男女の現実的な個別的部分や、彼らの複雑な関係を整理し、それらをいわば構造化して一種の寓話へと昇華するのに大きな力を藉しているのは、藤尾万喜という若い未婚の女性を語り手「わたし」に設定し、しかも彼女に女としてのさまざまな経験の相を掻い潜らせ、それについて冥想させ、かつ語らせたその方法にあると言っていいだろう。一人称の語り手という方法は、本来はむしろ不自由なものなのだが、この場合には、女と男の関係を突き放して眺めるのではなく、女性である「わたし」の肉体と心に引き受けてそれを内面化し、普遍化するのに役立っていると思われる。

「わたし」であるこの美人の万喜は、一面凄みさえある悪女もしくは一種の魔女である。彼女は、昔彼女の父（詩人）が関係をもっていた未亡人玉名槙子の仲介で、満農《まの》祥三郎という青年学者に紹介されるが、結婚の意志がないばかりか、満農が入社を希望しているアイリス・カメラの社長の越知忠理《ただまさ》と既に関係している。のみならず、紹介された満農が迫るのを振り切って、今度は忠理の息子の文理《ふみまさ》を誘惑し、翌日は（満農と関係したかもしれぬ）槙子を訪ねて、殊更に悪女ぶりをひけらかして彼女に挑戦する。万喜はまた母を犠牲にした父のエゴイズムに復讐しようとし、ついにはある悪魔的な瞬間に、忠理から与えられているマンションの部屋へ忠理親子を同時に呼びよせて対決させようとまでするのだ。

だが、その魔女ぶりはただ世の中の常識に対してそう見えるだけであって、「わたし」である万喜は、実はそうした非本質的な常識や因襲の殻をすべて破りさったあとに、人間としての女がこの世界にどのような存在の根を持ち得るかということを、見はるかし、見極めようとしているのであり、実際彼女はさまざまに変化する人間関係によって刻々に衝撃を受け、何かを発見し、かくして究極的な「女」の場を見据えなければならぬのである。それが主として性の関係を通じてなされるのは、そこに人間関係の本質が集約され得るばかりでなく、「女」の存在の根源がそこに深く根ざしているからにほかならない。ここには、男と女の「二つの性はお互いに悪口を言い合いながら、どっちみち相手を必要とすること、相手なしには永遠の生命につながらないらしいということ」という発見があるばかりでなく、結局は槙子が万喜に納得させるように、女には「海か大地のような、あらゆる汚物をのみこむことで、あらゆる発芽するものを育てる」「渾沌の巨大な力強さ」があるという真実が深々と照らし出される。それは、虫によって花の交配が行われて実を結ぶという大昔からの「生物の記憶」によって支えられる、人間を永遠の相へと感覚的に繋ぐ、鮮かにイメージ化された真実でもあるのだ。

けれども、それで互いに持ちつ持たれつという男女関係の相対性が消え去るわけでもなければ（その関係の向こうには「なあんにもない」と槇子は言う）、例えば満農が玉名家にもってきて植えた、虫による交配もなしに花開いてしぼんでゆく月下美人というカクタスが暗示しているように、「花と虫の記憶」も、例えば人間の所業である文明の介在によって、いわば中絶した記憶にすぎなくなっているのかもしれず、ここにはまさに「女」の現実が新しく始まっていると言わなければならない。万喜は最後にロサンジェルスのアイリス社の仕事へと旅立とうとしているが、ここで改めて「女」の本性に加えるにそのあり方が問われねばならず、そしてまさにこの地点にこそこの作品の寓話性は成立しているのだ。この現代の寓話は、従って結末で閉じられると同時にまた新しく開かれると言うべく、作者の想像力の豊かさと共に、問題の容易ならぬことを暗示するのである。

以上のような寓話性あるいは観念性は、この作品では、現実的なストーリーと人物像の充分な肉付があるにも拘らず、長篇であるせいかやはり抽象性へと流れる嫌いがあるが、同じ著者の短篇集『淡交』では、その寓話性は鮮かに引き締められるか、あるいは現実の鮮明なイメージに裏づけされるかしている。「山姥の微笑」は、妻としての今日の女のありように山姥伝説をみごとに重ねあわせた逸品であり、「火の女」は、著者独特のアラスカ伝説の翻案による、女の誇りと暗く深い生を象る魅力的な寓話である。表題作の「淡交」は、やや難解ながらに、性を通じての女と男の典型的な関係を幾つか描き、そのはかなさ、生命のはかなさから、究極的な男女の安らぎを瞥見して、いわば長篇『花と虫の記憶』の主題の結論的な部分の一断面を、物静かに形象化している。淡交とは「君子のまじわり」のことだが、このいささか男性的なイメージはしかし、根底に深いエロティシズムと生命をたたえて、その逆説と一種の淡いアイロニーのうちに、この著者が男女の関係について常に考えている対等ということの究極的な形を指し示しているのであろうか。

「タロット」、「柳の下」、「インコ」は、東欧旅行や巷の生活に取材して、巧みなストーリーのうちに今日の人間生活の危機を暗示する軽妙な作品であり、最後の「いさかい」は、お互いに分かりあう部分をもつが故に、却って男たちの中ではいさかいあわなければならぬ女の哀しみと意気込みを、女性の絵描きと詩人に託してさらりと描きあげている。――こうした個別的な鮮かさは再びあの長篇の観念性と相剋して、さらに新しい小説的形象の世界を生みだすべく著者を誘うことであろう。

近代文化史を織りなす小説

大庭みな子著　二百年

作者の分身と覚しい語り手「わたし」(=まゆみ)の家系にまつわる私的な物語と、その家系の背景をなしている日本近代の公的な社会文化史とがみごとに、そして自然に整合された豊かで深々とした小説である。「二百年」という表題は、安政三年生れの「わたし」の曽祖父から、現在の「わたし」の孫の杏子がこれからなお見るであろう二十一世紀半ばまでを指しているが、語り手も言う通りそれは二百年、二千年、二万年、二〇万年……つまり今の現実の夢が連なる悠久の時間ということにほかならない。

だが夢は現実があって初めて生まれるのであり、語り手を挟む茨城県石岡のかつての大資産家高浜家六代(主として女系)の人々も、常に現実に対して夢を見つづけ、それ故未来も夢の豊かさを約束されているかに見える。曽祖父直治は地方の閉ざされた世界を拒否してアメリカへ渡ろうとして連れ戻され、ついに生涯渡米の夢を果し得なかったが、それでも彼の子孫にその夢を託し、所有地の解放を含むさまざまな新しい、時に奇矯な冒険を試みて、子孫に美田ではなく夢の持続という貴重な遺産を残した。

津田梅子にちなんで梅子と名づけられたらしい「わたし」の母は、津田塾に学んで新時代の教師となり、「わたし」自身も同じ英学塾を出て、戦後アメリカで結婚生活を長く送った。娘の桂は英国人と結婚し、今は孫の杏子を連れて一時的に日本の「わたし」の所で暮らしているが、いずれはアイルランドへ帰る身だ。「わたし」の日常生活には人種の混淆《こんこう》ばかりでなく、日本とアメリカやイギリスその他のさまざまな文化の様相が、詳しく書きこまれた明確な近代史の動きの中で渾然《こんぜん》と混じりあいながらゆったり流れている。これは特殊な家系かもしれぬが、視野を広くとれば、これこそ人間存在の真実の姿なのだという声が聞こえてくる。あるいは読者はここに、女性と言うより母性の力を感じとるかもしれない。

創作の裏側での心の劇

後藤明生著　眠り男の目――追分だより

これは後藤明生氏が、昭和四八年四月五日から八月一八日まで主として信州追分の山荘に籠って、「生れてはじめての書下し長篇」である『挾み撃ち』を書いたときの記録であるが、まことに興味深いことに、肝心の作品『挾み撃ち』そのもののことは、ほんの数行以外にはまったく書かれていない。当時書かれた断片的な「追分雑記」（五月九日―七月一四日）を枕において、それを補足説明しながら、この長篇執筆中のみずからの生活と心の動き（敢えて心境とは言わない）をおのずと彷彿させてゆくのだが、そのことによって却って、後藤氏にとってのこの長篇執筆の重さが読む者の心に深く、真実に伝わり、その筆つきの自然さが、あたかも一篇の小説を読むような、爽やかな感銘を与えるのである。

例えば、六月一九日から二九日までの短い「雑記」にただそれだけ書かれている、さかんに散りしきるアカシアの花は、当時は何気なく書かれたものであろうが、この本の読者にはむしろその背後にある重たいもの――おそらく空白の原稿用紙を前にして凝然と虚空を睨んでいる作家の心の重さ――を垣間見させないではいない。もちろん、こうしたことはごく普通の、まったきわめて自然なことなのだが、その自然さを（なまじっかな自作解説によって韜晦することなく）この一種の作家ノートで貫き通すところに、「眠り男の目」という後藤氏の逆説的な目のしたたかさと、彼の強靭な作家魂が見てとられるのだ。作品『挟み撃ち』はみずからが生みだしたものだが、その創造行為と作家自身の刻々の生活との不思議な合一と、同様に不可思議な、不可避的な乖離――後藤氏はその「表と裏」の逆説を真率に読みとり、その逆説をこそみずからの創作の源泉としている作家であるに相違ない。

もとよりここでは、その「裏」の生活そのものが描かれ、創作の裏側での心の劇が、信州追分の自然と風物と人物像を背景にする日常の衣に包まれて立ちあらわれる。追分は評者自身も長く親しんできた場所なので、その親しさにつられてつい読み過してしまいがちだが、それでも何度もはっとして、その親しさの奥にある深いものを見つめざるを得ない。例えば追分の駅から旧宿場に出る道の、「無限の闇の中へ吸い込まれて行きそうな」夜の木立のトンネル――その闇に隠された作家の心象風景は、七月二日から一五日までの土屋旅館における「最も苦しい時期」の緊迫感へと真っ直ぐに繋がってゆく。いや、真っ直ぐにと言うのは当らない。ここには、さまざまなエピソードから、食べたラーメンやうな重（一八〇〇円ナリ）、等々のことまでが何気なく書かれているからだ。そればかりではない。吐血から前半二百枚手渡し、さらに完成へ至る感動的な経緯に、現在と過去に関する観察や洞察や追憶がきわめて自然に織りまぜられて、「表」の世界に対する「裏」の世界の底深さを伝えるのである。

　そしておそらくこの「裏と表」の相互関係こそが、作品『挟み撃ち』の独特な方法そのものにほかならなかったであろうし、それはまたおのずと後藤氏の新しい作品の世界へと深く繋がってゆくはずのものに相違ない。

したたかな日常感覚

つじつまの合わない記憶と現在

後藤明生著　夢かたり／めぐり逢い

　小説『夢かたり』は、作者後藤明生氏である「私」が、現在の日常生活の中から、主として「私」の生まれ育った北朝鮮の永興にまつわる過去を追想する、それぞれにまとまった十二の短篇から成っているが、同時にそれらは、ある独特な形で一つの長篇作品を作りあげている。その独特な形とは、後藤氏自身が「後記」で言う、「まことにあいまいで辻褄の合わない記憶と、現在との関係」ということにほかならないが、しかし、その「関係」を支えているものは、むしろ、同時に刊行された同じ著者による『めぐり逢い』に如実に見られるような、一種どうしようもない、その意味でしたたかな作者の現在感覚、日常感覚といったものであろうと、私は思う。

なぜなら、「まことにあいまいで辻褄の合わない記憶」とは、人間がそれを恣意的に追い求めることを拒否して、彼の意表をついて「とつぜん」日常の意識のなかに立ちあらわれる、本質的に「夢」のようなものにほかならないからだ。それは過去から不意打ちに現在の日常の時間のなかに闖入してくるものであり、過去の所在を人間に突きつけると同時に、そのことによって逆に彼に、現在の日常性のぬきさしならぬ所在をもしたたかに思い知らせる。人間は、それをまさしくそのような形でまず受けとめるよりほかに術《すべ》をもたないのだ。後藤氏は、このことを最もよく知っている、稀な醒めた作家と言うべきであろう。

だが、そのことを逆に言えば、この現在および日常性とは、常に過去の記憶の奇襲にさらされた、まことに不安定な存在ということになり、人間は醒めたなかにも「夢」の意味を掻き探らなければならなくなる。そうしなければ、未来はもちろんのこと、現在の自己も漂動ただならぬものと化してしまうかもしれない。そして作家としては、あるいはその漂動ただならぬ自己そのものを、ほかならぬ「夢」もしくはその等価物に形象化することによって、普遍的に検証することもできようが、逆にまた、したたかな日常感覚、現在感覚を媒体として、作家自身の「私」に「夢」としての過去の記憶を収斂しつつ、その自己を検証することも許されるはずである。その検証はきわめて私的な世界を提示するかもしれないが、人間は本来的に私的な一面を免れ得ないという意味で、それはまた逆説的に普遍的なものへ繋がる可能性を孕んだものでもあるからだ。

後藤氏は、作品『夢かたり』でこの後者の方法を選んだ。もちろん、この方法は、冒頭の表題の短篇「夢かたり」で作者である「私」が考えるように、漱石の『夢十夜』の「第六夜」に言う、「明治の木」から運慶の「仁王」を掘りだそうとするようなものかもしれない。「夢」のなかに隠されている「本当のこと」を掘りだそうとしても、ついに「本当のこと」そのものは掘りあて得ないかもしれない。だが、記憶という「夢」は、不意打ちに向こうからやってくるものだ。「私」はまずそうした記憶を出来る限り多く、正しく捉えて、それを記録する必要があろう。そのなかから思いがけず、「本当のこと」が立ちあらわれてくるかもしれないではないか。

かくして「私」は、日常生活のなかにあって記憶の「とつぜん」の訪れを待ち受け、まさしく訪れたそれについて、「辻褄の合わない」ままに、自然に語り続けてゆく。天狗鼻のアボヂやナオナラや、「手錠をかけられた坊主頭の男たち」、永興駅でのソ連兵の拳銃発射事件、南山の朝鮮人墓地で遊んだ「お山の大将」、三八度線を目ざす集団の暗夜脱出行……。記憶は、当時「私」の周囲にいた、現在の生存者たちとの再会に助けられてとめどもなく訪れ、逆に何かを「私」に語りかけようとする。それは歴史を語りかけているのか。確かにそれもある。だが、それは、「私」が「無念残念」にも行き違った歴史にほかならないのだ。そしてその行き違いは、常に現在の「私」自身に跳ね返る。跳ね返って、「私」を追いつめる。数多い感動的な短篇のなかでも最も感動的で象徴的なのは、「二十万分の一」と題するそれであろう。一種の「永興馬鹿」となった「私」は、偶然送られてきた「永興郡略図」にいわば失われた自己を掻きさぐって、かつて溺れかけた小さな永興の川の思い出（この描写はきわめて象徴的である）に、まさしく「二十万分の一」の自己をかろうじて発見するのだ。

そしてその微小な自己とは、同時に、現在の日常生活における「私」そのものであるにほかならない。「私」は、今なお生存している肉親たちの「家族ぐるみ」の関係のなかにあって、なお孤立している自分を見出さないではいられない。それは、「私」が心ならずも送ってきた、現代の都市における「個人主義」的な生活のせいなのか。――おそらくこの疑問こそ、後藤明生氏がこの作品で掘りあてた、最も重要な「本当のこと」にほかならないであろう。それは、彼がかつてからの多くの作品で、いや、団地で猫を飼うというそれ自体皮肉でユーモラスな素材を扱う作品『めぐり逢い』でも、繰り返し主題としてきたところだが、過去と正面から取り組んだとも言うべきこの『夢かたり』で、初めてその全貌を提示したと言えるのではないか。その全貌を描き切ることは不用意にはできず、例えば後藤氏独特の古典のパロディ（彼はそれを「本歌取り」と呼ぶ）といった方法を一つの有力な武器として、それは刻々に語り続けられるべきものかもしれない。だが、その仕事が後藤氏に残されているきわめて重要な一つであることを、疑うことはできないであろう。

したたかに追う主題

後藤明生著　嘘のような日常

五つの短篇連作から成るこの作品のなかで起る事と言えば、どこにでもありそうな、きわめて平凡な日常の事柄にすぎない。敗戦時北朝鮮から引きあげる途中、花山里というところで血を吐いて死んだ父の三十三回忌の法要と言えば、当然この作品に登場する人々、特に二男である語り手の「私」にとっては心に重く沈む出来事であるが、それでも日常は、そのために歩みを止めるわけではなく、坦々と、しかも動かしがたいそれ自体の秩序をもって流れてゆく、いや流れてゆかないではいない。

法要の営みそのものにしてもそうだ。今母が身をよせている大阪の兄のところに一族相よる手順、寺及び日時の選定等々は言うまでもなく、それまでの「私」の家族の生活は当然日常の秩序に支配されなければならぬ。しかもなお、過去三三年の歳月の流れは重く、特にその源である引きあげ中の父の死の思い出は、その周辺に無限に拡がり、かつ重く垂れこめる他のさまざまな記憶と共に、今なお、と言うより三三年目の今こそ「私」の心を捉え、圧倒しないではいない。少年時における敗戦による故郷喪失、価値の完全な逆転など、言葉にして言ってしまえばそれだけのことだが、現実には今その重さが不可避的に刻々流れてゆく日常そのものに溶けこんで、あたかも過去、現在、未来が一つに混じりあって分かちがたく、むしろ日常こそ一つの夢といった気持ちが醸しだされてくるのである。

後藤明生氏のかねてからの主題であり方法でもあるが、しかしこの『嘘のような日常』におけるほど彼が醒めてこの主題を扱ったことはないと言っていい。妙な言い方になるが、その「嘘」(または夢)の真実性は、描かれている血族の人たち、特に年老いてはいるが、どこかに過去の若さを留めている母親の影像にしかと描きとられて、夢と日常、過去と現在(および未来)の狭間にあって、現実に相対している作者のしたたかな、しかも余裕のある姿勢を示している。坦々たるうちに感動を呼び起こす作品である。

土俗性の極限的な凝縮

中上健次著　岬

表題の作品「岬」は、やはり、中上健次氏のこれまでの創作活動における一つの頂点、もしくは集約を示す作品だと思う。一つの、と言ったのは、もちろん彼がもう既に次の作品群を書きはじめていると思えるからであり、集約もしくは頂点と言ったのは、この作品「岬」に、それまでの中上氏の創作の、ある生新にして底深い凝縮が見られるからである。

その凝縮は、素材の面もさることながら、むしろこの作品の世界を構築する中上氏の方法に深くかかわっている。素材としては、早くに書かれた「一番はじめの出来事」を始め、「蝸牛」、「補陀落」、殊にこの作品集に収められている「火宅」などにおけるそれを、ここでは一つに縒りあわせた感があるが、その縒りあわせに深く新しい意味を与えているものは、ある動的な作家の方法、もしくは生きた作家の視角である。

例えばここでは、中心の人物である「彼」秋幸の周辺に、複雑な家族の血の様相――「彼」は母の三番目の夫（義父）の家で暮らしているが、「彼」自身は、みずから母と共に拒否した彼女の第二の夫の息子であり、かつ最初の夫（故人）による母の次女（姉）の主人に雇われて、人夫として働いている、等々――が渦を巻いている。しかも、生きているこれらの人たちは、岬のあるこの紀州の小さな町に信屈として共に暮らしているばかりか、例えば亡父の法事ともなれば、名古屋のもう一人の姉の家族のみならず、自殺した長男の幻影や先祖の霊までが、この土俗的な狭い場所に鬱然とひしめきあうことになる。これは言ってみれば、時間と空間の相にわたる一種極限的な凝縮あるいは状況設定であり、その凝縮のいっさいを引き受けて、「彼」秋幸は立っているのだ。

おそらくこれは、作者中上氏がこの一作に賭けて、敢えて選んだ方法であったろう。彼は、既に「十九歳の地図」や『鳩どもの家』の数篇、あるいは本作品集に収められている「黄金比の朝」や「浄徳寺ツアー」、特に「火宅」で扱った、いわば現在の時間とも言うべきものをも、ここではこの凝縮に収斂し、またかつての彼の多くの主人公たちが濁った時間の流れのなかに知ってきた、血と性と暴力の汚れをも主人公に厳しく拒否して、「彼」秋幸を、その巨躯に溢れ出んばかりの肉体の力を秘めながらも、女を知らず、抑制を強いられた二四歳の青年としている。とは言っても、これはけっして無垢あるいは無垢の喪失といった類《たぐい》の物語なのではない。この一種の無垢は強いられた無垢、もしくは「彼」がみずからに強いなければならぬそれであって、そのことによって「彼」は辛うじて、自己の内部と外なる汚濁した世界との、いわば「黄金比」を保っているのである。

というのも、汚濁はむしろ、母の血と実父の血となって「彼」自身のなかにこそ流れているかもしれないからだ。外なる世界だけを取り出せば、その世界の汚濁とて、ただの世間の人生絵模様であるのかもしれない。だから、「彼」はその世界に積極的にかかわることができない。「彼」はそれを見るだけである。この作品には自然な方言による対話が満ち溢れているが、「彼」自身はほとんど喋らない。いつも見ている。そして(特に実父である男から)見られているという意識をもつ。この関係構造は、この作品に一種の劇的な効果を与えると同時に、作者が他の作品で意識的、無意識的に支えとしてきた、根源的な背反を繋ぎとめるあの「黄金比」の極限を思わせる。

そして極限であるが故に、ここではその「黄金比」は激しく壊れる。直接的には法事における肉親近親たちの狂乱を契機にして、「彼」秋幸は、実父が生ませたと噂される娼婦のもとに走って、近親相姦的願望を満すのである。この結末を非とする意見もあるようだが、私はそうは思わない。いささかの曖昧さが残るとしても、「黄金比」のなかに、背反する世界を余裕をもって描き得る中上氏にとっては、これは、海を突きさす岬のイメージと共に、むしろ想像力の解放を意味するものであろう。ただその解放は、外に向かうのと同じだけ内に向かうものだ。その両者の関係は、もはや今までの「黄金比」では律しきれまい。これは結末と言うより、いわば海の如きいっそう深い曖昧さへの挑戦であり、必然的に自由と不自由を伴う新しい小説の世界への、今や避けることのできぬ出発であろうと、私は思う。

隠るもの、溢れ出るもの

中上健次著　水の女

限られた、狭い場所にあって広い世界の息吹きと生命を感じとる、いや、その狭いところでなければ広い世界を感じ、生きることができない、いや、さらに言えば、そうした狭いところにおいてこそ逆に広い世界の生命を生き得る——これは、長い間日本人の運命の一面となってきたし、今でも形こそ変われ日本人の運命の一面をなしているのではないか。

中上健次氏の新しい作品集『水の女』は、まさしくそうした日本人の運命に真正面から挑み、取り組んだ作品だと言うことができる。ここ『水の女』の舞台となる山と川と海に囲まれた新宮の町とその付近——「路地」と呼ばれる山近くの地区（「水の女」、「かげろう」）、いや町そのもの（「赫髪」）、あるいは南の方古座に向きあう西向《にしむかい》の海のすぐそばの村（「鷹を飼う家」）や、新宮が「駅四つむこう」になるという山に囲まれた所（「鬼」）は、男にとっても女にとっても、広い世界には目隠しされた身動きもならぬ、息苦しい場所である。少しの晴れ間があるかと思えば忽ち雨が降り続き、山は影を作って家々を冷えこませ、川の水と海の波はこれらの狭い空間を取り囲んで生活の場を圧倒する。そこを、そしてそこに住む人々を閉じこめるのは必ずしもこうした自然の力ばかりではない。肉体労働はむしろ爽やかだが、それさえしばしば阻んで、若者たちを展望のない閉ざされた場所へと追い込む要因は、（それをここであげつらうのは憚られるが）やはり社会的にも文化的にも克服しがたくある。知的な解放などは、たとえここで志向されていても、そのままでは形にさえならないのだ。

しかも、そうしたところでなお人間の生活は営まれるばかりでなく、生命は躍動し、「愛」は渇望され、広い世界は感得される。おそらくいわゆる近代化の進んだ今日においてこそ、閉ざされた生活空間と開かれているべき広い世界とのギャップはいっそう大きく深くなり、矛盾は深刻になっているのではないか。そしてそうしたところで起る事柄は、いわば極限の象徴としての出来事であり、そこには、中上氏が『紀州―木の国・根の国物語』中の「新宮」の章で「水の行」なるものについて述べたように、「性と宗教と暴力、それがことごとく包含されている」かもしれぬのである。このことを日本人の運命の象徴と言い切ってしまうのは、『紀州』中の中上氏自身の同様な言葉にも拘らず、文学作品についてはあるいは性急であるかもしれない。けれども作品はいっそう直《じか》に、かつ根底的に読者に語りかける。これらの作品はその主題と方法の徹底性において、人間存在の根底に迫るものをもっているかに思えるのだ。

　例えば「性」について言っても、これらの作品の大きな部分を覆う性交の描写の反復は、もちろんただそれ自体のためにあるのではなく、むしろそうした反復を通じて、男はいわば「吐き出しても吐き出しても溜ってくるものを吐き出す為」にそうするのであり（「かげろう」）、女は「自分〔シノ〕がケモノの与一に角で突かれる度に、ひとつひとつ徐々に水のようなものに溶け、自由になる」ことを願望してのこと（「鷹を飼う家」）――あるいは男と女はともに、「自分にも皮一枚内側にあふれ、女にも皮一枚内側にあふれそうになったものを、すべてはきだそうとするように」交わるのである（「かげろう」）。閉ざされていてなおかつ生き、愛し、自由になろうとする者にとって、「性」はきわめて自然に根底的な媒体となるのであろう。

　もちろんその「性」はすべての場合「ケモノ」の如くになる。それは、「性」を通じて隠《こも》るものを吐きだし、より大きな何者かと一つになろうとするときの不可避な過程、もしくは儀式なのだ。だからその一種の物神の如き「ケモノ」を媒介として性と生の「水」は溢れ、その「水」は山にあたって降り続く雨、山から流れ出る川、川が注ぎ、また沖から波を打ちよせる海とどこかで一体となって、一瞬男女を神話のなかの神々のように桎梏から解き放つ。少なくとも願望はその一瞬に充足の幻覚を与える。だが再び言えば、充足には限界があり、幻覚は一瞬にして破れさる。だからまた、虚空へ投げ出された男女は殆ど運命的に再び充足を求めて、ときには「暴力」へ、ときには「宗教」へと赴き、あるいは悲哀や何ものかへの畏れに身を晒す。その間には毛一筋ほどの隙間しかない。

かくして「水の女」の無頼な富森は、充足のあとでなお女を女郎に売り払い、「鷹を飼う家」のシノは、嫁いできた与一の家での反抗と性愛の反復の極限で、むしろ姑の「水の行」的宗教を狂信的に身につけてゆく。「赫髪」の光造は女との交わりを包みこむ雨を「天の慈悲」と感じて「赫い髪は美しい」と思い、「かげろう」の定職のない青年団員広文は、性的充足になお飽き足りずにサディズムに赴きながらも、「神倉山の神体として祭った岩」が見える、閉ざした窓の外から、「見つめている者が在る」ように感じる。ただ、そうした充足と充足の果ての極限では、男と女の心のあり方は著しく違っている。おそらくこれらの閉ざされた世界にあって、外なる世界の波濤を一つの底深い胎動として身に感じとるのは、当然ながら女であって、例えば「鬼」のキヨは荒くれ男の武に拮抗しながら、武に血を流させ、溢れる日光を抱きこみ、果てしのない海と共に呼吸し、また家をたたき山をたたき海をたたく雨の音に、身も心も投げ出す。富森に売りとばされた女も、ついにはまさしく「水の女」そのものになりおおせたに違いない。

けれどもやはり男女の合体は人間の願望であり、キヨには殆ど両性具有の影像が重ねられているように見える。——そして再び読者は、中上氏自身が強調する「隠国《こもりく》」としてのこの土地の象徴的、暗喩的意味を理解する。この息づまるような狭い場所は、おそらく究極的には何らかの形で突きぬけられねばならぬのだろうが、それでも地球の一部としての堅固さをもっているが故に、常に人間を足下に引き戻すであろう。そしてさまざまな形でのその相剋こそが、さらに豊かな思想性、文学性を中上氏の作品に肉付けしてゆくに相違ない。

時の力、母の力

中上健次著　鳳仙花

これは、『枯木灘』の主人公竹原秋幸の母フサにまつわる物語である。『枯木灘』で既に言及されていた、一五歳のフサが紀州古座から新宮へ働きに出る前後から筆を起し、やがて彼女が若くして西村勝一郎と所帯をもって、四人の子供を産んだ挙句に亭主に死なれ、あとの苦しい行商生活の内に「イバラの龍」こと浜村龍造と関係して秋幸を生み、さらに龍造が傷害事件で入獄中に、のちの夫竹原繁蔵とかかわりをもち、かつ母トミの死に会うというあたりに及んでいる。当然のことながら物語には深い起伏があって、それがこの作品をほとんど一気に読ませる魅力を作りあげているが、同時にそれを描く文章そのものはけれんのない、むしろ真率と言っていい自然な文体で、そのことがまた同じ魅力を深めていると言うことができる。

真率ということは、もとより単純ということではけっしてない。何よりも第一に、この作品は『枯木灘』の世界からいわばフラッシュバック的に構想され、展開されていったものであって、（遡行的な）連作長篇としての空間的広がりと時間的深まりとを湛えている。実際、ここに描かれている、現実にはまことに小さな世界——古座と新宮という小さな地理的舞台と、一五歳から三四歳にかけての、多くの子供たちを抱えた頼りなげなフサを中心とする、小さな人間関係の世界——が、それとは逆の、叙事詩的とも言うべき一つの広い、豊かな小説空間を現出していることは驚嘆に価するが、一つにはそれは、この作品が前作『枯木灘』の現在の世界を踏まえて、その現在の世界、特にその世界における最も現実的な人間である竹原秋幸を生みだした過去の世界を掘り起こし、その底深い過去の世界を秋幸の母フサ、言い換えれば女の性と母性を集約する一人の女性像に収斂し得ているからであろう。作品『鳳仙花』は、もとよりそれ自体独立した世界と価値を持っているが、同時に前作『枯木灘』と根深いところで呼応しあっているのであり、一面では前作の完結によって新しく生まれ出る契機を与えられたと言っていいのである。

けれどももちろん、この作品はただ前作の完結によって喚起され、生みだされただけのものではなく、前作と根深く呼応し、それとある微妙な均衡関係を保ちながらも、それ自体の大きな力を秘め、それ自体の小宇宙とも言うべきものを現出している。その力はいったいどこから来、その小宇宙とはいったいどんなものなのか。その力は、一つには先にも述べた、女の性および母性のイメージに託された、現在を生み出す過去の力といったものと関係している。言い換えれば、作家中上健次氏自身が、作品『枯木灘』および彼自身の現在を生みだしたものとして、秋幸の母フサのイメージに託して喚起した過去の力といったものである。この『鳳仙花』に描かれているフサの影像は、その若さと白い肌の美しさ、孤独な女としてのよるべなさ、あるいはその逆に子育てと労働の辛苦に耐え、激しい欲情と激情に身を任せる思いがけぬ彼女の強さをも含めて、等身大の、ごくつつましい、輪郭のまことに鮮明な影像であるが、それにも拘らずそれが圧倒的な迫力を秘めているのは、まさしく、作家の想像力が同時にそこに喚起する過去の強大な力のせいにほかならないであろう。

その過去の力は、作家自身の心理の深層における根源的な母性像への憧憬讃美と重なりあっていると同時に、時そのものが孕んでいる巨大な力とも密接に関連しあっている。フサの生涯は、フサ自身が初めて新しく経験する歓喜と悲哀と辛苦に満ちた生涯であるが、それでもそれは女としての性、愛、妊娠、出産、死別等々の、永遠に繰り返される人間と自然の暗い力に、どこかで支配されざるを得ない。彼女が彼女の母トミの「四十を過ぎて出来た恥の子」であり、トミが七か月になるその「恥の子」を堕そうとして木屑で腹を打ったという、フサの出生にまつわる事実が、フサ自身の龍造との関係と秋幸の出産に重なっていることは、一種運命的な反復であるが、同時に時そのものの破壊と創造、断絶と持続、流れと円環の力の所在を暗示していると言わなければならない。一五歳のフサが故郷古座に咲く水仙と海と兄の吉広に心を惹かれ、やがて新宮に出て女となり、勝一郎と所帯をもつに至る経緯はそれだけで充分美しいが、例えばその可憐なフサが、北海道へ発った吉広を思いながら嵐で倒れた鳳仙花を救いとり、最初は自分が初潮をみた辺りに植えようとして思い直して、山々が見える低い板塀の脇にそれを植え、その山々に向かって「何を祈るでもなく祈」る場面は、そうした時の力への人間の参入の願いをあらわす自然な儀式のように見えて、まことに感動的である。

従ってまた、時の力は自然の力でもあり、母の力をも暗示している。フサは勝一郎と交わるとき潮鳴りと山の音を耳にし、龍造との交わりでは彼を「山の化身」のようにさえ感じる。この山の音と潮鳴りは、彼女の母トミの死に際しても彼女の耳に響き、生―性―死の反復循環とその破壊力および創造力、言い換えれば自然と母の力を暗示する。そして生身の母フサは六人の子供を生み、その一人を死なせ、繁蔵による二人の子供を堕すという苛酷な母としての営みのうちにも、男を愛し、憎み、怒り、蔑み、しかも身籠ると却って体が動きよくなるという天性の生命力によって、時や自然や人間の破壊力に耐えてゆくのである。その根底には、例えば母トミの死が勝一郎やかつて愛した兄吉広などの影像に重なるという、自然と時の円環あるいは循環の力が働き、この孤独でよるべのない一人の女を、歴史と時の流れを通じて現在へと力強く繋ぎとめている。フサの物語の世界がそれ自体の力と共に一つの小宇宙としての次元を獲得しているのは、まさにその故なのだ。

だが、みずから母の胎内に戻ろうとするかの如きフサの秋幸との水死の企ては未遂に終って、この作品は一まずその円環を閉じ、すべては『枯木灘』の現在の世界へと突き戻される。その世界は、いっさいがそこから生まれ出、またそこへ還元されるべき、豊かではあるが同時に狭い、限られた（日本の）場所にほかならないが、まさしくまたそこからこそ、次の新しい創造の苦悩と歓びが始まることであろう。

視点の併置による小説の方法

中上健次著　地の果て　至上の時

私は、別の所（『群像』）に書いた書評で、いかにこの小説が、竹原秋幸という作者の視点を定める一人の人物像を、普遍的な、例えば神話的なレベルに近づく広大な構造体としての物語に融合しようとし、かつそれに成功しているか、という点を強調した。いやこれに融合しようとし、といったふうに、過程の問題としてこれを捉えるのは当らないだろう。過程ではなく、秋幸像をある普遍性のなかで描きとり、同時にその普遍性そのものを刻々に肉付けしてゆくことが問題なのである。

けれどもそのとき、個としての秋幸像は、大きな構造体としての物語と相剋しあい、突っ張りあって、ラディカルな変貌を遂げてゆくに違いない。その際、むしろ秋幸像は姿を消してゆく、あるいは消去されてゆく方向にある。ただ、完全に姿を消してしまうことも、またない。秋幸が完全に姿を消してしまえば、構造体としての物語も崩壊してしまう。そんな微妙なところにこの作品は成立している、というのが、私の書評の主旨であった。

　私は今でもその通りに信じているし、それがまた今日の小説の運命だとも思っている。そうした突っ張りあい、相剋が軸のところにあり、それを軸として次第に、しかしダイナミックに広大な、普遍的な世界が現出してゆく——それが、今まで中上健次氏が成そうとしてきた、野心的な目標ではなかったか。少なくとも理想としての文学の世界ではなかったか。

　そして今この『地の果て　至上の時』が世に出て初めて、まさしくそのことが明らかになり始めたのではないか。『鳳仙花』にしろ『千年の愉楽』にしろ、それぞれ自体の世界を作りあげながらも、この『地の果て　至上の時』によって、逆にその方位を定められている。もし中上氏自身が小島信夫氏との対談で言っている、この作品が『鳳仙花』などに加える「メタレベルの侵入」ということが正しければ、それは実にこのことをこそ指していると、私は思うのである。

　だからまたこの作品は、一面紛れもなく、中上氏の紀州、その中心である新宮は路地についての物語であるが、同時に他面、その路地が、いわば裏返しになった日本の神話の現代的凝縮をあとに残してみずから消滅し、それと共に秋幸自身が、彼の二重写し（ダブリング）としての浜村龍造の死を媒介にして、燃える路地の炎の中に姿を消していったのと同じように、作者中上氏自身が、有機的な構造体としての物語——小説——そのもののなかに消え失せてしまう、いや、少なくとも消え失せてしまおうとする、書く行為としての小説自体の一つの極限的な到達点をも示しているのである。

言い換えれば、秋幸の視点を通じて世界を見ている作者の眼が、形象化された世界そのものと一つになって、書くこと自体の意味の極限が暗示されるということにほかならない。それは、作家にとってまさに「地の果て 至上の時」という頂点の一瞬であるが、同時にまた一つの事の終る恐ろしい一瞬でもある。

筆が行き詰るとかいったレベルの事柄でないことは、言うまでもない、小説がこれ以上成立し得なくなるかもしれない、潜在的な分水嶺が暗喩的に示されることを言うのである。現実的な問題で言えば、この作品以後では、秋幸もしくは秋幸に代わる作者の投影像は、どんな形で造形され得るだろうかという懸念である。

もし、少なくともこの作品に見られるような秋幸像の輪郭が、さらに普遍性の中に埋没し薄れてゆかなければならぬとすれば、それは先に私が指摘した、秋幸像と普遍的な構造体としての物語との突っ張りあいがこの作家の世界の軸となっているということと、根本的に矛盾することになる。これは、しかし、ただ私の貧弱な論理だけの矛盾なのだろうか。作家の自己投影を、文学の障害となる近代の尾骶骨とのみ見る反近代主義一辺倒からは、この矛盾はどのように解かれるのだろうか。あるいは、もう解くまでもないことなのか。

だが、事実は、むしろ中上氏自身が、その敏感な作家の感受性によって、そうした矛盾にまことに慎重に相対していると思われる。

逆説的な言い方になるが、私は、ある批評の観点から言えばこの作品の欠陥と見えることが、実は今述べた根本的な矛盾を現実的に処理する、巧まざる、しかしきわめて有効な文学的戦略となっていると思う。例えば、この作品への新地のモンの視点の侵入は、『千年の愉楽』のオリウノオバと比較されて、むしろ充分な象徴性をもたぬ中途半端な方法と批判されるかもしれないが、しかしモンがオリウノオバになれば、この作品は真二つに割れてしまうことになる。モンの役割はむしろ、路地の竹原も有馬の浜村もよく知っている中立的な視点として、作家の投影像である秋幸の視点を中和させ、そのことによって逆に消去されようとする秋幸像の輪郭を現実の面に押し留める所にある、と私は思う。これは、視点の拡散なのではなく、視点の併置（ジャクスタポジション）による小説の地平の拡大深化の方法なのだ。

水の信仰の老婆たちの反復はやや散漫の憾みを遺すが、それでも今述べたような地平の拡大には充分に見あう方法であろう。ただ残る問題は、秋幸の内面の世界である。秋幸は一面作者の投影像であるから、当然内面が問題になってくるが、普遍性への消去の理に従って、個別的な内面は極限にまで切り捨てられる。モンやさと子は内面を自由に吐露できるが、秋幸はそれを切り詰めて、みずからの影像がいささか不分明になるほどにより広大なものへ参画しなければならない。

彼が誰かに見つめられているのを感じるということは、『岬』以来内面化削減の有効な方法となってきたが、それはこの『地の果て　至上の時』で極まり、龍造との二重写しその他さまざまな二重構造と一体になって、普遍的な構造体としてのこの作品の物語を、底深く支えているのである。

おそらく中上氏は、私の理解が間違っていなければ、これからも以上に述べたようなことを中軸にして彼の世界を広げ深めてゆくことだろうが、しかしそれだけに、内面を深く孕む秋幸（もしくは秋幸の変身）像がどのように描きとられてゆくかが、やはり私には刮目すべき事柄となるように思える。

生きることと書くことと

野口冨士男著　相生橋煙雨

最近作「相生橋煙雨」、近作「熱海糸川柳橋」および「手暗がり」に、昭和一八年発表の「火の煙」と昭和二六年の「川のある平野」（原題「平野」）を収める。通読して、作者の創作の姿勢が、戦中、戦後、最近を通じて一貫していることに驚く。もとより、時代背景の変転に伴う、描かれている世界の雰囲気の微妙な違い、また、年齢による筆つきの若さ、円熟の差違といったことはある。けれども、物を見る視角と、その背後にあってそれを支えている精神の姿勢は、力強く一貫していて、深い感銘を誘うのである。

その視角と姿勢の一貫性は、おそらく作者が、常に己れの存在の根底にあるものを見つめ、その視角に映じてくるものをありのままにしかと描きとろうとしてきたことに由来するのであろう。「熱海糸川柳橋」に、がんの疑いが感じられる病んだ妻に向かって、「死んじゃうかもしれねえな」と「私」が「残酷」にも言い切るところがあるが、「いかなる場合にも最悪の事態を想定して、そうなった局面にも処せるように心がけて困難な人生をやっと生きぬいてきた人間である」「私」のこのような真実の凝視は、作者の生き方ばかりでなく、その創作の姿勢と方法をも象徴していると言っていい。そしてこれはけっして残酷なばかりではないのだ。それはいわば、死の先取りによって生の甦りを祈念する行為なのだ。ここには無限の思いやりが満ちていて、夫婦という最小単位の人間の繋がりを、あわやという一点で深く繋ぎとめている。

しかもそれはまた同時に、小説を書くことと繋がってくるのであって、その凝視と書く姿勢の厳しさの極限からある暖かいもの、いや、ある華やいだものさえ立ちあらわれて、小説の世界に深みとふくらみを与える。妻の病後の夫婦としての熱海旅行の記録は、そうした「残酷」さといたわり、厳しさと華やぎの混淆、交錯であり、特に病後の妻が梅園で「幼女のように歓喜」するところは、そのクライマックスと言っていい。しかもなお、それを書きつけるときに作者は、短かった青春時代の「デカダンスな」女遊びや戦時下の暗さのことを思いだし、それをも併置して書き記さざるを得ない。そうした併置を強いるものが現実であり、それを書き記す小説の言葉のなかに人間の願いの幻が揺曳することになるのだが、もし私小説というものが今日新しい生命を甦らせ得るとするなら、一つにはそれはまさしく、自己を軸としながらもなお他者との二重三重の関係を捉え返し、人間の真実をふくらみをもって描きとるこのような方法から、新しく始まるに相違ない。

この作品の少しあとに発表された「手暗がり」では、厳しさに対する華やぎの方があでやかに読者の心を捉えて、読後感を爽やかな、はんなりしたものにしている。ヨーロッパ旅行中ロンドンでふと姿を見かけた（と「私」が信じる）昔馴染のお優ちゃんの、時代と共に変転するあでやかな、しかしどこか下町風の生一本を思わせる姿は、「私」が彼女に三〇年以上も会っていない上に、ロンドンでの彼女は明確に確認していない、いわば幻影のような影像にすぎないが故に、むしろ想像力のなかに解き放たれた華やかさを秘めて、読者の心を豊かに魅了する。しかも「私」自身のかつてからの生き方の厳しさが、「私」の憧憬と裏腹になって、そのお優ちゃんの華やかさに真実の深い陰翳を添えるのである。わが手許のすぐそばにいたはずの彼女を、見得ないできた「手暗がりの状態」とは、まことにみごとにこの微妙な陰翳を言いあてている。

以上の二作に比べると、早い頃の「火の煙」と「川のある平野」は、戦中戦後の緊迫した空気を伝え、作者はむしろ厳しさそのものに自分をかけていたように見える。この時期こそ徹底して厳しくなければ、自己は足許を掬われて崩壊する危険にさらされていたのであろう。「火の煙」は子供を失った悲しみと、創作の仕上らぬ悩み、戦時の暗さを作家である佐々木の心に凝縮しようとし、「川のある平野」は、戦後の鬱屈たる心の状態と、その暗さの陰に押しつぶされようとしている人間の願いを、作家矢代が出会う、かつて彼が疎開していたことのある南関東のある平野の町の、さびれた旅館の若い女主人弘子の孤独な姿を通じて、奥行き深く描きとる作品である。共に、後者には殊に、人の心のものである華やぎの芽が底にありながら、それが人のものとならぬ苦しさが、苦しく読者の心を打つ。

　そして最近の表題作「相生橋煙雨」では、作者は、いわばそうした苦しい過去の自分、および先に書いた近作二作におけるあの厳しさと華やぎの交錯の方法を越えて、と言うよりそうしたものすべてを包みこんだ上で、改めて作家としての自己を、市井に埋もれた一人の特異な絵かきの画家魂追究に託して深く捉え直そうとしているように見える。もとよりここには、群馬県館林生れの版画家藤牧義夫、および彼がその夭折の直前に描いた『隅田川絵巻』についての、事実上の探索や発見の経過が執拗に、着実に、丹念に書きこまれている。その探索は一種推理小説を思わせるところがあるが、それはまた、戦後以来急激に失われつつある東京の町の風貌を探って心に留め、「その土地の現状と自身の過去とを重ね合わせるといった」著者近年の仕事の一環をなしているのでもあろう。

　しかし、藤牧の絵巻に描かれた絵と実際の相生橋との照合が、彼の生き方、および絵巻そのものについての「私」の徹底した探求の結論とぴたりと重なる最後の一瞬には、事実の探索は心の探索と深く二重写しになり、作者は、『隅田川絵巻』を最後に完結した画家が「芸術家としては死んでしまった。美術家としては完全燃焼をして、燃えつきてしまった」、その抜け殻のような姿のなかに、まさしく作家としての自分自身の姿を見ているのである。その衝撃は、「私」を「あっ」と叫ばせるほど強烈だが、しかしそれも一瞬のことで、私はまだ人生途上の生の霧雨のなかにいる。そして折柄の相生橋の霧雨は、「透明な水滴」をどこかに漂わせながらも模糊たる「煙雨」に隅田川を包んでいる。それ自体が絵巻のようで、失われてゆく近代の東京、それを見つめる作者自身、および自分の文学への作者の思いが、その煙雨のなかに静かにたゆたっているのだ。

この作品だけを取り出せば、内に隠りすぎる私小説の秘儀性がいささか気になるが、作者の創作の軌跡を辿れば、この作品の一種の象徴性は新しい小説の可能性をも示していると見えるのである。

いったい、己れとは何か

安岡章太郎著　月は東に

この作品を繰返し読んでゆくと、深い感動が全身に湧き立ちそうになってはそのまま凍りつき、それが再び溶けかけてはまたもや凝固してゆくように感じられ、ついにはその感動からも凝固からも投げ出されて、ある荒涼とした、しかし同時に深々としたところを、大空を見つめながら一人で歩いているような気持にさせられてしまう。これをしも真正の感動と呼ぼうか。まさに然り、と言うべきであろう。だが、一方また、それを単純にそう呼んでしまうには、ここにはあまりにも多くの事柄が重層しているのである。

たとえば、今言ったあの感動の緊迫とその一種中絶的な凝固の反復は、いったいどこからやってくるのだろうか。いったいどこから？　だが、この「いったいどこから？」ということ、もしくはそれと同質の疑問こそは、まさしくこの作品の最も重大なテーマなのかもしれないのだ。先輩の片桐一彦の妻房江と、「十年前と一昨年および昨年」まことに異様な姦通を犯したことが片桐にバレて詰問状を受け取り、遊学半途にして外国から何も知らぬ妻の怜子と共に空路帰国して、その試練に直面する主人公笠山宗太郎は、この「いったい……?」という疑問を繰返し妻や自分に向かって、あるいは虚空に向かって投げつける。「かえりたい、かえりたいって、お前はいったい何処へかえるつもりなんだ」と外国滞在中には妻に言い、帰国しては「どうして、おれはこんなところにいるんだ」とつぶやき、とりわけ激怒する片桐との最後の対決が終って、その家を出たときには、「まったく何だろう、いったい何ということなのだろう、おれの仕出かしてしまったことは……?」と自問する。

先輩の妻との姦通を素材に

そればかりではない。同じような疑問を投げつけるのは宗太郎だけではなく、妻の怜子も従妹の為子も、いや、当の被害者片桐までがそうなのだ。片桐は、宗太郎を呼びつけて最初に彼と顔を合わせたとき、「どうしたんだい、いったい、どうして、こういうことになったんだろうね、おい」と言い、宗太郎も同じ疑問を「自分の胸に繰り返さざるを得な」いのである。まるでこの作品の世界では、すべての人間が「いったい……?」と、互いに問いかわしているみたいに。

そしてこの錯雑した問いかけの交錯の暗い底から、宗太郎の姦通の相手である年上の房江の、老いかけたあの「白くてまん円い大きな顔」がぼうっと浮かび上がり、その「真っ黒な眸」が彼を、いや、私たちをじっと見つめる。その顔は、宗太郎が外国（それをいきなり「アメリカ」と呼んではならぬだろう）の「あのカエデ並木の家の鉄梯子の上から地面を見下ろしたとき」

にもその地面に映って彼を驚かせ、帰国して空港についた途端に出会った為子の母親の姿にまでその「女体の記憶をひらめ」かせて、彼をギクリとさせる。いったいこの房江とは何者なのか。彼女と宗太郎のあいだには何が起ったのか。いったいここには「愛」があったのだろうか。

実はそこには口では言えぬある「卑猥な」こと、そして「罪悪的」なことがあったのだ。それは「性交」もしくは「姦通」とも呼び得ぬほどに中絶的なもので、それだけにいっそう猥褻なのである。もちろん、それは、一〇年前病気あがりで「肉体と精神とがチグハグに目覚めたり眠ったりしていたような」状態にあった宗太郎に、片桐不在というまったくの偶然がきっかけになって起り始めたのであり、しかも房江自身の「不可解」さのなかには、彼に「何をやっても咎められることがなくなった」と思わせるものさえあったのだが、それで「卑猥さ」や「罪悪感」を免れ得るものではなく、むしろそれだけにいっそうやりきれなく、かつ恐ろしいのだ。

感動と凝固の反復を強いる

だが、その「卑猥さ」には、房江や宗太郎ばかりでなく、片桐自身の、いや、私たち自身の卑猥さが深く混ざり合っている。片桐の「崇高」な寛大さは、一九三〇年代の「城壁街」の浮浪者からの借衣《かりぎぬ》をまとっているのかもしれず、私たち自身にも、この「卑猥さ」とどこかで深く繋がっている、幼い宗太郎に不快な尿意を催させたあの「コンビネーション」の記憶は、たとえそんなものを用いたことはなくても、したたかにあるはずなのだ。いったい私たちの「本来の自分」とは何なのか。そして、たとえば、「ショウ油で煮しめてカビが生えかかったような臭い」のなかに漂っているような房江の「ツルリと皮を剥いだような裸の尻」が、外国のヌード女優の裸体と並んでありありと目に浮かんで、「異端」のにおいを発散させたとき、この「本来の自分」の問題はいっそうなまなましく差迫ったものになるのである。

安岡氏は、いわば東と西のバランスの崩壊に根ざす深い両面感情《アンビヴァレンス》を孕んだこの問題を執拗に問いつめ、かくして湧き立つ感動とその凝固の反復を読者に強いるのであり、そしてついにそのどん詰りの荒涼たる深い淵から、東の空にポカンと浮び出た「白いまんまるな月」に眼近な「愛」を認めようとするのである。おそらく、房江の顔を思い出させるその淡い、しかしくっきりした、そして感動的な月こそは、私たち自身の「本来の自分」の姿なのであろう。もっとも安岡氏自身は蕪村以来の重い歴史を取りこみつつ、なおも「後ろから強い日射しをうけた自分の」「クッキリと黒い影法師」をじっと見つめながら、歩きつづけているはずなのであるが。

求道的とも言える作品

立原正秋著　帰路

これは、端的に言ってしまえば、理想としての日本を探究する、と言うよりそこへ切りこんでゆこうとする、一種求道的とも言うべき作品である。主人公の美術商大類は、美術品を見るしたたかな眼によって、今まで繰り返し訪れてきたヨーロッパの根底を見きわめ、かつまたそれと同時に日本そのものを、日本の美しさとそれが孕んでいる力を見届けようとする。この作品には、「見えてくる」といった言葉が頻出するが、それはあたかも大類が身につけているらしい、剣（及び例えば茶といったような道）の奥義によるかのように、ヨーロッパと日本という二つのものの本質と根底が、大類やその他の何人かの人間に見えてくることを意味している。

こうした点から言えば、この作品は、一面彼我の文化の本質を論じた、そしてまた彼我の相違を見ぬけぬ日本人――ヨーロッパにとりつかれて盲目となってしまった日本人――を痛烈に批判する、一種ポレミックな作品のようにも見えてくるかもしれない。実際にこの作品の（特に）前半では、会話の文体にまで論述的な調子がふと感じられたり、またスペイン各地の地理が（その土地独特の食物をも含めて）あたかも美術品の目利をするように克明に辿られたりする。それはそれでまことに切実かつ鮮烈で、殊にヨーロッパに盲目となった日本人への痛切な批判は、読者を首肯させないではいない迫力を秘めていると言うことができる。

けれども、もちろん文学は、そうしたこととは別の所に、あるいはそうしたことをも含んだより高次の次元に成立するものであり、当然ながら作者もその奥深い場所へと踏みこんでゆかないわけにはいかない。剣のさばきのように鋭い、男性的な筆法（どこかにふとヘミングウェイを思わせるものがある）は、次第に論争的な調子を削ぎ落して、文学的な形象と真実に融合したある幽玄な味わいを帯びてゆく。断定的な筆つきが最初はかなり気になったのに、それがおそらく何かしたたかなものに触れて、鋭いうちにも柔らかさと深みを帯びてゆくのを読者は感じとるのである。

そのしたたかなものとは、彼我の本質を見きわめた上で改めて問題となってくるはずの人間の存在の根――ここでは日本――そのものである。この作品のほぼ前半を作りあげている第一章では、京子と磯子を連れた現在の大類のヨーロッパ旅行に、一二年前の彼の、アメリカ娘リディアとの交情を緯《よこいと》とした同じ地域の旅がカットバック風に重ねあわされて、今はっきりと彼我の相違が見えはじめ、もはやヨーロッパには来るまいと決意している大類の心底が浮彫りにされてゆく。だが、その間は、問題はまだ相対的にしか把捉され得ず、大類の、みずから立ち返るべき根元のもの――日本――に究極的な自己の根を見出そうとする「苦い」

闘いが真実に始まるのは、第二章以降彼が日本へ帰ってからのことにほかならない。このとき、かつて大類が、自分を愛しているとは知らずに北森というフランスかぶれの男に紹介してやって、結婚後まもなく別れるに至った磯子が、あたかもその「苦さ」を孕んだ日本そのもののように（彼女のことを「日本の女の原型だと思う」と作者自身言う――「付録」）立ちあらわれてくるのだ。

　このときこの作品は理念や知識ではなく、美術品という最も硬質な物を通じて見られる現実の文化地理の赤裸な姿と二重写しになる、奥深い象徴的な世界を生みだして、みごとな一個の文学作品と成りおおせる。「帰路」という表題はまさしく、彼我が「見えて」きていながら、なお本来の場において苦しまねばならぬ生きた人間のありようを――方向は定まっていながらなお未完結なものを蔵している人生そのものを――指し示していると言っていい。「日本には不完全な美がある」と大類は言うが、それはなお持続してゆくものの謂でもあり、大類の苦しみは日本の苦しみに重なってゆく。

　この作品では、例えば帰国を決意し実行する李相国のような重要な人物までもが大類に肩代りされて、影が薄くなってしまった感があるが、それはおそらく「帰路」という主題の重さによるものであり、作者はこの作品の結末から新しく現出してくる問題になおも真摯にかかわり続けることであろうし、またその仕事を引き受けねばならぬに違いない。

峠の両面性と初心

三浦朱門著　峠

　三浦朱門氏の短篇集『峠』を読みながら、ふと、かつての「第三の新人」という言葉を思い出していた。

当時もあまり意味が明瞭ではなかったし、今ではもうまったく無意味となってしまっているそうした呼称を、今さら取り立てて言おうとするのではもちろんない。ただあの頃、三浦氏をも含めた新人作家たちが明瞭に身につけていたあるみずみずしさ——新しく見出された日常生活の「私」の周辺の素材と、しかもそれを私小説家のように「私」べったりに描くのではなく、むしろそれを突き放し、かつそこに最小限のストーリーを盛りこもうとする方法の新鮮さ——をゆくりなくも思い出していたわけなのである。——あれは殊のほかに魅力的に、身近に、多くの可能性を秘めているように見えたものだった。もとよりその可能性は必然的に多大の困難な屈折を経ることになったが、それでもかつての新鮮さは、少なくとも常に立ち返るべき一つの出発点、いわば初心といったものとして思い返されてきさえするのだ。

そうしたことを『峠』の諸作品を読みながら考えていたのだが、ただ、これらの作品がかつてのみずみずしさを備えているなどと言うのでは毛頭ない。ここには当然、作者自身の屈折の痕跡が歴然と見られるし、実際彼は最近、それぞれに今日的主題を追求する幾つかの中篇、長篇を書いてきてもいる。けれども、そうしたことを越えて、あるいは突きぬけて、この短篇集『峠』にはかつての新鮮さ、初心が鮮やかに甦っているように思えるのである。それはけっして輝かしい成功といったものではない。容易に羽ばたかず、ときには砂を噛むように平板の地平を低迷するといった趣さえ、そこにはある。が、そのなかに、現代のさまざまな苦い経験によって傷つきながらも、その傷跡や人生の皺のなかから輝き出る初心、あるいはさらに言いかえれば無心（イノセンス）の屈折した光といったものがあるのだ。

端的に言って、そうした光は、これら諸短篇の幾つかに姿をあらわす老女像に、まさしく象徴的に立ちあらわれている。特に「柿」における俊介の母のきぬの影像は忘れがたい。きぬは新潟の農家の生れで、大正の末東京の郊外に嫁いでくると、田舎のことを思って柿の木を庭に植えるが、やがて大きく成長して甘い実を豊かにならすその木は、戦争や戦後の激変のうちにさまざまにその役割と意味を変えるばかりでなく、弁護士の真理子を妻とする俊介の新しい家庭では、きぬはこの柿の木をインテリ嫁に対抗する手だてとし、ついには八〇歳の老いの身でみずからその木に登って実をもぐのである。――「筒袖の着物に、モンペをはき、頭に手拭をかぶると、俊介の娘にいわせると、孫悟空の祖母みたいになる。それがはしごを使って、木に登り、竿で実をたたきおとす。」……

この一種のユーモアには、あたかも柿の年輪と人間の皺からにじみ出る屈折した無心の光といったものが輝いている。きぬはやがて白内障で柿の色が見えなくなり、ついにはその木を切ろうと言いだすが、大病をしたあとは、その柿の木をゆずってくれという息子の俊介に、もう来年は自分も登れないかもしれないからお前にゆずろうかな、と素直に言うのである。そして俊介は、その木を譲られることによって自分も老人になってゆくと思う。――「気がつくと俊介がむいた柿の上に、白髪が一本おちていたが、それはきぬのものか、俊介のものか見分けがつかなかった。」

この微妙な年齢の、老いと若さ、死と生の境目――そのぬきさしならぬ両面性という現実のなかからこそ屈折した無心の光は輝き出るのであり、この微妙な両面性は、山偏に上下と書く「峠」という、文字通りの意味で短篇集全体の主要主題となっている。だが表題作は――これだけは他の作品よりずっと早く、一五年ほど前に書かれている――きぬに似た母親像がかなり生き生きと描かれていながら、あまりにも峠という主題の認識によりかかりすぎたために印象が薄くなっているし、「平均六十五歳」では、きぬの分身と覚しい主人公悟の母、及び父ばかりでなく、悟の妻の両親までが登場して舞台は豊かになっているが、峠という意味でのあの微妙な両面性は必ずしも深く現実的に掘り下げられているとは言えない。夫婦と彼らそれぞれの老いた両親との関係という、古色蒼然と見えてその実きわめて今日的な主題は、むしろ巻末に収められた「家屋」においてみごとに、かつリアルに描かれている。ただの峠の認識だけではなく、そうした認識をもぶちこわしてしまいかねない現実——主人公行男の一人息子が「化物屋敷」のようなこの老人たちの家を嫌って出ていってしまったそのあとの空虚さという、一面滑稽な、しかし何かのバランスが壊れてしまった現代の生の不気味さ——をしたたかにくぐりぬけたからこそ、この一種坦々とした作品は読む者の心を打つのであろう。

そして今一つの重要な三浦氏の主題は、他ならぬこの親と子の間に挟まれた中間の世代——俊介や悟や行男たちの世代——の運命ということである。この主題は今まで触れた諸篇にも含まれていたが、特に「大学生」、「息子」、少し趣を変えて「常緑樹」、特に「パン」に顕著にあらわれている。「大学生」は、戦争体験もあるこの中間世代の哀歓を学生時代の回顧のうちに描きあげた軽いタッチの作品、「息子」は、息子が新しい時代にのっかるようにして年上のインテリの金持娘と結婚してゆくのを、初老近い夫婦が不安と希望をもって見まもるといった筋の短篇だが、前者は感慨があまりにもありのままで小説性が薄く、後者は逆に小説性がいささか目立ちすぎるが故に、共に迫力が今一歩というところで押しとどめられている。けだし、この種の作品では、ありのままということとストーリー性がいっそう奥深いところで交わらぬ限り、生命を得ることが困難なのであろう。

その点あとの二作、殊に社会の定められた軌道を歩んできた主人公堅吉並びにその中学の旧友たちと、彼らの憧れでもあった自由な仕事（レストラン）をやってのけた高校の一友人との、結局は同じ管理社会における悲哀を描いた「パン」は、好短篇と言うべきであろう。――けれどもそうした成功から更にもう一屈折してこそ、最初に述べたあの初心はいっそう深く甦ってくるのではなかろうか。

「陥ちる」モチーフについて

小川国夫著　試みの岸

1

小川国夫氏の文学を論じるのには、どうやら彼の文体についての考察から始めるのが一つの黙契となっているようだ。そしてこのことは、きわめて自然であり、かつまた必然でもあると言える。小川氏の作品には、まずその文体に読者の視線を惹きつけないではおかないある強烈なものがあり、その強烈なものがまた、彼の作品の世界を創りあげる要《かなめ》になっていることに疑いはないからである。

だが、小川氏の文体が孕んでいるその強烈なものの故に、幾つかの顕著な彼の文体的特質を、あたかも彼の個々の作品もしくは作品群の全体的文脈から切りはなして考察し得る、ある自律的なもののようにとらえ、彼の文体（小説の言葉）そのものをほとんど一文《センテンス》一文、一節一節に切断し、解体して解釈することになれば、おそらく作品論としての妥当性を欠くことになろうし、さらにまた、それによって短絡的に彼の作品の世界を説明し、評価するとなれば、不幸な場合には甚だしく均衡を欠く危険を免れ得ないだろう。そうした仕方での解釈、意味づけ、評価がすべて虚妄である、などと言うのではけっしてない。それによって、読む側の者が開眼される度合いはきわめて大きいし、（作家自身に対していささか意地悪く言えば）それを触発する責任は作家の側にも多大にあるだろうからである。そうした傾向は、初期の『アポロンの島』から『生のさ中に』をへて『海からの光』にいたるうちに次第に顕著になってきたかのごとく、これらの作品集における作品の多くにあっては、あたかも作家自身が一つ一つのイメージに深く強烈にかかわりながらそれをある形で意味づけようとし、その結果、それらのイメージを含むほとんど一文一文、一節一節がそれぞれ独立しながら一つの不連続体をなしているように見える、あるいはそう見ることを触発する何かがこれらの作品にある、と言っていい。しかも、こうした志向は、これらの作品群に留まるものではなく、（のちに触れるように）小川氏の次の新しい探求が始まったと私が考える、『悠蔵が残したこと』に含まれる諸作品以後の作品群にももちこされて、それ自体大きな変容を蒙りつつも、ある意味ではいっそう強烈になって、独自な性格をそれらの作品に与えていると言わなければならないのだ。

だが、いったい小説を書こうとする作家が、ただ切断された一文一節のためにのみそれを書くなどということがあるはずもないし、たとえあたかもそのように見える場合でも、そこにはやはり、その不連続的なものを連続させる何らかの原理といったものがあるはずであろう。小川氏自身、最初の三つの作品集に含まれている作品群を書いていたときにも、確かに「建築を頭に描き、それを目ざし」ていたのだったし、彼がそこで積みあげたそれぞれの「石」は、たとえ「建物」を仕あげるにいたらなくても、やはり礎石となるべき「石」――単なる一文一節の集合体などではない、小さいけれど堅固な、一つの実質と形を備えた「石」――だったはずなのである（「建物の石」）。いったい、この「石」とはさまざまな「イメージ」を含むあの一見不連続的な文や節、ひいては小川氏の言う「建物」と「石」そのものとは、どんな関係に立っているのだろうか。それが独自なものであればあるほど、この関係を考察してはじめて、それぞれの「イメージ」は、それぞれの「石」そのものにおいてばかりでなく、たとえ未完であろうとも「建物」としての小川氏の作品の世界全体の相のなかで、いささかなりとも正しく意味づけられ、秩序づけられ得るものと、私は考えないわけにはいかない。文学作品における「イメージ」とは、たとえ作家の強烈な志向がそこに働いても、単独で「意味」を孕み得るものではなく、そこにある作品の世界全体の底から「意味」を吸いあげるものであり、その関係を生きたまま捉えることが文体の研究にほかならぬと、私は思うのである。

ところで、そうした関係を、当面の私の課題である作品『試みの岸』を手がかりにして捉えようとしたら、どんなことになるだろうか。この作品は、『悠蔵が残したこと』におけるある新しい転換をさらに深め、成熟させた作品であると私には思われるが、先にも書いたように、ここで、最初の三つの作品集に既に顕著にあらわれていたあの「イメージ」と作品の世界との独特な関係が消えうせてしまったわけではなく、むしろそれ自体いっそう重層化し、複雑化して、一つの芸術的変容を蒙ったと考えることができる。そしてこの変容を手がかりにして、作品『試みの岸』ばかりでなく、それ以前の作品にも私なりのある光をあてることができるのではないかという、一つの予測が私にはあるのだが、しかし、私はもう、そんな予測について語るよりは、端的にこの『試みの岸』そのものについて書き始めなければならない。そしてどうやら、行きがかり上、私もまた小川氏の文体についての考察からまず出発しなければならないもののようだ。

よく引用される『試みの岸』からの文章に、次のような一節がある。なけなしの金をはたいて難破船第三北人丸を落札したあげくに、金目の「光り物」を残らず盗まれて呆然としている馬方法月《のりづき》十吉は、海辺の砂の上で眠ったあと、愛馬のアオの姿が見えないのに気づき、夕べと心の闇のなかをあてどもなく探しまわるが、やがて友達の福松が無断でアオを乗りまわしていたのを知る。引用文はそのあとの部分だが、ここでは、私自身の論旨上、少し長くなるけれども、普通よく引用される部分（傍点で示す）の前後の文章をも含めて書き写すことにする。――

……福松は器用にアオから滑り下りて、十吉の方へ歩いた。しかし十吉は、相手を見ていなかった。棺桶の中に寝かされてでもいるようだった。体と直角な視線は、正面の砂丘の稜線をかすめて、空へ向っていた。そこには寄生する黴の感じに星や星屑が散らばっていた。十吉は始末におえない銅像のようなものになって、だんだん大きく、福松の視界を占めて行った。しかし、十吉は、空と向き合っているうちに、自分が急速に縮まって針で突いた穴に吸いこまれる気持だった。そこへ退いて行く彼を、見ている者がいる気がした。空全部が眼のようにも、彼には思えた。

――馬か、馬は連れて行くぞ。ひとには渡さんぞ、と十吉は唐突に、上ずった声でいった。

……

確かに、傍点を施した部分は小川国夫氏独自の、凄まじいばかりに意味を孕んだイメージであり、ここに、十吉の視線を通して何ものかを見つめぬこうとする作家の眼と、その作家自身を見つめ返している、その「何ものか」の本体とも言うべきある広漠とした冷厳なものの「眼」との、ある形而上学的もしくは宗教的な交錯の瞬間を読みとり、「空」のイメージをその文学的象徴と解釈することも、おそらく可能であろう。しかしながら、そうした象徴的意味解釈が可能になるのは、ただこのイメージがイメージとしてあるからではない。それがこの作品の文脈のまさしくここにあるからこそ、そうした解釈も可能になるのである。それが証拠に、このイメージは、「……気持だった。……気がした。……彼には思えた。」という書き方からも分かるように、明らかに一種の直喩（比喩）であり、比喩であるからには、それは、それ自体象徴的意味を深く孕みながらも、同時に当然小説の世界（文脈）のなかの他のさまざまなイメージと相呼応しあわざるを得ない。この小さな場面だけをとってみても、この「空」のイメージのこちら側には、ほかならぬ十吉自身の「始末におえない銅像のようなもの」としてのイメージが凝然としてあり、それを福松が呆然として見つめ、さらにその福松自身の存在を、最初「寄生する黴の感じに」散らばっている星や星屑に視線を向けていた十吉が、いわば眼球の奥底のどこかで深く感じとっていた、いや、今でも感じとっているはずなのだ。明らかにここには、幾つかのイメージがただあるのではなく、ある生きた関係を保ってそこに現前しているのである。――それなら、その生きた関係とは何か。

それはおそらく、（当り前のことのようだが）人間と人間、人間と自然、そして人間と社会とのそれぞれの関係とその相互関係、しかし、独特なふうに文学的に凝縮され、結晶させられたその関係、であろう。では、独特なふうに、とはどういうことか。それは、以上のような諸関係とその相互関係が、常に眼に見えぬ壁に隔てられてある背理的な形で成立し、その故に逆にその壁を突きぬけようとする衝動が、それらの関係から常に新しい緊迫した意味を創造しようとしているということであり、そしてそのある背理的な形とは、立ちはだかるその眼に見えぬ壁がじつは「もの」の影とも言うべきものにほかならず、その「もの」の影（それはしばしば「死」の同義語となるが、この「もの」の正体についてはのちに詳しく考察しなければならない）を通してしか、人間（生命）を奪回して新しい意味を創造することはできないということである。例えば、先の場面で、「だんだん大きく福松の視線を占めて」ゆく「始末におえない銅像のようなもの」としての十吉のイメージとは、福松と十吉という、人間と人間の関係に何かの「もの」の影が大きく立ちはだかっていることを暗示しているし、十吉自身は、いわばみずから「もの」と化そうとするその内側から、最初は星屑（自然）を「黴」と見、次いでまさに「もの」と化そうとしている自分自身を見ているあの巨大な「空全部」の「眼」を感じるのである。つまり、最初は人間と人間が「もの」の影という眼に見えぬ「始末におえない」壁に隔てられて、十吉は自然までをも「黴」と見るのだが、彼はその壁を突きぬけて人間（福松）との以前の関係を取り戻すことはできず、したがって社会もまた「もの」の影のなかに退き、彼はむしろ「自分が急速に縮まって針で突いた穴に吸いこまれる気持」という、まさに「もの」そのものに化そうとするその極限から、しかもあの「空」の「眼」を感じた瞬間に、人間を、生命を、そして意味を奪回しはじめなければならないのだ。そのとき彼は、唐突に、上ずった声で叫ぶ――「馬か、馬は連れて行くぞ。ひとには渡さんぞ」。

　したがって、この「唐突さ」はじつは逆説的な自然にほかならないのだが、それならこの「馬」とは、「もの」の影のなかから奪回されるべき人間の、生命の、そして意味の象徴なのだろうか。ある意味ではそうだ。しかし、そのある意味とは、あの「空」の「眼」のイメージが、一方では形而上学的もしくは宗教的象徴を深く孕みながらも、他方ではほかのさまざまなイメージと相呼応しあっていたのと同じように、深いアンビヴァレンスを指すものにほかならない。なぜなら、このアオもまた、あの眼に見えぬ壁によって「もの」の影を深く帯びさせられていて、十吉とこの馬（再び人間と自然）の関係も牽引と乖離の緊迫した背理関係とならざるを得ず、「馬」とは、人間と生命と意味の象徴になり得ると同時に、他方では逆に、その反対物たるものと死と無意味の印になるかもしれぬという、それ自体中立的であるという意味でまことに底知れない深淵の縁におののいているものにほかならないからである。それはちょうど、あの「空」の「眼」が、何か暖かい、人間を包みこむもののような気配を感じさせると同時に、その広漠さのなかにあるおそろしい冷厳な裁きを秘めているかのような（あるいはその逆の）印象を与えるのと同様であろう。そのイメージもまた、「馬」のイメージと同じく、既に完全な「意味」を帯びてそこにあるのではなく、やはり先に述べたように作品の世界全体から「意味」を吸いあげているのであり、しかも小川氏の場合には、それらのイメージはまた、いわば未来に予測され得る究極的な「意味」との不断の緊張関係においてそこに表出されているように思われるのだ。そしてそれ故にこそ、一回きりの抜きさしならぬ言葉を糧とする文学としての彼の小説は、常に新しい独自な創造の可能性を孕み、小説としての「意味」を獲得してゆくように思えるのである。

しかしながら、同時にまた、こうした不断の緊張関係は、作家を苦しい立場に追いこまないではおかない。もしこのような緊張関係があるとすれば、その持続はいったいいつ解き放たれて、あの究極的な「意味」の光は作家の眼に顕現し、作家と世界を包みこむのだろうか。おそらくそれは、小川国夫氏が別の一連の作品群のなかで、ユニアやユニアの出あう人たちに語らせてきた「あの人」と同じように、ついに再び顕現することはないのであろう。人間はただ「あの人」について語り、「あの人」の不在という欠落の闇のなかにあって、語ることによって「あの人」の「海からの光」を見つめていたにすぎず、しかもアンチバスの彫った「あの人」の像は海のなかに沈んでしまっている（「海からの光」)。だからこそまた、小川氏の場合「海」は、「光」であると同時に「闇」にも、希望であると同時に誘惑にもなり得たのに違いないのである。そして究極的な「意味」としての「あの人」を求める者は、何らかの形で一度はその「光の海」のなかに落ちてみなければならぬのかもしれない——たとえ「アポロナスにて」におけるように、そこにはやはり「無」しかなく、あるいは(のちに述べることをいささか先取りして言えば)十吉の場合のように、再びあの「もの」の影の眼に見えぬ壁が介入して落ちた者の背をしたたかに打ち、血を流させようとも、いや、むしろその故にこそ。みずからを「試みる」ことによって、少なくとも「もの」の壁の向こう側にある「無」そのものの意味を見きわめるためにも。——そしてまさしくその地点にこそ、一つの新しい小説作品の世界は生まれでるのである。

2

どうやら十吉は、少年のときからこの「光の海」のなかに落ちてみたい誘惑に駆られていたようだ。はじめて父の益三郎に連れられて、馬と一緒に速谷《とうだに》の山家から骨洲《ほねす》の港へ下ったとき、彼は峠路から崖の下の淵にたまっている「光の海」を見つめて、何か「特別な考え」にとりつかれたような気になりながら、道草を喰ったものだった。——

——道草を喰っていて、迷っても知らんぞ、と益三郎は前を向いて足を運びながら、いった。

——一本道じゃあないか、と十吉は少し昂ぶった声でいった。

——崖から落ちたらどうする……、父さんも、だれも見ちゃあいない場所で。

——落ちて見たいわえ。

——ははは、落ちたら泣くに。泣いたぐらいじゃあ済みゃあせんぞ。

確かに、十吉が実際に「落ちた」結果は、「泣いたぐらいじゃあ済みゃあせん」厳しいものだったし、またこうした「落ちる」というモチーフは、高橋英夫氏が「意味に憑かれた人間――小川国夫論」(『群像』四七年九月号)のなかで、別の観点から、小川氏の文学の奥深くに沈んでいる「堕ちる」モチーフとして鋭く指摘しているところでもあるが、私はその高橋氏の指摘に共感しつつも、ここではやはり、直接的に宗教的なものを暗示しがちな「堕ちる」という言葉は差し控えて、むしろ物理的な「もの」の所在を暗示する「落ちる」という言葉にまず固執したいし、少なくとも、小川国夫氏自身は「陥ちる」という別の言葉を使っているところからしても、その二つのイメージの孕むアンビヴァレンスを保留しておきたい。なぜなら、小川国夫氏の作品の世界には、すでに述べてきたように、小川

常に何か「もの」の影を感じさせる「始末におえない」ほどに硬質なものがどこかに介在していて、もし彼が「意味に憑かれた人間」であるとすれば、それよりも先に彼は「ものに魅《みい》られた人間」であった感が深いからである。例えば、今引いた親子の対話にしても、常に小川氏が一貫して使う過去時制(ここでは「いった」の二度の反復)に規制されて、いわば対話そのものがあたかも「もの」のように凝固するかに見え、わずかに「落ちて見たいわえ」という十吉のどこかやくざな、しかしハッとさせる言葉によって、小川氏自身の言う「ものをブレさせる」(対談「原体験の周辺」)効果があらわれていると言っていいであろう。

だが、それでも、この場合の「ブレ」の効果は、確かにまた、彼自身が右の対談のなかで語っている「海からの光」の一節の場合のそれよりは、はるかに重大な意味を孕んでいる。私は、小川氏の「故郷」の方言で子供がこんなふうな言い方をしたものかどうかは知

らないが、私が受ける印象から言えば、この少年十吉の言葉は、どこかに不思議なユーモアの響きを引きずりながらも、ほとんど高橋氏の言う「堕ちる」というイメージに重なってきそうに思えるからである。今までは、少なくとも『海からの光』までは、むしろそんなことはなかったのだ。私は、高橋氏が言及している「エリコへ下る道」や「枯木」や、特に「重い疲れ」のなかに、必ずしも完全な「堕ちる」モチーフを見てとることはできない。その萌芽は確かにあったが、しかし、これらの作品では、岩原房雄とエル・バーラムの「死」を思わせる事故にしても、「彼」の受難にしても、あるいは鮮明な岡の尾根を見た「彼」の視線にしても、常に凝固としてそこにある「淵のような空」や「谷底」や「岩のような聖堂」と凝然と相対峙したままだったのではなかっただろうか。言ってみれば、そこにはそれらのものが「もの」そのもののように立ちはだかっていて、人間はその前に立ちすくみ、むしろ「もの」の確かさのなかにわが身の確かさを探ろうとしていたのではなかっただろうか。小川氏独特の「省略」の方法とは、まず第一にまさしくこうした人間存在の確かさを、少なくとも一瞬の今につなぎとめようとする方法であったように、私には思えるのである。——しかし、少年十吉の「落ちて見たいわえ」という言葉には、確かに「落ちる」という物理的な意味あいと、「堕ちる」という宗教的な意味あいとの、微妙な「ブレ」がある。この「ブレ」はいったいどこからきたもので、究極的には何を目ざすものなのだろうか。

おそらく小川国夫氏は、『悠蔵が残したこと』に含まれている諸作品以来、ある意味で「堕ちる」というモチーフに意識的、無意識的にかかわってきたと言っていい。この作品集に含まれている作品は、最後の一篇「入江の家族」を除いては、すべて「性」の暗い部分にまつわる物語、特に「影の部分」や「違約」や

「サラゴサ」の場合には、女の側からする一種の姦通の物語であり、ここには「堕ちる」モチーフがかなりあらわに見られると言うことができるだろう。「入江の家族」にしても、少年兼吉の水死への願望は、いわば「海」が孕んでいる「堕ちる」ことへの誘惑の物語としても読めるし、おそらく、小川氏自身がこの作品集の「後記に代えて」で書いている暗示的な言葉を借りて言えば、これらの作品の周辺のどこかに、「人間の日常の気持からハミ出す程の、野放図な」「海の誘惑」のモチーフが潜んでいるに違いないのである。

だが、不思議な、そしてまた興味深いことに、「堕ちる」モチーフは、これらの作品にあっても、最後の一点でその究極的な意味あいを何ものかに遮られて、一瞬凝固してしまうように見える。例えば、「違約」の主人公である女性の「わたし」は、奉公している菅井家の奥さんが世話してくれた見合いの相手を裏切って、奥さんの息子隆一と関係をもち、同じ「闇」のなかの人間として隆一を誘惑してやろうと考えるが、笑おうとする自分の顔がこわばって、それが「ひとの顔のように感じられ」、そして最後には——

葉の濃い闇が切れて来た。城跡が判った。どう歩いてここまで来たのか。思い出せなかった。ただ、わたしには、そこが世界が変る堺目の感じがした。これからも楽になるとは思えなかったが、性質の中に躍ね返す力があることが感じられた。思い違いではないだろう。

これは、考えようによってはまことに不思議な心理だ。この「わたし」は、「闇」に「堕ち」て「世界が変る堺目」へ突きぬけようとしながら、なお自分の「性質の中に躍ね返す力があること」を感じている。いったい彼女は何を躍ね返そうとしているのだろうか。この「躍ね返す力」とは、一種不思議にかたくななものの所在を暗示する。いわば「闇」と「光」の「堺目」そのものにあって、なお自己を主張するかたくなさである。これはいったい何なのか。

　高橋氏は、こうしたものを、小川氏の側における一種の「黙秘」ととっているように見受けられるが、私はむしろこれを、彼自身のなかに潜むある「始末におえないもの」、さらに危険を冒して言えば、彼がそれによって立ちながら、しかもそれとほとんど死闘しなければならぬ、いわば彼にとっての「始末におえない」敵ととりたい誘惑に駆られる。そしてこれを、私は、小川氏自身の資質に根ざすものと考えるよりも前に、じつはほかならぬ私たち自身のなかにあるもの、私たち自身のなかに潜んでいるあるかたくなな日本的なものの表徴と、ひとまず考えてみたいのである。私たちはどうやら今日なお、「海」を隔ててはるかに西欧的なものと相対し、かなたに眼をやりながらも、例えば足下の「岸」といったようなものによって、厳として遮られていると言っていい。しかもなお、「西洋人の肌合い」（「或る熱意」）のようなものが、かつての時代よりもはるかに切迫した「波」となって、私たちに向かってひたひたと迫っているのだ。いや、それは「西洋人の肌合い」と言うよりも、むしろ「世界の肌合い」と言ったほうが正しいかもしれないが、それでも「西洋人の肌合い」がその大きな部分を占めていることに変りはない。そしておそらく、道徳的というよりはより多く心理的、精神的に、私たちはみないわば日本の「岸」に凝然として立っていると言うことができるのである。だから、例えば小川氏の想像力のなかにあって、「堕ちる」という一種西欧的なモチーフは、例えば「サラゴサ」におけるスペイン娘である「わたし」のような場合には、「眼を見開いて坐って」いるゴヤの「心を占めることが出来る」証《あかし》を求めて、「サラゴサを捨ててマドリッドへ行こう」という新しい「旅」のモチーフを触発することができるかもしれないが、日本の女である「わたし」たちにとっては、「旅」のモチーフは今日なお、いわば「旅の惑乱」としての「旅の痕跡」(『生のさ中に』)のようなものにすぎず、その結果は、「堕ちる」というモチーフも究極的な「海」そのものの「試み」に向かおうとしながらも、ついにはそれを微妙にせきとめるいわば「試みの岸」に遮られてしまうのではないだろうか。

そしてこの「岸」の硬さは、小川国夫氏のあの「もの」の概念に、ある深い、独特な色あいを与えているように思える。「もの」とはもちろん、一面では今日の世界におけるあの非情なものの手応えの表徴であり、小川氏もまた当然のこと、例えばロブ=グリエが言うような「厳として存在している事物」といった考えをどこかで共有しているはずなのである。だが、こうしたいわば普遍的な「もの」の概念にかぶさるようにして、小川氏には、むしろ何人かのアメリカ作家たちの場合に少なくともその形の似た、個別的なものとしての「もの」の概念、したがってまたその個別的な「もの」に立ち向かう人間の自由と不自由、動きと固定といった認識の姿勢があり、そしてその根底には、「旅」と「故郷」(あるいは「海」と「岸」と言い換えてもよい)についての独特な感覚が浸透しているように思われるのだ。例えば「主観的照明」のなかで、小川氏はヨーロッパ体験について次のように書く。——

しかし、人間と物とはきわ立っていた。それらは、この人間とはなんであるか、この町とは、この遺跡とは、この森とは、この川とはなんであるか、という反省とはほとんど無関係に、いきなり、いや応なく、現われて来た。田舎の市の飲み屋で足をからませて来た娼婦、星空の浜で酒をふるまってくれた出稼ぎの一団、更に山道や路地で声をかけて来た少年たち、オートバイで走る私が、四時間も沿っていた森、馬の列が渡っていた川などが、今もなお、いわば根を欠いた視界に、強制的な明度で散らばっている。それだけのことだが、消しようもない。

「いきなり、いや応なく、現われて来」る個別的な人間と物、それは今もなお小川氏の「いわば根を欠いた視界に、強制的な明度で散らば」り、続いて彼が書いているように、「辛うじて旅のコースという繋ぎの紐があるだけ」なのだ。「もの」たちから成るこの混沌たる空間と、その「もの」たちの間を流れるとりとめのない「旅」の時間、そして今「故郷」の「岸」にいる小川氏の「主観」の立っている「根を欠いた視界」――それはおそらく小説を書く作家に、「或る個人＝私が世界存在の一部であることの証《あかし》を得たい」、「そしてそれが一つの小さな断面であるにしろ、作品が世界存在を仄めかすようにしたい」という「渇き」(「主観的照明」)を植えつけるであろうが、しかも常にあの「岸」に立たざるを得ない日本の作家にとっては、この「私」と「世界」の短絡への志向は、独特な形での「旅」と「故郷」、動きと固定、そして自由と不自由の激しいアンビヴァレンスを生み出す。そして、おそらくヘミングウェイやフォークナーやトマス・ウルフなら、特にフォークナーなら、現代の世界における普遍的な「もの」の影にうごめく「人間」と「もの」の個別性のただ中にあって、「動き」そのものを動くままに「言葉」で「生けどりにする《アレスト》」ことによって、ついに「私」と「世界」をつなぐこと、少なくともそうしたことに究極的な視座を据えることもできたであろうのに、小川氏の場合には、同じように「もの」の個別性を見分けながらも、アメリカ作家たちの場合とは違って、あの独特な「根を欠いた視界」の故に、言ってみればそれを、「岸」に「波」のようになだれこもうとする「もの」の群として受けとめ、ひとまずはこの「岸」に立ってそれを「躍ね返」そうとせざるを得なかったのではないだろうか。このとき「岸」はほとんどの「もの」そのものの象徴となっていると言っていいし、小川氏の場合、社会そのもののイメージは、その陰にかくれて稀薄になってしまうのである。かくして「私」と「世界」の短絡は一度は鋭く断ち切られねばならず、作家は「旅」と「故郷」、「海」と「岸」、「動き」と「固定」、そして「自由」と「不自由」の凝然たるアンビヴァレンスのなかから、つまりあの「始末におえない」「もの」たちの影のなかから改めて「私」と「世界」をつなぐ新しい軌跡を探っていかなければならない。先に述べた、『悠蔵が残したこと』における「サラゴサ」の女「わたし」とこの「岸」の女である「わたし」たちとの、「旅」と「堕ちる」ことのモチーフを軸にする微妙な対照とは、まさしくこうした意味での一つの「堺目」を象徴していたように、私には思えるのだ。

だが、こんなふうに書いていても、もちろん私がただ小川国夫氏の文学の欠落部分を指摘しようとしているのでないことは、言うまでもない。以上のようなことは、ほかならぬ小川氏自身の文学を通じて得た私の新しい認識もしくは開眼であり、私自身はこの認識と開眼に従って、あの「堺目」における彼の「躍ね返し」の結果を、再び『試みの岸』そのものについて熟視してみなければならない。そしてじっさい、明らかにここには、その結果が新しい鮮かな色あいを帯びてあらわれているのである。なぜなら、この「岸」には、当然のことながら（「社会」のイメージは稀薄になっても）「人間」が、「生命（自然）」が、したがってまた「意味」が生き生きと息づいていたからにほかならない。

3

『試みの岸』三部作は、次のようなさまざまな上下運動の軌跡からなる、興味深い一種立体幾何学的な構成をとっているように思われる。すなわち、馬のアオと共に山から海に向かって岸に下りて彷徨したのち、山へ押し返されながら、再び岸に下りて海に向かう、十吉の描く軌跡(「試みの岸」及び「黒馬に新しい日を」)、次にいわば十吉に倣って山を下りながら山に呼び戻され、馬となって岸に下り、ついには幻として海から戻ってくる、余一の描く軌跡(「黒馬に新しい日を」と「静南村」)、そして十吉を慕って山に上ろうとしながら、すれ違って彷徨し、かつて十吉と遊んだ岩場にのぼって海に身を投げる、滝内佐枝子の描くそれ(同上)であり、しかもそれら三つの軌跡が、ある象徴的なすれ違いの契機を孕みつつ、十吉(と馬)を中心として一つの魅惑的な立体図を描いているように見えるのである。そしてそれが魅惑的であるのは、その立体図が、結局のところいわば斜めのけわしい俯瞰図とも言うべきものになっていて、例えば次のような、遠近法の魔術による目まいのようなものを感じさせるからにほかならない。まだ幼かった頃、蟹戸の岩場へ石鯛釣りにゆく十吉と弟の昌一についていった佐枝子は、岩場の上へ上ろうとして怖くなるが、それを見て下りてきた十吉の背に負ぶさって、上へと登ってゆく。——

……そして、わたしをおぶって、また登って行った。登りきるところで、ちょっと呼吸を整えていた。十吉さんの体が考えているようだった。やがて、足を踏み緊め、短い懸け声をかけて、岩の上へ出た。わたしの体はあの人の動きに融け込んで、一つの体になった気がした。わたしたちがよろめいているのが感じられた。どうしようもなく、盛り上った岩に駈け上った時、その先にある悪い足場があまりにとりとめなくて、わたしを脅かした。海が一気に拡がって、かしいだように見えた。あの人の緊張がわたしに伝わった。(「静南村」—傍点筆者)

あとでも述べるように、私はこうした遠近の取り方に、例えば北斎と広重の版画におけるそれぞれの遠近法を組合せたものに、小川氏自身の一種鋭く危い遠近法が混じりあっているような印象を受けるのであるが、それはしばらく差しおき、今引いた文章におけるイメージだけから言えば、ここではあの「陥ちる」(もはや小川氏自身の言葉を用いるべきであろう)モチーフがある微妙な一点で宙吊りに固定されていると言っていい。しかもそれは、岩という硬い「もの」の上での、十吉の体と「わたし」の心との「よろめき」という微妙な接点で宙吊りになっていると言うことができるだろう。つまり、登った岩の上におけるこの「心」と「体」の「よろめいた」合体は、同時にその二つのものがおそらく「もの」の影に隔てられて、無限に乖離してゆく契機を孕み、じっさい佐枝子はのちに、十吉の「心」をわが心の「低さ」まで「落そう」と試みながらも、いわば十吉の「体」とすれ違ったあとの目まいの故に、逆にみずから蟹戸の岩場から海に「陥ち」なければならぬことになるのである。そしてそのすれ違いの結果は、佐枝子の側からすれば彼女の「心」の一人角力のようなものとなって、「静南村」における「死」を前にした現在の彼女は、ちょうどかつて彼女の死んだ父が土産に買ってきたジャワのお面のような「死(もの)」の「裏側へ通り抜けてしまって」いるのだが、逆に十吉の側からそれを言えば、佐枝子とは彼を「岡へ縛る」「あの疫病神」ということになるかもしれない(「黒馬に新しい日を」)。いや、ただそれだけのことではない。この「疫病神」という囁きは、じつは馬になった余一が空耳として聞いたものであって(この箇所(二二四頁)は、「彼」が十吉とも余一ともとれて、ちょっとまぎらわしいが、私は一応右のように、あるいは少なくとも同時に二人に聞こえているものと判断したい)、十吉と佐枝子の「心」のすれ違いに、さらに余一と十吉、余一と佐枝子との間のそれが重なりあって、あの目まいを感じさせるような一種俯瞰図的な立体図は、「心」の劇としての、と言うより「心」と「体」あるいは「もの（死）」との関係の劇としての重層性と深みを孕むにいたるのだ。

なぜなら、十吉も余一も、佐枝子とすれ違って逆の方向に、いわば山の崖から地上の「岸」あるいは「谷」へ一度したたかに「陥ちた」人間だからである。この二人は、佐枝子とは違って、あくまでも山家の人間であり、山をこそその本来の背景にしているはずなのだが、二人とも（余一の場合にも）「海」に惹かれて、ひとまずは「山」と「海」との、既に述べたあの象徴的かつ運命的な中間地点である日本の「岸」もしくは「谷」に、先に書いた論旨から言えば、いわば佐枝子がその裏側に入りこんだ「もの」そのものに激しく叩きつけられなければならなかったのだった。十吉の場合には、その叩きつけられ方はいっそう激しく厳しい。子供の頃から「落ちて見たいわえ」などと口走っていた彼は、その「海の誘惑」の故に、あの第三北人丸から「光り物」を奪った仲間のいる折羽下の入江にまで「下りて」いって、ロクとその息子の半六を殺し、捕えられて刑務所へ、そして再び速谷へと連れもどされなければならない。しかも、そうした間にあってさえ彼は、「山」と「海」のアンビヴァレンスに激しく捉えられているのであって、夢に聞いたロクの、「船へ乗って、沖で働いておくれ」という言葉にも、「俺は動きようがない」と、「もの」そのもののように呟かないわけにはいかないのである。なぜなら、幼い頃から、「彼の胸では、二つの物が躍動していた。舟と馬だった」からだ。そして「馬」は彼を「山」へ惹きつけ、「舟」は「海」へと彼を誘って、彼を「岸」に身動きできなくしてしまう。だからこそまたアオは、この小論の最初のほうで引用した文章にも見られるように、「試みの岸」の「もの」の世界に叩きつけられてもがいている十吉の心の眼に絶えずそのくっきりした姿をあらわして、「山」の確かな所在を刻印するのである。

ところで、私は先に、小川国夫氏の独特な「躍ね返し」のモチーフについて云々したが、この「山」のイメージこそは、そうしたかつてからの彼のモチーフがこの『試みの岸』において新しく喚起したものではないかと思う。この新しいイメージの故に、彼の作品の世界は、今までになかった深まりと鮮かな象徴性を獲得したように、私は思うのである。なぜなら、それは私に、この日本のかつての崖や岸や海や街道や、そして馬や人間や街道沿いの町などのイメージと立体的に重なりあって、先にちょっと述べた北斎や広重の絵の独特なパースペクティヴの混入を思わせるばかりでなく、例えばアオに見られると思われる、小川氏自身の言うある「フォークロリックなもの」（対談「原体験の周辺」）や、万葉集の数少ない「青駒」、「黒駒」の歌や俳句の世界など、つまり伝統によって育まれてきた日本の人間と自然と文化のある確かな姿を思わせないではいないからなのだ。小川氏自身、「黒馬に新しい日を」を発表した直後の「インタービュー」（『一房の葡萄』）で、「私も山を背負って海を見ている自分の姿勢を感じます」と述べているし、またややのちの「人間の中の自然」（同上）では、富士山について語っているが、こうした彼の姿勢が『試みの岸』において、「海」（世界）との激しい緊張関係のなかで鮮かな新しい象徴的立体絵図を創りだしたのではないだろうか。特に私は、この立体絵図に、例えば北斎の『富嶽三十六景』中の「神奈川沖浪裏」や「諸人登山」や「甲州石班沢」、あるいは広重『東海道五十三次』中の「岡部」や「藤枝」の宿の図、「日坂」の坂の図などの印象に重なってくるものを、見てとりたい誘惑に駆られざるを得ない。北斎のそれらの絵には、波間の舟や崖や岩のイメージが動的なまま固定され、広重の絵には坂道や宿場の人間や黒馬たちがあるペーソスとユーモアをたたえて定着されており、それぞれの独特な遠近法を重ねてみると、一歩小川氏の描く立体絵図に近づいてくるように思われる。それに、何よりも東海道、特に「東海のほとり」の風景とは、太平洋に向かう日本のかつての誇るべき景観であったにほかならないのだ。

だが、もちろん、『試みの岸』の世界は、ただそうした古い日本的なもののイメージからのみ成り立っているのではない。いや、私は自分の印象をあまりにも誇張しすぎたのかもしれないし、むしろあの岩場の描写におけるような小川氏の鋭く危い遠近法そのものこそが、結局のところ完成された三部作の世界全体をおおっていると言わなければならないだろう。なぜなら、彼の「躍ね返し」のはずみは、それが強ければ強いほど当然激しい「躍ね返され」をもたらし、その結果彼は再び、そして決定的に(佐枝子のように)「もの」の影へ「陥ちる」モチーフへと回帰していかなければならないだろうからである。「静南村」の前に発表された「試みの岸」でも、アオは北斎や広重の絵におけるような、斜め上もしくはうしろから見られた、首うなだれた馬ではなく、常に下から仰ぎみられた馬のように見え、しかも十吉が深く「陥ちて」ゆくにつれて次第に遠くに退き、最後には刑事にアオを洗ってやりたいと「強くいう程の気力が、十吉にはもう残っていな」いし、「静南村」にあらわれる馬はもはやアオではない。アオは最初に発表された「黒馬に新しい日を」で既に「谷」に墜落して「もの」と化し、あとから落ちた余一の生命を代償にした「変身」によって、その象徴的なイメージを私たちに残しているにすぎないのである。小川氏の「躍ね返し」の姿勢には、あるいは彼が志賀直哉から学んだものの痕跡が残っているかもしれないが、そのはずみによって彼自身は逆にその志賀的な世界(それは言ってみれば「もの」を「もの」として受けとめようとする、ある硬質な日本的感性の世界でもある)を激しく突きぬけ、その果てに何ものかを見出そうとしなければならなかったと言っていいであろう。

4

そして私には、「黒馬に新しい日を」における余一のアオへの「変身」とは、当然カフカの「変身」を思わせるとは言うものの、同時に失意の十吉が夢に見た「トンネル」のイメージをなぜか思い起させずにはいない（「試みの岸」）。この夢のなかで彼は、次々と「トンネル」に入りながらそのあいまあいまに自分の分身の所在を確認しようと焦り、ついには分身の姿を見失ったと思った途端に、その姿とアオの姿を見つけだして、静かさのなかでほっとして夢から醒める。そればかりではなく、「黒馬に新しい日を」では、速谷の火事で急いで山に戻ってゆく余一が山道ですれ違った十吉は、「俺はトンネルからいつ出られるか」と口走り、そのあと余一自身が枝の「トンネル」の闇の向うに山村（速谷）の「火事の光」を眺め、そこで駆けてきたアオが「谷」に落ちるのを見るのだ。さらにまた、アオに変身したあとの彼は、祖父益三郎に傷の手当てを受け、祖父の老いた姿を眼の前にすると、再び「トンネル」のことを考えるのである。——

祖父は切干大根の味噌汁を飯にかけて食べた。終ると掌で顔を無闇に擦り、そのまま掌を離さないで、炉端にうずくまってしまった。余一は祖父と口論したあげく、家を飛び出したことを思った。そして、もう取り返しがつかなくなっていることに気づいた。彼は環になったトンネルへ入ってしまった。入口も出口も解らなかった。

余一にはまだ確かめきれないことがあった。胸を掠めて白い矢が立っているような光の筋を見た。羽目の節穴から射し込んでいたのだ。彼はそっちへすり寄り、穴から戸外を見た。……

私は不思議な連想作用で、ここでも例えば日本的な「胎内くぐり」のことなどをふと思い出したりするのだが、しかしそうは言わないまでも、この余一のアオへの「変身」とは、先に述べた小川氏の究極的な「陥ちる」モチーフと、その結果としての「もの」の世界を「突きぬけよう」とするモチーフとの、ある段階における一種「フォークロリックな」ヴァリエーションと考えることはできないだろうか。この「変身」は、カフカのグレゴール・ザムザが、ある朝目ざめたとき「一匹の巨大な毒虫に変ってしまっているのに気づいた」といったような「変身」ではなく、小川氏自身が言っているように、確かに「惨憺たるところをなめて馬になってしまったということ」を書いたものであり(「原体験の周辺」)、このわが国の作家にとっては、「変身」の結果よりはむしろその過程こそが重要だったのである。そのことは、カフカの場合のように人間が「もの」そのものになってしまうのではなく、むしろ人間が「もの」の内側に入りこんで、それを突きぬけようとする前に、暫時のことであれその内側での自由を保持し、確証しようとする衝動の所在を示している。アオになった余一は、十吉のように必死になって「もの」の「トンネル」から抜け出ようとするのではなく、むしろ「トンネル」そのもののなかにあって、例えば先の引用文で山家の年老いた祖父の人間を見つめているように、いわば「もの」のかげから人間に相対峙していると言っていいであろう。しかもこの際の「もの」とは、生きもの(自然)である馬、先に用いた言葉で言えば、「海」を指し示す「舟」に対して「山」を指し示す「馬」なのである。余一のアオは、十吉の膝を蹴って跛にしたら十吉は山家へ帰って佐枝子と結婚することになるだろう、とふと考えるが、そうしたことは、たとえ結局のところ余一のアオもまた「岸」へおりて、最後には「不確か」な足取りで死んだ佐枝子の墓のある静南村に向かわねばならぬとは言え、まだ「山」への志向（＝一種の「躍ね返り」）が彼には残っていることを示しているにほかならない。言ってみれば、余一の「変身」とは、「山」と（＝「海」をひかえた）「試みの岸」とをつなぐ長い、暗い「トンネル」のなかで起ったのであり、そのなかでの暫時の自由とは、小川氏自身の言葉を借りて言えば、「主観」と「具体との中和の願い」（＝「主観的照明」）、危険を覚悟で敢えて私自身の言葉で言えば、ペーソスとユーモアを孕んだ、まことに深々とした日本的メルヘンの世界の自由と言わなければならないのである。

しかしながら、もちろん、この「トンネル」はついにいつかは突き抜けられなければならぬものなのであろう。それは容易なことではない。余一のアオは十吉の姿を見て、「馬から人に戻る手がかりが掴めそうだ」と思うが、結局は彼は僅かに、諦めることによって不自由のなかの自由を抱きとめねばならぬし、余一の幻と十吉が帰ってくる「海」は今なおはるかな遠景にあり、その「海」にはまた佐枝子の死体が沈んでいるのである。佐枝子の独白は、私にはふと『響きと怒り』におけるクエンティンのそれを思わせるが、最後に彼女が見るしぶきの幕に映った彼女自身の影は、「わたしよりも二廻りも大きく、人の形の穴に見え」、まだ「トンネル」が果しなく続いていることを暗示しないではいない。——そして「静南村」の前身である「姉弟」以後に書かれた「彼の故郷」、特に「アナザ・ギャング」では、小川国夫氏は、再び、そして決定的に「トンネル」のなかに入りこみ、しかもその「トンネル」の向こう側の「岸」に達したかに見えるのだが、しかし、私にはまだ、それが果して「海」に通じる確かな「岸」なのかどうか、ほの暗いなかではしかと見分けがつかない。『試みの岸』の世界は確かに過去の世界であるが、小川氏は敢えて一度その過去の世界にもぐりこんで、あるしたたかな日本の所在を（＝「世界」

との一つの緊張したパースペクティヴにおいて）鮮かに形象化して見せたのだ、と私は思う。だが、彼が再び立ち戻った現在の世界とは、必然的に胎内のような「トンネル」を通じてしか展けてこないものなのだろうか。

たぶん、そうなのにちがいない。特にその「トンネル」の向うの「海」から、過去の日本の罪の幻がきびしく立ち戻ってくるのであってみれば。それはおそらく小川氏の言う「冷眼」というものなのであろう（対談「家・隣人・故郷」）。だが、この胎内とは、再生の場であると同時に、またさまざまな誘惑の場でもある。「陥ちる」というモチーフは、やはりあの「躍ね返す」というそれとのアンビヴァレントな緊張関係のなかからしか、「あの人」の像の沈んでいる「光の海」へ再び「突きぬける」道を暗示することはできないのではないだろうか。小川氏がそれを放棄しているはずもないし、放棄できるはずもない。かつて古井由吉氏はその鋭い小川国夫論「小川国夫の目」のなかで、「小川国夫は写し取られたものが性急に意味を帯びるのを排しながら、それらがひとつの象徴に向かって、それぞれの象徴性を帯びるのを根気よく待っている風である」（傍点筆者）と書いたが、しかし、「待つ」ということは、吉本隆明氏が小川氏の文学についてきびしく指摘した「赦す」あるいは「癒える」ということ（「家・隣人・故郷」）と同じように、ある黙示録的な急進性と待望の深い二重性を孕んだものだからである。そしてこの二重性とは、いわば小川国夫氏自身がみずからに引き受けた宿命もしくは責任と言うべきものにほかならないが、しかし、おそらく私は、「俯瞰の視点」をもたぬ（同上）彼が敢えて大胆な一種の俯瞰を試みたとも言うべき、あの『試みの岸』の世界でしかと見た「海」の感触や、私自身みずからしたたかに叩きつけられた「岸」の衝撃を、そしてまたその「岸」を往ったり来たりしている生きた馬や人間の鮮かなイメージを、これからもけっして忘れることはできないであろう。

都会のなかの村――ある男女の生

古井由吉著『栖（すみか）』

『栖（すみか）』は、かつての『聖（ひじり）』（昭和五一年）の続篇でもあり、さらにこのあとに続くべき連作との中間に位置する作品でもあるが、もちろんこれだけで独立して読み得るし、またそれだけのまとまりと充実した厚みを備えている。けれどもそのまとまりと充実感は、一つの長篇作品としての構築の緊密さといったことからきているのではなく、むしろある一組の男女の関係のおのずからなる流れのなかに、人間の情念や激情のあり方とその形とを徹底的に試し、かつそれをしたたかに描きあげたところからきていると言っていい。ここで軸となっているのは、殆ど完全に外界から閉ざされた一組の男女が縒《よ》り合せる単一な生の縒り糸とも言うべきものであって、それ自体は小説作品の仕組みとしてはあまりに単純すぎて、長篇作品ではまことに扱いにくい素材にほかならない。けれども作者古井由吉氏は、そうした単一、単純なものをこそ逆手の武器として、人間の心情の厚みをそれに造型することにみごとに成功している。その秘密はいったいどこにあるか。

一つには、この作品自体が一種の短篇連作の形をとっていて、それぞれの短篇が一つの中心的なイメージもしくは生の断面の絵図を軸に、それ自体のまとまりをもち、しかもそれらがより大きな男女の物語の流れに自然に組みこまれて、鮮かに作品の全体を作りあげている、といったことが考えられるだろう。女主人公の佐枝は、かつて田舎の村で一種不思議な関係をもった岩崎を頼りに東京に出てくるが、その岩崎に会う前に、自分一人で責任を取ることが出来るような自分の部屋をまず作りあげてから、彼に会い、「栖」としてのそのアパートに彼を受け入れる。続く「肌」では、このようにいわば佐枝の部屋に「押入った」岩崎が、形だけでも結婚の正式な届けを出して世帯を整え、子供の佐知子をもうけるが、このあたりから佐枝の強迫観念が次第にあらわになり、次の「湯」では、彼女はアパートの近隣の他人（主婦）たちに病的に気を遣う（ここでは他者のなかに裸で入りこみ、しかも男〔岩崎〕と別れ別れにならねばならぬ銭湯が、物語の舞台としてもイメージとしてもまことに効果的な役割を果している）。

そしてそのあとの「背」、「首」では、それらの表題が暗示するように、佐枝の狂気による外界ならびに岩崎自身との阻隔や、閉ざされた密室の世界における男と女の狂乱、どちらが正気でどちらが狂気なのか分らぬ、また愛なのか憎しみなのか、愛撫なのか殺意なのかもけじめがつかぬという、凄まじい肉体ならびに意識下の格闘が描かれ、そして最後の「子」では、健やかな佐知子を挾んでの夫婦の狂乱の極限から、ついに岩崎が完全に我に返って、佐枝を精神病院に入院させ、彼は子供を抱いて一人の生活に当分戻ることになる。

――こうした経緯は、ちらと姿を見せる近隣の主婦たちや岩崎の母、それに病院の医師といったごく僅かな人たちが瞥見されるだけで、殆どまったく岩崎と佐枝の関係のみを通して描かれているにもかかわらず、それぞれの短篇のまとまり、およびその自然な連続において、男女の肉体的、精神的な動きがまことに真実に、生き生きと、かつ無駄なく描きとられているために、読者を飽かせるどころか、いよいよ抗しがたく惹きつけてゆくのである。

だが、この魅力はおそらくそれだけのことではない。ここには、かつての『聖』から連続しているが、しかしいっそう作品のなかに骨肉化されている、ある象徴的、もしくは寓話的配置とも言うべきものが、多大の効力を発揮しているものと思われる。岩崎はかつて(『聖』で「私」として)東京から登山に出かけたときに偶然に立ち寄ったある田舎の村で、似而非サエモンヒジリとなって村の娘佐枝を犯し、しかも彼がそのヒジリの役割を果した結果は、むしろ村の生命の終りを目撃することになり、佐枝自身はその村を捨ててこの東京に出てきたのであった。だから佐枝が東京の郊外に作って岩崎を迎えた栖は、いわば都会に入りこんだ村が独立した、新しい一種の母系家族を生みだし、かつて村を知ったことのある岩崎が佐枝と共にその新しい家作り、家族作りを始めた、一つの神話的な、聖なる場所といった趣をもっている。

もとより現代の都会にあってそのような原初的な男女の生活の営みが円滑に、幸福になされ得るはずもなく、二人の関係は先にも述べたように都会における生命の通わぬ他者の間にあっては孤立し、閉ざされた、強迫観念的なものとなり、その自己幻覚のうちに次第に深い狂気を孕んでいかざるを得ないが、またその故にこそ、人間男女の根源的な、赤裸な姿は却ってあらわになってゆくのである。栖、肌、湯、背、首、子といった直截な表題が、そこに喚起されるイメージと共にこれらの連作短篇を豊かに肉付けしているのは、実にそうした人間の根源的な、原初的な姿がそれらのイメージによって新しい生命を与えられ、かつ表題によってその輪郭をいっそう明確にしてゆくからにほかならない。

とりわけ佐枝の狂気がその直截的な衝撃によって岩崎を打ちのめし、かつて佐枝を犯した岩崎がその加害者としての姿勢のまま、むしろ彼女の狂気に加担し、病院をさえ無視して彼女とのあの格闘を続けてゆく件《くだり》は、まことに凄絶であると同時に、人間存在の根底にある意識下の世界を底深く抉って、この一組の男女の物語に厚みと深みを与え、時間的経緯に空間的広がりを付与して、この作品を直線的ではなく円環的なものに、平面的ではなく立体的なものに増幅しているのだ。そして例えば、この狂乱のうちに二人が握り飯を次から次へと拵え、それを佐枝が街の道祖神や塀の角などの小さな祠に供えていたらしいという件《くだり》に至れば、この男女の狂気の物語は、もはや彼らだけのものではなく、今日の日本でこれを読む読者自身のものとなりおおせるであろう。そして私たちは、必ずしもかつての『聖』を振り返らなくても、この作品が私たちにじかに与える衝撃を深く受けとめるのである。

象徴的配置だけがその衝撃をもたらすのではない。作者が、生きた男女の姿を通じてそれをしかと見つめているからこその衝撃なのだ。だからまた、この作品はここで完結すると同時に、生命を追ってさらに次へと持続していかねばならぬのであろう。

戦争・都市・女の力

重兼芳子著　ジュラルミン色の空

この作品には、ある魅力的な力が漲っている。魅力的と言ったのは、明るく外に迸るという意味ではなく、むしろ暗く野性的で、内に籠るという意味においてである。この力は、作品の結末で多くの死が、従ってまた大きな心の挫折が起ることが暗示しているように、現実の重さを突き破って外に迸り出ることはないが、それでもやはり現実にそこにあって、作品の世界を根底で深く支えている。それは、「ジュラルミン色の空」という明るい透明さを指し示す表題とはおよそ対極の、いわば地底に溢れる荒々しい力でもあるが、その対極性の故にいっそうその意味を深めようとしている。そしてこの対極性とは、この作品全体を貫いている基本構造なのである。

こうした作品の場合、その構造をあまりに意識すぎると、しばしば細目《ディーテール》よりは暗示もしくは象徴性の方へ作家の姿勢が傾いて、悪くすると一人角力の、ただ図式が浮きあがるだけの作品になってしまう恐れが多分にある。この『ジュラルミン色の空』にも、その嫌いがないとはけっして言えない。例えばここでは、新宿西口の浄水場が壊されて、そのあとに初めて超高層ビルが建てられる頃が背景となっているが(この作品の女主人公京子はその近くの路地で酒場を営んでいる)、そのジュラルミン色に輝く三角形を次第に高くそびえ立たせてゆくこのビルは、その建設のために地下深くまで掘られてやがて埋められていった巨大な「赫土」の穴と、まことに明確な対照をなしていて、そのイメージは、今述べたこの作品の構造そのものとあまりにも象徴的に照応しすぎていると見えるかもしれない。

そして、三〇歳をすぎたばかりのこの若い京子に雇われている一廻りも年上の信子は、北海道の炭坑町に育って養父が怪我をしたために貧に苦しみ、若くして娼婦となった挙句に、中国大陸の日本軍の「特殊看護婦」になって、女性としてのおのが肉体をも破壊してしまうどん底生活を送ったのだったが、今はよい雇い主と、留という自分の息子のような純真な、調理見習いの少年をそばにして、そうした暗い過去からやっと抜け出そうとし、京子と一緒に高層ビルの工事現場を訪れて、その巨大な穴のなかに、自分がかつて「中国の深い森の中で産み落した子供」の名前や、死んでいった仲間や軍人の名前、それに自分自身の名前を書いた紙を投げこんで葬り去るのである。その上このジュラルミン色のビルとそれが埋めた巨大な「赫土」の穴、それに一種象徴的なこの埋葬の儀式は、ただ信子だけにかかわるものなのではなく、京子にも、留や京子の愛人の友一にも、いや、この作品全体にかかわっている。京子も信子と同様に暗い過去をもっていながら――彼女は母初江の善良な娼婦性の故に男に反撥し、その若い自然な性を今まで閉ざしてきたのだった——今や友一という、ほとんど初老の年齢だが、音楽家としての繊細な心をもった愛人を得て、初めて女として成熟し、その過去を葬ろうとしていたのである。友一はやはり戦争体験以来妻がありながら男としての機能を殆んど果していなかったのだが、今は京子を得て甦り、施設の子であった留も、今は信子に愛されて調理見習いの傍ら将来のあるボクサーとして生命力に溢れている。——そしてこうしたことがすべて、あのビルの完成と時を同じくして、リングでの留の大怪我をきっかけに信子の自殺、京子の死産といったふうに一挙に崩壊し、そのあとにかつての巨大な「赫土」の空のような空虚を残すのだ。

　このような一種過度なまでの起承転結と象徴性過剰は、既述のように小説の作法としては本来きわめて危険なもので、悪くすると通俗に堕する恐れもあるが、この作品ではそれが必ずしも欠点とはなっていない。むしろ逆に独特な魅力を作りあげていると言っていい。そうした過剰さが消え去っているわけではないが、それあるがまま魅力が生みだされているのだ。あるいはそれあるが故に、と言い換えていいかもしれない。なぜだろうか。

　それは、最初に述べたこの作品に漲っている力が借り物ではなく、人間の自然に根ざした本物だからだと私は思う。それは本質的には女性的な力であるが、自然の力を孕んで暗く底深く、しかも母性的な包容力を秘めている。それが先に挙げたような象徴性と起承転結の過剰を貫いて作品全体に漲り、それを繋ぎとめ支えているのである。作者は「あとがき」で、「自分の心の中にある戦争の影と、高層ビルの影とを交叉させながらこの作品を書いた」と述べているが、ある意味でうまくできすぎているこの象徴的「交叉」が、生きた真実として読者の心を打つのは、例えば京子が南京陥落の日に生まれたとか、信子の戦争の記憶と巨大な

「赫士」の穴との照応とかいったことだけによるのではなく、そうしたすべての象徴的設定を貫いて、戦争に抑圧されてそれを生きのび、なお今日の苦悩の底にみずからの力を湛えている、この自然に根ざした女の力によると言わなければならない。「あの〔ビルの〕大きさと威容は人工的に造り上げた無機質の塊りではなく、信子にとって神聖な峰だ。」「ビルが自然を従えて立っているのだ。ビルそのものが自然の一部であるようだった。」――これらのイメージは、そうした情況から生命を獲得しているのである。

だからまた、最後の一挙の破局による空白もしくは無の感覚も、どうやら陰鬱なものではなく、どこか爽やかな、淡白さの余韻を秘めたもののようである。この結末の逆転はけっして恣意的なものではなく、今日の情況にあっては自然かつ真実のものであろう。それが一種淡白に感じられるのは、その悲劇と空白の底にあの女の力、自然の力がたゆたっているからではないだろうか。――それにしても趣向が多すぎる、目障りなのではなく、この一篇だけではもったいないようにも思えるのだが、しかしそれらの趣向も、例えば看護婦の総婦長という要職にある友一の妻に見られるように、独特なユーモアを孕んだ軽妙な諷刺となったり、また既に挙げた所からも分かるようにメルヘンもしくは民話風の魅力を諸所に生みだしている。重兼芳子氏の初期の短篇では時々気になったある庶民的な粗野さのイメージが、ここでは全体の結構からそうした民話風な魅力へと転じたのでもあろう。

おそらくこの作品を一つの契機にして、この作家の作風はいっそうの深まりを見せるに違いない。

詩と「小説」解体の接点
もはや物語の成立し得ない混沌を暗示

三枝和子著　思いがけず風の蝶

これは、作者自身「あとがき」に言うように、「精いっぱいに試みた」、注目すべき「実験小説」であるが、「思いがけず風の蝶」というその絶妙な表題が暗示しているように、究極的には、いわば思いがけず抒情的な、詩的な作品になっていると思う。もちろん、「実験小説」にふさわしい知の操作は徹底的に、あるいは根抵的に試みられている。いわゆる「小説」の存在の根が問われ、そのために小説そのものが解体され組み立て直されて、しかもその問いかけ、解体、組み立て直しの過程自体が、まさしく新しい小説の内容を形作っているのだ。これは、例えばロブ＝グリエの「新しい小説」とその理論や、ジョン・バースの『ビックリハウスの迷い子』の方法と主題などに相通じるものをもっているが、三枝和子氏のこの作品には、作者自身が作中で「あるいはそれは、むしろ詩と呼んだ方がよいものかも知れないが」とふともらしているように、独特な詩的なものが「実験」の狭間から溢れ出ていて、それがこの作品を独自の、他の追随を許さぬ魅力的なものにしているのである。

けれどももちろん、基底は散文芸術としての小説であって、ただそれが、従来のいわゆる「小説」を解体しようとするとき、詩との境界にふと彷い出るのにすぎない。そしてまた小説に戻る、まさしくその微妙な接点にこそ魅力は胚胎するにほかならない。――この作品の場合にも、解体はやはりまず「物語の消滅」ということから始まる（第一章）。すなわち伝統的な小説における物語の展開――写実による人物像相互の劇的な関係の進展や、それに伴う一種因果律的な時間の流れなど――はすべて壊されて、あとには断片的なイメージや場面、状況、観念などが残される。この作品に即して言えば、窓から見えるビルの群、関係のドン詰りにきた男と女、幽閉と脱出のモチーフ、しかもなお生活の感覚、死あるいは殺人の幻覚、そして救急車と病院のイメージ等々。そうしたものが円環的、循環的に反復されて、もはや物語の成立し得ない混沌とした今日の小説空間の暗い深渕を暗示する。そしてそれは同時に、人間、特に男女の愛あるいは関係の、どうしようもない行き詰りの認識にも重なっているのである。

だが、これは一つの出発点にすぎず、こうした混沌とした小説空間から次にどんな新しい小説を創造するかということに、一にこの「実験小説」の意義はかかっているし、またそこにこそ著者の真価は発揮されることになるのだ。それは、いわばこうした混沌もしくは深淵そのものからそれが孕んでいる根源的な力を汲みあげ、その力を愛と美の眼に見える形に刻みとることである。つまり、普遍の相を個別の形に顕現させることであり、それはもちろん小説の言葉によらねばならぬが、その言葉はただ対象を写しとるものではあり得ず、むしろ写しとる機能を消し去ることによって初めてその顕現は可能になるのだ（「言葉の消滅」）。

この章は作中でも最もすぐれた、感動的な章であるが、作者である「私」は、あの混沌のなかから次第に原型的な現代の男女像を造形してゆく過程を示しながら、他方京都の町を背景に彼らを、定家と彼が恋い焦れた一〇歳年上の式子内親王の影像に重ねあわせつつ、その男女に朔子および優という名前を与えてゆく。この命名が可能になるということは、ここに新しい小説の世界が可能になったことを示し、作者はさらに「時間」も「空間」も超越して、いわば変幻自在に時空を飛びかい、変身の術によってその世界を拡大あるいは深化してゆくことができる。ここで詳述する遑はないが、「美しい花」よりは「花の美しさ」という思念に立つその変幻は、怪しくも絢爛として、「私」が考えるようにいわば「主語の消滅」した世界の「大きな遊戯《あそび》」のようにも見えるのである。

かくしておよそ八年の歳月のうちに書かれた五つの「消滅」の章は、根源的に女性的なものとも見える暗さと神秘に包まれながらも、それぞれがそのままで互いに自在に響きあい、その「迷路」から「思いがけず風の蝶」がふわふわと舞い出ることになる。生硬な部分も残ってはいるが、そのままで「父母未生以前」の真実——愛と美——はほのかに、しかししかとそこにあらわれ、それは一つの豊かな、そして深く日本的なものを秘めた抒情となって溢れ出るのだ。

けれども、著者自身の言うように、これは同時に「物語の成立の根據を探ろう」とする企てでもあり、そうだとすれば、やはり読者は続く真正の「物語」の完成を、この著者にねだりたくなることでもあろう。

奥深い陰翳を持つ形象

日野啓三著　風の地平

「地平」という言葉が、日野啓三氏の作品の世界におけるほどぴたりと相応《ふさ》う場合は、ほかにはあるまい。それは、彼の作品にとって象徴的ですらある。そのイメージは確かに、かつての「此岸の家」以作きわめて鮮明で、明確かつ具象的な輪郭をもっている。高層アパートの七階のベランダ越しに見える、遠くに東京タワーを望み、右手には新宿の超高層ビルや四谷の方にかけてのビルが遥かに連なっている「灰色の地平」——それはいつも、確かにそこにあるのだ。だが、その「地平」には、陽のきらめくこともあれば、ときに雪が飛び舞い、雨雲の帷《とばり》が垂れこめ、ときには風が吹き荒れ、夜には暗闇が覆い、それと共にここに住む夫婦子供三人の家族、特に夫五郎の揺れ動く心の「地平」が深い陰翳を帯びて浮かび出る。

いや、これはむしろ作者の想像力の「地平」と言いなおすべきであろう。なぜなら、作者日野氏は、この現実にある「灰色の地平」のイメージを軸にして、あるいは遠い砲声の轟くサイゴンの「ヤモリの部屋」へ、あるいはその「灰色の地平」とはおよそ対極的な、「闇が森の黒さと自然に深々と溶け合っている」明治神宮の「霧の参道」へ、あるいはまた、韓国南部の「大地の肌と心の肌が直接に触れ合う」ような、「此岸」ではない「彼岸の墓」へと読者を誘《いざな》うばかりか、表題の作品「風の地平」では、ソウルからやってきた五郎の妻京子の心のなかにまで読者を導き入れて、それらの多層な、しかもそれぞれに強《したた》かな形象の衣を通じて、作者の心の「地平」そのものを奥深く啓示しているからである。

この心の「地平」は、もとより開豁な地平ではない。むしろさまざまな背反と行き違いが、それを怪しく深く鎖している。五郎と京子は何ものかによって固く結びつけられているが、その何ものかとは単純に愛と呼べるものではないであろう。かつて二人が初めて愛し合ったときも、彼らが「躯で確かめ合った」ものは、「感覚の深い震えの手ごたえを本能的に知っている人間同士」ということであり、それは「それ以上に確からしいものを底深く見失っている者同士」ということでもあったのだ（「ヤモリの部屋」）。結婚に際しての、両側の「岸」における反対は、むしろ何ほどの事でもなかった。結婚生活も十数年となり、一人息子の竜太も成長しつつある今にしてなお、五郎は、雪の日に逃げだして、三日目の宵に六階分のアパートの壁をよじのぼって戻ってきた牝のリスのように、いや、それほどの確かさもなく、「此岸の家」で「地平高く浮いているめまいのような感じを覚え」（「空中庭園」）、京子は京子で、「本当にあれは〈恋〉だったのか、とにかく〝どこか〟に出て行こうとしたのだったか」分からなくなる（「風の地平」）ということこそが、この心の

「地平」を深く怪しく鎖すのである。

だが、その鎖された心の「地平」は、常に七階のアパートのベランダ跡しに見えるあの「灰色の地平」のイメージに還元され、収斂されて、逆にそこから奥深い、別の次元の心の「地平」、あるいは想像力の「地平」が展けはじめる。それは、あの「闇が森の黒さと自然に深々と溶け合っている」「霧の参道」と、それと対極的な「大地の肌と心の肌が直接に触れ合う」明るい「彼岸の墓」、あるいは京子の膝関節の手術をめぐってあらわになる夫婦の死の想念（「天堂への馬車代」）にまつわる、明と暗の二重性を孕んだ深々とした深層の「地平」である。これは、日野氏が常に思いを馳せている「夢」の「地平」なのだろうか。確かにそれは「夢」に隣接してはいるが、「夢」そのものではない。あのベランダ越しの「灰色の地平」が現実に眼の前に見えているからだ。むしろそのどうしようもなさが、この作品集中でも比較的早くに書かれた表題の「風の地平」における、京子の心のなかに入りこむという他者経験的な、すぐれた文学的実験を可能にしたのではなかったか。

文学作品としての新しい真正の「夢」の「地平」は、やはり「彼岸」と「此岸」の狭間にどうしようもなくあるこの「灰色の地平」を、新たに深く、そして許される限り自由に切り開いてゆくところにこそ、おのずから展けてくるものと思われるのである。

幼い子供の深層を照らす

黒井千次著　禁域

例えば、こんな場面がある。まだ小学校に上らぬ子供の（倉沢）明史《あけし》は、ある日隣家の三輪家に呼び入れられて、わが家とはまるっきり違う静かで自由な雰囲気のなかで一人遊びしているうちに、座敷の床の間においてあるメロンに心を惹かれて、それをそっと持ち上げてみる。すると、その思いがけない重さが身体の底に入ってくるのが感じられる。「果実の奥に長くためられていたなにかが、うっかりそれを持ち上げたことによって明史の中にどろりと流れこんでしまったかのようだったのだ。そのことを知りつくしているのに、果実はわざと冷やかな振りをして床の間隅の薄暗がりに蹲っている。」

子供の心理をではなく、子供の未分化な意識もしくは知覚をそのまま捉えようとする、鮮かな文章であるが、この未分化な意識には既に、「明史の中にどろりと流れこんでしまった」何かの感覚と、「冷やかな振りをして」蹲っている外見上のメロンに対する知覚との間の分化あるいは断層の相が深く潜んでいて、ある怪しい「禁域」の所在を刻印づけている。もちろん、明史はこのときそれを「禁域」として意識しているわけではなく、「どろりと流れこんで」きた感覚のままに、メロンを抱きかかえてわが家に帰る。何か「大変なこと」をしたのかもしれぬと思い始めるのは、むしろ母に問いつめられてからのことなのだ。この場合にもそうした認識が明瞭にあったわけではけっしてなく、そのあとの父の打擲も、メロンを持ち帰ったことと「ほとんど切り離された別の出来事のようにさえ思われた」のだが、それでもやはり「禁域」は、たとえ環境によって作られたものであれ、意識の芽生えと共にエデンの禁断の木の実のように常にしかとあり、明史は、ほかならぬそうした「禁域」との幾つかの不可避な出会いによって成長していかなければならなかったのだ。

作者、黒井千次氏は、別のところで、自分は「幼い一人の人間の成長の原形のようなもの」を取り出してみようとし、その「成長の原形」とは、「生の動きに対するある禁断との衝突であるに違いないと思いついた時」、この作品の世界は始まったと書いているが

(『波』昭和五二年一〇月号)、この「禁断との衝突」の相が、殊に明史の幼年時についていささか強調されすぎているように見えるとは言え、黒井氏は確かに一人の幼い人間の「成長の原形」を、充分な真実と迫力をもって造型し得た。そればかりではない。明史の幼年時代の「禁域」に対する未分化な、従ってまた自然な意識が、彼が戦時疎開して長野県のある温泉旅館での集団生活を経験する頃、一転して鋭い自意識に転化して、理由も定かならぬうちに彼の心をさいなむことは、一見きわめて単純に見える子供の心の、まことに底深い深層部分の所在をいっそう鮮かに照らしだす。

欲望、従ってまた自由と、「禁断」もしくは「禁域」とは、幼少年にあっては実はまったく同義語なのだ。りんごを盗むという行為を明史に禁じるものは、善悪の判断などではなく、その行為を思うときに「どうしようもなく」心に浮かんでくる、かつて「禁域」を侵したと宣告し、激情に駆られた(検事局勤めの)父の姿と声にほかならず、むしろその父の姿と声の故に、欲望や自由は「禁域」と化してしまう、と言っていいのである。

だから、やがて敗戦となって東京に帰った明史が、大人になろうとする中学生の少年たちの「禁域」としての暗い欲望の領域へと、苦悩しながらも次第に惹かれてゆくのは、きわめて自然なことにほかならない。と言うより、その暗い領域のある決定的な受け入れこそは、常なる自由への戦いを意味する人生への明史の真の入門《イニシエーション》を意味し、また人間存在の真実の基盤の底深いひろがりを暗示する。「なにをやってもかまわない」という六所様の「闇夜祭」の深夜、明史が自分を探しにきた父をもさけて、仲間の窪内と自慰行為をし、一種の徒労感のうちに煙草を吸いつづけるとき、その受け入れは完成し、彼の大人の世界が始まる。この暗い領域はまた、すべての大人の生の根底にあるものであり、そこからこそ自由を願う人間のエネルギーは生まれ出てくるのであろう。時代背景をも含めていささか胸苦しいほどに綿密に描きとられた作品でありながら、「禁域」に、広い想像力の地平を思わせるある豊かさと底力が感じとられるのは、まさしくそのせいであるに違いない。

未来への血路を照らす
「現在」からの展望

柴田翔著　燕のいる風景

これは、長短さまざまなスケッチ風の作品を一種コラージュのように組みあわせた作品集である。時間的には過去と現在、空間的には「街」と地方（「根付けの国」）、方法的には写実と幻想の二重写し。充分に成熟した作者の眼、無駄のない的確な描写、叙述、そして語り、明晰さと幻想性の魅惑的な混淆――こうしたものが自在に、しかしおのずからなる芸術的秩序に則って組みあわされて、全体に独特なリズムと一種清澄な統一性といったものを漂わせている。

しかし、作者自身の強調は、過去よりも現在に、「根付けの国」よりは「街」に置かれ、方法は写実と幻想の二重写しの徹底から、意味の探索もしくは暗示へと向かう。もちろん、その探索は壁に遮られ、暗示は暗闇に閉ざされてしまうかもしれない。けれども、過去はいかに現在の根底に重く存在していても、やはり過去にほかならず、結局はそうした過去を引きずっている現在こそが私たちに迫るのだし、もはや今日では、ある意味では「根付けの国」も「街」の延長ではないのか。戻ってゆく過去、帰ってゆく根はもはやその偲ではあり得ず、この現在、この「街」へその生命を改めて汲みとられて、未来への血路をいわば逆から照らし出すべきものではないか。

Ｉ「過去への試走、あるいは〈師の恩〉」は、ある男の書いた小説という形で、戦争中の小学校の生活が幼い者の眼からそのように幼く語られるが、それが終ったあとでそれを書いた男に影のようなもう一人の男が言うように、その「生きられた過去」も今まわりに拡がっている「未生の現在」をどうすることもできない。安易に現在があるのではなく、あくまでも過去との厳しい断絶と連続の上にあるのだが、問題はまさしくその上での「未生の現在」ということにほかならぬのだ。Ⅱ「過去への試走、あるいは挫折した旅」も、同じ主題を時間から空間へと置き換えた作品と言っていい。二八年前の地方の疎開地への現在の旅も、結局は今の町へと男をつき返さないではいない。再びそこからいっさいは始まるのである。

そしてこの現在の町では「日々の祝祭」(Ⅲ)が取り行われ、さまざまな「街の情景」(Ⅳ、Ⅴ)が繰返される。過去、特に敗戦後約三〇年の過去を踏まえて、しかしもはやある決定的な形と力をもって、それらは取り行われ、繰返されているのだ。その「祝祭」とは、例えば大都市郊外の市場に象徴される「日々開かれる食欲の祝祭」である。そこでは、遥か昔の先祖たちが、自分の生産品による素朴な交易に見出した「あの新鮮な喜び」が、少なくともその残映が、ショッピングをする女たちのなかに照り映えてさえいる。だが、その「喜び」は、今やむしろ「希望が死んだ時」に目覚める「快楽」といったものにすぎぬのではないか。しかも、自分を見失いはじめたあとについ求めてしまう、いわば画一的な「快楽」なのではないか。

また、「街の情景」とは、そうした「快楽」の頽落のあとに淀む、「愛」から転じた「憎しみ」、いや、自分では理由も分らぬ迷路のような不満、挫折感、あるいは性もしくは暴力の情景。ただ救いは、そうした極限に立たされた人間になお残されている筈の選択権にあるのだが――例えば男に対決する女が包丁を振うか否か、不良に襲われた若い男女が性に絡む暴力をどのように突きぬけるかは、作者はただ暗示に留めるだけで、誰にも分からない。そこにある極限があることだけは確かなのだ。

その間に嵌めこまれる二つの「間奏小景」、招魂社資料館と芥川回顧展の風景は、歴史の根深い所在を暗示する、短いながらに印象深い小品であるが、続く「たそがれの町」（Ⅵ）では、今日の男女の生活に死者の影を忍びこませる象徴的な風景が、いわゆるアーケード式の商店街の「セピア色の霧」のなかに、奥深く、重層的に捉えられ、「平穏な日」（Ⅶ）では、一転してその商店街のある下駄屋の老人店主の、水底で腐蝕していくような現代的生が、軽妙な語りを交えて浮彫りにされてゆく。表題の作品「燕のいる風景」（Ⅷ）は、今日の男女の心象風景をいっそう微妙に、奥深く描きあげて、この作品集に点綴されてきたさまざまな主題を、一種有機的に集約するすぐれた短篇である。四二歳になるごく普通の主婦のごく普通の一日に、彼女の記憶と無意識の底に沈んでいる過去の事実と願望がほの暗く二重写しにされ、過去のある自由さ、いや、あり得たかもしれぬ希望が、翔び去っていった燕の影像と共にふと女の心に喚起されるが、それが過去のある男の影像に繋がると、忽ちにしてそれは死のイメージに覆われて消え失せてゆく。そしてあとにはやはりあの「日々の祝祭」の広場が、悪夢のように重く存在しているのだ。

以上はすべて作者柴田翔氏が現在と現実を深く受けとめている証査にほかならぬが、敢えて言えば、その受けとめをいっそう現実的に形象化してゆく作業は、やはり今後の氏の創作の進展に残されていると言わなければならぬだろう。この一種コラージュ風な作品は、それなりに鮮かな、そして真実な現実の把捉となり得ているのであるが、コラージュと同時にそれを踏まえた次の構築への努力もまた、今日の作家には課せられているに違いないからである。

「自分の存在」を賭ける

李恢成著　約束の土地

『約束の土地』は、李恢成氏が、年来心の奥底深くにわだかまっていた「祖国」の問題に、真正面から取りくんだ最初の作品と言うことができよう。前にも「半チョッパリ」のような作品があったが、半チョッパリという意識的な設定が「祖国」のイメージを却って遠くしている嫌いがあった。それにはもちろんそれだけの理由があったのだが、同じ理由で、早晩「祖国」のイメージはこの作家に鋭くはね返ってくるはずだったのだ。『約束の土地』では「祖国」はもはや遠い存在ではない。むしろときには近すぎると見えるくらいだ。それは主人公重吉《ジュンギル》の心のなかに確かにある――南北朝鮮統一の「夢」として、「約束の土地」として。

もとより単純な「夢」、単純な「約束」ではない。「夢」は常に悪夢の不気味さを孕み、「約束」は裏切りの危険を秘めている。裏切られることではなく、むしろ裏切ることを言うのである。重吉は五年前に「組織」を離れたが、たとえ「俺は組織とは無関係でも同胞からは離れないぞ」と妻道子《キルジア》に向かって言っても、その間《かん》には歴史と政治が根深く介在しないではいない。だからまた、究極的な「約束」への忠誠は、「夢」を悪夢と化さないではおかないのだ。……

「……『民族反逆者！』と口々に叫び、ピストルを構えた男が弾を発射する。弾は後頭部を柘榴《ざくろ》のようにひろげる。……死んだのに起きあがり、別の峠めがけてあえぎながら逃げていく。……いつの間にか、最後の峠に差しかかっている。祖国の土地がみえる。美しい理想の土地。まだ誰も訪れたことのない土地。民族の垣根を取りはらった土地。……まだ暗闇に沈みこんでいるが、やがて朝陽を浴びはじめる土地。あちこちから過去をとむらい、未来を編み出す歌がひびきはじめる土地。もう、言葉のいらない土地。

これは在日朝鮮人作家李恢成にとって危険な「夢」だろうか。一面は確かにそうなのだ。このような「土地」とは、それがあまりに近すぎる場合には、忽ちまったくの無と化してしまいかねない。それればかりではなく、この作品では、この幻の土地を「夢」の鏡に映しだす最も鮮かな、しかし逆説的な実像として、あの「祖国」も、「祖国のための言葉」ももたぬ、「凄惨な眼」をした二重国籍者もしくは無国籍者、松本浩萬氏の像が立っているかに見える。松本浩萬とは、重吉の言葉で言えばまったく「主体性《アイデンティティ》」をもたぬ人間にほかならず、しかも重吉自身の「主体性」追求を逆照射する人物像なのである。結末に近い部分で重吉は道子に言う――「松本さんみたいな人を忘れて、意気がってはどう仕様もないんだろうな。最近、俺はそんな気になっている。彼にも統一された土地の一坪が必要なんだと思うよ」。

こうした陰と陽の両極像の二重写しは、かつてから李恢成氏が用いてきたすぐれた文学的戦略の一つだが、かつてはそのあからさまさをリリーフする、「父親」像の追求という別の強力な戦略が彼にはあった。だが、この『約束の土地』では、「父親」像は姿を消して、いわば「祖国」像そのものとなり、代りに重吉のアルテル・エゴとしての松本浩萬像があたかも「荒蕪地」そのものの象徴のような凝然と立っている。この「荒蕪地」を、歴史と政治の網の目のなかで究極的な「約束の土地」にすくいあげることは、どのようにして可能なのだろうか。

もちろん、答えは容易に出るべくもない。だが、おそらく李恢成氏自身が「あとがき」で言うように、彼はこの作品に「自分の存在」を賭けたのだ。彼はいわば人間存在そのものにおり立とうとしたと言っていい。

それは岩場の近くで泳いでいる「賢い二尾の虹鱒」のように自然で、自由で、ユーモラスな世界であると同時に、「漂動感」が支配する「懸崖」のような世界でもある。しかし、重吉の「夢」の「正しさ」を証明し、「約束」を真実に肉付してゆく新しい出発点は、おそらくここ以外にはないに違いない。重吉家族はなおも「途上」にあるが、彼らは、「一坪の土地」を自他に予約する権利と義務をけっして手放してはならないであろう。

女の生と芸、そして小説の言葉

富岡多恵子著　斑猫

　繰返し読むほどに感銘の深まる作品集である。とりわけ表題作品の「斑猫」がそうだ。けれども同時にこの「斑猫」には、いわばそれと三部作をなすと考えられる「女の骨」と「雲」が深くかかわり、そう見てくると、題材がそれぞれに違う他の作品も、独特な形でこの三部作につらなっているように思えてくる。「斑猫」は、七五歳で死んだ母親茅野に対する娘のたき子の微妙な、両面感情《アンビヴァレント》的な心の動きを中心に、作品の世界が展開してゆく。茅野は若くして嫁にいって英一と一枝を生んだが、その嫁ぎ先を飛びだして、かなり芸のすぐれた芸者になり、その後カタギになる決心を固めてたき子の父と結婚して、たき子の他に二人の弟、新治と章治をもうけた。そればかりではなく、芸者をしていた頃、彼女は別の男によって久男と久子という子供を生んだらしく、その久男が、茅野が身をよせていた新治のところへ一種ドナリこみのようにして訪ねてきたこともあった。

　たき子は、三味線をかかえて酔客の中で陽気な声をあげている母の姿を思い描いて、「不快」を感じると同時に、「カタギ」になるために芸と子供を捨て、死ぬまで五〇年間もその過去を押し殺し続けた彼女に、強い嫌悪を感じないわけにはいかない。あでやかな芸者姿の茅野の写真は、これら異質な兄弟姉妹たちにそっぽを向かれながらも骨と共に埋められたが、形見分けでは、たき子は衝動的に英一、一枚の先手を打って、母の思い出のものはすべて自分の手許に引きつけておきたいと思う。だが、例えば彼女がもらうと宣言する形見の三味線は、「胴の真白な皮」が「両側ともななめにナイフを入れたように裂けてい」るが、たき子の情感を底深く揺がし、それが象徴している芸に対していわば「最後までシラを切っ」た母への、彼女の激情をそそる。

この作品は、先の茅野を訪ねてきた久男の話を聞いてたき子が、自分だって久男の立場ならヤクザみたいに茅野を罵るだろうと、「まるで酔っぱらいのような口調でい」う場面で終るが、彼女の深い両面感情《アンビヴァレンス》はまさにこの最後のその凝縮から逆流して、作品全体の味わいを繰返し増幅してゆくのだ。そして「斑猫《はんみょう》」という表題そのものが、この作品のきわめて重要な一部を形作っていると、私は思う。作中にそれへの言及はないが、社寺の参道の陰影深い辺りに身を翻してゆく、通称道しるべというこの美しい虫は、「斑猫」という文字と相俟って、いわば芸と茅野のあでやかさとあわれを指し示しているように見える。あたかも連句の付合のように、イメージは一種逆説的に響きあい、芸と茅野ばかりでなく、さらにたき子自身のどうにもならぬありようをも、奥深く浮き彫りにするのである。

そして「女の骨」では、かつては着物をあでやかに着こなして、「素人ばなれして垢ぬけて見え」た茅野と同じような「母親」が、今では老齢と共に俗っぽく変貌しているのに、娘である「わたし」が激しい愛憎の両面感情をもって相対する様が描かれ、さらにまた「雲」では、父の浮気で不機嫌になった母のために絶えず泣いていた、末弟の信吾の成長した姿とその家庭を通じて、再び「わたし」の母親への愛憎が写しだされるが、そうしたことには、ただカタギとヤクザ、もしくは世間体と自由な生きざまといった対立がかかわっているだけでなく、人間の世界における芸の運命といったものが深く織りこまれているように思われる。「雲」の信吾が好きな音楽を捨てたことを、「わたし」は、「意気地なしね、好きなことでゴハン食べりゃいいじゃないの」と言ったことがあったが、それに対して信吾は、「家出をするようなヤクザ者《もん》は、姉ちゃんひとりでいいよ」と笑ったのだった。この芸と人間社会との微妙な軋轢は、この作品集では娘と母親との両面感情的な関係と深く混じりあって、芸ということのある古めかしさにもかかわらず、富岡多恵子氏の作品にきわめて新鮮な、現代的な色調を与えていると言っていい。それは、さらに今日の小説における言葉と主題の微妙な関係ということと絡まりあって、富岡氏の作品をいわば前衛的なものの方へと衝きやっているからである。

例えばこの作品集のなかの「もうひとつの夢」は、先の一連の作品の母親像に似た叔母のアサと、彼女とまったくの同時代の女である阿部定とを対照して、同じような世間体と自由奔放との対立を描きだしているが、ここでも日本的な芸ということがその対立の一つの要因となっていると同時に、その対照の方法は、並べ比べるというよりは、結局のところ、むしろどうにも交わりあわぬものをどうしようもなく併置したといった形をとっている。つまり、それを描く、と言うより語る言葉が、そのような併置といった形でしか現実を把捉することができないのだ。「桃色の服」という、女流詩人の処女歌謡リサイタルを主題にした軽妙な作品は、まさしく芸というものがその最も原初的な形で成立するべきぎりぎりの世界を、まさにそれにふさわしいぎりぎりの言葉で語ったものであり、相容れぬものが触れあうそのおかしさとこわさを見事に伝えている。

「流れ者志願」は若い美容師の夢と現実を描いた、私の大変好きな作品だが、おそらくそれが私に訴えるのは、ここでは男を眺める女の視線が裏返しに設定されていて、「流れ者」という反社会的な姿勢もしくは願望が、軽妙な語り的言葉によっていわば抽象化され普遍化されて、魅力的な響きを立てるからに違いない。「十二社の瀧」は、妻に逃げられたある浪曲師の運命に、「わたし」自身の危うい生活を重ねあわせた作品だが、冒頭の「新家族」と続く「多摩川」は、現在と過去、今日の新家族たちと家族をもたない自分の姿を併置したもので、ここでは言葉はその併置そのものをなぞって、極端に言えばまるで噛んで吐きだすように書きつけられてゆく。そうしたことがあの母親に対する両面感情や芸というものの運命と響きあって、この作品集に不調和な調和とも言うべき一種の逆説的な統一を与え、その味わいを深めているのだ。

だが、敢えて言えば、それと同時に、これはもうぎりぎりの線だ、次の小説的転回はどうなるのかという読者としての懸念と期待をも、私は禁じることができないようである。

人間の魔性とやさしさ

吉行理恵著　井戸の星

読者をたやすくは寄せつけないようでいて、しかもどこかで強く読者を惹きつける、不思議な魅力をもった作品集である。あるいは、寄せつけないように見えることが、実は惹きつける戦略となっている、と言っていいかもしれない。私はそう感じるのだが、それならなぜそう感じるのか。

まず第一に、小説の方法もしくは文体ということがある。例えばストーリー（ここでは物語とは言わずにこう呼ぶ）の筋の極度の省略。かつての『記憶のなかに』や『男嫌い』でもそうだったが、ここではその省略はいっそう徹底的で、筋の展開などではなく、ストーリーのエッセンスの表出ということが問題なのである。何よりも、いわゆる物語に常に纒いつく因果関係の説明への極度の嫌悪、その省略。従ってまた、独特な時間の圧縮、その圧縮のための間《ま》の取り方、あるいは間《ま》のはずし方。

例えば、タイトル・ストーリーの「井戸の星」では、女の双生児の姉である章子《しょう》の異様な不幸が妹の眼から映しだされるが、その書き方は、幼い頃の二人にまつわる幾つかの短いシーンが重ねられるかと見るうちに、二人の結婚の話となり、まもなく母が死に、子供たちが生まれ、いつのまにか章子の姑が二人の家に入りこみ、外国生活を送りがちな妹夫婦の方が却って別の家に移り、そうして……といった按配である。当然ここにも因果関係はあるはずだが――いや、こうした経過でついに章子が精神病患者に仕立てあげられ、病院へ送られて死ぬのであってみれば、因果関係はまことに複雑で深いものがあるはずなのだが――その説明は潔癖に省略され、時間は息もつがせずに流れてついに死に至り、ストーリーははたとやむ。もちろん、その経過の間には、幾つかの短い日常的なシーンが描かれるのだが、それは因果を説明し、時間の飛翔を埋めるためのものではなくて、むしろその間《ま》をはずすためのものであり、およそ普通の意味での物語の展開とは無関係なものなのだ。

かくして読者は、最初はいわば作者のペンに置いてけぼりを喰って戸惑う。先にたやすくは読者を寄せつけぬと書いた所以だが、しかし同時にまたいつしかそれとは反対に読者は、こうした非因果律的なストーリーの進み方と時間の凝縮から、一種不条理とも言うべき何か怪しい、どこか悪魔的でもあるものの所在を感じとる。それは必ずしも章子の夫や姑の強慾、狡猾、悪意といったことそのものではない。それは、どんなにそれを憎んでもどうしようもない宿命のようにそこにあり、それを凝視して笑ってやるより仕様がないといった底《てい》のものなのだ。それはおそらくそれを憎むものの心のなかにも、誰の心のなかにも形を変えてあるものなのだろう。そして同時にそれと裏腹に、かつて章子が信州にある夫の会社の寮でいつも覗いていたという「井戸の星」の光が、淡く読者の心のなかに輝き出る。それも説明されることなく、ふと暗示されるだけなのだが、その美しいものもまた誰の心のなかにもあるものなのに違いない。

これはある意味では、かなり古風な主題だ。方法はきわめて詩的で、独特にモダニスティックなのに、例えば章子の夫や姑の悪魔性は、西欧ばりのサタン性なのではなく、まことに日本的な、いわばいびり型の小悪魔性といったものにほかならない。そしてその裏側に輝き出る心のやさしさも、どこかに日本的な色あいを秘めている。だからと言って、それはただ古風なのではない。むしろ今日の私たちの心を煮つめてゆけば、結局こうした魔性とやさしさが残るかもしれない。それだけにどうにもやりきれないものでもあるのだが、不思議にリアルで、私たちの心をそそる。

この作品集には、作者が「あとがき」に引用している彼女自身の随筆の文章のなかで、その女について書いた「たたり」でヘルペスに悩まされることになったと述べているツル子（もしくは鶴子、津留子）の登場する三篇——「針の穴」「妻の犬」「沈んだ寺」——が、冒頭の「井戸の星」に続いて収められているが、これらのツルコたちは多少の差はあれ、現代風ななかにどこか古風さを秘めた小悪魔であり、多少とも常に同年輩の女性か夫を犠牲にし、その相手の女性や夫は常に心やさしく、歯がゆくもツルコをどうすることもできず、「沈んだ寺」ではあっけなく死んでゆく。

ツルコとこれらの心やさしい男女は、いわば分身同士であって、共に今日の日本人、特に女の心の真実を象徴的に集約しているように見える。特に「沈んだ寺」は、最初に述べたあの省略と圧縮の方法を徹底して用いて、この悪とやさしさの真実を、狂気を孕んだ一つの幻想の域にまで突きつめている。ここでは津留子は小悪魔と言うよりは、彼女の姉の娘日出代が「みんなあっけなく死んじゃって……」と言うように、次から次へ起る死と、彼女の精薄の息子の狂暴な狂気のうちに、悪魔性とやさしさを顕現させる呪術者あるいは巫女のような存在となっていると言っていい。怪しい、ユニークな達成と言わなければならない。

けれどもその怪しさが極まったせいであろうか、あとの四篇はむしろ、やさしさそのものの側から女の心をしっとりと描いた作品になっている。

「蜘蛛」は、男に捨てられて自殺する娘の悲哀に、不吉とされる蜘蛛の機織り娘としての神話的イメージを重ねあわせた好短篇、「青空」は、悪妻に苦労し続ける大学教師林平が、やがて「静かな雰囲気」をまわりに残して死んでゆくまでを、義理の娘の眼から静かに描いた短篇、「海豹（あざらし）」も、酒飲みで漁色家であるが、林平にどこか似た父のふしだらな生活を遠景に、父の情人の娘である「私」の独立生活を何気なく淡々と描いた作品。どれにも小悪魔たちはあらわれるし、あの省略の原則は変らないが、ストーリーはある均衡を保って、人の心のありかを落ちついた確かさをもって跡づけてゆく。ただ最後の「トラヴィアタの鏡」は、かつてカジノ・フォーリー時代の有名な役者だった老人の死と、その妻の心を暖かく描いた短篇で、他とはいささか趣を異にしているが、その違いは、先に述べた、作者がこの作品集で突きつめなければならなかった小説の方法と主題の限界をではなく、むしろその今日における豊かな妥当性を、そして彼女の豊かな才能を示していると言うべきであろう。

ただその方法と主題がいっそう作品の世界を深めてゆくためには、さらに大きな屈折をへなければならぬと思われるのだけれども。

男たちの夢の魅力

丸山健二著　さらば、山のカモメよ

これは、「夢を求めて心さすらう男たち――三〇代の、そしてまさに中年に達しようとしている男たちの物語である。彼らの多くは、都会生活に疲れ、大自然に夢を求めて、ここ信州は大町の、山と湖に程近いあたりに住みつき、あるいはしばしばここを訪れる。とは言っても彼らは、完全に自然のなかに生きているわけでもなければ、またこの土地の人々の生活に溶けこんでいるわけでもない。いや、事実はむしろその逆で、彼らは地元の人間たちとの違いを意識してつきあいはせず、また地元の人たちからも胡乱《うろん》な手あいと見られている。そればかりではない。彼らは、あるいは都会的なもの、文明的なものをどうしても抜け切れないでいるか、それとも片方でそれを夢の大きな一部としているのだ。

その最も典型的な人物は、島根県出身で防衛大学を退学処分になったと自称している、メンズショップ66番館の経営者ヨウさんである。年は三〇をすぎたばかりだが、まことに不思議な男で、よそ者でありながら土地の娘に惚れこんで（が、実は相手に「リード」されて）婿養子になり、しかもその女房に男がいることがわかって一時離婚したかと思うと、またいつのまにか縒りを戻し、ともかくもこの土地でメンズショップを結構うまく経営している。「北アルプスの雄大な美しさに魅せられて」この地へやってきたというが、自分の店で売るものはきわめて都会風の流行の代物で、しかも不思議なことにこの北アルプス山麓の辺りでは、そうした都会的なセンスの物がよく売れるのだ。ヨウさんは、「美しい」とか「愛」とかいった言葉をよく口走るが、結局は都会趣味の、いわば女性に近い、ナ

ルシス的な男にすぎない――だが、それでも彼は、まことに不思議なことに、彼の生命の根はまったく生えていないに等しいこの土地で、バイクやスポーツカーを走らせながらしぶとく生き、また「夢のかけら」を土地の若者たちに売って、「愛」の神ならぬ「金《マンモン》」の神の御利益を蒙ってもいるのである。

この作品には、もちろんヨウさんだけでなく、プロのライダーでバイクの販売をして生活している二枚目のトシさんや、青木湖畔にロッジを建てる夢をついに実現させて樹安亭《きあんてい》を経営するヤマさん、土地のマツダ牛乳の経営者で苦労しながらも、超のんびりのマツダさん、それにカメラマンのカゲヤマさんや編集者のキクチさんなど、次々と人物が登場してくるが、この作品の面白さは、例えばキザでへなちょこなヨウさんが、いたるところでその弱みやいやらしさや欺瞞までも暴露しながら、しかもなおそのしぶとさによって、どこかに裏返しになった人間性とその哀歓を読者に感じさせ、結局はまさしくこんな人間の弱さや見栄や欺瞞のなかにこそ、今日の人間の夢（もしくは残夢）の所在は最も明瞭に跡づけられるのではないか、と思わせる所にある、と言っていい。そしてそれには、何と言ってもこの作品の視点（眼）を担う「私」という語り手が、根底においてかかわりあっている。この「私」は、作者丸山健二氏の分身と言うべき三七歳の作家であるが、ここではこの語り手は、最初から小説らしさを完全に拒否して、ヨウさんはじめ登場人物たちの風貌や経歴や行状を、見るまま知るままに事実として、あるいは事実のように語ってゆく。一種の身辺記録のようだが、もちろん私小説ではない。「私」の感情や心境や行動が主潮をなしているのではなく、あくまでも他の人物たちの動きが中心で、結果は彼らのドラマが浮き彫りにされることになるからだ。

けれども秘密は、まさにこれら人物たちへの「私」のかかわり方にある。「私」は今はこれらの風変りな友人たちとも離れ、疲れと自分の変化を感じとって、一日珍しく何もせずに家で無為に時を過しているが、かつては彼らの先頭に立ってバイクを疾駆させ、あるいは細君に対するヨウさんのふぬけぶりを叱咤して離婚を推進させ、あるいはヨウさんと同じように女性的な男である編集者のキクチさんを、ある女優志願のクラブのホステスと結婚させようと、仲間を誘って画策したりしたものだった。「私」は常に一種の硬派で、芯の強いヤマさんやカゲヤマさんなどには共感する所があるが、ヨウさんやキクチさんにはまったく否定的で、ほとんど常に彼らを口喧しく口汚なく批判してきたのである。だが、本音は、この「私」も結局は「似たり寄ったり」の夢想家であって、その頃は不安で、何をしていいかも本当にはわかっていなかったのだ。「私」は細君から、仲間のうちでも「一番変ってる」と言われるが、この一見硬派の「私」の視点（眼）が、一見そう見えるのとは裏腹に、弱い仲間たちの人間性を、あのヨウさんのそれをさえ共有していることが、次第に、そしてきわめて微妙に感じとられてくる所に、先にも言ったこの作品の面白さ、その文学的真実の深みがあるのだ。

そして再び一人になった今の「私」は、一日を無為に過しつつ彼らとの交友を回想し、もはや「青春」がみんなから完全に去って、新しい変化がやってきつつあることを確認する。キクチさんはフランス女のミレーヌとの生活に落ちつき、別の酒飲みの夢想家であるマキタさんは家具製造人という「普通の男」になり、「私」もどうやら《面白くも何ともない》男になりかけている。それよりも何よりも、あのしぶといヨウさんが死ぬという一大変化をやってのけたのだ。働きすぎだと彼の細君は言うが、何ともあっけない終焉で、カゲヤマさんが、ヨウさんはまさに青春の終りという「いいとき死んだ」と言うのに対して、目が醒めた感じの「私」は、「だけど、こんなもんだよ」と、万感の思いを籠めて宣言するのである。――「こんなもんですかね」「うん、こんなもんだ」

この結末部分の対話で、今まで事実のように書かれてきた「私」の身辺の記録は、一挙にして小説と成りおおせる。今の懶惰な「私」のまわりに激しい山の春雷が轟き渡って停電を起させる、冒頭の部分と見合う結末も、その小説としての文学効果を高め、深めているし、この山国の湖を珍しく訪れるプロローグとエピローグのカモメたちのイメージも、消えてはいったがそこになおしかと残像を残している男たちの夢を鮮かに象《かたど》っている。「逞しい鳥」か、「悲劇的な鳥」か、それとも「ふざけた鳥」か――ありのままを描くかに見せて、人生の不思議の一断面を独特のユーモアをもって深々と浮び上らせるこの作品に、ある新鮮な魅力を感じた。

新しい受胎告知の様相

津島佑子著　山を走る女

この小説の女主人公小高多喜子は、前田宏という妻子のある三二歳の男と関係して子を孕んだが、男の欲望に「侵しがたいもの」を感じたにせよ、男そのものにはほとんど心を惹かれず、またほんの数回会っただけで相手の住所も知らず、しかもそのようにして交渉が途絶えてしまったことを「好運」と感じている。その「好運」の感触のなかでこの子供を生むことになるだろうと感じるのだが、そのときの多喜子の気持を作者はさらにこう説明する。――「前田の欲望が前田自身のものではないと思ったように、多喜子は自分の妊娠が自分自身のものではないように思えた。体を通じて、自分はなにかを告げられようとしている。それを聞き届けたかった。」「体を通じて、自分はなにかを告げられようとしている」――この、いわば聖母マリアへの「受胎告知」を思わせる言葉こそは、この作品の根本主題をあらわすものであり、この主題を軸にして作品の世界は展開してゆくと同時に、作者の姿勢——特に男と女、子と母および父との関係に対する姿勢——もまた定まってゆくのである。いったい多喜子は何を告げられようとしていたのか、ついには何を告げられたのか、あるいは少なくとも何を告げられつつあったのか。

その告知の一つは、しきたりとか制度とかいった、既に汗や手垢や傷の血に汚れてしまったものに煩わされぬ真実の親子関係、特に妊娠・分娩・育児によって直接、そして自然かつ自由に繋がる母子の関係、といったことについてであるかもしれない。しきたりの点から言えば、例えば多喜子の母はいわゆる私生児を生んだ彼女を怒り恨み、腹の子を堕して、女一人になって身を定めよと彼女を責める。また、おそらく一人娘の彼女に一種近親相姦的な願望を抱いていたに違いない父親は、酒に酔って彼女に凄まじい暴力をふるい、二一歳の若い多喜子はそれに猛然と抵抗する。彼女は、そうした家の世界から飛び出して、真に自由になりたいと願っているが、その自由が彼女に告知されていたのだろうか。

告知はあっても、必ずしもその実現はなかった。多喜子は真夏に生まれてくる子供の輝かしい自然を思うとき、その子故に皆からいやしめられてきた勤め先の会社を辞めなければならなかった。制度の上でも、例えば保育園や病院は、父のないことを不問に付して彼女と子供を受け入れてくれるが、やはり社会の仕組故に経済的に困窮し、仕事はなかなか見つからず、見つかってもそば屋や化粧品のセールスではどうにもわが身に合わずに、意に反してわが家に縛りつけられねばならぬ。戸籍上父の欄が空白でもそれだけではどうということはないが、そうした自由だけでは、却って多喜子と子供（晶）の関係をわからなくしてしまう。

「小高晶と名づけられたこの赤ん坊は、一体、自分にとって、なんなのだろう。自分の産んだ子ども。それだけではない、自分の知らなかった何者かであるような気がしてならなかった。特別ななにか。しかし、多喜子にはその意味が分からなかった。」――自由の告知はあっても、その証はやはりない。

それならその告知とは、若さと生気に溢れる彼女自身、そしてたとえ脱腸のために手術を受けなければならなかったにせよ、きわめて「健康」な、輝くばかりの晶自身の、人間としての、また生きものとしての自然、またそれ故に本来備わっているはずの自由そのものにかかわっているのだろうか。それこそが、彼女への告知の最も根源的なものなのだろうか。確かにそうに違いない。陣痛に「深海の圧力」を感じ、胎児を「深海魚のようだ」と思う多喜子自身、母なる自然としての深海のような生命を分かちもっている。病院のベッドでは、それまでにそこに横たわった何万人もの女たちを思って充足した感じを抱き、また何よりも彼女は、光が、緑が、樹が、森が、そして山が好きで、そうしたものから常に走るが如き、新しい生命力を汲み取る。あのように逆らわないではいられなかった母親でも、多喜子は女としては親近感をもち、山の国を郷里とする母の若い頃を想像して、そうした自然の根源にある雪原に橇を走らせる男たちの一人によって、自分は晶を孕んだのだと幻想する。その晶も、そうした自然の生命を分かちもってみずから充足し、多喜子の充足に相応じる。この自然なもの、豊かな持続する生命力をもつもの、これが告知の根源をなすものなのか。もう父親はいらないのか。

けれども自然は、それを抑圧する人工的な都会の世界にあってもその営みを続け、人間の欲望を促し続ける。行きつけのジャズ喫茶の川野という年下の男と、ときに性関係をもつ自然な多喜子は、やがて身につかぬ化粧品セールスをやめて、旧都心部にある〝三沢ガーデン〟という植物栽培兼販売店に勤め、みずからの生命を甦らせる。それればかりでなく、そこで蒙古症の少年の父親である神林という中年男に出会い、あたかも私生児の母である自分とそのような神林とが、最も純粋な意味での親（父母）となり得るかの如くに、彼女は彼を激しく憧れるのである。その憧れは当然性を伴うが、しかしこの反自然的な社会のなかでは、今やその性の故に安易に単なる親（父母）となってはならない。いわば男女と父母は別物でなければならず、多喜子も神林と、父母にはなっても男女にはならずにいられると確信するのだが、それはもろくも破れようとして、植物を栽培する山の夜に激しく接触する二人が男女になるのをついに押し留めるのは、結局のところ神林のストイックな抑制力にほかならないのだ。そしておそらく、その名の示す如く明るさと勢に満ちた多喜子は、母の郷里でとれるという水晶から名づけた晶の、美しいが「硬い」光と相剋しあい、まさしくその相剋と、男女と父母のあの微妙な背反そのもののなかに、彼女自身の生き方を常に力強く求めてゆくのに相違ない。

この両面性《アンビヴァレンス》――男女であることと父母であることとの背反と融合の願望――こそは、この小説の要《かなめ》のところであると同時に、最も難解な部分でもあるが、それはおそらく今日における男女・親子の関係が本質的に難解だからであろう。その究極的な解決は容易につくはずもないが、ここに生き生きと描きとられた「山を走る女」のイメージは、問題の所在と新しく開けるべき心の地平のありかを深く照らしてくれる。

主題と文体の成熟

岩阪恵子著　蟬の声がして

『蟬の声がして』は、岩阪恵子氏の第一創作集ということだが、ここに収められている短篇作品を順序に読んでゆくと、この作家の主題と文体（方法）が一作ごとに深まり発展してゆくばかりでなく、最後の一作「見られる」にいたって、その深まりと発展がいわば一つの豊かな円環のなかに包括されてゆくかに見えて、ある感動と、またふと幾らかの不思議を覚えずにはいられない。発表されない作品もあるのであろうが、けっして多作な作家ではない。むしろ寡作すぎるくらいで、表題作の「蟬の声がして」の発表が一〇年前、それ以後は大体一年に一作で、最後の作は前作から六年近くも離れている。けれども、おそらく一作一作にそのときに可能なすべてを打ちこんでいるのであろう、不思議に、短篇ながらに一作一作がそれぞれ一つのミクロコズムを作りあげて次へと発展し、最後の作品にいたってこれら六篇の連鎖が一種円環状に完成して、この本全体が、背景も人物も違いながら一つの有機的な全体を作りあげているように見えるのである。

一つには、それには、各篇の主題の選択が表面的にかかわっている。表題作は、「わたし」という女主人公が初めて生理を経験する思春期の頃を扱い、次の「螢の村」はもう成熟した由里という女性を主人公としているが、これは発表順に並べたのであって、主題から言えばこの作品は、一六歳の「わたし」を主人公とする三番目の「藤下余情」の次の、撫子《なでしこ》という、高校を卒業して何年かになる女性を描く「撫子」と共に、まだ現実に男性と接することのない処女の心の内面を追求している。そして四番目の「雨あがりの舗道で」では、遼子という女性の恋愛と性、最後の「見られる」では、星子《しょうこ》という人妻の夫に裏切られた心のなかの闇を主題にしているのである。つまり、いわば女の性の目ざめからその成熟と爛熟の危機にいたるまでの幾つかの決定的な瞬間が、それぞれの作品で扱われていて、そのためにそれらが一つの密な連鎖をなしているように見える、と言うこともできるのだ。とりわけ、「見られる」における星子が、夫とほかの官能的な女との関係を想像して、ひとり部屋の暗がりのなかにすくむさまは、表題作の幼い「わたし」が、父母や兄姉や「外の世界」から逃れようとして、「机の下の闇の色」に救いを感じたことと照応しているばかりでなく、今の危機にある成熟した星子は、おそらくその暗がりのなかに、「遠い昔の母親の胎のなか」を見出しているという点で、いわば一めぐりして一まわり深くなった女の性の世界を、如実にあらわしていると言うことができるのである。

けれども、それはただ主題だけの問題ではない。その主題を文学として活かす方法と文体が、当然それにかかわっている。表題作の「蟬の声がして」は、初潮のショックと性の目ざめともだえを、猫の発情と闘争本能や、鏡に写るおのがナルシス像や、一種の鏡である姉たちの肉体、そして蟬の声や夢にあらわれる「あのひと」の幻などを一種の客観的相関物として、鮮烈に、かつ力を秘めて描きあげた作品だが、それでもここでは、詩人でもある作者の文体は、まだ小説の散文になじまず、今あげたイメージもむしろ詩的イメージへと流れがちで、小説のなかではいささか浮き上った印象を残す。「螢の村」も、成熟した女性の内面の乱れを、病弱の兄への一種性的な愛に託しつつ充分に強《した》かに描いていながら、なお文体は、小説的造型よりは散文詩的イメージ化への傾斜を免れていない。

ところが、続く「藤下余情」になると、表題作と同じく「わたし」、猫、鏡、男についての幻覚といった同じモチーフが繰り返されているにもかかわらず、文体は、従ってまた創作の方法は遥かに小説的散文のリズムになじんでいるように見える。作品の構成はむしろ断片の積みかさねといった趣きがあり、詩的な要素はここにも多分に浮遊しているが、それでもここでは、作者が主人公の過去や周辺の人物についての小説的説明を逃げずに、必要上最小限ではあれそこへ踏みこんでいるが故に、これはまぎれもない小説の世界であると言うことができる。私は、以上のように言うことによって、これら三作の長短を述べたてているのではない。それらに内在している、鮮烈さを生みだすエネルギーは否みがたく、その水準は一様に侮りがたいものがあるが、むしろ今述べたような文体（方法）の変遷が、あたかも作品の主題の深まりに見あうようにして小説的に熟してくるその真実な照応に、讃嘆に似た深い驚きを感じるのである。作者は、一作一作に自分のすべてを打ちこむ、そうした真率さと器量を備えていると見受けられるのだ。

それだけに、主として男の真意を量りかね、また男に裏切られる女の苦しみを主題とする後半三作の執筆は、それ自体苦しい作業であったろうと察せられるが、文体もまた多くの危険を伴う試練となったに違いない。「撫子」は、母の再婚に伴う家族関係の複雑化による、主人公撫子の男への憧れの歪みをリアルに描いているが、それでもこうした小説的設定は、既にわが国で、特に女性作家によって多く取り上げられてしまっているから、今度は逆に小説になじみすぎて、平板になる危険を多分に孕んでいる。けれども岩阪氏は、次の「雨あがりの舗道で」では、その危険にたじろがず、むしろ敢えて小説化を徹底して、いささか道具だてが多すぎるとは言うものの、男の心を量りかねる女の心を奥深く描きあげることに成功している。詩と小説の文体の微妙なズレと揺れ——作者は大胆に虚構の世界に踏みこむことによって、より高次な次元で逆にそのバランスを取り戻し、さらに深く広い主題を探りあてたと言っていい。「雨あがりの舗道で」で、主人公の遼子が矢部との肉体的交渉のうちに、相手の本体をわかろう、「問題の核心」を摑みたいと焦るところは、特に女性作家としてはまことに扱いにくい、一種形而上学的な世界に、きわめて納得のゆく形で踏みこんだことを示し、岩阪氏が新しい文学の地平を切り開きつつあることを証している。それが、さらに一転して「見られる」では、男に見られる女の本体を深々と探り、母の胎内へ戻りたい一種の死の願望と、その果てに見えてくる人間男女の愛欲という生の不可避との両面性を、まことに底深く、リアルに捉え得ているのである。

　もとよりこうした主題と文体（方法）の一種円環的な成熟には、自然な、偶然の要因も混じっていよう。この到達点からさらに新しい小説の世界を展開してゆくのは、作者の責任であり、読者の期待である。

性と生の「ふしぎ」と冷酷さ

岩阪恵子著　ミモザの林を

　四年余という長い時間を隔てて、今単行本に収められた表題作「ミモザの林を」を再読すると、かつては充分に捉え得なかったこの作品の深みが見えてくるのに、私は文学というものの不思議さを感じる。もちろん、一つには、四年前の私の読み方の浅さということもあろう。しかしあのときは、『群像』の創作合評で大庭みな子、三木卓の両氏とこの小説について語りあったのだが、私は、作者岩阪恵子氏の第一創作集『蝉の声がして』の印象が強かった余りに、おそらく彼女が次の一転機を画そうとしたこの意欲的な作品の本質を充分に理解し得なかったように、今は思えるのである。

　文学というものがもっている多面性の一つの証拠と言ってもいいが、今の私は、この作品の主題は、女の側から見た性と生の不思議な、神秘的な力、そしてまたその何げなさもしくは冷酷さといったものだと確信する。それは、ただこの表題作だけの主題なのではない。寡作ながらに、作者がこの四年間に他の五つの短篇で追い続けてきた主題でもあり、しかもこの場合、全部で六篇のそれら短篇が一書にまとめられることによって、その主題の展開と同時にそのおのずからなる周期の完結があらわになったようにも思えるのだ。

かつて私が「ミモザの林を」の深みを充分に捉え得なかったのは、また一つには、作者が性と生の神秘的な力の根源に迫ろうとして、さまざまな状況やイメージを重層的に、緊密に組みあわせたために、主題そのものがすっと手許に滑りこんでこなかったせいでもあったと思う。そのことは、今でもすべて解消したとは私は思わない。この作家は、きわめて意志的な、(それを小説の言葉で蔽おうとしているけれども) 本質的には知的な、思想的でさえある作家であって、その資質と文学的感性との相剋は並々ならぬものがあると見受けられるのである。

この表題作のストーリー自体は、きわめて簡単である。子供に恵まれない、結婚して六年近くになる妻の杏子は、病院に通いながらも、子供欲しさのあまりに怪しい夢や白昼夢を見る。そしてついには、夫の亮太が部屋に貼った、窓の外に花の咲いたミモザの林が描かれ、朱赤に塗られた室内の壁の隅に小さな人物の顔が描き添えられている絵が、本来女体に宿っている筈の無数の卵の黄色いイメージと、その卵が不毛であるかもしれぬ不安を象《かたど》る「萎びた灰緑の皮膚をした子供」の幻覚とに、底深く重なってゆく。

そしてそうしたことの根底には、杏子自身にも得体の知れぬ、ということは人間自身にとっても謎であり神秘である、「生命のもつふしぎ」が秘められている。しかもその「ふしぎ」は、人間に対して何げない、いわば冷酷な、根本的に無関心な力で、人間は、杏子は、ただその力に衝き動かされるがままの存在でしかない。

この作品では、そうした主題を説明としてではなく、イメージとして定着させるために、杏子夫婦の友人で、女の子をもちながら夫とうまくいかぬ和代という女性との対照と交錯、隣家の子供や彼らが飼っている仔犬、妊娠中の母に裏切られたと感じた杏子の幼児記憶などが、主要モチーフに綿密に組み合されている。そのすべてが有機的に生きているとは言えないが、そのために主題である「生命のふしぎ」とその冷酷な力が、深く捉えられていることを否むことはできない。

かつて私は、この主題は単に子供を求める衝動だけでは捉え切れず、さらに性と生の本来的な姿を呼びよせずにはいないと感じたが、表題作に続く岩阪氏の次の五つの短篇は、実際にすべて女の性の衝動そのものの「ふしぎ」を徹底的に描きとろうとしている。「毀れる」では、叔母から恋人を奪う若い曜子の、海のうねりのような不思議な衝動、「焰の舌」では、妻のある男への佐希子という女性の「焰」のような、理性では律し切れぬ暗い欲情、「くずれる音」では、中年の妻文世のピアノ教師への、音楽を媒介にしてのどこか狂気じみた愛情、「冬の苺」では、友人の夫ばかりでなく、ふと行きずりに共鳴を感じる男への、どこかナルシスムを思わせる人妻縫子の性衝動、そして最後の「ガラスの破片」では、友人の青年の手の美しさに惹かれると同時に、五〇男のその父親の壮年の性的牽引力に吸いよせられて、みずから挑んでゆく女子学生棗の「つむじ風のような」衝動的な行動。……

そしてこれらの女たちは、多少のニュアンスの相違はあれ、みな自分から男に挑んでゆき、自分が何をしているのかもわからずに、ただ「彼の傍へ寄り、彼に触れなければならない」とか、「どうして彼でなければならないのか」とか、「いったい今日わたしのしたことはなんだったのだろう」とか思うのである。彼女たちはまたしばしば、そうした盲目的な衝動を象徴する音楽や匂い（肌の匂いや草の匂い）にとりつかれる。——その主題の反復は今一歩でくどさの感じをそそりそうになるが、しかしあわやという所でそれは抑えられて、逆にあの性と生の「ふしぎ」とその力の冷酷さが、この作品集の根底へ、増幅されつつ収斂されてゆくのだ。

殊に最後の「ガラスの破片」は、いわば主人公の女を逆に若返らせてゆき、処女の衝動の激しさを、みずからガラスの破片を握りしめて血を流す極限にまで押しつめて、五〇男の肉体へ突き当らせ、しかもその成就のあとでまるで憑き物が落ちたように平常の自分に帰らざるを得なくさせるという、一種の凄まじさを孕んでいる。衝き動かされた処女が、性と生の不思議な「つむじ風」のあとで突如何事もなかったような無風状態に投げ出される。その何げなさの凄みのことを言うのである。

かくしてここでこの短篇集の主題が一周期を完結して、再び無の世界へ戻ったことが感じられる。それは書く行為の周期であると同時に、生命の「ふしぎ」の把捉の周期でもある。おそらくそうした凝縮のために作者はこれらの作品で、第一作品集にはあった現実の場所《トポス》の細目を可能な限り捨象して、ストーリーを普遍化しようとしているが、それはまた先に触れた反復の危険ともどこかで通じているかもしれない。――このあと作者はどんな新しい血路を見出してゆくのだろうか。私は、中年の主人公を描く「くずれる音」に見られた一種のユーモアが中絶してしまったことを心残りに思うが、そうした豊かさも、改めて新しい地平に浮かび上ってはこないだろうか。

ストーリーと精神分析の交錯を通じての女性の自己探求

森瑤子著　夜ごとの揺り籠、舟、あるいは戦場

これは、一家の主婦であり、母であり、また作家でもある語り手の中年の女性「私」が、そうしたいっさいの自己の位置を踏まえた上での自分の本体を探り、自己の存在の根を見据えようとする、一種突きつめた、しかしユニークな特質をもった小説である。それがユニークであるのは、一つには、ストーリーによると言

うより、むしろ直截に自己探求を主題とするような作品は、男性作家の場合でも今日きわめて稀であるのに、まさにそうしたことをここでは女性作家がやりおおせているからにほかならない。あるいはひょっとしたら、女性作家だからそうしたことをなしとげ得たと言うべきかもしれない。男の作家なら、こうした企てはおそらく今日では、古今東西の文学に既に繰返しあらわれた主題の不毛なから回り的なぞり、もしくはせいぜい哲学か心理学の論述まがいのものとなり、文学の形をなさなくなったかもしれないのである。

　今日女性には、何と言っても長年の因襲や束縛からの解放志向という、強力な原動力がある。そしてその原動力を作動させる現実的な装置として、かけがえのない女性の性ということがある。それが、空転しがちな自己探求の主題を現実に繋ぎとめるのだ。もちろん、それには小説作品としてのさまざまな工夫がいる。小説である以上は、やはり最少限のストーリーがなければならない。この『夜ごとの揺り籠、舟、あるいは戦場』でも、語り手「私」と夫、「私」の母および娘、そして父、またこの小さな家族単位の周辺にあらわれるマイナーな人物たち――例えば（姿をあらわさぬ）夫の早い頃の愛人やFという「私」の情人らしい男、「私」が好きだった中学の頃の体育の教師大庭先生など――とのさまざまな関係があり、その関係がおのずからストーリー的なものを創り出している。何よりもこの小説が展開してゆく現在のストーリーとしての、夫によれば「夫婦の再和合を計る」ために夫婦でやってきた、マレーシアのホテルでの一日という設定があり、例えばその一日の朝ベッドでの不毛な交わりのあと、「私」が、実は自分はただ夫婦の「関係」のために一五年間オルガスムの演技をしてきたにすぎぬと夫に言って、二人の間に取り返しのつかぬ決定的な裂け目を刻むといった、ストーリー展開の重要な契機も与えられているのだ。

だが、この小説は、そうした契機によってストーリーが展開して、主人公である「私」のアイデンティティが徐々に追求されるという形はとらない。そうではなくて——これがこの小説の第二のユニークな点だが——こうしたさまざまなストーリー的仕組を貫いて、「私」と女性のセラピスト（精神療法士）との対話が断続的に、しかし最も根源的な意味をもって挿入され、かくしてこの小説は、いわばストーリーを横に切ったその根底——それを心理の深層と呼んでいいだろう——に常に収斂される、きわめて端的な意味での自己探求の書と変貌するにいたるのである。

かくしてその自己探求は、容易に想像され得るように、先にも述べたように女性にとって最も現実的な問題である性を軸としたフロイト流の精神分析的ニュアンスを帯び、セラピストとの対話はその臨床療法的な形をとるにいたる。だが、注意しなければならぬことは、小説として当然のことだが、この作品がただの症例研究になることを拒否し、全体を女性の存在のありようのすぐれた文学的メタファーに転じているその方法である。例えばここには、フロイトに始まる精神分析学的な細目はふんだんにある。「私」の四歳のときの幾つかの記憶が重要なキーとなっていることもそうだし、女性の性生活には幼時から男性的、女性的なものが共存し、その均衡の歪《ひずみ》が母親に対する恐怖（被害者意識）となり得るというのも、フロイト的である。普通はそこへ精神分析医またはセラピストが介入して、さまざまな「逆転」によるコンプレックスからの解放が可能となるのである。

もしその通りなら、この小説もただの症例研究になってしまうが、ここではまさにそうした症例的性格をこそ逆転させて、文学への転換が行われるのだ。その転換の根幹は、セラピーの術をより普遍的な精神解放の象徴へと昇華させることである。セラピストが患者に対して一人の母となるということ自体は、精神分析学的な真理であるが、この小説ではそのセラピストの母のイメージを、深い、普遍的な自己解放の象徴へと昇華することに作者は成功している。「私」が繰返し言うように、セラピストは精神分析医ではなく、また「私」がアイデンティティ喪失の根拠としている「性行為における絶頂感に、絶対的に欠ける」という不満は、必ずしも不感症もしくは冷感症と呼ばれるものなのではない。その不満は、「私」のさまざまなステータス——娘、妻、母、情人、そして作家等——をすべて踏まえた上での人間としての全的な存在、言い換えれば真の「自由」に達し得ぬ不満なのだ。「私」はけっしてただ父母を捨て、夫を憎み、娘を虐待してはいない。むしろ彼らをすべて包みこんだ上での自己の心のありようを、その存在の場を求めているのである。

だが、もちろん、こうした根源的な願望が、性の現実に支配される限られた人間の生活に容易に実現され得るはずもなく、夫からの離反という身近な現実は、この願望の究極的な幻想性を浮彫りにし、その願望は一種深々とした死の願望《デス・ウイッシュ》へと溶けこんでゆく。後半の南国の海辺での、カヌー（舟）の影での憩いやマレーシア人による強姦のイメージ、さらにはセラピストに語ってきかせる蛇の夢、そして父親に似た男を感じながら、母であるセラピストの象徴としての羊水のような海へと「私」が泳ぎだしてゆくイメージは、精密に深層心理的であると同時に、怪しくも美しい文学的想像力の世界を現出し得ている。

その意味でこの小説はまことにユニークな作品となっているが、またこれは一つの新しい出発でもあろうと私は思う。ユングの言うアニマ（原型的女性）的なものへの回帰は、それ自身今日の文学の一つの原型《アーキタイプ》のようなものであり、女性作家がそのパターンを追うことも一つの根源への衝動として理解できるが、しかし、アニマがいかに普遍的なものであろうと、元々は男性にかかわるものであって、女性作家が母なる海へこのように端的に帰投するときには、それを一つの出発点とでも考えない限り、いささか同義語反復的《トートロジカル》なものを私はそこに感じとらざるを得ない。表題に「戦場」とあるように性は一つの戦いであり、例えば作家という位置とか、戦争中の中国や海豚に関する傷痕的幼児記憶とか、つまり父的、男性的なものについて、ストーリーとしてまだまだ書きつくすべき事柄がここには多く残されているからである。

第Ⅳ部　文学を読む

「私」の変容

尾崎一雄『あの日この日』上下
古井由吉『櫛の火』
李恢成『追放と自由』

尾崎一雄『あの日この日』を、深い感銘を覚えつつ読む。読みおえて、この感銘ははたしてどこからくるのか、と考えてみたくなる。著者自身も言うように、これはきわめて「自由な」、「すべて臆面なく」書いた、一種淡々たる文章である。だが、この淡々はただそれだけのものではない。そこには、大正・昭和の混沌とした世界、特に昭和初年の苦渋に満ちた一時期を、一人の作家として、また人間として生きぬいてきた著者尾崎氏の、「いかり」もしくは「いきどほり」の影が揺曳している、と言うより、その「いかり」あるいは「いきどほり」を突きぬけての淡々さ、と言うべきなのだ。

「いきどほり」は、しかし、今日になお生きていて、この「文学的自伝風に」という副題のついた回想録を書いている今の尾崎氏の筆先に、ふと奔り出る。例えば、「……この時期を堪え通して、文学を抛棄しなかったからこそ今日の尾崎一雄があると、今からならばいえるが、武士は食わねど高楊子と、痩せ我慢を張り通せば必ず行詰りが打開されるという保証はどこにもなかったのである」という、『新潮日本文学・尾崎一雄集』解説における本多秋五氏からの引用に続いて、次のような激しい言葉が見られる。——

だが「今日の尾崎一雄」がそも何者であらう！　昭和初年のあの五年間……あの時代の回想は、私にとつて回想では済まないのである。気が重くなり、やがて気が立つて来る。全く、間尺にも何も合ひはしないのだ。

　もとよりこれは、本多氏に向けられた言葉でないのはもちろん、尾崎氏自身言うように、かつてのプロレタリア文学や新感覚派への腹立ちでもなく、「本気」あるいは「真情」が受け入れられなかったことへの憤り、「それも、ほかに対してばかりではなく、自分に対っての分もある」ものであろう。そして氏は、「——が、このことはもうやめよう。誰だつて憤りは有《も》つてゐる筈、それを、自分のことだけヒステリックに喚き立てるのは可笑しい」と、表面投げやるが、これがけっしてヒステリーなどではないことは、この『あの日この日』全篇が証《あかし》している。いや、むしろ現在に生きているこの暗い憤りと、それを包むべき淡々たる明るさとの交錯こそが、全篇の巧まざる主要モチーフを作りあげ、そこからこの本の言いがたい魅力と、それが与える深い感銘が立ちあらわれる、と言わなければならないのだ。

　明るさと交錯するこの暗い憤りとは、いったい何ものなのか。あるいはそれは、尾崎氏自身が未だ正体を摑みとり得ずして、今なおじっと向きあっているものなのかもしれない。あるいは、いかに私たちが解き明してみても常に凝然と立ちはだかる、今日の人生と文学の深い謎に繫がるものなのかもしれない。その底には日本近代の歴史の渦が巻き、赤裸な個人の孤独な影が佇む。尾崎氏自身は「孤独」という言葉を嫌って、ただ想の赴くままに淡々と事実を書き綴る。おそらく事実を書き綴る以外に、この謎に対決する術《すべ》はないのだ。この事実追求は、例えば奇人作家兵本善矩の生死の探索や、小林多喜二と志賀直哉の関係の追跡調査となって（氏の記憶力は驚嘆に価する）、ときに独走するが、しかし、氏自身冒頭に言うように、「私の時間の経過にも、山といふか曲り角といふかところどころ少し目立つ時期がある」のであり、ある底深い一点に収斂しようとする。その「目立つ時期」とは、大正九年の父の死の衝撃から始まり、早稲田大学に進んで作家の道に入り、志賀直哉に師事、やがて新感覚派とプロレタリア文学の狭間に落ちこんで全く作品の書けぬ「トンネル時代」に入りこむと同時に、S女との夫婦生活のもつれもからんで、奈良の直哉を頼っての都落ち（昭和四年）、直哉を「追駈けることは間違ひだ」と悟ったあとの空白と自嘲、そしてそのどん底時代からの、松枝夫人との結婚を一つの契機としての立ちなおり（昭和六年——これを尾崎氏は「更生の意志」といった言葉で呼ぶ）と、作品「暢気眼鏡」（八年）による文壇復帰……。

　事実は、行きつ戻りつ、他の事柄をも含めてゆったりと語られるが、しかし、そこにおのずから収斂されるものとして、少なくとも一つの、ぬきさしならぬ状況が立ちあらわれる。それは、例えばイズムやイデロオギーを一面よしとしながらも、どうしてもそれと交《ま》じりあうことのできぬ、どうしようもない人間存在そのもの、とでも言うほかないものである。あるいは、一切の不純な夾雑物に対して身構え、また身構えざるを得ぬ、かけがえのない自己、ぬきさしならぬ赤裸な私と、それを呼んでよかろうか。そんなものが果してあるのか、と反問されるかもしれない。だが、殊文学に関する限り、洋の東西を問わず近代の作家はみな、この自己（セルフ）もしくは私（モア）と世界の関係を、どのように文学の言葉で表出するかに腐心し、ある場合には小説（文学）そのものに否を投げつけさえしてきたはずである。尾崎氏があるとき「人非人になる」などと考え、また「本来無一物」から出発しなおそうとしたとて、何の不思議もない。これは本来きわめて文学的な行為なのである。今日「暢気眼鏡」を読み返すとき、特に『私』と云ふ男」にじかにかかわる「追記」を挿入したところなど、不思議にモダンに感じとられはしないだろうか。

だが、もとより、この「私」とは歴史的な存在にほかならず、それ故日本的なものとも呼び得るし、同時にその歴史性に限定されて一面頑固な、非妥協的なものとなり、そこから何ものへとも知れぬ暗い「いきどほり」の炎がゆらめき立つ。日本近代の合理と不合理の境い目から燃えでる炎である。それは、尾崎氏自身が見ているように、漱石（のある部分）、直哉を経て氏に至って剝き出しとなった合理的な自己（私）と、それを取りまく非合理な外界との狭間に燃えあがり、小説的「嘘（虚構）」をも「真情」の真実をもって焼きつくそうとする。氏は「大正末期から昭和初年に亙つて目立つたプロレタリア文学、新興芸術派のいづれにも属さず、のちの戦時下にあつては戦争文学にも走れずといつた、つねに陽当りの悪い場所に、辛うじて生きついだ意気挙らざる若き一群」の一人と自らを規定するが、おそらく作家尾崎一雄ほど、まともにこの「私」の炎に身を焼き、そこからの変容の道を身をもって切りひらこうとした作家は、ほかにいないのではなかろうか。直哉からの解放は必然的に苦しく、心境小説あるいはユーモアも容易に飛躍を許されぬ、限られた世界の桎梏を蒙っているが、例えば「われわれの宇宙席次ともいふべきものは、いつたいどこにあるのか」といったような「蟲のいろいろ」における痛切な叫びには、昭和の小説の一つの原点が見られると言うべきではなかろうか。

もとより『あの日この日』は、そうしたことのすべてがすでに歴史的に経過した今日の尾崎氏の淡々たる心境から成ったものだが、その今日の氏の心境が「陽当りの悪い場所に、辛うじて生きついだ」氏自身および一群の人々の姿を鮮かに照らしたことは、まことに意味深いと言わなければならない。しかも、この書執筆中に、氏は志賀直哉を始め、かの一群の人々、特に中谷博、逸見広、谷崎精二、浅見淵の相次ぐ死に立ちあう。偶然とは言え、この不思議な暗合はあの「陽当りの悪い」片隅の深い意味を二重に照射する。ふと噴出するかの「いきどほり」と共に、交錯する明と暗はまことに象徴的であり、感銘を倍加しないではいない。そして終章における、昭和一九年病を得て故郷下曽我に帰って晩秋の真鶴岬を眺めやる氏の姿は限りなく美しく、いわゆる「私小説」の最良の、真実の部分を担ってきた尾崎一雄氏は、ここに大正・昭和の文学風土と文学的心象風景の重要な側面をみごとに映しだす、壮大なスケールの「私小説」を新しく書きあげた感が、まことに深いのである。

ところで私は、本稿で考察する新著を、無理に互いに関連させて論じる意図はまったくもっていない。古井由吉『櫛の火』、李恢成『追放と自由』を新著として手にしたのも、まったくの出版の偶然によるものにほかならないのである。だが、ひとたび尾崎一雄氏の『あの日この日』を私なりに深読みしたからには、みずからにかけたその呪縛を抜けだすことは必ずしも容易ではなく、これら二著の考察もそれとかかわりがちになるのを恕してもらわなければならない。

しかしながら、例えば『櫛の火』におけるあの死の思念への深いのめりこみ方は、どのように解釈すべきなのか。この作品はもちろん私小説ではなく、ロマネスクと言うより一種ゴシック風とも言うべき物語の相をどこかに孕んでいるが、ここには例えば尾崎氏の、「われわれの宇宙席次ともいふべきものは、いつたいどこにあるのか、時間と空間の、われわれはいったいどこにひつかかつてゐるのだ」という想念の、歴史の経過のうちに深い日本的な屈折を重ねた反響が遙かにどこかに響いていはしないだろうか。尾崎氏は一種の断念によって、微妙な心境のアンビヴァレンスをさりげなく蟲たちの姿に形象化したが、逆に古井氏の執念は、今日における同じ問題を死の思念の徹底性によって形象化しようとしているかに見える。書き出しの部分の「大学紛争の世代という、いわゆる問題性に引っかけ」たところが論議の対象になったことがあるようだが（『三田文学』一九七四年三月号のインタヴュー）、おそらく古井氏にとってはそれは問題性などではなく、むしろその形象化を裏づける実験的な（そして必ずしも当を得ていなくはない）契機にほかならなかったのであろう。冒頭の、生と死の境い目にある弥須子の顔のみごとな二重写しの映像がなまなましく暗示しているように、何はともあれ今日の人間の生のなかにまぎれもなく存在している死の様相の的確なイメージ化こそが、古井氏のぬきさしならぬ文学的戦略であったに違いない。

「櫛の火」という怪しい、ほのかなイメージは、まさしくそうしたイメージ化をさらに深い時間（歴史）の相において暗喩化しようとする企てであったように、私には思われる。あるいは古井氏は、「以㆑櫛燃㆑火」という『日本書紀』神代に見られるイメージを思い描いていたのだろうか。冥界を訪れたイザナギが櫛に火をともして、死者となった不浄なイザナミの姿を盗み見する、あるいはホホデミ尊が海神のもとから地上へ帰ろうとするとき、同様にして産屋のトヨタマ姫の姿を盗み見するあのイメージのことである。これは私の読みこみすぎかもしれぬが、いずれにせよ「クシ」とは、さまざまな意味での日本神話的連想を触発する。例えばただ一人の通夜で広部が櫛を燈明にかざす場面、特に怪しい夢のなかで彼が死んだ弥須子の裸体の幻想に向って櫛を差し出す場面には、そのような連想を誘うものが秘められていはしないか。このとき「赤い光のゆらめきの中で」弥須子の幻影はからだを起して、「彼を見分けたとも見分けていないともつかない物憂げな目で」彼を寝床へ招き、「いつでも、来なさい」と言うかに見えるのである。

「いつでも、来なさい」――この死者の発する、生と死の無限の反復を暗示する言葉は、この作品の主要モチーフを指し示していると言っていい。「弥須子の死にまともに触れられてしまった」青年広部は、葬式の「儀式の物憂い反復」のなまなましさに耐えかねて、棺に納めた櫛を盗みとって遺族と別れるが、まさにこの行為によって彼は、日常生活の生に反復してあらわれる死の重い位相をみずからに引き受けることになったのである。彼はこの受動的な引き受けの故に、日常生活（暮らし）のなかにありながら常にそこからはずれた場所で生きなければならず、若さの活力の故に男女のいる日常の生の世界へと突き動かされながら、しかもその境界のこちら側に留まらねばならぬ。そしてそこへ、同じように暮らしの世界からはじき出された年上の人妻矢沢柾子があらわれるのだ。この二人の出会いはあたかも宿命的な反復の如く、彼らはいわば死の影（それは弥須子の影でもある）の下に日常の生と性を拒否され、やがて柾子が広部に身を任せるのは、夫矢沢との暮らしの決定的な破綻のときにほかならず、その後の逢引も、例えば公園といった小暗い、インパーソナルな場所を起点とし、「暮らしから性だけを取り出したような」荒涼たる部屋でしか性の和合は成就しない。

そんな二人にも、生きて交わる以上は、例えば柾子が矢沢に喉をしめられてわが家をとびだし、広部の部屋にころがりこんだときから、暮らしは否応なしに押しよせてくるが、しかしそれは恐ろしいほど慣れあったものであっても、「一緒に飯を喰って一緒に寝る、あとはお互いに口をきかずにいられる」といった底のものにすぎない。あの櫛も今は柾子が洗面所の鏡の前で使い、その歯に「ひとすじからみついている白髪の想像」が広部を悩ます。あたかも死者の世界の風がこの世の二人の暮らしと愛の狭間に吹きつけ、ついには狂気と殺意の瞬間に辛うじて命と愛の炎がゆらめき立つかの如くなのだ。

おそらく作者古井氏は、この二人、特に主人公広部に、生の中の死という体験の一種円環的な反復を徹底的に引き受けさせることによって、今日の表面的な日常の生（暮らし）の根底にある、人間存在そのものの赤裸な基底（先のインタヴューで氏はそれを「原始的」と呼ぶ）を形象化し、その極限的なアンビヴァレンスのなかに死の中の生（「今夜」と「明日」、あるいは冬と春）という周期のしたたかな所在を啓示しようとしたのであろう。このように読めば、私にはこの作品の孕むある本源的な憤ろしさとその美しさが、幽かなものを鋭く形象化する勁い氏の文体を通じて底深く迫ってくる。だが、それにもかかわらずここには、必ずしも作者の意図ではないはずのある不透明さが蟠っているのはなぜだろうか。技術的な面ではなく本質的に言えば、それは古井氏の主要モチーフであるあの反復それ自体が、ほとんどトートロジーとなるほどに反復されているからだ、と思う。ここには本源的な反復を意味づける他者的対極がほとんど存在しない。矢沢と柾子の関係を、柾子自身と、松岡を通じての矢沢自身から二重照射する方法はみごとだが、矢沢も柾子も広部と同じような生と死の反復の体験者であるらしく、彼と広部の対決ですら、またもや公園という中性的な場所に溶解されてしまうかに見える。「誰にも見られていない」公園の桜の花に託された陰惨な自然の殺意も、あまりにも相対的な反復的人間関係のなかに拡散されがちであり、日常の生を代表する他者としての人物松岡も、あまりにも早く反復の意味を理解してしまう。——このやりきれない極限的な反復の相対性こそが作者の主題であると言うなら、ヒーロー広部に託された直線的な視点はむしろ邪魔物ではなかったか。反復の円環と周期は、何らかの他者的視点の介在によっていっそう深くイメージ化され、重い意味を孕む。櫛はやはり死者の幻に向かって投げつけられなければならなかったのではなかろうか。

もとより私は、かの尾崎一雄氏の「われわれの宇宙席次」といった観点から、作品『櫛の火』における(日本的)「私」の変容の重い苦しみを受けとめ、例えば古井氏の新作短篇「雫石」(『季刊芸術』冬)にその新しい兆しを読みとりもするのであるが、一転して『追放と自由』における李恢成氏にも、同様な問題のいわば裏返しになった重いあらわれを読みとりたい誘惑に打ち克つことができない。李氏は従来の作品と違って、ここでまことに端的に「私」のなかに他者を設定した。語り手である「私」、石時雄《ソクシウン》=石田時雄は、かつての『約束の土地』の二重国籍もしくは無国籍者松本浩萬が担っていた荒涼たる人間状況そのものを、じかに引きかぶったとも言うべき青年像であり、その明らかさまさは、あるいはかつてからの李恢成読者に衝撃を与えるかもしれない。しかし、いわゆる在日朝鮮人作家が常に引き受けている人間存在の影としてのアイデンティティの危機は、一度は根源的に受けとめられなければならぬはずのものであり、その際には中途半端さは許されないのだ。そこに喚起される人物像がたとえある誇張を孕んでも、それは作家の内なる「私」を叩き鍛えて究極的なその存在の本体を少なくとも照らし出すべき、不可避的な対極性の故と言うべきであろう。

だが、これはまことに冒険的な、危険な企てと言わなければならない。特に作家の「私」が虚構の石《ソク》の

「私」に潜入するときには、その対極性の緊張が薄れ、二つの「私」が安易に混りあって、破壊的、破滅的な石《ソク》の一種の図式的な転向のパターンを作り出すか、あるいは逆に二つの「私」の果てしない不毛な葛藤を生みだすかもしれないからである。この作品にそうした徴候が全く見られないとは、けっして言えないだろう。石《ソク》の「私」の外へ向かう荒々しさと内なる人間的条理の感覚は、ときに分裂しているかに見えるし、転向のパターンの拒絶は、最後まで深く屈折した重くるしいアンビヴァレンスを残す。だが、『櫛の火』の場合にもやや似て、李氏はまさしくそのアンビヴァレンスをこそ根源的に引き受けたのであり、長い「追放」のトンネルを突きぬけた「自由」の炎は、その引き受けによってしか証《あかし》され得ないのだ。

　従ってそのトンネルは迷路のように複雑に入りくみ、作者も読者もその迷路のすべてを通りぬけねばならぬ。まず人間から自由を奪ってアイデンティティを危殆に瀕せしめる、国籍と差別の問題がある。「私」石《ソク》は、今は西ドイツで行方不明になっている学究の次兄茂雄の決意によって、一家と共に日本に帰化したのであったが、自己に目ざめてからの「私」にとっては、日本国籍は自己と他人を欺く陰惨な桎梏もしくは「ワナ」であり、「私」は、表面的な日常生活とは逆の方向の、暗く狂暴トンネル生活へと突っ走らないではいられなかった。荒々しいダンプカー運転手の職と女たちとの荒廃した関係——偶然に、素朴に「人間」を信じて「差別」に無知な日本人女性、石母田依子と愛を得て結婚し、今はさるアフリカの駐日大使館にドライバーとしての職を得て、借り物の「自由」を呼吸しているが、生まれた息子吉朗は兎口の手術を受けなければならなかったし、新しく決意した朝鮮語の習得と「還籍運動」も一種の復讐心のようなものにほかならず、ある夜の会合の席での、講師の薛泰竜《ソルテリヨン》への陰気な激情の爆発によって中断してしまっている。

この作品はこうした危機的な状況の只中から始まるが、表面的な平和は底深い矛盾の介在によって次々と崩れさり、「私」を再び、そして決定的に極限的なトンネル生活へと急激に「追放」しないではいない。「自分の子供を《差別》のための実験台にのせる」ことへの憤りから考えついた、秘かな断種の計画をめぐっての妻依子との口論、特に物質的成功者である長兄正雄の家における亡父の祭祀《ジェサ》の席での、酔った叔父永道《ヨンド》の依子に対する痛烈な逆差別、しかも悪いことに、「私」は依子に対して叔父の立場を弁明するだけで、彼女の弁護は一言も口にすることが出来なかったのだ。吉朗を連れた依子の、母のいる鹿児島への出奔、朝鮮人差別のリンチと思いこんで、やくざ学生の群に殴りこみ、逆に殴り倒されて、危ういところをほかならぬ薛《ソル》泰竜《テリョン》に救われた無念と空ろな自嘲、そうしたどん詰りから幻覚のように迫ってくるテロルへの意志、天皇暗殺の無惨な挫折から、「私」の生まれた松代の、あの旧大本営のための巨大なトンネルにおける、さらにおぞましい自殺の失敗……。

こんなふうに書くと、この作品はあるいはセンセーショナルな事件の連続から成る、虚構むきだしの小説のように見える虞れがあるが、もちろん事実はけっしてそうではなく、事件の網の目は作家の確かな眼によって整合されていて、その網の目から、今日の人間存在のある極限的な状況とその意味が象徴的に立ちあらわれようとする。ある極限的な状況と言ったのは、人間存在が常にそうであるように、この作品に喚起されている人間像も、ある特殊なアクチュアリティの相を不可避的に担わせられているからにほかならない。「私」石《ソク》は紛れもない「元朝鮮人の日本人」であり、彼が日本人の妻を娶るときには必然的に二重三重の背反がからみつき、彼はあるいは、「一人でも頼りになる人間がいれば、この世の中は、生きていく価値があるんだよ」というおのが心情にも反して、その言葉の故に愛しあったその妻との底深い離反に落ちこまねばならず、あるいは祖国統一の真実の志向を持ち、かつそれを着実に実行しつつある、彼のアルテル・エゴ的存在たる薛《ソル》とも容易に結びつくことができない。家族連帯の歴史の証《あかし》である族譜《ジョッブ》も焼き捨て、おのが血を継ぐべき子供たちをも、幻想のなかで殺さなければならぬ。だが、これらはすべて「偶然」のように見えて、けっしてそうではないのだ。この一見偶然的な出来事の網の目の中には黒い「巨人」の幻影が立ちはだかり、あの松代の陰惨な「三角兵舎」や暗い巨大なトンネルと共に、普遍性への逆説的な道を暗示する。このトンネルを突き破れば……。

「普遍性」とは危うい理念である。「追放」のトンネルを出て「自由」を手にし、「これからの私は世界をもっと大きく掌握するために生きようとするだろう」と思う「私」石《ソク》も、さしあたり「還籍運動」というきわめてアクチュアルな戦いから始めなおさなければならない。彼は一転して再び出発点へ戻ったのだろうか。だが、かりにそうだとしても、その循環は作家李恢成氏の内なる私の新しい変容への、不可避な重い儀式であったと言わなければならない。かつての感性豊かな抒情的な文体を締めだす、貪欲な虚構的出来事の凝縮も、観念操作の危険を多分に孕みながら、きわどい一点で作家自身に突き戻され、微妙な均衡を保って逆にその重さを増幅しているかに見える。『追放と自由』は、いわゆる完成された文学作品といったものではない。むしろ李氏の「宇宙席次」獲得のための新しい、重い基礎石と言うべきであろう。

男と女――ある相対感覚

大庭みな子『青い狐』
吉行　理恵『男嫌い』
高橋たか子『魂の犬』

アメリカのウーマン・リブ的思考からすると、例えば「マンカインド（人類）」という言葉は一種の差別語であって、「パーソンカインド」と言うべきものであるらしい。「パーソン」とは、男女の性にかかわらぬ個人的な人格としての人間を指す語であるから、男女間の差別もしくは逆差別を排除するのに適切であるとするのであろう。また、「チェアマン（議長）」とは言わずに、「チェアパーソン」と言うという。

（たまたま今私はアメリカで暮しているので、こんなことを引きあいに出すのを許してもらわなければならないが）アメリカの中年以上の知識人は、たいていこうした新用語を軽蔑するか、せいぜいジョークめかして受けとめるかのどちらかのようだし、私自身、もしアメリカ人なら、到底こういう言葉は受けいれられないだろうが、しかし、考えてみれば、「マン」あるいは「ウーマン」とは言わずに、「パーソン」という中立的な言葉を使わなければならぬという女性の側における要請は、その戦闘的な部分とは別に、今日における男対女、というより女対男の関係の、微妙にして意味深い屈折点を示していると言っていい。今日、男性に対して女性を主張、あるいは強く意識するとき、女性はみずからを強調するよりは、逆にむしろ男女の別を含まぬ一種普遍的もしくは超越的な、従ってまた一面抽象的でもある相に、必然的に眼を向け、かつそれを何らかの形で取りこまねばならぬという屈折点である（このことは、もはや「パーソン」という言葉そのものとはかかわりがないが、しかし、「パーソン」とはまた、語源的には「ペルソナ〔役者の仮面〕」の意であって、本来抽象性を秘めていることは、まことに興味深い）。文学について言えば、これは女性作家にとって、男性作家には与えられない新しい地平を意味すると言い得るだろうか。

例えば、かつて（あるいは今でも）女が描けるかどうかということが男性作家の一つの試金石となったことがあるのと同じように、今日、男が描けるかどうかが女性作家の重要問題になったとしても別に不思議はないが、この場合そうした問題は、実際にどのように取り扱われ得るのか。今度新しい作品集『青い狐』を出版した大庭みな子氏は、私の記憶に誤りがなければ、かつて男を書きたいという意欲を表明したことがあったし、事実この作品集でも、特に表題の短篇「青い狐」を始め、「笑う魚」、「荒神沼心中」などで、男を描き、男の心理に肉迫している。だが、同時に、その描き方、肉迫の仕方には、単に大庭氏独特のあの詩的イメージに満ちた文体だけのせいではない、と言うより彼女の文体と切っても切れない関係にある、ある独自の抽象性がある。この抽象性とは、現代文学の一般的傾向としてのそれとまったく重なってしまうものなのか、それとも、それと重なりつつもなお、今日の女性作家としての視角からする、別の新しい文学的地平を指し示しているのか、といったことを私は問うてみたくなるのである。

例えば「笑う魚」は、一貫して男の視点から書かれたと言っていい、輪郭の鮮かな好短篇であるが、大庭氏の作風として当然のことながら、これは夫である男の視点から妻の存在が触発する自己の心理の動きを描写した、いわゆるリアリズム風な作品なのではなく、むしろ男女の心理的あるいは精神的な関係の劇の、男の内面を場にしたイメージ化とも言うべきものなのだ。視点という言葉も、ここでは当てはまらないかもしれない。たとえ男の立場から書かれていようと、作家の眼は、常に夫と妻もしくは男と女の相対的な関係に据えられているのであって、女の存在はいつも男の内面深くに喰いこんでいるからである。その相対的な関係からすれば、例えばこの作品でかなり明らかさまに提示されているかに見える、男（建築家）の自由奔放な想像力と、女（妻）の実際的なロジックとの対照といったテーマも、必ずしも本質的なテーマとは言いがたくなるであろう。なぜなら、もし男女の相対的な関係に固執するなら、こうした対照的な役割は、けっして男女それぞれに固有なものではなく、例えばこの作品集の冒頭に収められている短篇「投書」の黒田暁子（もしくは赤田夕子）と平松始の関係に見られるように、形を変えて交換可能なものであるはずだからだ。そうだとすれば、男と女という肉体は消え失せて、奔放な想像力と実際的なロジックという普遍的もしくは抽象的なテーマだけが残ることになってしまいかねない。例えばこの作品の終りの方で男が声にならない声で叫ぶ、「つまり、きみの合理性とぼくの合理性は、きみの不合理とぼくの不合理はカテゴリーが違うんだ」という真実だけが……。

この相対性のやりきれなさ。その危うさ。その上、相対性とは柔軟なもののように見えて、実は逆にすくみと硬《こわ》ばりを強いる、まことに厄介なものでもある。男の内面に踏みこんだ大庭みな子氏は、おそらくこのやりきれなさ、危うさ、厄介さを承知の上で作品を書いている、いや、むしろそこにこそ彼女の作品の世界は成立しているのであって、そこへこそまた作家は生きた血を通わせなければならないのだ。その血は、男と女の間に通いあう暖かい人間の血であるはずだが、常に男と女の関係のあの冷たい相対性の壁にさえぎられて否定の危険にさらされ、その壁を突き破ろうとすれば、あるいはみずから何者かに変身してしまわなければならぬかもしれない。例えば男が「笑う魚」へと一種の変身をとげなければならぬように。

言い換えれば、人間の暖かい血が人間の血としての正体を失って、人間以外の（しばしば冷たさを連想させる）生きもののイメージのなかに流れこむわけだが、だからと言って血そのものが凍えてしまうのではなく、その生きものの冷たさを通じてきわどく、しかしなまなましく生命を保ちつづける。おそらく大庭氏は、こうした二重性を通じて流れつづけるこの血の行方を見きわめるために、次から次へと変身の劇を書きつづけるのであろう。非の打ちどころのない学者として尊敬されていた、東洋古代の比較美術史家の父が投げかけた、道徳と美意識の呪縛を振り払って、自分あるいは人間の正体を見きわめるために、みずから赤田夕子と名のって、平松始および皮相な同類の男たちの肉体と魂のなかに踏みこみ、平松を死に到らしめる黒田暁子の物語「投書」も、一種のそうした変身の劇であるが（この場合にも、女主人公は冷酷な二重性のなかにあって、「ふてぶてしい自然の力」によって、暖かい人間の血を求め、叫びつづけていたのである）、表題の作品「青い狐」と巻末の「荒神沼心中」、特に前者はそのきわめてすぐれた例と言わなければならない。

青い狐とは再び男の変身のイメージとも言うべきであるが、この狐は笑う魚とは違って、かつて女が出会って以来の七年間に、平凡な、人形のような別の女との四年間の結婚生活に疲れ果てて、本来の美しい姿態と誇り高い神通力を失ってしまっている。しかも悪いことに、彼はほかの正体をもたず、かつての青狐の輝かしい残像だけを背負っているのだ。いわば男そのものが女に対して、絶対の残像を残しつつも相対化してしまったのであり、女はその男の二重性のなかにこそ人間の血の所在を証《あかし》する何ものかを掻き探らなければならない。なぜなら、女もまた、男と女の自由な、従ってまた相対的な関係という理想的なロジックはもっていても、それ以外には女自身の正体を証する何ものももっていないからなのだ。彼女は今、「雌に喰い殺される雄の恍惚感に浸っている妙な男」かまきりと同棲しているが、この奇妙な現実もいわば理想的なロジックの戯画にほかならず、女はむしろかつての誇り高い支配者としての青い狐の幻影を掻きなで、みずから冷酷なかみきり虫となって、とりすまして「狐の化けたかぶと虫と、翅をすり合わせて通じない話を」するほかないのである。

この男女相互の相対的な関係の極限は、男を書こうとする大庭氏の想像力の根源的な見取り図とも言うべきものだが、それはこの作品ばかりでなく、「荒神沼心中」でも、けっしてバーレスクに空転することなく、まことに鮮かなイメージ化と構成力によって、きわどい一点で、「青い狐」では一抹のユーモアをたたえ、「荒神沼心中」では一種ポー的なグロテスクとアラベスクの美を孕んで、深々とした作品の世界を作りあげている。それは、本書に収められている一見作風の違う二つの作品——少女黒田暁子の、ある青年船員の自然な生活感覚に対する淡い共感を綴る「烏賊ともじずり」、およびアラスカ・インディアンたちの姿に垣間見る自然と人工の不思議な、しかしぬきさしならぬ混淆と、それへの微妙な心の反応を淡々と綴る一種私小説風な「トーテムの海辺」——が逆に照射しているように、作者大庭氏がこの極限的な男女の相対的な関係のなかに、変身の劇を通じて、自然の力に裏打ちされた人間の生きた血——結局それは女性的な自然の血にほかならないのだが——を通わせ、そこに男性作家とは違う新しい文学的地平を切り開こうとしているからであろう。

だが、先にきわどい一点でと書いたように、大庭みな子氏もそのきわどさをけっして免れてはいない。血とはまた世代を通じて流れるものだから、彼女は「青い狐」でも片鱗を見せていた、親（父と母）と子（とその異性の相手）という複雑な関係を「荒神沼心中」では取りこんで、いっそう交錯した男女の相対的な関係のなかに、日本人の心の歴史的断面をも写しとろうとしているが、それはかつての『胡弓を弾く鳥』より深化しているとは言え、必ずしも充分に血肉化しているとは言えない。例えば男の側から相対化した男女の関係をみごとに捉えた、小島信夫氏のかつての『抱擁家族』には、象徴性、抽象性の裏打ちとしてのアクチュアルな世界への鋭い感覚が見られたが、人間の高貴さと平凡さの相対関係ということにも深い関心を抱いている大庭氏は、先《さき》だって出版された作品集『がらくた博物館』に見られるまた別のすぐれた語り口を捉えこみ、アクチュアルなものと想像的なものとの関係にさらに深く眼を据えることによって、彼女自身の新しい文学的地平をいっそう深め得るのではあるまいか。

吉行理恵氏の連作短篇『男嫌い』は、大庭氏の『青い狐』とはおよそ対蹠的な作品の世界を現出しているが、また不思議に女性作家としてのどこか共通したものを秘めているように思える。表題の示す如く、ここでは一見男は完全に閉めだされているかに見えるが、しかし、男はやはり姿を変えてどこかに存在している。それは猫である。とは言っても、もちろん猫が男そのものの身代りなのではけっしてない。女の世界に必然的にかかわりあってくる男の影と、その必然的なかかわりあいとしての男と女の関係を、猫は見まもり、かつ半ば体現している。猫は男と女、つまり人間の変身そのものではないが、変身の一歩手前のところで静かに女と向きあい、人間の自然の受胎を女に告知しようとする。

人間と猫とのこのまことに微妙にして一種きわどい境界線に、淡く幻想的な、しかし、確かな現実の手応えをひそめた作品の世界を成立させているものは、作者吉行氏の詩人的な感受性と直覚であり、またその感受性と直覚から自然に生まれでた小説の方法、言い換えれば作家の視角である。この連作短篇には、彼女の最初の小説作品集『記憶のなかに』と、素材、テーマ、モチーフを共通にするものがかなりあるが、ここでは吉行氏は、北田冴というある女性作家が、そうした素材、テーマ、モチーフによりながら、冴という自分と同名の老女性作家を主人公にして書いた、『寂しい狂い猫』という作品集を、「私」が読むという屈折した方法をとっている。だが、この方法は、いわゆる複眼の視点といったような、既に伝統のなかに組みこまれてしまった小説的な方法なのではなく、逆にむしろ複眼の視点が必然的にもたらす悪しき相対性をどこかで切り捨て、詩人作家北田冴の書いた作品のなまなましさを、視点の三重あるいは四重の重複によって突き放すと同時に、言ってみればその距離に乗じつつ、『男嫌い』の「私」を通じて再びその作品の世界に共感し、それを肉付けしようとする方法なのだ。こうした方法がナルシスムの悪循環を免れて、どこかに深く現実の手応えを感じさせるのは、突き放すその距離の確かさの故であり、その距離そのものには再び猫が静かにうずくまっていると言わなければならないのである。

　例えば「オートバイ」という短篇では、冴は直紀という青年に恋をして、彼からも、彼と関係がありながら冴をその青年に紹介した友だちの敏子からも裏切られるが（この部分は別の短篇「暗い夢」と重複しているが、ここでは直紀がオートバイで走り去ってゆく幻覚がある）、やがて数年たって新しい四階建てのビルで暮している彼女は再び男に苦しみをなめさせられたらしく、敏子と共通の友だちの蓮葉な典子が訪れてきたときには、「自分がふけて見られること」を気にする女性になってしまっている。その典子も結婚してしまうと、冴のかわいがっている猫が急に姿を消してしまい、冴は食物も喉に通らず、泣いてばかりいて、交番にかけつける。そして二七歳の誕生日に、高校時代の友だちの保代が薔薇をもって訪ねてきたときには、

「典子ちゃん、ハズが見つかったんですってね」

「猫、死んだの」

と、冴と保代は向かい合った途端に同時に言うのである。

このペーソスのこもった淡いアイロニーは、それだけでも、男の世界から行きはぐれながら、なお猫という生きものの存在を介して、男の世界に対して女あるいは人間でありつづけようとする女の心の確かさを、詩的幻想の趣のうちに充分に伝えているが、さらに吉行氏は、この北田冴の作品を読んだ「私」の高校の友だちの三田さんに、「この人が書いてない部分だけ書けば、いい小説ができるわよ」と、あらかじめそれを批判させているのだ。にもかかわらず北田冴の作品「オートバイ」は紹介され、続く後文で、現在そうした追憶に耽りながらバスを待っている冴に似た「私」が、オートバイにはねられかけた一人の「顔色の悪い瘦せた女」の姿を一瞬目撃するときには、先に述べたアイロニーと女の心の確かさは、いっそう現実の手応えを増幅してゆくのである。ここでは「私」の猫は登場しないが、この連作を通じて語り手となる「私」が、北田冴の作品の主人公冴と同じように猫たちを現実に介在させているのであれば、猫もまた二重の性格を帯

び、あらゆる背反——女と男、若さと老い、過去と現在、あるいはなまの物語と作家の眼など——の地点に介在して、作品に厚みと現実性を与える要《かなめ》のものとなっていることは言うを俟たないであろう。

かくしてここに収められた十二の短篇では、冴の少女時代から高校時代の体験にもとづく挿話（「味噌歯」、「女友だち」、「逝春」、「想い出」、「幽香」）、娘時代の（主として男との）わびしい経験（「オートバイ」、「縊死」、「暗い夢」）、中年になってからの冴（「寂しい狂い猫」、「眠る花」、「読書会」）、そして冴の老年と死（「マーガレット」）といったふうに、冴と猫との自伝的な挿話が交錯して描きだされると同時に、それが『男嫌い』の「私」によって確かめられ、意味を増幅されてゆく。表題の「男嫌い」という短篇がないのは、それがこの連作短篇の構造の要《かなめ》にほかならぬという逆説によるのであって、そこにこそあの猫たち、特に威厳のある大きな灰色の兄猫がやさしく、しかしどこか厳しくうずくまっているのだ。

この連作のよさは、ある逆説的な詩的直覚によって、男あるいは外なる世界に相対する女の確かな現実を、そうしたやさしさと厳しさのうちに啓示しているところにあると言えるが、しかし、吉行理恵氏の有力な戦略である猫を介しての冴と「私」の二重写しは、逆にまた両者の同質性の危険を本質的に秘めている。猫を取り払ったらどうなるか、あるいは猫を突きぬければどうなるか、そのことが彼女の作品における文学的地平の新しい展開に深くかかわっていると思われるのである。

高橋たか子氏は、第一エッセイ集『魂の犬』中の「女流作家の立場」という短い文章で、男が女の、女が男の内部を完全に解ることの不可能性を述べて、「内側から女自身の眼がとらえる女の真実」、および「女の眼が外側からとらえた男の像のあらわす真実」を表現する女性作家の仕事は、まだ書き尽されていない未開拓な領域であると語る。高橋氏もまた、男女の関係の一種の相対感覚の上に立っているのだが、彼女の場合は、大庭みな子氏の場合のようにその相対性そのもののなかに踏みこむのではなく、それはいわば不可知のものとして、むしろぬきさしならぬ女の眼そのものを拡大し、「眼の変幻」という興味深いエッセイが示しているように、その眼によって「見る」「見られる」という行為の「超越者の次元」にまで達しようとしているかに見える。「眼の変幻」では男女の関係は論じられていないが、先の「女流作家の立場」や「女性と感覚」という小文、あるいは「女嫌い」や「美少年私見」という興味深い文章などから察せられるように、高橋氏が、男の理性あるいは概念的思考力に対して、女の感覚もしくは生理的、肉体的言語を対立させ、その男女の断絶そのもののなかから、女の眼の超越的な「変幻」を志向していることは明らかであろう。

実際、まさしくこの地点から、高橋氏の自信に満ちた独自の想像力論は展開しはじめると考えられるのであって、それは夢の原理と想像力との一致の主張（特に「夢と小説」、「夢という、この不思議なもの」）から、そうした想像力が喚起する人間存在の二重性、すなわち神性と魔性の背理の把捉（特に「ドッペルゲンゲル考」、一連のモーリアック論および遠藤周作論）、さらには（日本人の）罪の意識と救いの問題の徹底的追求（「遠藤周作論」、「井上光晴論」、『背徳』覚書」など）となって、本格的な論旨を力強くおし進め、深めてゆくのである。これらの論旨は、ときにその自己充足性からくるいささかの同語反復的ゆるみの契機を孕みつつも、考察の対象の知的な確かな把捉と、あの男女の深い断絶の地点である論者の自己の深い根、もしくは女性としての実存感覚への常なる厳密な回帰によって、それ自体堅固な実体としての独自の想像力の世界を築きあげているばかりでなく、第二部に収められている、個人もしくは個性としての女性の眼から現代的風俗の画一的頽廃を斬り、ヨーロッパの世界で孤独な自己の実存をしたたかに確かめる諸エッセイでは、今日の文明の世界における人間男女の真実の姿を鋭く抉る、みごとな視角に転じているのだ。

　こうした高橋たか子氏の一種の超越的な眼は、彼女自身が時にふと考えるように、あるいはどこかに狂気をひそめているのかもしれない。あるいはまた、かつて京都大学で「男の中の唯一人」の女子学生として存在した経験が原体験となって、彼女はいわば男と女の相対的な関係を超越する「両性的なというか、性を超えたものというか、そういった美」（「美少年私見」――これはギリシア以来の原初的人間への夢でもある）へと、究極的に達しようとしているのかもしれない。だが、それでも、そうした夢と魔性と宗教的超越のこちら側には、高橋氏自身がまだ埋めなければならぬあの深い断絶が、なお口をあけていると言わなければならない。例えば彼女は「井上光晴論」で、自分は井上氏の描く「戦争とか差別とか貧困という極限状況」を、「内的な極限状況のシンボルというふうに読み替えているのかもしれない」と言い、「私は内的なものの外的なものに対する優位を信じているので、まず内的な荒廃があって、それの投影として外的な荒廃がある、というふうに考えている」と言い切るが、高橋氏の論旨としては頷けても、この内的、外的という二元論はいささか単純な二者択一論であり、どうにもならぬ二元性（高橋氏の場合、例えば神性と魔性）のなかからこそ現出してくるべき真実の超越性との間の、ある不思議な隔たりを感じさせる。もし内的、外的を言い出すならば、外的なものが内的なものを突き崩す契機は当然あるはずであり、男女の断絶からする超越的な「眼の変幻」になお闖入してくる、この内的外的両面の実存的な関係を深く捉えることこそが、女性作家として新しい文学的地平を切り開くべき彼女の次の重要な課題となってくるのではなかろうか。高橋氏の一種男性的な文章のなかに、なお先に述べたいささかの同語反復的ゆるみの契機が見られ、外界そのものに凝然と冷徹な眼を投げつける第二部の諸エッセイの方が、ひときわ迫力を秘めているのも、以上のこととかかわりがあると思われる。

その点、このエッセイ集に収められている最も新しい文章である「私と『私』の関係」のなかで、高橋氏が、彼女が今まで創造してきた、そしてそのなかにしか自分はないと思っていた、虚構のなかの「私」のあとに、なお凝然として残っている「この現に生きている私」の存在に気づき、その二つの「私」の不思議な乖離に想を馳せていることは、まことに意味深いと言わなければならない。なぜなら、「この現に生きている私」とは、想像力にとっては一面確かに、（彼女自身が感じとっているように）「ゼロのように虚し」いものではあるが、その「ゼロ」の空白に外なる世界の他者たちは思いがけない形で忍びこんで、再び内面と外面、想像的なものとアクチュアルなものの相剋、あるいは更に乗り越えられるべきその相対的な関係を、作家の想像力そのものに強いているはずだからである。このエッセイでは、高橋氏はこのもう一つの「私」を日常的なレベルで捉えて、いわゆる私小説の「私」の等価物と見、その「私」と想像的な「私」との平行線の極限に再び狂気を見出して、後者を正当化しているが、そうした創造的狂気の重要な要因としても、この二つの「私」の相剋あるいは矛盾関係は、作家の常に新しい課題たるを免れ得ないはずなのだ。深い感銘を与える表題の象徴的なエッセイ「魂の犬」で、「偶然」を拒否する作家の視界をふとよぎって、作家の「魂」のなかに入りこんでくる「きょとんとした犬」たちは、確かに「私のなかのいちばん無垢な部分」を象徴しているのであろうが、その偶然の無垢の犬とはまた、無垢を無垢たらしめる経験の相としての他者（あるいは男）の変身像でもあるのではないだろうか。

今日の女性作家の新しい文学的地平は、ぬきさしならぬ相対性、中立性、そしてまた抽象性を今一度突きぬけることによって、さらに深く開けてくるもののように思われる。

「語り」の言葉について

円地文子『本のなかの歳月』
藤枝静男『異床同夢』
野坂昭如『ぼくの余罪』

円地文子『本のなかの歳月』は、表題の示す通り、主として著者円地氏の長い読書体験に基づいて書かれた、控えめな、美しい筆致のエッセイ集であるが、深くするどい洞察がおのずから随所に鏤められていて、読む者の心をはっとさせ、この作家の担っているある重いものの所在をほのかに、しかし紛うかたなく照らし出す。この本には、例えば平林たい子、三島由紀夫、川端康成などについての追憶の文章も含まれ、それらにも興味深く意味深い洞察が見られるが、そうした文章をも貫いて読む者の心に迫る重いものとは、何と言っても、筆者が『源氏物語』を始めとする日本古典、谷崎潤一郎を中心とする近代作家、および西欧近代の文学の読書経験と、みずからの創作を通じて考えぬいてきた、小説そのものの姿、あるいはそのあるべき姿の孕む重みであろう。それは根底において「物語性」ということにかかわり、小説についてのさまざまな想念を触発する。書評が一面的になる虞れはあるが、ここではその角度から書いてみたい。

例えば次のような文章がある。——

私は今日自分でも小説を書いていて、書出しにいつも苦労するので、ついこういうことを考えるようになったのだが、自然主義以後の小説には、この平安朝の物語の様式、平地からはじめて一合一合山を登ってゆくような書き方は全く失くなってしまったといっていい。どんな伝記風の小説でも、書出しは実に、ナイフで中途から紙をたち切ったように、突然として初まるのである。（「物語の書出し」）

これはこのエッセイ集のなかでも最も早くに書かれた文章で、しごく当り前のことを言っているようだが、しかし、この考えは集中に反復されている円地氏の「物語」的小説論の出発点とも言うべきもので、長い歳月のうちに次第に増幅されて、重い実体を備えてゆく。

「ナイフで中途から紙をたち切ったように、突然として初まる」近代小説の方法とは、おそらく円地氏の想像力のなかでは、氏を文学に開眼させたあの谷崎文学の「物語性」のなかにも明瞭にあらわれている「近代人の自意識」と深いかかわりをもち、氏自身の内に「ほとんど未生《みしょう》以前から、深く根ざしていた」「江戸後期の稗史小説や歌舞伎の舞台による荒唐《こうとう》無稽《むけい》な物語性への興味」と微妙に背反する（「連の谷崎論」）。円地氏自身もこの「近代人の自意識」に不可避的に触れて、一時は「殆ど血肉となっている国文学の〈物語性〉を、意識的に自分の外へ追出そうと、無理な努力を続けたことであった」が（「私の読書遍歴」）、しかし、今なお「蜻蛉日記の作者の末裔の如く書く」氏は、「何か今まで書いて来たようでない形で、自分をちゃんと底に坐らせたまま、思う存分、虚構の世界をつくり出してみたい」という信念を持ち続けているに相違ないのである（「平林たい子追悼Ⅰ」、「物語と短篇」）。

もとより、実作（および最近は『源氏物語』口語訳）に賭けてきたこの作家の控えめなエッセイ集から、正面切った小説論を聴き出すべくもないし、円地氏自身未だ小説作法上の深いアンビヴァレンスから抜け出ているとは思われない。だが、ここには、主として自己の断層を描く近代小説と、「語り」の言葉による書き手、読み手の連帯（それは、円地氏が敏感に察知しているように、言葉の音を媒介にした語り手、聞き手の連帯に支えられている）および小説の時間の自由な持続を志向する「物語」との、背反的対照が鮮かに提示されているばかりでなく、その背反の壁を改めて突き破ることによって開けてくるべき、新しい小説の可能性が暗示されている、と言えば言いすぎになるだろうか。円地氏は「平林たい子追悼Ⅱ」の末尾に、「晩年の平林たい子は文学者の唯一の武器である言葉にさえ不信を抱いていたのであろうか」という一行をつけ加え、「三島由紀夫の死」では、「それでも私はやっぱり生き恥をさらしても、もう一度、自分の言葉を信じ直して、書くことが生きることとつながる生活をつづける三島さんを見たかった」と書く。これは逆に言えば、文学の言葉に対する円地氏の無限の執着と信念、延いては「自分をちゃんと底に坐らせたまま、思う存分、虚構の世界をつくり出」すべき、「生きることとつながる」持続的な文学の世界としての、「物語」的な小説の新しい可能性への開眼を意味していると言っていい。

言葉への不信は今日宿痾となり、沈黙と行為が底深い力を孕みつつある。一方、技術化され、形骸化した、人間のアイデンティティを危機にさらす別種の言葉が氾濫して、沈黙と行為に不吉な殺気を帯びさせる。だが、沈黙と行為の真実の創造力のためにも、もう一度「生きることとつながる」、連帯と持続を志向する小説の言葉が新しく探られるべきではないか。小説における「物語」の言葉が、そうした意味で新しい生命を吹き返さないとは誰が言い得よう。もとより、円地氏も感じとっているように、それは古い伝統的な「物語」

の様式の再現ではあり得ない。例えばそれは、氏が自分とは異質な作家ドストエフスキーの『カラマゾフの兄弟』にも感じとり得るものでもあるにほかならず、またわが国近代に特有の、「自分というものを他に露呈しようという烈しい欲求の一面に、自己を形成している周囲の社会常識を気にせずにはいられない、小市民的なモラル」（「谷崎潤一郎賞を受けて」）とも激しく相剋するものであるはずだ。その点、「自分をちゃんと底に坐らせたまま」という言葉は、頗る重い。このエッセイ集には、『源氏物語』や谷崎の作品や平林のそれについてのユニークな解釈ばかりでなく、また歌舞伎や『八犬伝』や『不如帰』、あるいは『大菩薩峠』などについての新鮮な感想も含まれているが、それらの解釈や感想は、この激しい相剋の狭間から生まれ出たものにほかならず、その意味でも円地文子氏の「物語」あるいは「語り」の言葉に対する不断の執念は、今日の文学に深い示唆を与えるものと言わなければならないであろう。

　ところで、わが国近代文学独特の、いわゆる「私小説」の伝統とは、おそらく円地氏の言う「近代人の自意識」と深いかかわりをもち、従ってまた「物語」の持続よりは、いわば「ナイフで中途から紙をたち切ったよう」な自己の断面の省察とその文学的表出を本領としている。しかし、そもそも作家の「私」の省察が、外なる世界とのかかわりなしに自足し得るはずはなく、彼の用いる小説の言葉が全く音の要素を失って、たとえ無限定なものであれ、他者である読者への持続的な訴えかけを断念しているはずもない。「私小説」とは、その本来的な意味においては、断面化を余儀なくされた作家の近代的な自我、言いかえれば赤裸な自己《セルフ》（「私」）が、外なる世界に相対して、みずからの新しい変容持続を求めつつ発する、一種の独白であるとは言い得ないだろうか。変容と持続は容易ではなく、その独白はしばしば人生の断面の一極限に凝固するが、変容と持続の契機はけっして否定されたわけではなく、従ってまたここに「語り」の要素が全く不在なのでもなく、だからこそそれは小説として成立し得るのだ。円地氏の言う「底にちゃんと坐らせた」「自分」そのものにかかわる、いわゆる「私小説」の伝統の側から言っても、小説の本質的な一面である「物語性」の問題は、解かれるべき矛盾として逆説的に深くわだかまっているはずなのである。

藤枝静男氏は、特にかつての「空気頭」以来この矛盾相剋を深く担ってきたと考えられるが、近著の作品集『異床同夢』は、その氏の負荷の新しい展開を提示してくれる。この作品集は、一種の聞書《ききがき》を変質させた独白的な「語り」の形式による、表題の「異床同夢」および「武井衛生二等兵の証言」の二篇と、作者の身辺あるいは過去の追想を素材にした「私小説」風な作品六篇から成っているが、一見截然と異なるこれら二組の作品群を根底において結びつけているものは、作家の「私」が体験および見聞を通じて知っている、かけがえのない真実を書きつけたいという根深い衝動と、その真実の意味の捉えがたさからくる、「私」と他者なる何者かとの、その意味をめぐっての飽くなき内的対話であるように見える。例えば、後者の作品群に属する、今は亡き奇人とも言うべき青年時代からの友人、仕手直の肖像を鮮かに描きあげた作品「疎遠の友」の結末の部分で、作者である「私」は仕手自身に直接語りかける。

――仕手君。僕は君の一生を、薄れかかった記憶をできる限り呼び戻しながら、僕が見たとおりに書いてみた。書いてみると穴だらけで、そのうえ自分が君をどう見ていたかさえ未だにわかってこないのだ。〔略〕君が死んでみると、何だか僕にはそれが肉体の臭味から離れた観念的な一生であったような気がしてならないし、そしてそういうふうなところが僕には気になって仕方がないのだ。

僕の一生はどんなものであった、或はあるのだろうか。それを君に訊ねてみたい。君が何か答えてくれるかも知れない。これは老人の感傷だろうか、よくわからない。


最も知悉しているはずの「私（自己）」とは、実は最も捉えがたいものなのであり、むしろそのことこそが究極的な真実、そして真実の意味そのものであるとも言えるのであって、「私」は他者である何者かとそのことをめぐって止むことなく対話し、独白し続けなければならない。これは何でもないことのようでいて、けっしてそうではない。この他者の存在は単なる「私小説」の殻を突き破り、その対話の言葉に「語り」にも似た持続的な生きた生命を与えて、紛れもない小説の世界を現出しているからである。その世界は今日、「物語」の世界と一見対極にあるかに見えて、実は深いところで同じ根を分かちもち、その対照はおのずから小説のあるべき本来の姿を逆に照らし出しているのだ。

たとえ「疎遠の友」のような明らさまな形ではなくとも、こうした真実の意味への重層的な問いかけは、その底深い屈折を通じて、同じく「私」と旧友の関係を素材に人生の皮肉と不思議さをすらりと浮き彫りにする「聖ヨハネ教会堂」や、プラハへの二度の旅行体験をもとにして、複雑な人間の心を描きとめる「プラハの案内人」などの意味深い作品をも生みだしているが、作者の身辺にかかわる三つの作品、「盆切り」、「二枚の油絵」、「しもやけ・あかぎれ・ひび・飛行機」では、その切実さの故に、「私」の言葉の独白的なリズムは、一種縹渺たる趣きを帯びている。おそらくそれは、この際の「私」の対話の相手が、いわば他者である何者かの一つの象徴とも言うべき「自然」にほかならないからであろうが、しかし、「自然」はけっして理念もしくは観念として顕現するのではなく、例えば、肉親でありながら同時に他人としての運命を強いられる不思議な人間関係、そしてあたかもそうした関係を象《かたど》るように「私」を置いて死んでゆく叔母（「盆切り」）、あるいは弟（「一枚の油絵」）といった、したたかな実体を通じて顕現するのである。「自然」そのものが生と死、あるいは背反した人間関係といった二重性を孕み、「私」は「自然」との無言の対話を通じて、その二重性のなかに、ほかならぬ生きのびている自己をも含めた、人間存在の真実の意味を探り続けなければならない。

おそらくその意味とは、「むせるような濃い夏の空気のなかに、ごく微かではあったが甘い蓮の香が混ざっているように思われた」（「盆切り」）といった、象徴的なイメージによってしかあらわし得ない、捉えがたいものであろうし、あるいは「一枚の油絵」の結末で、死んだ夫が先立った肉親のみんなに、そして母にも会ったと語ったという、弟の妻が見た夢に対して、「そうか、そうか、それが自然だ」と「私」が思うように、結局は夢のようなものなのかもしれない。あるいはまた、一見何の脈絡もない追憶の鮮烈な断面を併置して、おのずから生の不思議を啓示する印象深い小品「しもやけ・あかぎれ・ひび・飛行機」におけるように、むしろ意味の把捉そのものを放棄してしまうべきものなのかもしれない。しかし、「私」が存在する限りあの他者との対話は途絶えることなく、意味の探索は続き、「私」は常に外なる世界に相対して、変容と持続を求めつつ、あるべき聴き手に語りかける。その「私」が、あたかもかつての「空気頭」の場合にも似て、あるとき「武田衛生二等兵」なる全くの他者そのものに変身しても、一向に不思議はないのである。

「武田衛生二等兵の証言」は、この作品集の中でも最も早くに発表された作品であり、聞書《ききがき》のヴァリエーションとしての一種の実験的素朴さを含んでいるが、作家の「私」が武田二等兵という架空の他者の姿を借りているが故に、あの内的対話は逆に重い実質としての小説的肉付を得、作家の眼は外なる世界の人間の真実を鋭く仮借なく見ぬくことができる。北満州での敗戦時における軍隊の混乱、特に兵隊たちの露呈するさまざまな人間性、「私」である武田二等兵自身の動揺と、しかもその動揺のなかから計らずも立ちあらわれてくる不思議な生得の「利巧」さ、脱走して撫順の妻子に再会するまで、あるいはそのあとに出会う、ソ連、中国の兵士たちをも含む多様な人間群像——素朴な「語り」によるストーリーの展開のなかにも作家の眼は鋭く光り、忘れ得ぬ諸場面を鮮明に描きとる。だが、それであの作家の「私」の内的対話が消え失せたわけではけっしてない。むしろそれは、この他者である武田二等兵の「私」と相剋しあって、鍛えられているのである。すべてを語り終ったあとで最後に「私」武田二等兵が言う、「人間というものはまったく頼りないものです」という言葉は、不思議な漂動感を伴いながらも、作家の「私」そのものに深く跳ねかえっているはずなのだ。

しかしそれでも、武田二等兵の言うこの人間の頼りなさ、わからなさということには、作家の「私」と架空の他者との関係の不安定さ、「私」の小説的変容の不確かさということも含まれているのではないだろうか。こうした作家の「私」と架空の他者との一種の断絶感を、私はけっして否定的に考えているのではない。かつての「空気頭」ではこの断絶感が一種逆説的な想像力の源泉となっていたように、むしろそこにこそ作家藤枝静男氏の創作のエネルギーが潜んでいると考えるからなのである。断絶感は断絶そのものではなく、結合への底深い願望にほかならない。だからこそ、既に論じた「私小説」風な諸作品も小説としての真実の生気を孕み、読む者に切実に語りかけるのだ。だからこそまた、藤枝氏はおそらくその二つ、およびこの作品集に見られる二つの違った作風を結びつけるべき作品「異床同夢」を書き、かつそれをこの本のタイトル・ストーリーとしたのではなかろうか。

「異床同夢」は「武田衛生二等兵の証言」の後日譚であるが、また作家の「私」と架空の他者との結びつきの後日譚でもあるように見える。これは武田二等兵の撫順帰還後における人間の真実の目撃と、その目撃に由来する、日本内地で最近妻と「私」武田が同時に見た、撫順での哀れな少年の夢の話から成っているが、この無気味な偶然の一致に対する「私」の背反する二様の解釈——神の存在不在ということ——のアンビヴァレンスは、そのまま既に述べた「私小説」風な諸作品におけるあの真実の意味の捉えがたさと重なりあっていると言っていい。「異床同夢」という言葉そのものが、慣用の「同床異夢」の逆説であるように、この重なりあいもまたきわめて硬質な、背反的な重なりあいではあるが、そこからこそ、あるいは内的対話、あるいは「語り」の言葉を通じて、常に作者藤枝氏の創作のエネルギーが湧き出てきていることに疑いはない。

野坂昭如『ぼくの余罪』の場合は、作家の「私」は架空の他者のなかに完全に身をひそめて、鮮かな「語り」のリズムが、その架空の他者にまつわるストーリーを刻々に肉付してゆく。これは一見、ごく普通の読みもの風の作風と重なりあうように見えて、野坂氏の場合実はけっしてそうではない。氏の場合、作家の「私」は、いわゆる読みものにおけるようにストーリーの展開そのもののなかに解体してしまうのではなく、ストーリーに深く含まれている人間の状況に収斂されようとしていると言っていい。例えばタイトル・ストーリーの「ぼくの余罪」では、米軍基地となったある島で、白人アメリカ兵と土地の女との間に生まれた混血児の「ぼく」が、母を殺し、上京しては窃盗を働くことによって逆に自分と母および島とのつながり、言い換えればアイデンティティを辛うじて保っていると信じていたのに、母を殺すのに用いた青酸ソーダが既に古びていて何の効きめもなかったことがわかり、いよいよ「ぼく」はアイデンティティを喪失してゆくという状況が主題となり、「襤褸の聖母」では、K市で普通の幸福な家庭を営んでいた春江が、無残な戦時の空襲に出会って夫と子供を亡くし、その際の自分の無力さからくる自己懐疑を契機として、一種自棄的な女へと変身して次々と違った男の子供を生み、しかも忘れられぬ棄てた過去を思うが故に、犯罪者である息子和男を公然とかばって、社会への絶望的な抵抗を投げつけるといった、主人公春江が陥ちこんでいる一つの極限状況がテーマとなっているのである。

だが、野坂氏の場合、そうした極限状況そのものの意味、しばしば西欧小説に見られるような形而上学的な意味を問うのではなく、あくまでもストーリーを主体として次から次へとその状況のアクチュアルな有様《ありよう》を肉付してゆくところに、ユニークな新鮮さと清冽さがある。その意味では、氏の文学は本質的に一種の行動的な文学と言い得るし、従ってそうした状況を象《かたど》っている現代の日本社会の諸様相を鮮明にイメージ化し、例えばオイルショックに続く異常な食料不足のまき起すパニック状態を扱った「雑炊はわが魂に及び」や、家主たちにいじめられるマイホームの悲喜劇を描く「オオヤゴンとヤヌシラ」に見られるように、今日の風俗をあますところなく描きあげながら、痛烈な諷刺を利かせることもできる。こうしたことは、状況の意味を観念的に操作するのではなく、状況の有様《ありよう》を日常性のイメージによって増幅することによって可能となるのであり、野坂氏の文学領域の豊かさと多層性を暗示しないではいないのだ。

そしてその豊かさと多層性を一つに繋ぎとめているものは、読み手と言うよりは聴き手を対象とする氏の、ときに戯作調を含みながらもけれん味のない、すぐれた語り口にほかならない。読み手はその的確な「語り」のリズムから作品の世界におのずから誘いこまれて、作者の描きとるものを見、提示された状況を理解し、かつ今日の現実社会の有様《ありよう》をまざまざと見てとらないわけにはいかない。さらに例えば、香具師的俗物の竜太が、テレビ芸能界や出版界、はては新興宗教や政治の世界にまで、浮沈を重ねながらのしあがってゆくありさまを描く「俗才立志伝」は、社会のからくりを暴露すると同時に、今日のグロテスクな社会に歪められた人間のおかしさ、悲しさを描きとって、集中の圧巻と言えるが、その根底に、聴き手との間に肉付された人間像を喚起するあの「語り」のリズムが深く働いていることを、否定することはできないであろう。

だが、この「語り」は、当然のことながら冒頭に述べた円地氏の言う「物語性」とも、また藤枝氏の作品について述べた、内的対話からくる一種の独白のリズムとも、本質的に違っている。野坂氏の文学の行動性は、状況もしくは社会のアクチュアルな様相を掘り起すことを主眼とし、作品の世界の持続的構築や、作家の「私」とそうした状況や様相との関係を殆ど問題にしていないように見える。それはきわめて現代的な姿勢であって、野坂氏はおそらく、そうしたことの今日における不毛さを敏感に感じとって、むしろ社会の状況と様相にラディカルに立ち向かうことにこそ、ほかならぬ作家の「私」の変容を賭けているのであろう。だが、同時に「語り」の言葉は、語る「私」をも巻きこんで、読み手（聴き手）との更なる持続的な連帯もしくは靭帯を志向しているはずであり、そのとき、作家の「私」と他者なる何者かとの対話は、改めて息を吹き返すのではなかろうか。

その点、私は、自殺した身許不明の青年の生の謎を、一人の警官が追跡調査し、青年をとり囲んでいたと覚しい極限状況のなかにみずから深く入りこんでゆく過程を描いた「グラシック・エイジ」や、本来はまともな一人の家庭の主婦が、かつての少女時代の不毛な性の思念と空しい自分の行動を回想しながら、今再び同じように浮気の無意味さを思い知るといった「ＭＹ　ＲＯＳＥＢＵＤ」の方に、より多く心を惹かれる。なぜならここには、架空の他者の姿を借りた作家の「私」が、再び自己をも包みこんでいる現代の状況そのもののなかに深く降り立とうとする試みがあり、そのことは、「語り」の言葉を媒介として、作家の「私」をも巻きこみつつ、より持続的に自他の血肉に訴えかける、根深い小説の世界の新たな可能性を準備しているように思われるからなのだ。

この稿の筆者である私自身は、あるいは在り得もしない仮説的な小説のイメージをみずから描きあげて云々しているにすぎぬかもしれないが、そのイメージは、ほかならぬここで取りあげた諸作品そのものから逆に深く触発されたものであることを、付記しておかなければならない。

事実・真実・想像力

李恢成訳・金芝河『**不帰**』
吉本隆明『**島尾敏雄**』
臼井吉見『**一つの季節**』
中村光夫『**ある愛**』

李恢成訳・金芝河作品集『不帰』に収められている詩作品のうち、抒情詩よりも譚詩の系列に属する作品の方が、より深く私の心を動かすのはなぜだろうか。とは言っても、私はけっして金氏の抒情詩群を過小評価するものではなく、むしろそれが譚詩の世界と両極をなし、その両極の烈しい緊張関係のうちに彼の詩もしくは「芸術」の世界の底深い空間が生み出されている、あるいは生み出されようとしていることを理解する者である。彼の抒情詩の世界がなかったら、譚詩の世界は成立の根拠を奪われてしまうかもしれない。なぜなら前者の世界には、生身の人間としての金氏を現実の生（それは死を媒体とする生と言っていい）にぬきさしならず繋ぎとめ、あるいは縛りつけて、まさしくそのことによって彼を人間そのもの、真実の革命者、詩人・芸術家、そして宗教者にさえ変容せしめるべき、存在の証《あかし》としての生の事実あるいは事実としての状況、そしてその事実から摑みとるべき真実といったものが、不可分にかかわりあっているからである。それは余人の容易に計り知り得ぬ苦難、苦悩の事実であり真実であるが、金氏は不可避的にそれを引き受け、その引き受けを通じて創造に向かう。向かわざるを得ない。彼の抒情詩は、そうした事実と真実に、詩的想像力が最も直《じか》に摩擦しあって放った光芒なのだ。

だからこの光芒は常に、主として獄舎のイメージに収斂される暗く冷たい事実の影を濃く帯びて、炎と燃えあがることなく、内に向ってその場に凝結する。――

ああ、帰れまい　帰れまい
あの部屋で眠りに落ちれば
真っ青に、真っ青になって
狂い　身もだえしなければ　ふたたびは
風吹きすさぶ　荒れた道
わが兄弟《はらから》と
旅人として、またふたたびは（「不帰」）

獄舎という現実の事実――詩人の想像力は、その事実の底に開けるべき、甦れていった「兄弟《はらから》と／旅人として」歩む「風吹きすさぶ　荒れた道」を喚起するが、それはほかならぬこの獄舎における狂気のイメージとしてしか再生され得ないのである。

詩としては、この作品「不帰」は上乗のものではないかもしれない。しかし、訳者の李恢成氏がこの詩を一冊の表題としたように、ここにはおそらく金芝河氏の、詩人としてばかりでなく、民主主義的革命者、カトリック的宗教者、そして人間としての原点があるのではないか。この原点から、想像力は徐々に、しかし確かに本来の力を奪回し、その次元を拡大してゆく。――

流されはしないぞ
吹雪荒れるあの海には
出かけはしない

ひとつかみの土地
たなごころほどもない　この痩せさらばえた
土地に縛られ
帰っていこう　友よ……（「海にて」）

「海」とはただ誘惑の場所なのだろうか。帰ってゆくこの「ひとつかみの土地」の真底《まそこ》から、真実の、そしていっそう持続的な別の海の波濤がうねりだしてきはすまいか。

抒情詩群にあっても、そのうねりは遙かに聞えてくるように思える。それは不法と苦難の凝塊でもあるにほかならぬ事実に立ち向かって摑みとる、白日の真実の深い根としての、歴史および民衆（民族）の血のうねりにほかならない。自殺を擬する詩人の心に響いてくる民俗的な噺し言葉（「一度は絶たんものを／かくも長い生命を絶ち　エヘラ　なんとしても絶ち／オホ　できぬ相談だよ　モレネ／冷えきった空」――「モレネ」）は、詩人の生身に生きているそのうねりの遠鳴りであり、逆転すればうねりは譚詩『糞氏物語』（塚本勲訳）や『五行』となって滔々と溢れ出る。冷たい事実の堰から噴出し、真実を深々と湛えつつ、想像力の雄勁な波音を高らかに奏でる。——

……悲しい横笛よ／思いっきり哭いてくれ／オホ／胸の底深く／オホヤ／恨《ハン》は積もり恨はもつれ合うよ／恨は固く団結し／恨はぐらぐら燃えあがる憤怒となり／かっと見開いた瞳となり　血走った瞳となり／ぐっと握りしめた拳となり　沸きたぎる雄叫びとなり／暴風となり　波濤となり　山脈の　山脈の慟哭となり……（『五行』）

このリズムを断ち切ることはできない。『糞氏物語』でもそうだが、これらの譚詩はおそらく、訳者李恢成氏がその「地獄のなかの詩人（金芝河小論）」のなかで『五賊』や『蜚語』について言うように、「じつに豊富で多様な民族的形式」を孕んだものに違いなく、翻訳を通じてでもその民族的な血のリズムは、諷刺的な物語の枠組と高らかな笑いを貫いて溢れるように伝わってくる。最初に私が、譚詩の方がより深く心を動かすと書いたのは、まさしくその故だが、しかし、その深く豊かな衝迫と感動の不可分な媒介となっている、大江健三郎氏がラブレーとの対比において言うような「ひとりの卑小な個」（「諷刺、哄笑の想像力」——『新潮』昭和五一年新年号）としての金芝河自身、その彼が相対し、引き受けているあの不法と苦難の凝塊としての、死の等価物とも言うべき冷たい現在の事実の所在をけっして忘れることはできない。「恨《ハン》」は歴史的な民族の血のなかに欝然と湛えられているが、それは「ひとりの卑小な個」を通じ、事実を媒体にしてしか解き放たれ得ず、しかも充分に解き放たれることはできないのだ。

にもかかわらず、と言うより、だからこそ、その両極の鮮烈な対峙のなかに、想像力の解放は、少なくともその新しい可能性の領域は確かに啓示され、金氏自身はこの本に収められている「〈恨《ハン》〉こそ闘いの根源」や「良心宣言」などの対話や文章に見られるように、「政治と宗教と芸術」の「真の統一」を志向し得、「恨」と合理、暴力と非暴力、悪魔と神、「死」と「復活」の断ちきりようのない繋がりを、「そのまま集団的な行動のなかに、現代的な形態のなかに圧縮して実現」することを同志たちと共に信じ、かつそのように冷静に行為することができるのである。もちろんそれはあくまでも限定された途上の事柄であり、「実現」するかどうかは誰にも分からない。不可避的な「折衷」がいつ「真の統一」になるかも分からない。だが、啓示に目を覆うことはできず、それは、かの国とこの国との歴史的な悪しき運命のあざないもさることながら、むしろ同じ深い背反を今日半面に分かちもつものとしての私たち自身に、一つの普遍的かつ現実的な比喩として底深く跳ね返ってくるのである。

いったい私たち自身は、今この世界のどこにいるのか。

一転して、全一巻を島尾敏雄論に充てた『吉本隆明全著作集9・作家論Ⅲ・島尾敏雄』を読むと、その中の〈戦争〉の章で著者吉本氏が、わが国のこの「特異な感受性」をもった作家の一時期における方法上の「原衝動」について書いている、次のような文章に私は心を奪われる。一時期とは、島尾敏雄が神戸で結婚したあと「孤島夢」や「アスファルトと蜘蛛の子ら」などを書いた頃、方法とは、「体験的な事実の断片をまったく任意につなぎあわせることによって、ある心的な体験の核を象徴させるという方法」のことである。

……この方法を編みだした原衝動はふたつかんがえられる。かれはある現実上に事実にぶつかったとき、その事実に属するのでもなく、自己に固有に属するのでもなく、ぶつかったということの関係に属する感受性によって、その事実をとらえるという性質をもっている。つまりかれは自己の存在を確固として自信するという意味では、いつも〈不安〉にさらされているからであろう。もうひとつは、体験的な事実をそのまま体験的な真実にまで深化してゆくために必要な精神が、いやおうなしの地点に追いつめられるという生活上の体験をもちえなかったことである。いいかえれば、かれの結婚初期の生活がかなり平穏であり、心的な波瀾がなさすぎたということであろう。

この文章は、その後半が示す通り、島尾文学のある過渡的な様相にだけかかわっているように見えるが、しかし、これは、この作家論全体のうちで、吉本氏が島尾の小説の方法について直接に触れている数少ない場合の一つとして、私（私はけっして氏の忠実な読者ではないが）の注意を惹くばかりでなく、前半は、この島尾論における吉本氏のそもそもの立論の根源である、「〈関係〉の〈異和〉」というこの作家の「資質」に関する考察に深く繋がり、後半は、その「資質」が、一時の「平穏」を突きぬけて究極的に導き出す、悲劇としての「生理的な宿命」とも言うべきものの洞察を遙かに予測していて、この作家論の一つの重要な結節点に属していると見ていいであろう。

吉本氏の言う、「ぶつかったということの関係に属する感受性によって、その事実をとらえるという性質」とは、この場合直接には、例えば特攻死を覚悟した瞬間に敗戦が訪れて、戦争の緊迫した時間のなかにもなお日常の何気ない時間が流れているという事実に直面したとき、その事実にけっして馴れることができずに、それとの「関係」の「異和」感からみずからの存在の根拠を見失い、逆にその「不安」によって事実を捉えかえそうとする「資質」のことを指しているように思えるが、しかし、ここで重要なのは、そうした特定の体験ばかりでなく、幼児以来「ぶつかった」、結節となるさまざまな事実を、島尾敏雄が小説の素材として作品そのものに同様な仕方で捉えかえす、その特異な方法自体にほかならない。ここで言う方法とは、当然のことながら、書き方、作り方といっただけのものなのではない。吉本氏がそうした表面的な意味での小説の方法といった言葉、いや、想像力という言葉をも嫌って、作りだされた作品に密着しつつ、それを作りだす作家の行為の心的な構造とその意味そのものに徹底的に眼を向けていることは、歴然としている。先の引用箇所の場合もそうだが、小説の方法はそこに組みこまれてしまうし、たとえ想像力という言葉を用いても、突きつめてゆけば結局同じ所にぶちあたるだろうからだ。

そして吉本氏は、作家の成長と生活の推移の諸段階を的確に踏まえつつ、それらの諸段階に書かれた作品に顕現する島尾敏雄の作家としての「資質」を仮借なく剔りだしてゆく。何と言っても作品が根源にあるからだが、しかし、その「資質」は当然人間としての「資質」を二重写し的に深く取りこまないではいない。なぜなら、作家の書く行為には、何らかの形で作品に投影されている作家の自己像が、段階に応じて変質しつつ逆に投影されることがあるはずだからである。殊に島尾のように繰り返し自己の体験を素材にして作品を書いてきた作家には、そのことは一つの宿命のようなものになってしまう。作家としての「資質」と人間としてのそれがいわば二重写しとなってしまうのである。

かくして初期の作品に投影されている〈原像〉としての、他者との「関係」における少年期の「異和」とその特異な救済の方途は、長じての戦争体験における部下と島尾中尉の「関係」の「異和」および救済の方途として、次の段階の作品に拡大投影されるばかりでなく、先の引用文もそのある一段階に関係しているが、その作品を書く作家の方法そのものに、「資質」として、深化しつつ逆投影されているのを見てとらないわけにはいかない。さらには、それと重なる、奄美郡島加計呂麻島の駐屯地での、ミホ女との関係による特異な「異和」救済と、戦後作家が彼女との結婚によって作った〈家族〉を軸とする、まさにその特異さの故の悲劇性――東京に移った「古代的な」この妻と「近代」にゆきはぐれた夫が、互いの「無垢」の故に現実社会からはぐれて、「三角関係」の深い泥沼に陥ちこみ、神経発作という「病」を唯一の救済としてゆく経緯の吉本氏の分析は、凄まじい迫力をもって読者に迫る――この場合にも、作品に投影されている生身の夫婦の影像とそれを書く作家の方法は、加速度的に二重写しの度合を深め、〈日常〉の何気ない世界をさらりと描く、吉本氏が最も「難解」と感じる作品群の分析を通じて、究極的には「島尾文学がもつ〈空白〉、存在の〈空孔〉のようなもの」が、彼の「資質」における「生得の」、悲劇的な「生理的な宿命」として不可避的に把捉され、読者もまたそこに突き当らないわけにはいかぬのである。

だが、いったいこの「生得の」「生理的な宿命」とは、ただ作家島尾敏雄だけのものなのだろうか。早い頃に書かれた「島尾敏雄『夢の中での日常』井上光晴『書かれざる一章』」では、吉本氏はそれを日本社会というコンテキストによりいっそう関係づけて見つめようとしていた感があるが、この本の主要論文ではそうした短絡を嫌って、より普遍的な相においてそれを把捉しようとしている。しかし、しかもなお突きとめられた「生得の」「特異」さとはどういうことなのか。この矛盾はおそらくただそこに頑としてあるものであって、不用意にいじくりまわすことのできぬものなのであろう。けれども、その矛盾をどうしようもないものとして受けいれた上で、「島尾文学がもつ〈空白〉、存在の〈空孔〉」を、今日の私たち自身の文学と存在の原点として受けとめ、そのネガティヴな性質そのものから、新たに文学の可能性を探ってゆくことは不可能なのだろうか。私たちの今いる場所は、おそるべくネガティヴな、病的な場所であるように思える。にもかかわらず、島尾敏雄がみずからの「資質」を軸にして、ほかならぬ文学の言葉であの衝迫的な作品の世界を創り出していったことを思うとき、その言葉を通じての次の持続の可能性を私はやはり思わないでいられないのである。

島尾自身の嫌ういわゆる小説の「構築」のことを言うのではない。事実の処理と真実の把握の極限的なネガティヴィティ――小説の言葉によるその把捉から、彼の文学の独特のリズムと一種特異なユーモアは生まれ出てきているように思えるし、その言葉の本質は当然受けつがれてゆくはずであろう。そして私自身はやはり、本来的な意味での小説の方法、あるいは想像力というものに突き戻されざるを得ない。おそらくそんなことは吉本氏にとっては、とっくに考察ずみのことに相違ない。しかし、吉本氏の島尾敏雄論はまだ終ってはいないのである。私は次の氏の島尾論に、私の考えの当否を聴きに赴くことであろう。

しかしながら、また一方で臼井吉見『一つの季節』を読むとき、私は事実というものが今日の文学にもつ、別の重みのことを考えないわけにはいかない。臼井氏のこの本には、太宰治を主たるモデルにする表題の作品と、大正末期のアナーキスト朴烈にまつわる「春一番」が収められているが、これら二つは共に、ある特定の過去の事実そのものと作者自身のかかわりあいを直接作品の素材としている。言い換えれば、作者が事実を事実そのものとしてまず受けとめ、然る後にその事実のもつ衝迫を作品に肉付けしようとする方法だが、こうした方法は、かつてから類似のものがあったにかかわらず、今日において改めてある重みをもち始めていると言っていい。大岡昇平氏の『レイテ戦記』に始まる事実の徹底的な追求を軸とする一連の作品、あるいは水俣の原地における体験を貫いて人間を厳しく探る石牟礼道子氏の作品、あるいは原爆体験に基づく小説――臼井氏の作品はもちろんこれらとは趣を異にしているが、それでも事実の重みを直接に引き受けようとしている点では、同質のものと言っていいであろう。また例えばアメリカにも、さらに趣こそ違え「ノンフィクション=ノヴェル」もしくは「ニュー・ジャーナリズム」なるものがあって、作家と事実の直接的な関係ということが、その対極の作家の赤裸な「私」ということと共に、今日の文学の一つの普遍的な課題になっていることは否めないのである。

　それはさておき、臼井氏の作品そのものに戻れば、表題の「一つの季節」よりも「春一番」の方が、私にとってより衝迫的であり、感動的であるのはなぜだろうか。それは、事実の内容によるよりは、その事実への作者のかかわり方、従ってまたその書き方もしくは方法から由来しているように思える。「一つの季節」では、作者は作家の「私」という直接的な視点を嫌って、それに代る多田という人物の眼を通して、鳴海透

（太宰治）という一人の特異な作家とその周辺を冷徹に突きはなして見つめ、かつ記録しようとしている。その眼は冴え、記録はその豊かさにおいても、また構成においてもある迫力をもっているが、記録される事実と作者自身とは最後まで平行したままで、ついに交じりあい、かかわりあうことがない。多田という作中人物は直接事実を見る重荷を背負わされているために、本来の作中人物のように自由ではなく、多田という名前も作中人物名と言うよりは、他の人物たちの名前と共に、むしろ仮名といった中途半端な性質を帯びてしまうのである。

もちろん、臼井氏自身は、そうしたことは承知の上でこの一種の記録小説を書いたのであろう。おそらく過去の自分のかけがえのない体験をどうしても書きつけておかねばならぬという真率な衝動があり、同時にそれを実名で記録するのが憚られるといった事情もあったに相違ない。それに、ここには事実のなかに真実を把捉する作者の誠実な姿勢がはっきりと読みとられて、読む者の心をうつ。しかし、それは必ずしも文学的感動とは呼び得ないものだ。感動は、作品の一種の虚構性にもかかわらず、作者の事実への直接的なかかわりによって事実を突きぬけて解放されるのではなく、その桎梏のなかに凝固してしまいがちだからである。

それに引きかえて、「春一番」は、ある距離を置きながらも作者が事実にきわめて自由にかかわることによって、感動は逆に桎梏から解き放たれて、読む者の心に迫ってくる。朴烈夫人の朴義淑さんの、作者である「わたくし」訪問という出来事をきっかけに、「わたくし」が今日の韓国の状況をさまざまに誠実に考え、一転してかつての朴烈裁判の記録、および当時の朴氏の愛人金子ふみ子の獄中手記『何が私をこうさせたか』の感動的な紹介に及ぶその経過は、まことに自然で、作者が事実に読みとる真実のしたたかな手応えを伝える。さらに、裁判の顚末から戦後の朴烈氏の消息、そして再び現在に立ち戻って、朴烈夫人との再会の場面――「わたくし」の住んでいる家が、かつての牧野裁判長の持物であったという意外な偶然の皮肉も、わざとらしくなく書きつけられ、最後に「わたくし」が見送る今の苦悩する朴夫人の後姿は、何気ない、しかし鮮烈な「春一番」の風への言及と共に、長い時間と広い空間を取りこむこの作品全体を感動的に、そして真実に引きしめる。事実と作者の、自由であると同時に厳しい関係から文学的感動がやってくるのである。

しかしながら、それでも私は、このように取り扱われる事実の背後にこそ、その本当の恐ろしさが潜んでいるのではないかと、ふと考えないわけにはいかない。金芝河氏の場合を想起するまでもなく、例えば臼井氏がその断面を記録する太宰治自身に、吉本氏が追求する島尾敏雄の「資質」に共通する何ものかが潜んでいなかっただろうか。あるいは朴烈裁判の「野蛮」さそのものが孕むかに見える別のニヒリズムは、それ自体が今日恐るべき事実と化してはいないだろうか。それを考えると、私は再び文学とは何か、想像力とは恐るべき事実に相対してどのように働くのか、という問題に突き戻されざるを得ないのだ。

ところで、ここで中村光夫『ある愛』を書評の対象とすることは、かつての雑誌『展望』の二人の重要な担い手の作品を並べて取りあげるという、偶然の暗合の不思議さを感じさせないではいないが、同時にこの両氏の作風がほとんどまったく対極的であることに、私は改めて驚きを感じる。中村氏はこの作品においては、臼井氏とは逆に、おそらく外なる事実そのものにはそれほど信も置かず、深いかかわりをもとうともしていない。少なくとも、それが最初のモーティヴではない。確かにこの作品の背景になっている昭和三〇年頃以後の数年間という一時期の、青年男女たちにまつわる風俗は点綴的に鮮かに描かれ、一面それが「ロマン」としての伝統的な性格をこの作品に付与しているが、しかしそうしたなかからの小説的な構築が、作者の狙いなのではないように見える。作者は「愛」ということについてある思念を抱いていて、その思念としての「愛」の行方と運命を、風俗のなかに生きている若い青年男女の関係に託しつつ、それを一つの「ロマン」として形象化しようとしている、と言うことができるのである。

だが、それなら、その「愛」の思念とは何か、その行方と運命はどのように辿られているのか。「愛」とはもちろん純粋な愛にほかならないが、今日の世界にあってはそれはさまざまな要因——人間個人ばかりでなく、例えば家族と社会の乖離、青春と伝統の喰い違い、性意識のラディカルな変化、理想主義と順応感覚のすれ違い、など——およびその複雑な組み合せによって、決定的に相対化されてしまっている。にもかかわらず、純粋な「愛」の思念はしこりとなって残り、人間は相対化というやりきれない状況のなかでも、そのしこりを解き放つことへと突き動かされざるを得ない。中村氏が作中人物たちを現代の一時期の青年男女に選び、しかも根は同質的でありながら、どうしても俗物性へと押しやられてしまわずにいられない兄の工藤欣一を片方に、逆に流されながらも純粋を見失うまいとする弟周二をもう一方に置いて、その間に、二人との関係を通じて、純粋と不純の狭間に立っているぬきさしならぬ自己を発見してゆく若い女性片上えい子を配したのは、充分に理由のあることであろう。

例えば同じ兄弟の血が、えい子との（不可避的に性とからまる）愛を挟んで鋭く相対立しながら、しばしば同質的なものとして二人を二重写しにし、そのことがまたえい子の分裂の意識を深めてゆくという設定は、順応を強いられながらも社会から閉ざされた、近代の伝統の残滓を担う家族の暗い部分が、本来「自由」かつ純真であるべき現代の女性を追いつめてゆくという過程と正しく見あっているし、殊にその追いつめられたえい子が、生と愛の極限的な矛盾意識を手紙という一種の空白に託し、しかもその空白のなかにこそなお周二が彼女を追ってゆくという結末は、この作品の主要モチーフを鮮かに集約し、現代の人間の心のありかを真実に刻印していると言わなければならない。

だが、この真実は、この場合作品全体のコンテキストそのものと、果してどれほど融合しているだろうか。おそらく構成および技法上の有効な手は、殆どすべて打たれている。しかし、コンテキストもしくは作品の世界自体と主要テーマはどこかで深く乖離し、人物や状況は類型化への傾斜を孕むと同時に、しかも（ある場合には有効な）描写の省略という知的操作が心理過程や人物造型にも頻繁に適用されているために、しばしば自然な理解が阻まれ、衝迫が拡散するかに見える。おそらく中村氏は、小島信夫氏との対談で言うように、画一的な風俗の中に流れてゆく「各自のかけがえのない人生」を描こうと意図したのであろうが、あたかもそのことが、作品そのもののコンテキストと真実との乖離にそのまま繋がっているように見えるのである。私はけっして、小島氏も言うような小説本来の面白さをもつこの作品を否定するものではなく、むしろその面白さの故にこそ、この乖離はいったいどこからくるのかと問わざるを得ないのだ。それは、風俗の孕む事実性の衝迫が、充分に捉え返されていないからではないだろうか。中村氏はおそらく事実を突きぬけた地点でこの作品を書いたのであろうが、しかし、その地点に再び事実が深く介在しているであろうことを、私は思わないでいられないのである。

とは言え、こうしたことは、私たちの誰しもが容易に乗り越えることのできぬ現下の状況として横たわっている。想像力と持続的な文学の言葉をそれを解き放つべき根源と考えても、いや考えればこそ、その状況が、解き放つべき現下の私たちに課せられた根底的な課題として常に浮かび上がってくるように、私には思われる。

「時」を繋ぎとめるもの

佐多稲子『時に佇つ』
藤枝静男『田紳有楽』
丸山健二『火山の歌』

佐多稲子氏の短篇連作『時に佇つ』中の「その四」の冒頭に、次のような言葉がある。——

その操作にどれほどの意味があるのか、しかしある日ふいに過去が結びついてくれれば、私はやはりそれを探らねばならない。ふいに戻ってきた過去は、それなりの推移をもって、その推移のゆえに新たな貌をしている。またそこに在るのが私だけでもない。それらのことが私を引込む。過ぎた年月というものは、ある情況にとっては、本当に過ぎたのであろうか。

ここで言う「ある情況」とは、一つには、「私」が三〇数年前戦地慰問に加わり、あるいは「満州」からハイラルに飛んで、オロチョン族の変装をして特別の宣撫工作の任務についていたある特務士官にたまたま出会い、あるいは中国の宜昌で、戦死した故陸軍中尉本間重信の霊をはからずも弔って、この前線の兵隊たちと一夜食事と座談を共にしたという過去の事実にかかわっている。だが、もちろん、「ある情況」とはただそれだけのことではない。それはまた、最近その特務士官の父親が「私」を訪れ、故陸軍中尉の実弟が手紙をよこして、この偶然の、一時的な、過去の事実の記憶が「ふいに」甦ってきたということだけでもないであろう。それはむしろ、たとえ「老年」のものであれ、「今日についての麻痺」ではない「私」の「現在」の感覚により深くかかわる「情況」なのだ。訪ねてきた八八歳になる特務士官の父親を送りだしたあと、「私」はその「老年の現在」のことを考え、次のように思う。――

そうであるなら変質もまた、時のせいではない。当の人間のせいなのだ。私は時間というものを追うているうちに、突然、今日の地点に引戻された。私は多分このとき、きつい顔になったにちがいない。

この「老年の現在」のきつさには、しかしながら、ある深い翳《かげり》を帯びた、さまざまな段階における過去の記憶が結びつき、「情況」をいっそう複雑に増幅していると思われる。今のハイラルや宜昌での出会いの記憶にしても、戦時中の「私」の思想の動揺に基づくものらしい「わが行為の泥のおもい」がそれに纏わりつき、それを「私の、情に流れる記憶のなかに浮び出る性質のものではな」くしていたのだった。だからこそ、それが「ふいに」甦るとき、それはいっそう厳しく「老年の現在」に跳ね返ってきて、「私」を「きつい顔」にさせるのであろう。また例えば、四〇年前夫の姓を隠して活動していた吉本恆子に恋した一人の男の思いを容れて、「私」が恆子に彼と一緒になるよう「そそった」とき、「わたしは、夫を愛していますもの」という彼女の答から受けた激しい衝撃も（「その二」）、この「私」の「情況」にどこかで深く結びついているに違いない。あるいは、同じく四〇数年前に親しくしていた、銀座そのものとも言うべき溌剌たる若い芳子が、戦時中信州上田に疎開して夫に死に別れ、「彼女の無言の誇りでもあった日本橋をも、敢然と捨て」て、信州人になりきって、みごとな生活者となりおえたという事実、そしてその反面にあった、四五年前の「不信と絶望にもとづ」く「私」と夫の心中未遂という事件（「その五」）。あるいはまた、その頃の精神の荒廃の故に「私」が犬吠崎突端の小さな漁村を「蹌踉」と彷った、悪夢のような思い出（「その七」）。……

これらの「私」の遠い過去に纏わる事実の記憶は、ただ「情」の流れのまにまに浮かび出てくるのではない。先の特務士官の父親の訪れや、故陸軍中尉の実弟の手紙のような、思いがけなく過去から持続していた現在の現実の訪《おとな》いによって、むしろ「情」の流れに逆らって「ふいに」甦り、「ある情況」のなかで「私」の心をしたたかに撃つのである。その度毎に、「私」は凝然と「時」に佇む。それらの記憶が「情」の流れに逆らうものであるからには、「私」は「情」のままに過去へと流されることはできない。かと言って、「老年の現在」にそれらの記憶をどのように繫ぎとめることができようか。もし例えば「自足の諦観」とも言うべきものによってそれを受け容れれば、「そのこと自体が今の弛緩をあらわす」ことになるかもしれず、ほかならぬそれらの記憶によって触発された、「今日についての麻痺」ではない「老年の現在」の感覚は、それを許容すべくもないであろう。「私」は「時」を繫ぎとめようとして、その狭間にじっと佇むほかないのである。

だが、この「私」の厳しい佇みのなかから、凄絶とも言うべきある「美しさ」が鮮かな輪郭をもって立ちあらわれてくるのを、私たちは目撃する。吉本恒子や芳子の像の凛然たる「美しさ」もさることながら、それらの像を映しだす「私」自身の心のそれは、それが帯びている否定的な相の故に、悲劇性をさえ孕んだ強《したた》かな形象の衣をまとってまざまざと立ちあらわれる。「私」が訪れた宜昌の前線の光景、「私」が彷った犬吠崎で、ついてきた二匹の小犬を襲う赤毛の犬と、それを見て「異様な高笑い」をした「髪ざんばらに逆立てた中年の女」――それらの影像は「私」の「老年の現在」を貫いて、今そこに見るかの如くある凄絶な「美しさ」をもって私たちの心に迫るのだ。もちろん、凄絶という形容詞がすべての場合に当てはまるわけではない。かつて「私」がプロレタリア芸術運動に加わっていることを知りつつ、フランス語でメリメを読んでくれた作家の槇卓也の、「何かの強さも打ち出している」「柔かに落ちついた表情」(「その一」)、「私」を自分の私生児として受けいれた養母マサの(想像上の)苦悩の面影(「その三」)、あるいは第三回「川端康成文学賞」受賞作となった「その十一」における、かつての「私」の夫柿村広介の死によって改めてまざまざと甦ったその影像も、けっして激しくはなく、むしろ坦々と描きとられたものにほかならない。

しかし、それらを受けとめる「私」の心の風景は、凝然と「時に佇」って悲劇性を深く湛え、あの凄絶な「美しさ」と深く結びつきあっていると言うべきであろう。そこにこそ、この短篇連作『時に佇つ』の作品としての有機的な構造はあるのだ。そしてその有機的な構造を究極において勁く引き締めているのは、最終の短篇「その十二」であろうと、私は思う。かつて戦後まもなく発病した弟に血を分けてやったことのある「私」は、今自分の「七十の手」を陽にかざして、そこに透けて見える「艶かに輝」く「わが血液」をいとおしむが、また、一〇年前には心臓に欠陥のある孫の手術の際に、その血を分けてやらなかったことを思い、それは正しかったと確信するのである。それは、六〇歳の自分の血に「老廃」を感じていたからではなく、むしろ『時』のおもいが濃くな」ったからにほかならなかった。今「私」は思う。――

……私などの血は、やはり彼にやらなくてよかった。彼の青々とした若さが、私にこのおもいをさせる。しかしもう、おかしな倫理意識は消えている。生物的だけにそうおもう。

今日もどこかで血が流れている。あるいは死んでいる。


ここでも「私」は「時」に佇んだままだ。しかし、ここには、この「七十の手」の「艶かに輝」く血のイメージには、「時に佇つ」ことを厳しく貫くことによって他者のなかに観得した、いわば断絶による逆説的な生命の持続が深々と、美しく象徴されている。その生命の持続は、逆流して「私」の「老年の現在」にもひたひたと流れこむのであろう。それによってあの凄絶な悲劇的「美しさ」が消し去られるわけではないが、それでもここに「時」は静かに繋ぎとめられる。

ところで一転して、奇想やパロディや糞便学《スカトロジー》やバーレスク等々に満ち、オノマトペや骨笛、太鼓、鐃鈸、鐘、鉦、経文の唱和が轟きわたる藤枝静男『田紳有楽』の自由奔放な世界は、例えばこの佐多稲子氏の『時に佇つ』のような厳しい、静謐なそれを吹き飛ばし、否定し去ろうとするだろうか。必ずしもそうではないと、私は思う。確かに表面的には、ほとんどまったく同世代で、しかも主として「私」を軸として作品を書いてきたこの二人の作家の今日のこれら二作は、素材の上でも方法の上でも、およそ両極の対照を示しているる。佐多氏は飽くまでも作家の「私」に固執し、それ故一面必然的に日常的な現在の時間と過去の事実の秩序にみずからを縛りつける。他方藤枝氏は、「私」を「死物」である偽物の焼もの——「美濃生まれのグイ呑み、朝鮮生まれの柿の蔕、丹波生まれの丼鉢」――ばかりでなく、「慈氏弥勒菩薩の化身」にさえ自由に変身させて、逆に事実あるいは事物の秩序や日常の時間からみずからを解き放とうとする。だが、佐多氏の厳しい「私」にはある内的な精神の激しさが秘められていて、それが文学の言葉を通じてその「私」を突きぬける静謐な、しかし豊かな生命の持続を象徴的に指向するのと同じように（『時に佇つ』に登場する数多くの実在人物の仮名がまったく気にならないのは、こうした象徴性が全篇の根底に秘められているからである）、一方藤枝氏の変身する、生命に溢れた自由な「私」は、その奔放な奇想や賑々しい楽音にもかかわらず、と言うよりむしろその根源にある、それらが発し、また同時にそれらが収斂されてゆくある静謐な時間、あるいは凝縮された「情況」とも言うべきものを分かちもっているのである。

例えば、今は「通称磯碌億山」として「モグリ骨董屋に身をやつして」いる弥勒である「私」が、柿の蔕（滓見A号）が主人への鼻薬用にもってきた「海揚がり」の備前焼きの徳利にヒントを得て（因みに言えば、滓見A号は、丹波の丼鉢である滓見B号が阿闍梨ケ池の阿闍梨の地位を簒奪するのを牽制しようとして、かくは主人におもねったのである）、かねてから望みの、みずからの焼ものへの変身のあとに身を沈めるべき場所を、「静謐」な「海底」と思い定め、やがてその備前焼きの出所である、瀬戸内海「直島の左端五十メートルの海底」に潜ったときの静謐さはどうであろうか。――

……近づいて眺めると、干満の流れで〔沈んでいる木造船の〕船尾の両側の砂は狭間のような具合に深くえぐれ、外壁全体は長い褐色の海草と苔で覆われてぬらついていた。銀灰色の小魚や薄桃色半透明の烏賊が群をつくって遊弋し、物音は絶えていた。砂の上に身体を横たえてあたりを見廻したが焼ものは一個も落ちてはいなかった。数百年の静けさと平和が周囲を閉ざしていた。——

もとより、この海底の「静謐」のイメージには奇想、空想に満ちた物語の影が落ちていて、それ自体がある幻想的な性質を帯びているが、この弥勒である「私」は、「こわれかけた待合室の売店でコーラを一本買って飲み、人目のない裏手の便所のわきから水に入って」ゆくのであって、私たちは、作者藤枝静男氏自身が同じような場所のどこかに立って、海の水を見つめている静謐な一瞬の姿をふと連想しないではいられない。同じような連想は、滓見A号が浜名湖に入って出会う鰻たちや、彼が訪ねる阿闍梨ケ池、あるいはB号がSFばりに「空飛ぶ円盤」となって秋空をゆっくり飛んで、伊豆の戸田のうしろ山に尻を据えて眺める、まことに美しい海岸と遙か海上の光景の場合にも及ぶ。とりわけ、「私」億山の住む「街裏の二階屋」の家の庭にある、ほかならぬグイ呑みや滓見A号、B号が「真物に近づき珍品化する」ように、あるいは億山から言えば「実験」用に沈められている池の底の光景は、いっさいの奇想、空想がそこから発しては常にそこに立ち戻る、池のそばに立ち、あるいはしゃがみこんで水中を見つめている作者の静謐な瞬間もしくは時間、そこに凝縮される彼の心の「情況」を、ありありと連想させはしないだろうか。

この静謐な時間、凝縮的な心の「情況」の故にこそ、想像力は逆転して、あるいはグイ呑みと共に池底に潜って、彼と「出目金と和金の混血児」であるC子とのエロスの姿態を絢爛と眼前に彷彿させ、あるいは一転してA号、B号に乗り移り、浜名湖底の汚染状態や遠州灘、駿河湾の美しい光景を鮮かに呈示し、あるいはまた時間、空間を縦横によぎって、B号の数奇な運命を辿りつつチベットの奥地に赴くばかりか、妙見や大国をも喚びだして、弥勒、滓見A・B号総がかりで賑わしく騒々しい「田紳有楽」の楽音を奏でることができるのである。そしてこの静謐な時間、心の「情況」そのものが、静と動、死（無機物）と生（有機物）、瞬間と永遠、時間と空間等々の、さまざまな二重性あるいは背反を孕んでいるのとちょうど同じように、想像力が現出する物語そのもの、およびそれに伴うさまざまなイメージもまた、逆転、逆説に満ちた二重性、背反性をふんだんに含んでいる。

物語は、総じてこの世界の「贋物」性、あるいは「インチキ」性にまつわる物語であり、主題は、堅苦しく言えば、そうした「イカモノ」性を逆説的に引き受けることによって、「真物」を探り、その精神的方位を見定めようとするところにある。だが、その主題展開の方法はまことに自由で、空想、奇想によって次々と筋書を逆転させてゆく。グイ呑みの悲恋の庶民的な悲哀、その庶民性に多大の希望を繋ぐ柿の蔕の、滓見を詐称して阿闍梨黙次の後釜に坐ろうとするミミッチイ「贋物」根性、チベットの贋ラマ、サイケンから日本のスパイ山村三量の手に渡ってやってきた丼鉢滓見白の、阿闍梨、実はかつての主人サイケンを殺してその地位を簒奪する、倨傲な「イカモノ」性。だが、その彼らも、主人の弥勒にとっては、「食いもせず息もせず、さりとて腐りもしないという便利な焼ものに姿を変えて呑気に時世時節を待とう」という魂胆のための、「ささやかな実験台」にすぎず、その弥勒自身も生計のミミッチさを強いられ、老人性掻痒症に悩んでいるのだ。そして、例えばジーパンをはいたA号が、バーのホステスと一緒に主人をドライブに誘うといった、まことに鮮かで魅力的な現実と奇想の二重写し！　その際、かの糞便学的、ＳＦ的、あるいは擬似医学的、残酷物語的等々のイメージが、絶妙な効果を発揮するのは言うまでもない。

そしてこの奔放な逆説のなかから、あの賑々しい「御詠歌」の楽音は響き渡り、「万物流転　生々滅々　不生不滅　不増不減」、いや、「田紳有楽」の境地が仄めき出る。これはあるいはいささか短絡的で、それ自体「イカモノ」の感を誘うかもしれない。しかし、まさにその「イカモノ」性こそが、作者藤枝氏の「真物」探求の真骨頂なのであろう。かつての「厭離穢土」の「エーケル（嫌悪）」を乗り越え、（「あとがき」に言う）「流動的なデタラメも已むを得ぬ必然性を持つという」、「空気頭」以来の進境をみごとに結実させた作品と言うべきである。そしてその根底には、さまざまな背反を一瞬に収斂するあの静謐な時間、凝縮的な心の「情況」が潜んでいる。その逆説的な地点から「時」は解放され、またその地点でそれは繋ぎとめられようとするのだ。

しかしながら、再転して丸山健二『火山の歌』の世界に入りこむとき、ここでは、主人公ヨシの走らせる真赤な「華奢なバイク」の「甲高い爆発音」や、ほかならぬ紫色をした火山の噴火の轟音、あるいはサイレン、ジュークボックスの音楽のドラ、人間の罵声や叫び声に満ちているはずにもかかわらず、実際は逆に異様な沈黙と静寂が支配し、また、バイクや車が走り、人間が歩き、走り、倒れ、また走り歩いているのに、不思議に「時」の停止が深く感じとられることに、私たちは驚く。「ギラギラ婆さん」姉妹や村人の誰か、特にガソリン・スタンドの「バトン・ガールみたいななりをし」た娘が唱い、ヨシもまたいつの間にか「うろ覚え」に口ずさむようになる「火山の歌」、紫の山そのものの「噴火がはじまるところから、村全体が溶岩の下敷になってしまうまでを」唱うあの「破局の歌」でさえ、私たちの耳にじかに聞えてこようとはせず、ヨシがときどき叫ぶ「ドカーン！」という声も、不思議なくぐもり声でしかない。

確かに、この沈黙と静寂、この「時」の停止は、作者丸山氏自身の意図如何にかかわらず、まことに不気味である。まさしくそのためにこそ、この紫の山の麓の村人たちは、硫黄の臭いと降灰のなかに散り散りに潜んで摑まえどころがなく、ホテル《馬》の支配人は途方に暮れ、ボーイは空しい自己主張を繰り返し、ガソリン・スタンドの娘の父である大男は猛スピードの軽トラックを走り廻らせて自滅し、ホテルの泊り客の地震学者の一行、暴力的な布教に賭ける「白装束の一団」は戯画的な不毛の劇を演じ、「ギラギラ婆さん」姉妹は、唯一残った財産である丘の上の荒廃した「邸」の処分をめぐって、物哀しい口論を続けるように思えるのだ。彼らはすべて、この世界を支配しているこの沈黙と静謐、この「時」の停止に呪縛されて、そのなかで声を奪われ、あるいは立ちすくみ、あるいは同じ所をぐるぐる廻るだんまり劇を演じているように見える。

主人公ヨシも、けっしてその呪縛を免れてはいない。もちろん、彼は作者の視点が一貫して据えられている中心人物であり、私たちは彼と共に紫の山の麓の村やその周辺を走りまわり、右の諸人物や「マラソンじいさん」などに出会い、かつ交わり、最後にはヨシが探しまわる謎の写真の男女の、丘の上の「邸」における死を目撃し、さらに「熱い溶岩の一部」によってその「邸」が炎上するのを見まもる。また私たちは、ヨシのこの村訪問の目的が、その男女からの借金取り立てという「徒労の仕事」にほかならず、彼自身が、実はその仕事を依頼した男から体よく厄介払いされたのにもかかわらず、それを「新しい生活」への出発と思いこんで頭まで丸めた、「いくらか血の巡りのわるい」青年であることを知る。それればかりではなく、そのヨシの、この灰と硫黄の臭いの村における探求の物語が、「都会」と対照される日本の地方の「村」という、小さな共同社会の一種迷路のような世界における、さまざまなレベルの寓意の物語でもあることを、私たちは理解する。

何よりもヨシは、その血の巡りのわるさの故にいわばヤクザと善良な純粋人間の両面を同時に担った、現代の人間の精神状況を象徴するかの如き若者である。彼は本来「都会」の自由な生活の方が好きなのだが、いつも芽の出ないその生活の根の無さから、この幻の新生活への希望に一切を賭けて、かくは「村」の迷路に向かって驀進してきたのだった。だが、その新生活の希望は、謎の男女がもっている怪しげな幻の金に結びつき、その金に支配されるらしい摑まえどころのない村人たちの間では、目ざす二人もまた幻の如く、ヨシは挫折と疲労困憊の反復のうちに、何度も自由のことを考え、しばしば逃亡と「都会」への帰還を思いめぐらす。その逃亡あるいは帰還をその都度彼に思い留まらせて、再び前進へと彼を駆り立てるものは、何と言ってもヨシの若さであり、あの幻の新生活への執着であり、とりわけ、ヨシとは逆にこの「村」から脱出して「都会」の自由な生活を送ることを夢見ているガソリン・スタンドの娘との、金を媒介とした不思議な、逆説的な純愛である。また、ヨシはこの絶望的な探求のうちに、一度疲労のために気を失って死を経験し、しかも蘇生してみれば、ホテル《馬》の一種の囚人となりはててしまっている。そしてこの若さの死と俘囚には、隠者たる「マラソンじいさん」の凄まじい生への固執が、きわめてアイロニックな対照をなしているのだ。「火山の歌」が象徴する「破局」の逆説的な寓意もまた、このようなさまざまな象徴的設定のなかから、おのずと立ちあらわれてくるかもしれない。紫の山の最後の爆発のときに夢中に交わったヨシとガソリン・スタンドの娘は、その直後に二人でバイクに乗って、「新しい日々への期待」を炸裂させながら、「何が待ち受けているか見当もつかない狂暴な空間のなか」へと「前進」してゆき、あの丘の上の「邸」の中庭に謎の男女の死体をついに発見するが、そのときヨシが最初に掻き探すものは金であり、娘が抱きとるものは死んだ女から生まれでた赤ん坊である。そしてこの「村」の呪いの象徴のようなこの「邸」が、溶岩の熱によって焼け落ちるのをただ一人目撃したヨシは、そのあと、この「村」を去ってゆく恋仇のボーイにバイクを無言で提供し、「走る老人」のテントへ行くか、それともガソリン・スタンドへ寄るかを決めかねつつも、あるいは今は娘もいないかもしれぬ後者の方向に向かって、「うろ覚えの火山の歌を口ずさんで、人っこひとりいない暗くて長い道を歩いて行」くのだ。……

もとより、文学作品は、たとえ寓話的なものであれ、その意味を説明しきれるものでもなければ、説明しつくすべきものでもなく、むしろその余韻をこそ聴きとるべきものであろう。ここにも確かにある余韻は響き渡って、私たちのあらずもがなの解釈を拒否している。だが、それは、あの数々の寓意的設定、あるいは物語が淀みなく展開してゆく外界のさまざまな場面、イメージ、音、動き、とりわけ紫の山の絶えざる震動と爆発とはどこかで根本的にズレた、本質的に閉ざされた内面的な余韻であるように、私の耳には聞える。そのズレが、文学作品にとって本来的な余韻のため以上に、この作品『火山の歌』の寓意を徹底的に解明することを、私に阻むのである。そして私は再び、この作品の世界を支配しているあの異様な沈黙と静寂、不思議な「時」の停止の感覚を思う。ここでは言葉が鮮明に、淀みなく、一種絢爛と流れて、物語の世界をゆるぎなく作りあげ、忘れがたい場面やイメージも数多いにかかわらず、人物たち、特に主人公ヨシの行動と心の劇とその声は不思議に物語自体に肉化されることがなく、また逆に物語の不条理性によって突き放されることもない。ヨシの行動と心の劇と声までが作者によって説明されすぎていて、それらは物語とダイナミックに交錯することがなく、逆に物語の言葉そのものによって不気味な沈黙を強いられ、「時」の停止をかけられてしまうのだ。

その不気味さの表出こそが作者丸山氏の巧まざる意図であり、それは安易な「時」の繋ぎとめに対する彼の逆説的な無言の警告なのだろうか。あるいはそうかもしれないと思う。しかし、「火山」がまだ活動しているとすれば、その「火山の歌」声はこの「時」の停止を再び打ち破り、新しい「時」の繋ぎとめを繰り返し試みていかざるを得ないものと、私は思うのである。

場所の感覚について

野坂昭如『一九四五・夏・神戸』
高井有一『夢の碑《いしぶみ》』
三浦哲郎『拳銃と十五の短篇』

今日私たちにとって、場所の感覚はいったいどうなっているのか。場所の感覚といった言い方が舌足らずであれば、今自分はここにあり、ほかならぬここで生きて暮らしているというある確かな存在感覚、と言い換えてもよい。それはどうなってしまったのか。――そんなものはもうこの現代では、なくなってしまった、今日ではただ状況があり、機構があり、あるいは関係があるだけなのだ、という自答が脳裡をかすめる。だから、文学にあっても、例えばかつての「私小説」はもはや成立せず、代りに不条理が、漂動する時の様相が、あるいは形而上学が、夢もしくは幻想が、むしろその主題となるのだ、と。

そうなのかもしれない、と思う。しかし、他方また、この場所の感覚、あるいは生活としての存在感覚が完全になくなってしまったら、今挙げたような主題は、(かつての「私小説」はともかくとして)特に今日の小説にあっては、いったいどこでどのようにして作品の世界に繋ぎとめられ得るのか。むしろそうした感覚が、あるいは少なくともそれへの無意識の願望がどこかに残っていればこそ、それらの主題も作品として成立し得るのではないか、という思いを私は到底否定することができない。

野坂昭如『一九四五・夏・神戸』が私たちに大きな感動を与えるのは、一つにはこの作品がそうした(私の言う）場所の感覚に深くかかわっているからだと言うことができる。もっともこの場合は、N町と名づけられているほかならぬその場所そのものは、「一九四五・夏・神戸」のB29の無差別爆撃で「完全に消滅し」、「今も、町名だけ残っているが、焼ける前の面影をしのぶよすがは、何もない」ことになってしまったのだから、そのかかわりあいはまことに逆説的な、悲劇的アイロニーを深く孕んだものとならざるを得ないが、それだけにむしろ場所の感覚は、読む者の心の中にいっそう痛切に甦ってくるのである。

そしてもちろん、その痛切さは、神戸のN町というこの小さな空間に、最後の徹底的な爆撃まで現実に生きて暮らしていた人々の影像のなまなましさと、表裏の関係にある。ここ、「北を省線、南を国道に限られ、石屋川と六甲道駅の間の住宅地」は、たいていよその土地からやってきた「典型的な中流サラリーマンとその家族たち」が借家ずまいをしている「新開地」で、戦時中のきまりの隣組があり、六軒が一隣組を構成して、常会が開かれる。これらの人たちは、必ずしもこの土地そのものに執着をもってはいず、いわばここをただ生活の場として何げなく暮しているにすぎないが、それだけに却ってここを離れなければならぬ理由を何ら見出し得ず、むしろ東京、大阪、そして神戸の中心部と爆撃が次第に激しくなってきても、何の重要施設もない自分たちの町だけは最後まで「大丈夫」ではないかという、根拠のない、だがどうしようもない一種楽観的な希望と願いに身を託している。

言ってみれば、彼らは戦前から戦時中へかけての最も普通の、平均的な日本人、日本の近代が生みだした独特な、しかし典型的な都市郊外生活者たちなのだ。彼らは土地に縛りつけられることもない代りに、他の土地を求め、移住を夢見ることもない。ただ生活の場はここにあって、ここ以外にはなく、そのために逆に場所の感覚は彼らの身に沁み着いてゆく。その場所そのものはきわめて限られた、狭いもので、彼らはいわば目隠しされた人たちなのだが、それでもそこには、生活そのものに根ざす実体としての人間関係および人間感情と、そこばくの自由がないわけではけっしてない。何か途方もない、思いもよらぬ災害が彼らを襲ってこない限りは。その災害は最後に現実に彼らに襲いかかるのだが、しかし、彼らにそれをどう予知することができよう。たとえ（爆撃の惨状は、大本営の発表にもかかわらず刻々に身近に伝わってくるのだから）それを痛切に予感し得ても、それが現実に襲ってくるまではどう対処することができよう。まさに彼らの生活の場はここにしかないからなのだ。

私は、これを運命と読みとっているのでもなければ、単なる悲劇、あるいは不条理、いや、戦争の不法な犠牲と読みとっているのでさえもない。確かに、作者野坂氏に、この災害を招来した旧日本軍国主義への批判ばかりでなく（しかし、これは既に言い古されたことだ）、このＢ29による無差別爆撃の不法への怒りが、どこかに深く渦まいていたことを否定はできないであろう。原爆被災にまつわる文学作品は既に多く書かれているが、都市ではほとんど一般的な、しかし条理を超えた経験であったＢ29による空襲の悲惨のありようは、意外に作品として本格的に書かれていないという思いも、あるいはあったかもしれない。また、「一九四五・夏・神戸」という表題は、私にはかつての金石範氏の『１９４５年夏』を思わせないではいないが、侵略に続く敗戦が、目隠しされたごく普通の日本人たちに、解放や革命への思いの遑もあらせず有無を言わさずに押しつけた、運命的な悲劇のありようをという思念も、おそらく働いていたのではないかと私は推量しさえするのである。

しかし、野坂氏がここに描きあげている世界は、そうした概念的な説明では律しきれるものではなく、ただそのようにそれはあったとしか言い得ぬものだ。そのことが私の心を深くゆさぶる。その世界は過去の世界であるが、それはただの過去ではなく、現在から断ち切られた過去、そして現在から断ち切られた生活そのものにほかならない。ここでは、ほとんど時間の持続が断ち切れてしまっている。最後の、無差別爆撃を蒙るN町の人たちの逃げまどう姿は、死のなかにあって凄まじくも根限り生きているが、そこでこの生ははたりとやみ、あとはその「面影をしのぶよすがは、何もない」。まことに恐ろしい断絶であり、空白であると言わなければならない。

だが、それだけに却ってその世界の場所の感覚、生活としての存在感覚は、なまなましく現在の私たちに甦ってくる。甦って、私たちの心にある逆説的な持続の証《あかし》を突きつける。そのままの世界は完全に断ち切られてしまっているが、その断絶のなかになお持続している、あるいは持続するべき何ものかの所在を、言い換えれば忘れてはならぬ今日の私たち自身の場所の感覚、生活としての存在感覚そのものを、私たちにしたたかに思い知らせるのである。そしてこうした衝迫的な逆説を成立させている、この作品の構造上もしくは方法上の特質は、この爆撃を目撃し、かつ最後に生きのびた一人の少年鶴間征夫を、その逆説的な持続の接点に据え、かつ征夫の家族――養父連蔵、養母哲子、および連蔵の養母まつを中心とする一族――や、彼らの周辺の隣組の人たちの過去並びに現在にまつわる物語を、この作家独特のなだらかな語り口によってきわめて自由に語るという点にあろう。

この作品は作者野坂氏の自伝的長篇ということであり、おそらく征夫および鶴間家の物語の部分に自伝的要素は多分に含まれているのであろうし、またその故にこそこの作品は深く動機づけられているのに違いないが、しかしこれはただの自伝小説といったものではけっしてない。確かに、連蔵、哲子、まつ、征夫という、主として養父母関係からなる一種特異な家族関係、そこから浮き彫りになってくる彼らの性格や人間の劇は、きわめて自然に、眼に見えるように描かれているし、特に征夫の躓きながらの成長過程は、生き生きした挿話を神戸方言とマッチした巧みな語り口で積み重ねることによって、鮮かに描きあげられている。殊に幼年期に植えつけられた幾つかのコンプレックスが、征夫を一面人がよく、やさしくて気の弱い、しかし他面一種のぬけめのなさあるいは柔軟さと、不思議に自然な芯の強さをもった少年に成長させてゆく経緯は、自伝小説という観点から見てもまことに興味深い。

しかし、この作品の語り口は、自伝という枠を当てはめるにはきわめて自由であり、それにしては殊更な重複や逸脱が目立っている。この一種の自由奔放さは、単なる自伝のためのものではなくて、語りによって過去を現在に生き生きと喚起して読者にそれをありありと再体験させるこの物語の世界に、時間と空間の相に跨る奥行きと幅を与え、しかも究極的には、その中心にあってこの世界の消滅を目撃し、かつそれを辛うじて生きのびる、成熟の一歩手前にある無心な少年の眼を軸として、いわば事の終りと始まりの同時存在を暗示する、きわめて自然な、真実な方法を意味するものではなかっただろうか。それがかりに自伝的な要素と一致していたとしても、その要素がただそのようなものとしてあるのではなく、いっそう深い、例えば今まで述べてきたような逆説的な持続と場所の感覚といったものへと収斂されていることは、むしろ冒頭の、時間空間に跨る雄勁なN町の場所の規定が、既に充分に証《あかし》していたと言っていいであろう。——持続と新しい始まりの現実の姿そのものは、いつ定かになるとも知れぬとは言え、空白の衝撃から立ちあらわれるその確かな所在の啓示によって、この作品は私の心を深く打つのである。

高井有一『夢の碑《いしぶみ》』もまた、過去と現在、そして断絶と持続のある逆説的な関係をその作品の世界の主軸としている。ここにはまた、作者の祖父や父や伯父などにまつわり、かつ現在の作者自身に及ぶと見える自伝的な要素も、独特な形で織りこまれていて、その小説的形象化を通じて現在におけるぬきさしならぬ人間の生活の場が底深く探られてもいる。だが、その作品の世界は、素材は言うまでもなく、主題や方法や構造においても野坂氏の作品とは著しく性格を異にし、ほとんど対照的と言っていい位である。時間的に言って、野坂氏がおおよそ昭和初年の頃から敗戦までという比較的短い期間を扱っているのに対して、高井氏の作品が明治三〇年代から今日におよぶ長い歴史を背景にしているということは、もちろん無視できない重要な違いであるが、それは必ずしも本質的な問題とはならないであろう。本質的な違いはむしろ、時間そのものの扱い方、そしてその扱い方を軸にして作品の世界を表出する方法および文体にあると言わなければならない。

野坂氏の自由な語り口に対して、抑制した筆致で幾つかの印象的な場面あるいは挿話を一語一語ゆるがせにせずに書きこんでゆく高井氏は、時間の扱い方としては、過去だけを突き放して描くという野坂氏の方法に対して、現在の主人公である河西堯彦とその恋人武市真木子の関係にまつわる物語と、過去の、堯彦の祖父河西青汀（田口掬汀）とその家族、および青汀の友人である棚町鼓山（平福百穂）や田在鋭之助（佐藤義亮）に主としてまつわる物語とを、交互に併置し、しかも現在の物語が時間の流れを追って断続的に進行してゆくのに反して、過去のそれが逆に時間を遡ってゆくという、独特な方法をとっている。この方法の意味するところは、この作品を読み進むにつれておのずから明らかとなろう。つまり高井氏は、先に述べた野坂氏の場合とは違った形ではあるが、作家自身およびその一族にかかわる事実の小説化を軸としつつ、やはり事の終りと始まりの、因果的と言うよりはいわば実存的な深い関係を鮮かに形象化しようとしていると言っていいのだ。

その関係は一種円環的であって、この作品は、現在の堯彦と真木子が彼の先祖の地である秋田県鷹舞（角館）の晩夏の喧嘩祭を見にゆく、佗しい雨の一夜から始まり（「雨の祭」）、遙かな過去に、身を立てんがために初めて東京へ出ようとする若かりし頃の祖父の菊治（青汀）が、同じ雨の祭で山車に乗って相手の山車に激しく喧嘩を挑み、敗れて傷ついたあと昂然と故郷をあとにしてゆくという場面で終って（「旅立ち」）、その転倒された一種の起承転結によっておのずから一つの円環を閉じる。この円環は、西欧の文学にしばしば見られるような、聖なる調和もしくはその逆の悪魔的な呪縛を象徴するポジティヴな円環ではなく、むしろ青汀の傷に象徴される一種の傷痕《トローマ》が現在の堯彦と真木子に残され、二人はまさしくその精神的傷痕そのものからこそ出発しなければならぬという、アイロニカルと言うよりはむしろネガティヴで受動的な、どこか東洋的なものを思わせるそれである。もとよりこの若い二人のまわりには、現代そのものが渦まいている。堯彦も真木子もそれぞれ映画関係の仕事をしていて、しかもその映画はテレビに侵蝕されて、今や斜陽の運命に喘いでいるのだ。しかし、例えば冒頭の章で佗しい喧嘩祭を見送る真木子がふと呟く、「映画の終りみたい」という言葉は、こうした現代性に日本近代の何ものかの終りが深く重なりあっていて、しかもその終りからこそ新しい始まりは探られなければならぬという、そうした意味でのこの作品全体のライトモチーフを既に暗示していると考えられるのである。

かくしてこの作品における現在と過去の二つの物語は、後者の記念碑とも言うべき「夢の碑《いしぶみ》」を中心として、いわばそれぞれが逆の方向にゆっくりと旋回してゆく。この「碑」とは、堯彦の祖父青汀の友人で、すぐれた天才的な日本画家であった棚町鼓山の死後、その偉業を記念するために青汀が中心となり、彼の二男の珊吾（堯彦の父）がその肖像を描いて鷹舞の町に建てたものであり、しかも青汀その人は、鼓山や先のすぐれたジャーナリスト田在鋭之助と並んで、明治三〇年代に小説作品をもって操觚界に名を馳せた同郷出身の典型的な立身の人であったから、それは現在の堯彦にとってはまさしく過去の象徴とも言うべきものにほかならない。さらにそれは、どうやら彼の恋人真木子とも遙かに繋がっている。彼女は、堯彦の伯父で、青汀から廃嫡された蒔絵作者祥一郎の妻佐世が、祥一郎の死後再婚した第二の夫の姪にあたり、そうした関係で祥一郎の実の娘伊月祐子と知りあい、かつは堯彦とも識ることになったのである。真木子は祐子との交友を通じて芸術の厳しさといったものにも触れ、そのために現在の映画の仕事にも深い挫折感を抱いている節もあるのだ。

この挫折感に、かつての恋愛と夫婦生活の失敗からくる挫折感が重なりあい、彼女は堯彦への愛をみずから成就することができずに、自己を虐げ、堯彦の子供をも堕してしまう。こうした真木子の気持を深く理解し、同時に一族にまつわる過去の力と現代の不毛さの間に深く挾まれている堯彦は、ある運命感のようなものをもって彼女を愛し見守り、辛抱強く待ち受ける。そして結局のところ、真木子の行くべきところは、いかにうそ寒くむさくるしい、平凡で世帯じみた場所であるとは言え、堯彦の男臭い住まい、言い換えれば生活の場、あるいはかつての古井由吉氏の『櫛の火』にも見られたような「暮らし」の場以外にはない。そのことは、この作品では現在の物語の最後の場面に暗示されるに留まっているが、同じ「夜明けまで」という章で堯彦が思い出す、かつて鷹舞でかの碑を前にして二人で語りあった「お伽噺が後世に遺るなんて、幸福な時代だったんだなあ」という感慨と深く呼応し、この碑の孕む象徴性をいっそう増幅している。しかもこの章のあとには最後の章である、あの青汀の「旅立ち」が置かれていて、かくして始まりと終りが逆説的に絡まりあいながらかの円環はここに鮮明にみずからを閉じるのである。

もちろん、以上のようなことだけでは、この作品の半分も語ったことにはならない。ここには先に述べた過去の物語、すなわち現在の若い二人が言う「お伽噺」そのものが、忘れがたい印象を残して生き生きと描かれているからである。特に明治の一時期の華々しい成功者であった作家・美術評論家青汀の激しい意志と、深い芸術・人生上の悩み、彼と長男祥一郎との運命的な決裂、画家鼓山の烈々たる風貌、彼に対する青汀の友情と確執――時代の雰囲気も鮮烈に書きこまれ、ここでも東北方言が鏤められて、見事な効果を発揮している。だが、それらは、既に述べたようなこの作品の枠組のなかに必ずしも充分に深く組みこまれているとは言いがたい。もちろん、それらの鮮明なイメージがなければ、その枠組自体が完結しないのだが、しかし、いわば方向を逆にする二つの物語の併置の有機的な関係は、充分に掘りさげられてはいず、ここでは先に述べた一種鮮明な円環が、この過去の物語を差しおいてあまりにも早く閉じてしまった感があり、むしろその円環のどこかの接点から、更に深く新しい物語が始まらなければならぬもののように思えるのである。その接点の少なくとも一つは、やはり現在の堯彦と真木子が辿りついたかに見える、あの生活もしくは「暮し」の場そのものであり、その場所の感覚を、改めて過去をも取りこんで自由に増幅してゆくことが新しい課題となってくる、とは言えないだろうか。

しかしながら、翻って三浦哲郎『拳銃と十五の短篇』の世界に向きあうとき、そうした接点とはまことに微妙な一点であり、場所の感覚とは同時に眩暈のような漂動感覚を伴うものであることに、改めて思いいたらざるを得ない。なぜなら、ここ三浦氏の短篇連作の世界にも、過去と現在をめぐる円環的なものの影はやはりどこかに揺曳し、しかも作者はその円環の影をどこかで鋭く断ち切って、私の言うような意味での場所の感覚を自在に、しかしそれぞれの短篇でしかと捉えこもうとしているように思えるからである。だが、それでも常に影はどこかについてまわり、場所は漂動を完全に抑えつけることができない。にもかかわらず、この、表面静謐だが内面的にはまことに激しいと思われる相剋のなかから、これら一六の、それぞれ独特な深さと軽みを湛えて味わい深い短篇は生まれ出、そこにおのずから一つの作品の世界を作りあげるかに見えるのである。

まず「拳銃」という表題が鋭く読む者の眼に突きささり、その短篇を読むにつれて眼に貼りついたその文字は、不思議にやわらいだ陰翳を帯びてゆくが、迂回しつつ、さらに例えば「河鹿」、「土橋」、そして「闇」などと読みついでゆくうちに、今度はその文字の底に深く暗く拡がっている何ものかが次第に重く感じとられ、しかも続く諸短篇を読み進めば、その暗い何ものかが、例えば最後の短篇の「化粧」といった軽やかな表題の暗示するものと、容易に解きほぐしがたい微妙な表裏をなしていることに気づき、胸を衝かれる。胸を衝かれるが、しかしそこですべてははたと止む。余韻がないわけではけっしてない。だが、その余韻は、（おそらく余韻というものが本来そうなのかもしれないが）ただすべてが止んだあとに鳴り響いているのではなく、読み了えた作品の世界へ再び立ち戻るようにと読者の心を誘《いざな》うのだ。

そして読者が感じとるこの一種の円環もしくは循環は、おそらく作者自身の時と場所の感覚に由来している。時の感覚について先に言えば、一六のうちの一一の短篇に登場する「私」のまわりには、過去と現在が入り混りあいながら静かな、しかし深い渦をまいている。過去の極点には一六年前に亡くなった父親の影像があり、現在の中心には「私」と「私」の妻子、そしてその二つの時間をつなぐようにして、東北の郷里の町で暮している八三歳の「おふくろ」と姉がいる。「私」はこれら一一の短篇で、そうした時の渦を行きつ戻りつしながらさまざまな挿話を語ってゆくが、その「私」は常に過去と現在の微妙な接点に立たされ、そこに立ちつくさないわけにはいかない。なぜなら、この場合の過去とは、死あるいは破滅に繋がる深い「闇」を湛えていて、現在の「私」の足許を抄おうとするからである。

それは一つには、「拳銃」や特に「闇」に明らかに書かれているように、母が「白っ子」の長女と三女を生み、長女と次女が自殺し、さらには長男と次男が家出するという、いわば運命的な過去の事情があって、「私」自身に「自分の血を怖れる気持」を強いるということにもよっている。田舎商人にしかすぎなかった父が、思いもよらず生前にずしりと手応えのある拳銃と実弾五〇発を買い入れていたのも、あるいはそのせいかもしれないし、「私」自身、その拳銃を母から預って手許に置いているうちに、ふと妙な気持に捉えられさえするのだ（「河鹿」）。だが、それればかりではなく、そうしたこととは表面まったく関係のないように見えるふとした日常の出来事にも、「闇」の影は流れ雲のそれのようによぎる。

例えば「私」が二階の部屋で毎夜その足音を聞く、川べりを昂然と歩いてゆく五〇がらみの盲人の男と対照的な、同じ川べりによく見かける妻子に心中された甲斐さんの、白血病による運命的な死（「川べり」）、あるいは「私」の知りあいである穏やかな志田さんの、糸の切れた凧のような突然の失踪および自殺と、夫を信じこんでいたその奥さんの深い悲哀（「凧」）。それに、「私」と同一人物と思われる「彼」の周辺に訪れる、従姉の死の微妙に屈折した衝撃や（「シュークリーム」）、「彼」が先に立って石段を降りてゆくうちに、飼い犬カポネが突然狂ったように「彼」の小さな娘をその石段から猛烈に引きずり落した、息をのむ一瞬（「石段」）など……。

もとより、それで何か決定的な事柄が「私」（あるいは「彼」）とその家族に起るのではない。「私」たちは、八三歳の母が、子供たちの不幸が彼女の心臓にあけた六つの小さい「穴」をかかえ、左肩に重い漬物石のような圧迫感を感じながらなお生きているように、何げなく生き、また白っ子の姉がかつて知っていたある医師のことを今なお憶い（「水仙」）、あるいは何も知らぬ「私」の長女にさりげなく、美容院で髪を染めているのだと言い含める（「化粧」）ように、生活のなかの人の心を深くわが心にかぶせて暮らしている。そうせざるを得ないのが、生というものであり、暗く渦をまく時の円環もこの一点においては逆に断ち切られなければならぬのだ。

それはまことに危うい一点だが、三浦氏の作品の場合その一点は、厳しいが、しかしどこか自在で豊かな生活感情、言いかえれば私の言う場所の感覚に深く裏づけされ、それによってさらに自在なものが増幅され、拡まり深められてゆく契機を充分に孕んでいる。この連作を締めくくる微妙にも見事な短篇「化粧」に見られるあの不思議な艶やかさは、常に自分自身に、過去と現在の接点に、だからこそまた生きている現在の狭い生活の場所そのものに突き戻されてそれを見つめなければならぬ「私」を、縛りつけられたままながらその狭い枠から解放し、淡いユーモアをさえ孕んだより豊かな世界へと誘《いざな》っていると言っていい。「鼠小僧」は、「私」自身の少年時代の思い出にまつわる忘れがたい短篇であり、「私」とどこかですれ違う人たちの挿話を描く「土橋」と「義妹」も、ある微妙なアイロニーとユーモアを孕んでいるが、これら、「私」もしくは「彼」にかかわる諸短篇の間にさりげなく挿入されている、「私」でも「彼」でもない人物が登場し、かつ時も場所も必ずしも限定されていない、それぞれに独特な物語の味わいをもつ四つの短篇、「おおるり」、「小指」、「鶯」、「たけのこ狩り」は、その豊かな誘《いざな》いの確かな所在を証《あかし》するものと言うべきであろう。

もとより、ここでもまた東北方言の自然な使用によって屈折的に深められている、豊かさを約束するこの場所の感覚も、あるいは時の暗い渦によって漂動し、かくしてその作品の世界は断片的な挿話に寸断されてしまわなければならぬのかもしれない。三浦氏の短篇のそれぞれの結末の部分は、その寸断に対して逆説的な持続の契機を見事に暗示しているが、しかし他方また、時と密にかかわるこの場所の感覚からは、より深い持続の相もさらに約束されるべきではなかろうか。

「世界」と「歴史」について

井上光晴『丸山蘭水楼の遊女たち』
岡松和夫『深く目覚めよ』
武田泰淳『上海の螢』
吉本隆明『最後の親鸞』

井上光晴『丸山蘭水楼の遊女たち』の終りの方に、読む者の心をはっとさせる、次のような印象深い場面がある。かつて深く愛を契りあった廻船問屋増屋の番頭七十郎に裏切られて、今は露地と名のって浪ノ平の安女郎に身を落している、もと丸山染田屋の格子女郎くら橋は、折柄自分を慕って登楼してきた船乞食の嘉平次に頼んで、七十郎を船に連れ出してもらい、彼と情死を遂げようと決意している。その船を待つ間に、彼女は、まだ二人の心が深く通いあっていたときに七十郎が吐いた、「世界の果てまで」といういまばゆいばかりの言葉を、苦しくも思いだすのである。「世界というとは、この世の中すべて、日本だけじゃのうして、オランダとアメリカ、それに清国まで、果ての果てまで全部のことたい」と七十郎は言い、「そん世界の中でおいのおなごはぬしひとりと思うとると。おいは今、そいば誓うばい」と確言したのであった。しかもなお、今のこの裏切り。くら橋は、頼み甲斐のある嘉平次が船に連れだしてくれた七十郎に、最後にこの「世界という言葉」を思いださせ、彼もろとも波間に身を沈めてゆく。……

この場面が読む者の心を打つのは、ただ遊女くら橋の一途な思いが、「世界の果てまで」といったまばゆい言葉を吐いた七十郎に裏切られて、その悲劇的な熾烈さを極限にまで深めているからだけではない。むしろ、この「世界という言葉」自体が孕んでいる重さ、いや、さらに言えば、この言葉自体の裏切りの重さの故なのだ。おそらく七十郎にとっても、彼がこの言葉を吐いたときには、それはそれなりの深く重い幻想《ヴイジョン》を孕んでいたことだろう。彼は分別もあるはずの中年男であり、この作品の舞台になっている、幕末も明治にきわめて近い変革期（一八六三年―文久三年）の長崎にあっては、廻船問屋の番頭として、いささかロマンティックながらに「世界」そのものについての彼なりの新鮮なイメージをもち、それとくら橋との愛に新生の最後の夢を賭けていたに違いないからである。しかも、おそらく因襲の圧力による変心、そしてくら橋の一途さによる海のなかの死――くら橋自身にとってもそうだが、それはあたかも、新しく開けかけた、日本人、特に日本の庶民の、広い、自由な地平としての「世界」の幻想《ヴイジョン》が何ものかに裏切られて、その対極の海の暗い底に沈んでいったかの如くなのだ。

そしてそれを裏切った何ものかとは、ほかならぬ歴史そのものではなかったか。もとより、「世界」などというものは、それだけでは本来常に一つの観念、逆転すれば一つの幻覚《イルージョン》、あるいはせいぜい、この二人の場合のようにロマンティックな幻影の空間であるにすぎない。人間、殊に庶民に与えられている現実の空間は、常に閉鎖的、束縛的なものだ。この作品に登場する他の人物たちも、その呪縛をけっして免れてはいない。みずからの心の狭さから「探り番を兼ねた岡っ引の手下」に身をおとしめてゆく卯八は言うまでもなく、丸山および船乞食一統の掟に抗して、船乞食又次の純情に最後まで義理を立て通す染田屋の太夫尾崎にしても、いや、新しい「世界」の動きに最も敏感で未来に大いなる野心を賭け、「日本をあんまり好いとんなさらんごたる」と親しい人間の眼には見える、放胆な男井吹重平でさえも、生身はやはり日本の岸に縛りつけられているのであり、殊に現実をしたたかに見つめている井吹は、「世界」などというロマンティックな言葉はいささかも口にせず、最後には彼を思う二人の女、門屋の遊女小萩と純情な混血児のきわに別れを告げて、動乱の長州へとただ旅立ってゆくにすぎない。現実とはまさにそのようなものであり、「世界」などという言葉を口にするのは、たかだか七十郎のような甘い男のやることにほかならないのだ。

だが、それでも、世の中は動き、閉ざされた日本の隙間から荒々しい「世界」の風は吹きこむ。海が波立つ。外国が身近に迫り、長州では「無茶苦茶のところがかえって当り前というふうにもな」り、長崎でも船乞食は抵抗し、蘭水楼の遊女尾崎やくら橋は、暗い自己に眼ざめてゆく。まさしく歴史の力である。そして「世界」の幻想《ヴイジョン》が揺曳しはじめる。「なんちゅうても時勢の移り目に、もう少しひろか場所にでとらにゃ、吹いとる風の見当もようつきよらん……」と井吹重平は言い、旅立ってゆく彼は、きわとともに峠から千々石《ちじわ》湾の美しい「ひろか海」を望むのだ。

しかも、また同時にその海は、あのくら橋と七十郎が身を沈めた海でもあるにほかならない。彼らに束の間開け、忽ちにして海底に沈んでしまったあの、それなりに真実と美しさを孕んだ、しかしはかない「世界」の幻想《ヴイジョン》は、一つの鮮かな象徴のように読者の心に甦ってくる。そして読者は、それを海底に沈めたのもまた、歴史の力にほかならぬことを知る。一回きりのものである歴史は、創造と破壊の両極の力を秘めている。この作品の結末で、井吹ときわが峠をあとにしたとき眼にする、「艶めかしく」墓地を飾っている月おくれの怪しい彼岸花のイメージには、この歴史の両極の力が美しく凝縮されているように見え、そのイメージのどこかに、あの海に沈んだ「世界」の幻想《ヴイジョン》が深く揺曳しているように思えるのである。

井上光晴氏は、この『丸山蘭水楼の遊女たち』で、開けかつ閉じる、両極の力を孕んだ歴史の力動的な姿を、鮮かな物語《ストーリー》のなかに深く形象化し得た。それには、井上氏自身の言う、会話を主軸としたある「劇的なもの」（『波』昭和五一年一二月号）が深くかかわっているであろう。古い長崎弁の会話は、そちこちに鏤められている哀切あるいは軽妙な俗謡とともに、それだけでもまことに美しく感動的だが、その底には、例えば同じく作者自身が、くら橋が「世界」という言葉を思いだす場面を「かなり意識的に書いた」と言っているところからも察せられるように、時間と空間のダイナミックな交錯を生きたまま捉え、表出しようとする、並々ならぬ営為が働いていたに相違ない。従ってこれは、いわゆる「歴史小説」といったものではなく、過去を素材として逆説的に現在そのものに深くかかわる、真正の小説にほかならないのだ。かくしてそれは、いわば現代の底深い、逆説的な暗喩となり、今日の日本を、われわれ自身の姿を深く象徴的に照射するにいたる。もし歴史が繰り返すとすれば、それは一回きりのものを、このように底深い一種の暗喩として捉え返すことにほかならないであろう。「歴史小説」とはおそらく矛盾概念であり、小説にあっては歴史は常に現在に還元されてくるはずのものなのだ。

だからまた、物語《ストーリー》は普通の意味で完結はしないかもしれないし、完結した部分は暗く哀しいものになるかもしれない。くら橋や尾崎の運命は暗く、井吹重平の未来は誰にもわからない。だが、それに文句をつけることはできない。井上氏は、因果関係的な時間を厳しく拒否しているからである。その拒否から、逆説的に可能性が、「世界」の幻想《ヴイジヨン》が再び、そして新しく開けはじめる。閉ざされた空間は「辺境」的性格を帯びはじめ、同時に「世界」に向かって開かれようとする。もし読者が作者に更に何かを求めるとすれば、それは例えば井吹重平の後日譚であるよりは、むしろ、たとえ更に屈折したものになろうとも、既にこの作品に響いている歴史のダイナミックなリズムを媒介とした、彼井吹の、あるいは人間の次の新しい変身像にほかならないであろう。

不思議なことに、今月偶然に手にした岡松和夫『深く目覚めよ』にも、井上氏の『丸山蘭水楼の遊女たち』とどこかで通いあうものがあるように感じられる。もとより、テーマも方法も、両者は截然と違っている。前者に収められている一つの中篇「深く目覚めよ」と、二つの短篇「冬の陽」および「楠」の舞台は、昭和三〇年前後あるいは四〇年代と思われる現代であり、方法は、井上氏のように複数の人物の視点を螺旋状に交錯させて、歴史の動態を把捉再現してゆくのではなく、常に一人の中心人物に視点を収斂して、そこから現実の姿を照射しようとするものだ。特に「深く目覚めよ」と「冬の陽」は、それぞれの視点的人物である海部《あまべ》淳と藤崎精二（ともに横浜のある私立高校の教諭）が、常に「ノート」を片手に彼らの属する町および周辺の人間たちを観察しながら、あるいは思いがけなく立ちあらわれる実人生そのものに巻きこまれ、あるいはその観察のなかから過去の人間の真実の物語を現在に喚起するという、ある独特な二重構造をもっている。この二重構造によって、厳密に限定された作家の眼は、次第に広い外の世界と深く真実に重なり合おうとするのである。そして最後の「楠」では、そうした観察者としての作家の眼の方法的介在もついに消え失せて、女主人公ヤヨイの悲劇そのものを自然に浮き彫りにし、この意味ではこの作品集は、いわば方法上の不連続の連続とも言うべき、一つの連作的性格をもっていると言うことができるであろう。

だが、主題の上から言っても、この作品集は同じように連作的性格を帯びている。その主軸となるもののなかには、興味深いことに再び海があり、横浜という港町のイメージがある。これらの主人公たちがそれぞれ方言を抱えた九州（博多あるいは久留米）の出身者であるという事実は、まったくの偶然の暗合として無視するにしても、この岡松氏の描く横浜の町がいわば一種の追いつめられた「辺境」とも言うべき性格を帯び、ここにも「世界」の幻想《ヴイジョン》と歴史の力がどこかで深くかかわっていることを、けっして無視することはできない。もとより、作者岡松氏は、そうした諸要因を明らさまに提示することはしない。彼の最も深いモチーフは、開かれた「世界」への展望にはやはりあり得ず、むしろ逆に、「地縁」を容易に断ち切ることのできぬ、閉ざされた現代の日本の現実に根ざそうとしているからだ。

「深く目覚めよ」では、意に反して心の漂動する、かつて学生革命党員であった主人公淳の脳裡に常に去来するものは、今は空ろな崩壊の姿を無残にも露呈している、しかし、生きてゆくためには結局は恋人奈良原康子といつかは営まねばならぬ「家」のイメージであり、最後に彼が回帰してゆくところは、康子の弟精二の自殺によって精神異常を来たした彼女の母親が、やっと平和を取り戻そうとしている、丹沢山麓の緑深い「愛の巣」にほかならない。また「冬の陽」の藤崎精二が発見する老教諭仁科誠の生涯は、戦時中の重苦しく閉ざされた日本の悲劇の刻印を消しがたく帯び、「楠」のヤヨイは、彼女が夢を追って横浜までついてきた、機帆船の船長であった最初の夫北ノ原に海で死なれ、次の夫には裏切られて夢中で彼を刺し殺し、僅かに郷里の観世音寺で北ノ原と一緒に見た楠と、その木で彫られた巨大な「仏さま」の思い出に、暗い救いを掻き探るにすぎない。

しかし、と言うよりむしろそれだからこそ、これらの男女の閉ざされた「地縁」の世界の彼方には、遙かな海の遠鳴りが聞えて、広い「世界」の所在を暗示し、彼らの足下には歴史が逆流し、渦を巻いていると言わなければならない。言ってみればこの横浜の町は、井上氏の長崎や、あるいはかつての小川国夫氏の「試みの岸」と同じように、歴史が逆流する「世界」の縁にほかならないのだ。海部《あまべ》淳（この名前に作者の深い眼配りを感じとることは、行きすぎだろうか）は、汚れた運河（「運河」はこの作品集にしばしばあらわれて、そうした息苦しい縁を深く象徴しているように思われる）のめぐるこの横浜の町に、自分を「限定する力があるように」思い、狂った母親が入院している病院の裏からは、「視野が一気に拡がる」海が見える。その海の彼方でヤヨイの愛した北ノ原は死んだのだが、彼女の眼の前にも海は、いや、広い「世界」もまたしたたかにあったのだ。そして逆流する歴史の渦からは、あの暗い戦争中にキリスト教徒としての使命感を頑固に押し通して、フィリピンで銃殺された外人宣教師ピアソンや、一徹に自己の主義を貫いて、今は「町の中に暮す祈禱師のような生活」を送っている老田島牧師の影像とともに、古い日本と新しい「世界」の動きの間に挟まれて、その鬱屈の故に衝動的に妻を殴り殺した、東北の田舎出身の仁科老教諭の重苦しい悲劇の真相がまざまざと浮かびあがり、かつ今老田島牧師の背中には、まことに感動的な「冬の淡い陽が射している」のである。

岡松氏は、この作品集ではその「世界」と「歴史」そのもののなかに踏みこんではいかないし、もちろんそうしたことは、今日ではいよいよ不用意にはできなくなっている事柄であろう。しかし、容易に完結し得ないとは言え、主題と方法の双方におけるそれらとの新たな格闘は、おそらく彼にとって不可避となってゆくに違いない。

そして今また、私の前には武田泰淳『上海の螢』があって、いっそう深く私の心を揺振る。この本は、故武田氏が敗戦間近の昭和一九―二〇年に、上海の「東方文化協会」（中日文化協会）の出版主任として勤めていたときの、一種の連作的回想記録であり、氏の逝去のために最後の一篇が書かれずに終って未完となっているが（他に、別の散歩シリーズとして書かれた一篇「少女と蛇娘」を巻末に加えている）、しかし、これは単なる回想記録といったものでは毫もなく、この過去の上海の時間と空間の世界に作家自身が凄まじいばかりに深く潜入して、むしろ時空を越えた一つの混沌の世界とも言うべきものをありありと現出する、未完も何の障害ともならぬ、凄絶と言っていい一箇の文学作品となっている。この作品も、前作『目まいのする散歩』に続く「散歩」シリーズに擬せられているが、この場合の「散歩」とは、前作とはうって変わって時空の交錯のなかを融通無碍に往き来する、恐るべき精神もしくは魂の「散歩」と言わなければならない。

もとより、ここには昭和一九―二〇年の上海の町は確かにあり、「東方文化協会」を中心として、すべて実在であるはずのさまざまな人物たちが夥しく去来し、犇く。そのなかには著名な人たちも何人か混り、しかもこのときの「私」武田氏自身は、まだほとんど無名の、「白い長ズボンをぶったぎってこしらえた」「ずだ袋のような」半ズボンをはいた、心理的「左翼くずれ」の一介の僧にして中国文学研究者にすぎない。作者の眼は、その自己像と対照される人間群像を、簡潔ながらにそれぞれ鮮明に捉え、彼らとともにした上海の町のなかや南京への「散歩」の軌跡をも、けっして無視しはしない。

だが、その「散歩」の軌跡が、究極的にはあたかも迷路のような様相を帯び、鮮明な人間の影像も、「私」自身が明確な共感を示す人たちも何人かそのなかに混っているにもかかわらず、いわば混沌のなかに明滅する仮面、もしくは（敢えて私流に付会すれば）螢のように見えてくるのは、なぜだろうか。これもまた私流に付会して端的に言ってしまえば、それは武田氏が、この上海と自己をも含めた人間存在そのものを、「世界」と「歴史」の渦まく一つの底深い場として捉え返しているから、と言うほかない。ここにも場所の感覚は、井上氏の長崎や岡松氏の横浜と同じようにしかとあるのだが、その場所は、ここでは一度《ひとたび》はかの大きな渦の一つの収斂点となっているのだ。

かくしてこの作品における上海では、「私」は、「地球上の人類が、世界の各地で動きまわり、働き、休み、眠ったり起きたりしていることを、愛し合ったり、殺し合ったりしていることを、絶えず感じ」、中国のほかにヨーロッパという「もう一つ別の、異国」が混りあったこの町は、「どろりとした水のよう」で、その湿気から、「空気の奇怪な分子のようにして、ゆらめきながら明滅しては消えてい」く、「青白い光」を放つ螢の群が流れでる。しかも、敗戦間近の頃、この上海の「持続」力を、横浜や京都と比較しながらＯ博士と論議してみても、この町の「表情、本心、生理、摂取と排泄は変るはずもなかった」のである。

そして「私」自身は、一人の心理的「左翼くずれ」として、この「どろりとした水のような」町のなかで、僧としての性的「禁欲」以外は、「どのような堅固な意志も信念も」もたず、「そのような、あいまいな状態こそ、私にはふさわしいものと」思って、一種「ノンシャラン」な生活を送ってゆく。だが、もちろん、その「私」を「歴史」と「世界」の渦が巻きこみ、人間の生命の根源である「性」の暗い波が「私」に押し寄せてこないはずはない。その渦や波と、「私」の「あいまいな状態」との激突は、まことに凄絶である。協会に出入りしている上海大学長の息子の張君から侮辱された「私」は、彼の眼の前でパイカル三杯を一気に呑みほし、酔の眩暈のうちに町に彷い出て、仕事で会う約束のあったある中国婦人の前で仰向けにぶったおれる。こうした酒の酔いは、高所にのぼるという「私」の性癖を促すと同時に、逆に一度《ひとたび》ぶったおれれば、部屋はあたかもあの「世界」と「歴史」の渦そのもののようにぐるぐる廻るのだ。特に、そのように倒れたあるとき、仰向けに寝かされ、隠しどころを人前にさらされた「私」が、半意識状態のうちに、「純血も雑種〔ツァチュン〕も、ほかのどこからでもなくて、この一点から発生して地球を蓋《おお》いつくすのだ」と思い、いわば「世界」に向かって、いや、「四次元空間」に向かって「射精」するという幻想的な場面は、鬼気迫るとも言うべき、まことに壮絶きわまる一つの極限を提示している。

思うに武田氏は、この遺著とも言うべき「散歩」物語で、「世界」と「歴史」が激しく渦をまく彼の過去の上海という一点に向かって、自己と他者、日本と世界、時間と空間のすべてを一挙に収斂する凄まじい幻想を語り、描きおえたのであろう。そしてこの武田氏の上海が、例えば井上光晴氏が『丸山蘭水楼』で遠景に描く高杉晋作像と、武田氏が言及している戦争中の高杉に関する宣伝映画といった形で、後者の世界にいわば裏返しに遙かに繋がっていることを思うとき、今まで述べてきたさまざまな事柄が重なってきて、私の心は深く揺振られるのである。「世界」と「歴史」の渦は、ほかならぬこの現在の日本に再びぬきさしならず立ち返ってくるのだ。武田氏の心も、そうではなかっただろうか。書かれなかった最後の一篇の空白は、その謎を残してまことに象徴的であるが、書かれた最後の回想である「歌」からも、その回帰の姿は静かに立ちあらわれ、つけ加えられた「少女と蛇娘」からは、あの凄絶さと裏腹になった、日本の奥まった場所と庶民感覚に根ざすあるやさしさがほのぼのと伝わってくる。しかもなお、蛇娘の姿は暗く怪しく、あの上海の螢たちはゆらめき明滅し、「世界」と「歴史」の渦はしかと、そして深く私たちの心のなかに刻印されたのである。

しかしながらまた、そのような「世界」と「歴史」の渦のなかのぬきさしならぬ日本および私たち自身に、再び思いを深く返そうとするとき、吉本隆明『最後の親鸞』は、一先ずは、遠く深い日本の歴史の奥底からその私たちを鋭く突きあげ、またそこへと深く誘《いざな》いこむかに見える。ここには、今まで関わってきたような近代および現代の「歴史」や「世界」への直接の言及はまったく見られず、考察と論証の対象は、ただ一途に親鸞とその時代に、いや、親鸞一人《いちにん》に向けられる。私たちは、吉本氏の透徹した論証によってその親鸞一人の生きた像へと導かれ、特に「最後の親鸞」の究極的な一つの宗教的「超出」に立ちあわせられるのである。

だが、この「最後の親鸞」への徹底的な収斂は、その極限から再び私たちを、吉本氏が〈わたし〉と名づけるあの中立的な媒体を通じて、私たち自身の現在へと静かに、しかし深く突き戻さないではいない。私は、親鸞に関しては全くの無知であり、専門的な見地から本書を批評する資格はもちろん持ちあわせてはいないが、この著者の論証から現在の私たち自身に伝わってくる底深い衝迫については、今まで書いてきたことに照らしても、私なりに今ここに書きつけておきたい衝動に駆られる。例えば、吉本氏は書く。——

けれど相対的な世界にとどまりたいという願望は、〈わたし〉の意志のとどかない遠くの方から事物が殺到してきたときは、為すすべもなく懸崖に追いつめられる。そして、ときとして絶対感情のようなものを求めないではいられなくなる。そのとき、〈わたし〉は宗教的なものを欲するだろうか。または理念を欲するだろうか。死を欲するだろうか。そしてやはり自己偽瞞にさらされるだろうか。たぶん、〈わたし〉はこれらのすべてを欲し、しかも自己偽瞞にさらされない世界を求めようとするだろう。そんな世界は、ありうるのか?

これは、鎌倉時代中期、正嘉から弘長まで(十三世紀中葉)、つまり「最後の親鸞」の時代に悲惨にも執拗に続いた飢餓厄災からの、彼親鸞が受けたに違いない、深い衝撃を一つの重大な契機として、この「最後の」彼がどのようにその衝撃に相対し、かついかにして、どのような彼自身の究極的な思想と行動に立ちいたったかを厳密に推論論証しようとする、この書物の主たるモチーフを導入する文章の一部であるが、何とここには、現在の私たち自身の存在にかかわる想念もしくは思念が深く反響していることだろうか。私たち自身の「相対的な世界にとどまりたいという願望」も、言うなれば、今日私たちの「意志のとどかない遠くの方から殺到して」くる「事物」によって、「為すすべもなく懸崖に追いつめられ」ている。いや、いっそう悪いことには、私たちはその「懸崖」に不感症になり、むしろ「相対的な世界」の、いわば(武田泰淳の言う)「どろりとした水のような」もののなかに、呪縛されたように浸っているだけなのだ。このようなときに私たちが求めるある「絶対感情」が、「自己偽瞞にさらされないで」生き得る、「そんな世界は、ありうるのか?」――吉本氏の〈わたし〉は、このような問いを発する私たち自身と「最後の親鸞」とを結ぶ媒体となっているようにも思えるのである。

だが、もちろん、この場合、「最後の親鸞」像は、井上氏の作品の場合にどこか似ていながら、しかも井上氏の「歴史小説」がそうであったような意味での、今日の人間の状況およびそれへの対決の一種の暗喩もしくは象徴なのでは、けっしてない。これは小説作品ではなく論証であり、先にも述べたように、個としての著者がいわば七〇〇年の歴史（時間）を一挙に越えて、「最後の親鸞」一人《いちにん》の像に肉迫しようとする、考えてみれば気の遠くなるほどの孤独な営為なのだ。その親鸞一人も孤絶した個としての存在であり、この書物のモチーフは、著者の個と親鸞の個とが、七〇〇年の歴史を隔てて究極的に深く出会うところにある。もとより、それらの個の周囲に「世界」が渦まいていないはずはない。特に、著者吉本氏は、対象である親鸞の周囲に閉ざされたながらに渦まいていた、中世初期の「世界」に透徹した眼を向ける。先の飢餓厄災の極限状況があり、師法然の存在があり、また同じ状況から〈死のう〉の観念を実践する多くの時衆の徒がある。そうしたなかでの親鸞の越後流罪、恵信尼との結婚、赦免後の常陸国における布教、『教行信証』の完成と京都に帰っての沈潜、および著述生活。親鸞もまた、大きな「世界」全体のなかの個としての存在にほかならなかった。

だが、そうした表面的な「世界」と個人、全体と個の関係のなかに、真の「最後の親鸞」を発見することはできぬと、吉本氏は考える。彼は『教行信証』や他の親鸞の著述よりも、『歎異鈔』や『末燈鈔』などの語録、および親鸞の和讃のなかにそのかくれた親鸞を探り、そして発見する。それは主として常陸布教の間に成ったと考えられる、他力本願の相対化を突きぬけて、絶対他力の境に踏みこんだ「最後の親鸞」の姿である。例えば――「親鸞がかんがえた現世と浄土を結ぶ〈契機〉はひとつの構造であり、けっして因果関係ではなかった。念仏をとなえれば、浄土へゆけるという考え方は、親鸞にとって最終的には否定さるべきものであった。なぜならばここには、個々人の〈御計《おんはからい》〉の微かな匂いがたちこめているからである。〔中略〕〈知〉から〈絶対他力〉にまで横超するには、念仏を受け入れてこれを信じようと念仏を棄ててしまおうと〈面々の御計《おんはからい》なり〉というところまで、ゆくよりほかない。そして、ここに念仏一宗を自己解体しようとする親鸞の表現が、位置していた。」

　四つの論文を通じて多角的に照射される、いわば「宗教を否定した宗教者」としてのこうした「最後の親鸞」像に、吉本氏は、「本願他力の思想を果てまで歩いていった思想の恐ろしさと逆説」を感じとりさえする。「世界」の果てを踏みこえる思想の孤絶の「おそろしさ」と「逆説」であろう。しかし、同時に吉本氏には、親鸞が、あるいは常陸の庶民がじかに触れ、あるいは賀古の教信沙弥を範として一個の「独自な思想を秘めた在家の念仏者」になりきることを通じて獲得していったと考えられる、「還想浄土」の思想に対する深い共鳴がある。念仏による現世と浄土の間の往相と還相——これは、言ってみれば、個と全体、個我と他者、あるいは過去と現在、時間と空間、あるいは絶対と相対との間の、精神の上昇と下降による実存的な往復円環を意味すると言っていいであろう。そしてまたそれは、遙かな過去の精神現象としての「最後の親鸞」追求の過程を通じてあらわになった、現代における吉本氏自身の個我の姿、およびいわば「懸崖に追いつめられ」た私たち自身の、否定と肯定の両面を孕んだ逆説的な存在のありようを指し示していると言っていいのではないか。

　そしてやはりその底には、「歴史」と「世界」が激しく渦を巻いている。その渦のなかのこの極限的な個我の一点から、たとえ容易に完結し得なくても、思想は構築され、文学作品は生みだされつづけるに違いない。私は再び、武田泰淳氏のあの大いなる幻想や、遊女くら橋の見た「世界」の幻想《ヴイジョン》を反芻し、「深く目覚め」た想像力がさらに織りなすであろう形象の世界を今遙かに夢見る。

日本および日本人の姿

富岡多恵子『当世凡人伝』
高井　有一『冬の明り』
宇野　千代『水西書院の娘』

作家は、意識するとしないにかかわらず、何らかの形で彼の自己像をその作品のなかに投影してしまうであろうし、また、たとえ普遍的な人間像を描きとろうとする場合でも、根源的には自国人の影像をその基底に据えなければならなくなることでもあろう。このことは、今日のように人間が世界に向かって開かれようとしているかに見えるときでも、基本的には変りのない事柄である。殊に現実にそこにあるものの影像を常にどこかで引き受けねばならぬ小説作品にあっては、そのことを簡単に否定することはけっしてできない。

だが、同時に、自己および自国人の影像が本質的に自足的、閉鎖的ではあり得ないことも、また事実だ。欧米では一面そうした自足性、閉鎖性は激しく打ち壊されようとしてきたが、わが国の場合も、けっして今日その例外ではない。と言うより、わが国の場合は、自己（私）像および自国人像がかつてあまりにも自足的でありすぎたために、その自足性が激しく揺らぎはじめている今日では、逆に自己像および自国人像がいっそう曖昧に、かつ捉えがたくなっていると言うことさえできる。片方で開かれた世界の影像が直覚的に作家に見えはじめているために、自己像および自国人像はその世界の影像のなかでぼやけ、混沌としはじめていると言っていい。しかもなお、世界はけっして一挙に開けはせず、他方私たちはぬきさしならず現実にここにある日本および日本人の存在を担っているのであれば、作家がこの世界のなかで新しく自己像および自国人像を探りとろうとするのも、きわめて自然な、また不可避なことと言うべきであろう。

わが国の文化や文学の根を新しく探ろうとすること、あるいはかつての「私小説」とは違った形で新しく「私」の存在を捉え返そうとすること、さらには世界的な大状況のなかで日本および日本人の状況とその意味を見きわめようとすることなども、そうした文学的営為の顕著なあらわれと言っていいが、富岡多恵子『当世凡人伝』におけるように、言ってみれば、世界に向かって開かれようとして、一種宙吊りになっている日本および日本人のありようをそのまま鮮かに描きとるということは、まことにユニークな、意表をつくようでいて、実はきわめて正鵠を射た企てと言わなければならない。この作品を構成している一二の短篇に登場する「当世」日本の「凡人」男女は、堅苦しく言えば皆根を奪われた人間たちであるが、けっして完全に根こぎになったわけではなく、この現代の混沌とした、いわば宙吊りになった日本の社会に、そうするよりほかない形でともかくも現実に生活し通している、ごく普通の日本人、言い換えれば日本の「エヴリマン」たちである。彼らは必ずしも伝統的な日本人ではない。そうである場合でも、異質な要素に攻めたてられて、どこか宙ぶらりんになっている。だが、だからと言って、彼らはけっしてファンタスティックな影像なのではない。宙ぶらりんこそ現実にほかならず、彼らはきわめてアクチュアルな実物大の人間像として鮮かに描きとられているのだ。

これらの短篇のなかで、最も伝統的と考えられる人物が登場するのは、かつて真打の噺家として名をなしかけて、やがて寄席から身を引いてしまった、今は七二、三になる老人菊蔵にまつわる「立切れ」であろうが、彼菊蔵は、当今の古典落語のリヴァイヴァルとやらにもけっして乗るわけではなく、またむきになって拒否するのでもなく、貧しい一人暮しのなかでただリヴァイヴァルの波を受けて、噺を聴く会とやらのために風呂屋で古典落語を語り、ブームが去ればむしろほっとして、自分の自然な、むさくるしい一人暮らしに帰ってゆく。取りたてて何も言うことはない、ただそれが真実で、現実であり、彼はその宙ぶらりんをこそ確かに生きているのだ。

だが、古い日本人の風貌をこの宙ぶらりんの世界にどうしようもなく晒さないわけにいかない人間は、この作品集のなかでも特にしっとりと、かつ鮮明に描かれているこの菊蔵よりはむしろ、こつこつと警視まで昇進して退官し、妻と二人で盛岡でひっそり暮らしている、「薬のひき出し」の松尾六平や、一種の「働きアホ」で、働くことしか知らずに関西で電気工事兼電気製品販売店を営んで成功した、「花」の成金趣味の親父、キクジであろう。

六平の長男は秀才の医学者で、アメリカに渡って帰ってこず、ときおり次男とともに訪ねてくるその嫁は、当今の若い女性らしく、この東北弁の訛の強い無骨で無口な舅に、ナイーヴにさまざまな質問や意見を投げつけ、しかも不思議なことに六平は、この若い嫁に対して今までになく能弁になって、思いがけなく嫁と息子に市内の一級のレストランで夕食をおごろうなどと言いだすが、それで何か特別の感情が立ちあらわれるわけではなく、彼はただ「ふたりの前を、ふといズボンをはいて、ぼたぼたと歩いていく」にすぎないのである。また、いわば長屋の花見を几帳面に地でゆく「花」のキクジも、息子の家庭教師である現代的な娘ナオミの存在をどこかで気にしているかのように見えるが、おそらくこの場合もただそれだけのことなのであろう。

ともに親子の世代の間に深い断層があって、みんなはいわば宙吊りになったままなのだが、しかし、それでどうなるというものでもないのだ。

ということは、作者富岡氏自身がそれをそのようなものとして捉えようとしていることを意味しているし、そのことからまた、どうしようもない現代の日本人のおかしさと哀しさが、いわば等身大のまま滲み出てくる。そのことは、これらの親父たちとは逆の、現代的な人物たちの場合も原則として同じである。

「娘」の父親佐竹は時代遅れの親父の仲間だが、彼の妻とともに「教養」を誇って佐竹を蔑む娘の晴子も、明け方近くに靴を手にさげてこっそりとおかしな「朝帰り」をしようとして、家庭に名状しがたい皮肉な爆笑をまき起す。「名前」や「幸福」の主人公たちは、伝統も当然深く残っている現代の男女夫婦間の矛盾だらけの皮肉の結果をそのまま受けとめたうえで、なお与えられた幸福を幸福としなければならない。

芸術家ではない芸術愛好家となり果ててしまった「子供の絵」の洋介夫婦も、地位と財力のある一人の男をただ畏敬して「権勢のかたわらにある幸福感」を掻い撫でる、「富士山の見える家」の住宅会社セールスマン小杉も、そうした矮小、猥雑な形のままで幸福な人間であり続けるよりほかないし、逆におのが幸福にしがみつかざるを得ない「魚の骨」の青年英次や、「笑い男」の高級通訳や、「幼友達」の貧しい仕立屋新三は、彼らの歪んだ、あるいは歪みかけた自己をどうすることもできない。そう言えば、浮草稼業を続けて当世のアングラ的生活を楽しんでいるかに見える、「ワンダーランド」の青年ルイでさえ、いわばそのワンダーランドに閉じこめられたままなのだ。

富岡氏のさりげない、自由な筆つきは、表面的な世界の陰にただ生きているとしか言いようのない、こうした「当世」日本の「エヴリマン」たちの影像を、次々と鮮かに浮彫りにし、そのありのままの姿から確かな人間の哀歓を立ちのぼらせてゆく。おそらくほかにも同じような「凡人」たちは、この日本の社会の津々浦々に形を変えて数多く生きていることであろう。より広い世界の鏡に照らしてみれば、日本人もけっして同種的な人間ではなく、むしろ多様な人間として見えてくるはずである。だが、彼ら「凡人」たちのすべてを浮彫りにする必要もなければ、この作品集に描かれた彼らがいわゆる「典型」像であるわけでもなく、またそうである必要もない。彼らは社会の深い断層に宙吊りになった、いわば歴史の境目に生きている人間たちにほかならず、けっして総体として固定した日本人像ではないからだ。言ってみれば彼らは、開かれた世界の眩しさに戸惑っている日本人の心の断面を象《かたど》る人間像であり、どうしようもない現実から滲み出るそのおかしさと哀しさのうちに、さらに生の可能性を秘めていると言っていいであろう。開かれた世界に直覚的に向けられた詩人的な眼が、みずからを包んでいるアクチュアルな生を引き受けて、日本人の姿と心を真実に、かつ独特な暖かさをもって描きとった、すぐれた作品集として、読む者の心を惹きつけ、また突き放し、かつ佇ませるのである。

一方、高井有一『冬の明り』は、一見『当世凡人伝』とは対極的な世界を描き、その方法もまた対極的であるように見える。高井氏は、収められた七つの短篇連作の視点を（「積木」では「少年」となっているのを除いて）おそらく「少年」をも含めてすべて同一人物であるに違いない「私」館石に収斂し、描かれる世界も戦時中から戦後直後、殊に後者における「私」の少年時代の身辺に厳しく限っている。その厳密さは、富岡氏の場合のような、詩的とも言うべき自由な飛躍もしくは飛翔を許さないものだが、その徹底ぶりは徒《ただ》事《ごと》ではない。それはむしろ最も確かなもの、その意味で最もアクチュアルなものに徹底的にかかわろうとする小説家の、一種極限的な眼とも言うべきものだ。もとより、「私」が語り手となる以上、語っている「私」の現在はしかとあるはずであり、そのことは冒頭の作品「夕凍み」における、友人矢浪と「私」の過去と現在の対比という形で、実際に捉えられてもいる。だが、この場合にも「私」の視点は、その現在からいわば水平に自由に飛翔するのではなく、むしろ垂直に過去に向かい、かつ同様にして現在に立ち帰ってくるのである。そして「私」の言葉が描きとる友人矢浪の影像も、また「私」自身のそれも、その過去と現在の往復運動にもかかわらず、あたかも一点に凝固したように動かない。ほかの六つの作品では、そうした往復運動すら定かでなく、「私」が現在に喚起するかつて「私」の周辺にあった何人かの人間像、特に少年像は、それぞれ生命をもって動いていながら、ほとんど活人画のようにそれぞれの過去の一点に停止しているように見えるのだ。

だが、読み進むにつれてそうした徹底した厳密さにみずからも次第に心を縛られてゆく読者は、そのある極限的な一瞬に、ふとこの短篇連作の深く秘められた真実のモチーフに思い当り、かつ「冬の明り」というその表題の意味を理解する。「私」の幼年期から思春期にかけては、戦争および敗戦が無惨にももたらした一つの逆説的な「冬」にほかならなかったばかりか、それはいわば「私」の原点もしくは原風景となりおおせ、現在にあっても容易に「私」をその呪縛から解き放ってはくれない。この現在に押しつけがましく向かうから立ちあらわれて、と言うより「私」を青森へ呼びつけて、しかも「私」に二〇年ぶりに出会うや、「今からは昔の通りにしよう」と過去を無理強いする友人矢浪のように、過去そのものが「私」の現在に

「夕凍み」を強いないではいないのである。なぜそうなのかと問うのは、当らないだろう。『当世凡人伝』の「凡人」たちと同じように、「私」も矢浪も歴史の呪縛を逃れる術《すべ》もなく蒙っているからなのだ。それはまた作者高井氏が、彼自身の過去をそのようなものとして捉えようとしているからでもあるが、小説家の眼が徹底的に見ぬこうとする現実のものとは、その極限においてはおそらくそれ自体このように「夕凍み」したものなのであろう。

だが、そのような極限的な「夕凍み」の底から、ある「明り」と暖かさがほのかに立ちあらわれようとし、たとえ一時期のものであれ紛れもない日本および日本人の影像と彼の心が浮かび出てくる。活人画が動きはじめる。戦時中に「少年」が親しくしていた圭司が、父が出征している間に母に去られて、「光の氾濫する中」で黙って積木を積みあげては崩し、また積みあげていたその影像。崩れた積木の「天辺にあつた草色の三角形は、床にはねて庭へ転がり落ち、盛りの陽を受けて、生なましく、美しく輝いた」のであった(「積木」)。また、戦後の荒廃した世界でかつての軍国主義から新しい民主主義へ移り変わろうとしていた、矛盾と断層に満ちた学校の教師や職員や生徒たち。生徒たちのなかには旧軍人を父親にもつ者もあり、そうした一人である初井成夫は、焼跡で売れもしない独楽を売ろうとし、大人びたシニシズムをひけらかしながらも、「雨の湿り気が遺る」「乱れた髪の匂ひ」を快く漂わせていたのであった(「独楽」)。

同じ学校には図書館の事務主任をしていた昔気質の槌本老人がいたし、また高等科の生徒たちは気勢の上らぬ「学園の現状に関する声明」などを発表していたが、運動会で模擬店を開くことは貧しいなかの心ひそかな楽しみでもあり、雨のために運動会は流れたにもかかわらず、母からなけなしの砂糖をもらっていた尋常科生の「私」は、ともかくも寮へかけつけて、高校生の関上と一緒に汁粉を作り、「今日は雨が降つて却つてよかつたのかも知れないと思ひ始めてゐた」ものだ（「並木の蔭で」）。そのほかにも、跛の妹をかばおうとするヒステリックな小木曽と、その妹佐枝子の純真で自然な影像、そしてほのかに立ちのぼる「私」の愛情らしきもの（「木立の明るみ」）。あるいは故郷について激しい文章で書いたノートを「私」に読ませる高校生の阿久津（「見知らぬ故郷」）。また、疎開地を嫌って東京へ帰ることをひたすら望んでいた少年白鳥康夫（「遠いわが家」）。……

これらの「冬の明り」は、現在の「私」館石にとって、すべて遠い、遠いものだ。それは「私」自身の少年期、思春期の哀歓を鮮かに照らし出す鏡であり、「私」はその過去と今生きている現在の狭間に凝然と立っている。その過去を容易に脱けだすことができないのは、「私」自身がその決定的な時期に、これらの少年たちと同じように歴史からはぐれて、いわば宙吊りになってしまったからであろう。

「私」は父親との断層に悩み、戦災で家を焼かれて貧困な生活に引け目を感じ、年上の少年に愛されることを願う受動的な人間になっていたのだった。そのことは今の「私」の存在を規定し、「私」はむしろそうした存在をしたたかに引き受けなければならない。だが、その過去の呪縛は、今あれらの「冬の明り」の喚起によって解けようとしているのかもしれない。ちょうど「夕凍み」でついに矢浪と別れた「私」が、「私」との関係における過去への矢浪の思いこみは錯覚だったと考えたのと同じように、「私」自身の同様な思いこみも、「冬の明り」そのもののほかはあるいは錯覚だったかもしれないのだ。だが、それは「私」にも誰にもわからない。「私」は過去と現在の狭間に凝然と立ち続け、作者高井氏は、むしろ「私」にそうさせることによって、今日の表面的なものの陰になお持続しているはずの日本および日本人の真実の姿とその心を、したたかに形象化し得たと言っていいであろう。

富岡氏と高井氏のこれら二つの作品は、いわば同じ現実を、裏腹になった両極から——一つは、世界に向かって開かれた詩的な眼からアクチュアルなものの方向へ、今一つは、アクチュアルなものを徹底的に見つめることを通じて詩的幻想の方向へ——描きとろうとしたものと言うことができるが、そこに浮彫りにされた日本および日本人の影像が、ともに深い断層にあるいは宙吊りになり、あるいは凝固したものになっていることは、事の自然と言うべきものであろう。歴史の力によって広く世界へ開かれようとしてきてわが国の現実が、まさにそのようなものであり、そうした状況にあっては、詩と小説は容易に融合しがたく、人間像はその全的な姿をあらわすことが稀だからである。そのようなときに、いわば第三の方法として、一種の寓話《フェイブル》の形を通じて日本および日本人の影像を集約的、象徴的に捉えることは、果して可能であろうか。

宇野千代『水西書院の娘』の表題作品は、作者自身が「あとがき」で「一種の心理小説」と述べているにもかかわらず、そしてまた、この作品には確かに「環境」に基づく「心理的設定」が綿密になされ、人物たちの心理の経緯が充分に書きこまれているにもかかわらず、結局のところは一つの集約的な、象徴志向的でさえある、ユニークな寓話的作品と言うべきものになっている。そのことは、宇野氏自身が同じ「あとがき」で「心理小説」である理由として言う、「私には、この子供の気持は、人間心理の原根であるやうに思はれ、遠い昔に失はれてゐたと思ふものが、つい、いま、自分の心の中に残つてゐるやうな気もする」というその言葉そのものに、真直ぐ繋がっているのである。

この作品を一つの「物語」として、その「物語」を語る「作者」は、三人の若い主人公——由緒ある学問所、水西書院に代々働いてきた植木屋定吉の息子直吉、芸者の置家と株で儲けてこの邸を買い取った亀二が、芸者染吉に生ませた娘の正子、それに、亀二の養子にされたのを嫌って飛びだした直吉が身を寄せた、「いが餅屋」のお里の盲目の娘とき子——の心理的環境を説明し、彼らの心理の動きを語ってはゆくが、しかし、これら三人の一種の三角関係が生みだすものと本来なら想像され得る、心理の葛藤については、ほとんど全く語らない。いや、この場合、語ってはならないのである。なぜなら、「作者」の心のなかに今なお残っている、「人間心理の原根」としての「複雑で、デリケートな」子供の心理を真実に形象化するためには、例えばこうした三角関係といった、きわめて「通俗的な」筋立てにおける心理的設定を、「作者」は何らかの形で「抑制」しなければならぬからだ。言い換えれば、現実のものである「通俗」を貫き、しかもなおそれを包み越える何ものかとして、この子供の心理は描きとられなければならぬからなのだ。

　そうした「抑制」は随所に働いて、この作品のきわめてユニークな特質を作りあげている。例えば、「いが餅屋」へ身を寄せた子供の直吉がお里に言う、「儂《わし》をこのうちの養子にしておくれんかの」という言葉を、お里は「或ひは理解されないままに、理解するやうになつたと言へようか」と「作者」が語るとき、直吉の「複雑で、デリケートな」子供の心理（あるいは心）は、ある重みをもって読者に伝わってくる。また、長じて東京大学理学部に入学した一九歳の直吉を追って、押しかけ的に彼の下宿に入りこんだ正子が、肉体的に彼を誘惑するとき、直吉が殆ど無言できわめて自然かつ無関心にそれを拒否することや、あるいはその拒否を正子が一種無心に受け入れることは、同じ子供の心理の重みを「通俗」を越えるものとして印象づけるであろう。そのほかにも、正子が男についてクラブ・リラへゆき、まるで「天性の娼婦」のようにふるまうのを、それは「人の眼の間違ひである」と「作者」が言い切るとき、あるいは、浅田組の事務所へ拉しさられたときの正子、および彼女を救い出しに出かけていった直吉の、大人ややくざの世界を超越するかのごとき無心の振舞とその自然な勝利が描きとられるとき、なども同様だが、とりわけ、故郷の祭りの夜、直吉が真実心を惹かれている盲目のとき子を、正子が妙見淵へ突き落したときの、正子と直吉の心理の説明は、まことに微妙である。——

……正子がとき子を衝き落した、その瞬間、正子は、果して自分の行為を自覚してゐたか。その行為が素早く、衝動的であればあるほど、正子の精神はこの行為の上に加はらなかつた。いや、加はつたとしても、それは悪魔の所業ではなかつた。直吉はさう思つた。……

また、

……不思議なことであるが、この瞬間に、正子自身の心の中からも、このこと〔衝き落したこと〕は消えてゐた。……略……からりとした気持で、忘れて了へるのだと言つたら、人は呆れるであらうか。もし、神と言ふものがあつても、この正子の心の中で消えたものを何と呼ぶのか。分らない。ひよつとして救済と呼べるものであつたなら、それは慈悲かも知れない、と作者は考へる。

「悪魔」とか、「救済」とか、「慈悲」とかいった言葉を取り立てて云々するまでもなく、こうした一種集約的な語りそのものが、この作品の寓話的性格を作りあげているのである。もとよりこの作品の舞台は、紛れもないこの現代の、（おそらく）岩国と東京の世界であり、そのモダンなものにいささか古風なものが混りあって、一種不思議な多声曲を奏でてはいるが、それはむしろ、この作品のメルヘン的ですらある寓話性を、巧まずに深めていると言うべきであろう。宇野氏がこのような混淆をかなり意識的に試みていることは、この作品は「鑿で一字一字彫るやうな手法で、仕上げた」、「私にとつて、劃期的な仕事」であると、「あとがき」でみずから述べていることからも、また、逆にこの作品集に収められている「チェリーが死んだ」という小品が、独特な潤達明快な文体を取っていることからも、明らかだ。

そしてこの場合の寓話とは、何と言っても、「人間心理の原根」である「無心」についてのまことに日本的なそれにほかならない。「通俗」によるその筋立ては、直吉ととき子の眼を見はるような幸福と幸運や、正子の絢爛たる芸者への転身ぶりなどによって、いっそう誇張されているが、それは、その背後にある作者の「無心」への願いを、逆説的に深めているように思える。そしておそらくその逆説、あるいは「通俗」と「人間心理の原根」との両極的背反は、やはりまさしく現代のものなのであろう。だから、この一種の現代の寓話も、また深い断層を引き受けて、けっして決定的に集約的なものとはなり得ない。「作者」自身もけっして決定的なことを言ってはいないし、それが寓話の寓話たる所以でもある。しかし、そうした逆説や背反のなかで、なお敢えて「無心」の寓話を、日本人の心によって大胆かつ鏤骨して形象化し、かつ創作手法の新しい可能性を探ったことは、大いに注目すべき成果と言うべきであろう。寓話や「物語」は今日再び息を吹き返そうとし、「無心」とは何らかの形で常に人間の根源にまつわりついている永遠の主題だからである。日本および日本人の姿を描きとることは、歴史がもたらす世界の状況と同時に、その描き方あるいは文体と密に結びつきあっている。それらは、等価物、あるいは同一物と言っていいであろう。今日の日本における大きな断層を貫ぬいてなお私たちの自己像を真実に描きとることは、不可欠であり、それは常に新しく描きとられ続けてゆくに違いない。だが、それはもはやかつての自足的、閉鎖的なものではあり得ない。その方法や文体もまた、それにつれて今日徐々に変わろうとしているのであろう。そして伝統的なものは、おそらくそうしたなかでこそ真実に甦るのであろう。根はやはり根としてあるはずであり、根はやはり作られなければならぬからだ。

景色、人、そして旅

小田　実『列人列景』
辻　邦生『時の終りへの旅』
高井有一『観察者の力』

小田実『列人列景』中の「ケシキ調べ」という作品に、「大きな景色を見に行く」男の話がある。会社作りにあきた会社社長で、娘の結婚式にも出席せず、砂漠を見に行って、娘の結婚祝いには「砂漠の砂が風で花みたいにかたまる〈砂のバラ〉」を贈物にしようと考えている。砂漠にくると、ある大男に案内されて砂漠のどまんなかの村に着き、しばしの昼寝から目ざめると、そばに「砂漠を見て、百年くらした顔」をした老人が坐って、彼を見下ろしている。まるで「悪入道」のような老人で、「百年の砂の堆積、ひろがりに耐えて来た眼」をしているが、この老人と一緒に砂の堆積、ひろがりに向きあうと、男は、「砂がオレを見ている。砂が眼をもってオレを見ている。オレが砂を見ているかぎりは」といった「ふしぎな体感」をもつのであった。そして――

その夜、人馬の声がにわかに外にひびきわたり、空気がざわついた。ああ、と悪入道はうなずいた。大王の軍勢が通って行くな。彼には悪入道のことばがふしぎに判った。そして、悪入道の眼が外を今見たとしても、それは砂を見るためであって大王を見るためでないことも判っていた。

おそらく、この「砂がオレを見」、「オレが砂を見ている」という「ふしぎな体感」、および、ただ砂を見ながら「大王の軍勢」を感じとる「悪入道」の力とは、作者小田氏が、そもそも「景色」というものに相対したときに読みとり、聴きとり、感じとりたいと願い、またそう決意している、一つの理想的な「体感」なり、力であるに相違ない。このとき「景色」は無限に堆積し、ひろがってゆくと同時に、それを見つめるものを見つめ返して、見るものと見られるものがいわばその有限、無限のままで合体し、心は存在の根源に触れようとするのである。この、幾つかの物語の断片を交錯させる「ケシキ調べ」という作品そのものが——船のジャガイモを盗もうとして海に落ち、その孤絶の「景色」のなかに恋人マリアとの運命を定めたギリシア人Pの場合にしても、「独裁者」に「景色」を消すことを宣告されても、おそらく風景画のなかに歴史と現実を拭い去りがたく刻印したに違いない画家O挙、あるいは「ホントウの景色」を見た（?）西行法師、さらには、車輪の出ないジェット機が、あわやという瞬間に脚を出すのを見て、（墜ちろ！）と心に叫ぶ前に、無数の小型のヒコーキが飛び立って行くような一群の渡り鳥の姿に「息をつ」き、「眼にふしぎに輝きが出た」という少年にしても——さまざまな逆説やアイロニーを孕んでいるとは言え、いわば「景色」および「景色」を見る眼の、秘儀的もしくは神話的な力を喚起しようとする作品と言っていいであろう。

しかしながら、現実の世界では、「景色」は無限に堆積し、ひろがるのとは反対に、むしろ時間的、空間的に仕切られ、さまざまな壁によって互いに隔てられる。いかに強烈な眼が光り、しかもそれらの眼の光に何か共通なものが輝いているとしても、それらの眼が見つめ（見つめ返される）「景色」の断片は、容易に一つの堆積もしくはひろがりを作りあげることができない。例えば、作品「茫」における、かつて食糧不足の頃いわゆる「野荒し」を思わずやってのけて捕まったあとで、中学校の英語教師をしていた父が「おまえらが取ったからやないか」と卑屈にも高野と彼の姉を殴ったときに、涙も見せずに父を見ていたその姉の「狎れていない」眼と、チョコレート欲しさにコジキの真似事をしていた少年高野に怒って平手打ちを喰わせ、しかも若いアメリカ兵に咎められ、腕を捩じあげられて、（英語もろくにしゃべれないのに）「アイ・アム・ソーリー」と卑屈に繰り返す父を見た高野自身の、「オレはアンタみたいになりとうないんや」という眼——これらの眼は、今、「世界の場末のドサ廻り」の「苦節十八年」になる第三世界相手の商社マン、高野が、インドのガンガ（ガンジス河）のほとりでしつこく小遣いをせびる土地の少年の手首をつかんだときの、その少年の「狎れてはいない」眼と、どこかで繋がりあっているのだが、それらを一つのひろがりに集約する共通の「景色」は存在しない。

さらにまた、つい最近まで高野が相手にしていた、「亜大陸」のような島の有能な役人ディックに対しても、彼高野はかつてと同じような「狎れない眼」を、しかも「ひたむきさ」を失った形で向けないわけにはいかなかったのだった。なぜなら、ディックは、インドの役人グプタとは違って賄賂は全く受けつけぬ清潔白な男であるばかりか、日本の取り引きのやり方に真正の怒りを感じていて、この場合、かつて高野が怒った父親に対して抱いた「アンタみたいになりとうないんや」という思いなど、当然もはや有効ではなかったからである。コジキに対する非情さがむしろ「自然」であるといった、この世界の外来者の掟にも「無理」はあり、そうした矛盾のなかで高野はついにディックを狎れさせることはできない。彼は、娘の弓子が「異性間不純交遊」で妊娠したときに、彼女の「上半身と下半身」を結びつける「中心」を見出し得なかったのと同じように、今も中心を見失って、狂った晩年に骨をガンガにまいてくれと頼んだ父の遺骨をもって、この聖河の河上にある。そしてその骨をまいて、今やぐるりと上流、下流を見わたしたとき、「水は上流、下流双方にむかってはてしなくひろがり、そのひろがりは茫としてとらえどころがなかった。しかし、その茫には中心がある。高野は確実に思った。」

結末におけるこの「茫としてとらえどころがない」ひろがりの「中心」とは、先の砂漠における「ふしぎな体感」を思わせて、この作品に迫力のある締めくくりを与えているが、しかし、ここには砂漠のような一つの「景色」の堆積、ひろがりがあるのではなく、むしろ時間的、空間的にさまざまに仕切られ、隔てられた「景色」の諸断片が、「茫」という、無のような水のひろがり、およびその底深い生命力によってやっと繋ぎとめられ、支えられているにほかならないのである。この作品では、主人公高野が頑《かたくな》ながらに一種の崩壊過程にある人間として描かれている故に、この「中心」なき「中心」は、いわば支える自然の力としての大きな迫力をもっていっそう読者に迫るが、もちろん、それで「景色」の諸断片が完全に一つに繋ぎとめられたわけではけっしてないのだ。ましてや、主人公が崩壊することのできぬ作者の分身像的性格をもっている他の諸作品では、「景色」の仕切り、隔たりは、ただ「景色」の断片を並列、併置させるばかりでなく、小田氏が「あとがき」に、「私は子供のときから景色を見るのが好きだったので、気にかかっていた。景色を見る自分は景色のそとにいるのか、なかにいるのか。それで、この小説群、書いてみようと思った。もちろん、景色のなかに、人びとのつらなりというものがある」（傍点筆者）と、みずから意味深く書きつけたように、作者自身が見られている「景色」のどこに位置しているかという、彼の帰属の問題までをも不可避にしてしまうのである。

かくして例えば「花電車」の「私」は、かつて戦争と敗戦によっていわば「物自体」、あるいは（朝鮮なまりで言う）「ゲンプツ自体」としての生（そして性）にまで引き下げられていた自分と、それを基盤としながらなお今日、「御奇特なこと」にベトナム反戦の「業界」などで活動している現在の自分との間に、ある断層を感じて、かつて「ゲンプツ自体」の性（生）を少年の「私」に叩きこもうとした悪童で、今は警官をしているという関口の顔を、デモ規制の機動隊の列のなかに探らねばならぬ。もとより、「私」の属している地点は明らかだが、それは固定し安定したものではなく、無数の「景色」の断片の渦巻に取り囲まれているのだ。「墓と火」の重田も、常にデモに参加しながら、自分自身のしたたかな理由をもってデモに加わる村上老人と、不慮の死に追いこまれていった知人の黒木に対して、「重田自身には何があるか」と最後に自問し、その自問の「ふつうの火」によって閉じた両眼が灼かれるのを感じなければならない。「ラブ・ストオリイ」の、朝鮮人の娘と愛しあい、「結婚」を考える中年の「私」中谷は、「結婚」という言葉を「まず自分に向って」言って、おのが「胸もと」を見、「疑問符」の「わたし」は、娘が結婚する青年の父松永の、朝鮮人としての過去の生活の重みを、今は「植物人間」と化しているその松永の傍で、青年義和とともに深く推し量る。帰属の地点は常に明らかであるにもかかわらず、絶えず流動する「景色」が、その地点を一種宙吊りにしているのだ。

このように書いても、それはけっしてこれらの作品の欠落をあげつらうためではない。むしろ逆で、このように流動するものをそのまま捉えて、しかもなお凝縮の一点を見つめようとする作者の眼のダイナミズムに、私は作者の想像力の一種雄勁なしたたかさを見、かつ「景色」の堆積、ひろがりを、いわゆる第三世界を含む「大きな」もの（それは不可避なものでもある）にまで真実に拡大して取りこもうとするところに、紛れもない現代の力と精神の地平を見てとる。ただその力と地平と想像力のダイナミズムが、より深く溶けあって息づくためには――いささか逆説的な言い方になるが――「景色」そのものが一度はみずからの枠から解放される必要があるのではなかろうか。この作品集には、特に「疑問符」に見られるような、戦中戦後の人間の赤裸な姿をありのままに映しだす、忘れられない「景色」の断片が数多く含まれているが、それらはあまりにも「物自体」に収斂されようとして、例えば作者がしばしば描く人間の「明るさ」ということと、充分に深く混じりあってはいない。それが混じりあうためには、「景色」よりはまず「人」を、凝固したものよりは動くものを見つめ、そこから再び収斂点が探られるべきもののように思えるが、あるいはこの一種の宙吊り的凝固とは、今日作家がなし得るぎりぎりのところのものなのだろうか。

これは小説ではなく、旅行記であるが、辻邦生『時の終りへの旅』では、「景色」もしくは風景は、そのままそこにあると言うよりは、ひたすら著者の思索と幻想を触発するためにあるように思われる。もとより、著者が、旅によって、刻々に移り変り、そのダイメンションを変える外なる世界を鮮明に見ていないわけではなく、その風景の断面をこの日記体の文章によって的確に捉えていないわけではない。特に一九七五年夏におけるA（妻）および友人仲間とのフランス旅行の模様は、対象を鮮明に見てとる著者の眼と、それを簡潔、的確にイメージ化して表出する澄んだ文体によって、生き生きと描きあげられている。だが、そこに見られ、描きあげられている世界そのもののなかに著者の想像力が入りこんで、そこにおのずから別個の文学的世界を現出するのではなく、むしろ想像力は、そこに見られ、描かれるものから自分自身に跳ね返されて、みずから思索と幻想の糸を紡ぎだすように見えるのである。

もちろん、そのこと自体に何の難もないし、そこには著者辻邦生氏自身の新しい、深々とした、意味深い発見も豊かに見られる。それに、そもそも旅というものは、「景色」が向こうから開けてきて、旅するものの心を受身的にさせがちだし、小田実氏の小説の場合にもそういう面があったが、むしろそのことによって想像力の地平を動的に拡大してゆくのである。ただこの辻氏の紀行について最も特徴的なことは、旅の新しい局面にさしかかる度毎に、ほとんど常に著者自身の内観が深められ、それ自体が、いわば見られている「景色」とは別個に、と言うよりむしろその「景色」の対極に、みずからの自己充足的な世界を増幅してゆくということなのだ。そしてその内観の世界とは、表題に言う「時の終りへの旅」、言い換えれば、「〈時が逝く〉ゆえに、ぼくらの魂は目ざめ、魂の領域の仕事がはじまる」という、刻々に深まりゆく認識もしくは直観に支えられた世界にほかならないのである。

こうした認識もしくは直観は、一九七五年夏のフランス旅行の記録の当初では、「〈死〉が〈生〉を色濃く隈どりすることによって、はじめて〈生〉が〈詩の領域〉になりうる」といった一つの思念に留まり、むしろそうした意味での〈詩の領域〉を新しく探りとり、確認することがこの紀行の目的のように見えていたのだったが、旅が南仏に向かって地中海のサン・マリ・ド・ラ・メールに及ぶ頃には、それは思念と言うよりは、深い幻想を孕む一つの内的体験へと変貌し、再びパリに帰っては、文学的創造そのものの本質についての冥想と一つに合体する。このとき辻氏は、マシュレーという人の〈具体的一般性〉(une généralité conc rête) という言葉を引いて、文学作品における細部（事物および出来事）と「意味体系の自律的な完結化《ユニフイカシオン》」との微妙な関係構造を、充分な説得力をもって説き明かすのである。

だが、それと同時に著者の心は、文学あるいは「書く行為」そのものから次第に離れて、むしろ（たとえ〈死〉に限どられたものであれ）〈生〉そのものへと深くのめりこんでゆくように思われる。一九七六年「シリアの春」の紀行では、東洋人である私たちのいわば母なる胎内のような、深々とした東洋の文明の「暗い深層」を感じとり、おそらく現代文明や文学そのものをさえ無効にしてしまうかもしれぬ、砂漠の激しい生活のことを思う。そして同年秋のギリシア再訪の紀行「神々の青い海」では、著者は「〈書く〉ことが、かつてのように、ぼくの気持を満してくれなくなった」ことを次第に深く感じとり、むしろ〈生きること〉そのもの、あるいは〈行為〉そのものの〈充溢〉へと、深く傾斜してゆく自分を見出すのだ。

こうした変化は、おそらく著者が同じ年の六月に行なったポリネシアへの旅を契機にして顕在化し、あるいはギリシア再訪の前にフランスにあって、シャルトルで民衆の「生活」そのものを痛切に感じとることによってさらに具体化し、今またギリシアにあって、人間精神の絶えざる歩みのために今やむしろ「空虚」に見える古代ギリシア文明の逆説的な衝撃によって、しかと確認されたものであろう。そしてこうしたことが実際に辻氏に起ったとしても、何の不思議もない。かつてヘンリー・ミラーは、初めてギリシアの自然に触れて、言葉よりは行為を、芸術よりは存在そのものを思うにいたったのであった。ただ私は、（ヘンリー・ミラーに相対するときもやや似ているが）辻邦生氏の場合のように、あたかも母なる胎内へ潜入しようとするかの如き〈時の終りへの旅〉の願望が、小田実氏の場合とは逆に「物自体」から、あるいは旅によって開けてゆく現実の世界の「大きな景色」からあまりにも内的に乖離して、それ自体の自己充足的な世界を作りあげようとするときには、たとえその願望に「再生」の曙光が秘められていても、いつしか想像力は空転の危険にさらされはせぬかと懸念しないわけにはいかない。ヘンリー・ミラーは底辺をしかと見つめていたのだった。おそらく辻氏は、この彼自身の内観の変化によって彼の作品の世界をさらに深めてゆくことであろうが、それと同時に、いよいよ深く〈具体的一般性〉を獲得する努力を、けっしておろそかにすることはできないであろう。

高井有一『観察者の力』は、小説でも紀行でもなく、主として過去約一〇年ほどの間に書いた文章を集めた随筆集であるが、ここにも当然、人、景色、旅の主題、およびそれらに対する作家としての著者の姿勢は、鮮明に読みとることができる。もっとも、高井氏の場合、「景色」とはむしろ「風景」のことであり、「旅」は第三世界やヨーロッパには及ばず、日本の国内に限られている。彼の場合には、想像力の地平は常に自己の足下の日本にあり、「風景」はしばしば「人」から分離しがちで、それはむしろ何か「人」から独立した生命、あるいは「人」を動かす運命的な力のように見えるのであろうか。「風景のなかで」という美しい文章で、高井氏は、能代の誰も人のいない海岸で前方の海と後の防砂林を眺めたときのことを書き、父の絵のことを思い、また、最近「ことさら〈風景に〉気を惹かれるやうになつた」ことを「あまりいい徴候ではないだらうか」といぶかる。だが、もちろん、彼の「風景」のなかに「人」がいないわけではなく、彼の想像力の地平がそれ自体限られ、閉ざされている筈はない。ただ、小田実氏の場合とはまた違った形で、「風景」と「人」と、「旅」が象徴する作家自身の眼の動き（視点）とが、そう簡単にぴたりと重なりあわないだけのことなのだ。

「むかしの道」という文章で、「むかしの、取るに足りぬ記憶に残る風景」（かつて祖父がよろめきながら歩いてくるのを見た家の前の道）について書いたあとで、高井氏は言う。――

　こんな風に書き連ねて行けば、多分切りがないだらう。私が何か書かうとして、真先に思ひ泛べるのは、かうしたこま切れの情景である。どれだけの価値があるのか解らないが、私の体験は、それ等の絵の中に、ばらばらに閉ぢ込められてゐるやうな気がする。ただ、言葉に移し替へようとすると、それの実質はたちまち散つてしまふ事が多い。思ひ出は眠らせておいた方が、豊かさを保てるだらうか。

おそらく、「何か書かうとして、真先に思ひ泛べるのは、かうしたこま切れの情景である」ということは、今日の作家のすべてが免れ得ない、まさに一つの文学的事実であろう。小田氏の小説の場合もそうであったが、今日ではこうした「ばらばらに」なった体験の意味を、あたかもばらばらに切られたオシリスのからだを、妹にして妻のイシスが拾い集めて完全な形に戻したように、願わくは一つの小説作品のなかに秩序づけ、生命を通わせることこそが、作家の最も重要な、根源的な課題であるにほかならないのである。それは、もとより、容易ならざる課題であろうし、また安易な飛躍を許さないものであろう。とりわけ、「私自身、目立たぬささやかなものの中に、何かを求めて書き続けてゐる小説書きなのである」（「詩人の声　金子兜太」）とみずから語る高井氏は、飛躍よりはむしろ踏みしめのなかから、「ばらばらに」なった体験の真実の秩序づけを求めているのに相違ない。

私は不思議な縁で、この「新著月評」で高井氏の著書を評するのは三度目になるが、上に述べたようなことは、彼の作品を通じてよりも、これらの随筆を通じての方が、痛切にわかるのだ。なぜなら、作品そのものでは、思い出はけっして眠ってはいず、むしろ作品として甦ることに「豊かさ」を求めてもだえ、そのもだえと作家の踏みしめとが衝突して、高井氏独特の（けっして欠落ではなく、底力を秘めた）ある不透明さ、難解さを醸しだしていたからである。随筆ではその間の経緯がよく分かりすぎる感がないでもない。

例えば高井氏は、彼の作品の主題から「疎開派」と呼ばれ、疎開が彼の「原体験」と称されることに辟易しつつも、同時に「女々しくとも、愉快でなくとも、これから先長く〔その時代と〕附合って行かなくてはならないかも知れない」と言う（「長過ぎた半年」）。もとより、これは、ちょうど高井氏と同年である小田実氏にとって、戦中戦後の一時期の体験が想像力の根底にこびりついているのと同じように、まさしく高井氏には抜きさりがたい体験なのであろう（その間に彼の母は水死した――「霙と桜」）。「戦争から平和へののっぺらぼうを過ごして来たといふ実感」のために、「さういふ人間が通過した昭和二十年代の意味を、洗ひ直して考へてみたい」という気持（「冬の日々」）も、まさにその通りであるに違いない。あるいはまた、都会人、それも東京の山の手育ちのしるしをはっきりと身に感じながら、「私は、さういふものが消え、失はれた所から小説を書き始めた」という感懐（「遺された想ひ　柏原兵三・Ⅱ」）にしても、右のことにつらなる、同様に真率な思いであろう。

けれども、この随筆集の表題となっている文章「観察者の力『方丈記』」で、鴨長明に言及して、「この条りのほかどこにも、歴史の一隅に腰を据ゑて、しつかりと眼を見開いてゐる長明がゐる。傍観者だつたのではなく、見る事によつて歴史に参劃してゐたのだつたと思へる」と書く高井氏は、「見る事によつて歴史に参劃」するという、きわめて柔軟で力動的な眼を充分に備えているはずである。この随筆集のなかにも、例えば大阪や北海道や東北の「土地」や、さまざまな「人びと」が鮮かに描きとられているが、そうした「景色」と「人」が、「旅」が象徴する作家自身の眼の移動（視点）によって、きわめて自由に、力動的に作品のなかに形象化されるのを、私は望まないではいられない。「原体験」は、「原体験」として意識されたときその呪術的な力を失うであろう。たとえそれと「これから先長く附合つて行かなくてはならない」にしても、そのうえでなお「見る事によつて歴史に参劃」するという力動性こそが、肝心のものとなってくるのではなかろうか。――もっとも、こうしたことは、「過去の傷痕」を「芸談」のように語ることを拒否する高井氏には、既に自明のことであるに相違ない。

最終部　読み続けるということ

トマス・ピンチョン著／佐藤良明訳

ヴァインランド（原著一九九〇［日本語訳一九九八］）

正直に言って、私にはこの大長篇小説を、と言うより、トマス・ピンチョン作、佐藤良明訳の『ヴァインランド』を、細部を充分にキャッチした上で総体的に批評する能力は、誠に残念ながら無い。ここに展開される、いや、展開ではない、言ってみれば上下、前後、左右、斜《ななめ》、それも転倒、転換、回転徒《ただ》ならぬ形で、六〇年代から八〇年代へかけてのアメリカの歴史をバックに表出《プリゼント》されていく、人物、出来事、あるいはイメージ、さらにはそれらの表出の方法、いや、言葉そのもの、またその背後にあるイデオロギーとは言わぬまでも、反イデオロギーとしてのイデー等々は、この小説が始まる（オーウェルの予言の年である）「一九八四年」に早や高齢の域に近づき、この小説の主人公のように管《チューブ》（ＴＶ）中毒症にかかるどころか、時代錯誤とも言うべき、活字、いや、手書き症候群《シンドローム》も抜けきれないでいた私のような者には、到底密にフォローできる事柄ではないと言うほかないのだ。

それに、良明訳の鏡から反射してくる、きらめく同時代日本の同様なポップ的現象の絵模様は、私には目くるめく綾《あや》（怪）なる言葉とイメージの迷路《メイズ》に他ならない。訳そのものを批判するのではない。その訳語によって表徴される、現代日本の生の構造そのものの迷路のことなのだ。訳語そのものへの異和感もいささかないではない。例えば権力機構に便乗する悪しき怪人物へクタの発する大阪弁は、おそらく訳者の投げた思い切った変化球なのだろうが、その厭らしさはある凄みを孕んでいるにしても、なぜ特にこの場合大阪方言の形を取らねばならぬのか、それにこの大阪弁は、(関西育ちの私には)ヘクタの悪党性とはずれる、どこか女性的な日常言葉に偏するように響くのだが……。

だが、しかし、こうしたことは、打ちこんだ翻訳にはつきものの問題なのだ。かつては、農民の言葉を北関東方言で訳すことの異和感が話題になったことがあるし、アメリカの黒人の言葉をどういう日本語にしたらいいか、いささか苦労した経験のある私にも、確答はない。それは当然のことなのだ。これは翻訳というもの本来の問題点で、私はかつて「翻訳は賭けだ」という一文を書いたことがあるし、今でもそう思っている。その時その時の最適と感じられる訳語を選ぶより他なく、その賭けが長い生命を保つことも当然あるのである。

だから、この点はむしろ不問に付して、良明訳による『ヴァインランド』のあの目くるめくきらびやかなストーリーそのものに立ち戻らなければならない。今敢えてストーリーと名づけたが、これはむしろストーリーの意識的な徹底破壊であり、壊されたストーリーは、それこそ目くるめくきらめく無尽蔵とも言うべき破片となって、この世界に充満し、その一種広大な（細かい色つき紙片をはめこんだような）点描の中に、時間的には先に述べた六〇～八〇年代に限られてはいるが、今日の世界の構造を象る絵模様を鮮かに、しかし「迷路《メイズ》」のように眩惑する底力を秘めて、浮かび上がらせているのだ。

のちに述べる小島信夫氏の『うるわしき日々』が、内へ内へと無意識の層に沈み込むようにして、逆に外なる世界の有りようを照らし出していくのとは反対に、ピンチョン氏の『ヴァインランド』は、意識的に外へ外へと挑みかかって、いわば世界の中に鏤められている内なる人間の心を、無数の逆説的な隠喩によって浮かび上がらせていく。立ちあらわれる世界のアクチュアルな様相はそれぞれ違ってはいるが、違っていればこそまた、その両者双双の絵模様に通底する、今日の人間と世界の広く深い真実が感得されるのである。

だが、『ヴァインランド』の世界を作りあげているストーリーの、あの無数の破片を整理して述べることは、『うるわしき日々』のストーリーの重層を解きほぐすことと同様、いや、それ以上にむずかしい仕事である。しかし、その仕事に取りかからなければ何事も始まらないので敢えて言えば、ともかくもストーリーの始まりは、冒頭から姿を現し、この一大長篇の途中ではむしろ蔭に隠れていることが多いが、何と言っても主人公である、元ロック・バンドのメンバーで、TVに関係しているゾイド・ホィーラが、一九八四年夏のある朝、寝坊ぐせでぼんやり目を醒ます所からだ。そして、早くに外出した彼の愛娘《まな》プレーリィからの、父への〝LOVE〟を書きそえた朝の挨拶のメッセージが紹介され、まもなく、餌を鳥に取られてうろうろしている愛犬デズモンドが、外出する主人を見送るのである。……

「ゾイド」とは、「スキゾイド（精神分裂症）」のもじりでもあると、懇切を極めた訳者の巻末注にあるが（わが国でも一時期、いわゆるネオアカ的知的言論の中で、「スキゾ＝パラノ「偏執狂《パラノイア》」」という術語が流行したことがあった）、この症状のお陰でゾイドは、生活保護を受けているので、症状が薄れることを恐れて、窓ガラスに飛びこむという狂気の振舞をTVに撮らせたりしている。まさに六〇年代的TV症候群《シンドローム》とも言うべき症状を、みずからまともに心身に喰《くら》っているヒッピー崩れの、根は気弱な壮年の男なのだ。

この男は、かつてののんびりした、まだTV病も流行していなかった時代に、酒場で演奏しているとき識りあったフレネシ・マーガレットという女性と結婚して、プレーリィ（「草原《そうげん》」という牧歌的な意味の名）

という最愛の娘を設けたが、そもそもフレネシは、革命映画を作ったため逮捕をされるのを逃れようとしてゾイドと結婚したという、一種強《したた》かな女性で、結局彼を裏切り、別の男と再婚して、いよいよ彼を精神障害の極限へと追いやる。彼はこの妻を、また「愛」というものを忘れることができず、娘のプレーリィにその失われたものを求めているらしい。

このフレネシは、その名が「狂乱《フレンジー》」の意味のスペイン語からきているように、権力体制の隙間を縫って、現実のありようのカメラによる過激な映像化に熱狂する女性で、〝闘うカメラウーマン〟という「伝説」の主でもあった（これは、ＴＶに先んじて新時代を現出した、映像技術の病理的表徴だろうか）。そして時の（ヒッピー的六〇年代の）連邦検察最高級の中心人物として、麻薬取締りを楯に庶民の生活を徹底破壊する、超ファシスト的人物ブロック・ヴォンドに狙いをつけられ、まことに不思議な愛憎双双とも言うべき彼との異常な敵対関係を続けている。――もっとも、ヴォンドとこうした異様な関係を結ぶのは、後述から分かるように彼女だけではないのだが。

ところで、このように、この迷路《メイズ》のような大長篇の登場人物一人一人について詳しく書いていくと、長くなって取りとめがなくなるし、人物と言ってもこの小説では、普通の小説におけるようなアクチュアルな個別的映像なのではなく、次第に霊的とも言うべき幻想性をさまざまな形で被《かぶ》せられていくので、人物の説明も、そうしたこの小説の特質としての霊性、幻想性と絡めてなさなければならない。むしろ力点は後者の方に置かれることを、ここで断っておきたいと思う。

人物として更に挙げるべき者の第一は、先に触れた大阪弁のヘクタ・スニーガだ。この男は、マリワナ常用者のゾイドにしばしばつき纏って、これまた奇妙な彼との愛憎双双の厭らしいつきあいを続けているが、ＤＥＡ（連邦麻薬取締局）捜査官として、いわば庶民層と権力機構の間を泳ぎ渡り、ゾイドのような人間をいよいよ分裂症へと追いこむことに、不気味な嗜虐的快楽を見出しているかに見える。まさに悪しき現代機構の奥底から蠢き出した、魔性の人間と言うべきか。当然彼は他の人物、例えばフレネシやプレーリィにも関わっていくが、ゾイドこそがまさしく象徴的な彼の犠牲となっている感がある。

さらにまた、家庭内暴力の家を飛び出し、猪四郎《イノシロウ》というやくざで残忍な忍術師に弟子入りして、ワン・タッチで相手を倒す術を身につけ、二転三転ののち過激派の仲間に入って暴れるという特異な女性、ＤＬ（ダリル・ルイーズ・チェイスライン）が登場する。彼女はかつてフレネシと識りあい、彼女を愛して行動を共にしたことがあるが、やがてラルフ・ウェイヴォーンというマフィアの親方に見こまれ、女忍者《ニンジェット》として学んだ例の必殺の技で、かのブロック・ヴォンドを殺すよう示唆される。そしてこのラルフの手から逃げに逃げているうちに誘拐されて日本へ渡り、「春のデパート」という超高級売春宿で売春婦として売られるが、その彼女を買ったのが、何とラルフ自身で、この凄みのあるマフィアの親分への愛憎の気持へと誘いこまれるという、まさしく悪しき権力機構の根深さを、いわば世界を舞台に裏返しに照射する、象徴的な生を彼女は送るのである。

そればかりではない。タケシ・フミモタ（文茂田武）というテロリズム対策局員らしい謎の人物とも言うべき日本人が、錯誤と偶然の入り混じった不思議な経緯のうちに、ＤＬとブロック（この二人もいつのまにか、性の幻覚の混じりあった異常な敵対関係に陥っていた）の間に介入するが、売春宿で彼をブロックと幻覚したDLが、性的幻想のうちにかの必殺の術をタケシに行使してしまう。かくしてタケシは一年後に死ぬ運命となるが、DLは、かつてから私淑していた「くの一求道会」という忍者の会の女秘術師から、タケシを助けるために彼と行動を共にすることを命じられる。タケシを嫌っていたDLも、こうした秘術の霊的な力のせいか、心の暗い深みで彼と「愛」を交すことになるのだ。

ほかにも、かつての組合の闘士を父にもつ戦闘的なフレネシの母サーシャや、やや呑気者の父ハッブなどが顔を出して、先に挙げた小島信夫氏の『うるわしき日々』の場合にも似て、家族的繋がりから現在と過去へ、あるいは姻戚関係から横に男女関係へと連鎖して、多くの人物が登場するが、さらに際だった人物として、カリフォルニア州南端の海岸線の、軍用基地のそばにあるサーフ大学の数学教授で、二メートル近い長身のウィード・アートマンがいる。

彼は、思いがけない学生騒動で出現した「ロックンロール人民共和国」のカリスマ的指導者に祭り上げられて、24fpsという映像ゲリラ部隊の隊員に殺されてしまう。しかもその背景には、かのブロック・ヴォンドがウィードとフレネシとの性的関係に目をつけて、ウィードはFBIのスパイだと彼女に言いふらさせたという事態があった。殺人の兇器の短銃も、ヴォンドから彼女の手をへてゲリラ隊員に渡されたという。いかに主要人物たちが、さまざまな局面に関係して事件を起していたかが、察せられるだろう。

そして最後になったが、人物たちの中でも特にピンチョン的発想に基づくと言うべき、「シンデルロ」なる存在（もしくは非存在）は、幻想的ながら不思議に生々しく、かつ魅力的であると言わなければならない。英語は、ギリシア語からきた「死のような」という意味の'thanatoid'で、それを「死んでる度」↓「シンデルロ」と日本語にしたのだから、これはピンチョン=サトウ的発想と言い直すべきだが、先のウィード・アートマンも「シンデルロ」になって、生と死と霊の微妙な連動関係の表徴的存在と化したのであった。もちろんウィードだけではない。シンデルロ村というのがヴァインランドにあり、シンデルロたちはどうやらTVを生(いや、いわば生の中の死の中の生)の糧としているらしいのだ。……

そしてどうやらまた、これら人物たちが織りなすこの迷路《メイズ》のような幻覚的網《ネットワーク》の目の中から抜け出して、この目くるめく転倒し、回転する長篇小説の全体的構造とその寓意的メッセージとも言うべきもの(そんなものがあるとしての話だが)を客観的に眺め、それについての私なりの解釈を述べて本稿の結びとする頃合となったようだ。そこでまず――

何と言っても、ヴァインランドという豊穣の象徴のような名の場所は、長い間アメリカ西部の夢の的となってきたカリフォルニア州北西端にある、ユリーカという(実在しているが)これまた象徴的な名をもった都市をモデルにしている。それればかりではなく、近くには、超巨木として有名なレッドウッドの森林があって、北米大陸の原初的大自然が今なお息づき、このあたりはその大自然と、浸潤していく現代テクノ文明との最後の境界、いわば近代化の矛盾の極限を代表する場所と言っていい(訳書の巻末に、苦心の作成による地図が付されているが、これはフォークナーの「ヨクナパトーファ」の地図にどこか似ている)。ここに余喘を保っている西部の夢が、「順応《コンフォーミティ》」の五〇年代からヒッピーたちを引きよせていたが、テクノ文明とその夢との極限的な摩擦が、先に述べたあのストーリーの無数の破片からなる、目くるめくきらめく超大スケールの点描的はめ絵とも言うべきものを、誘発したと言えるのだ。

　そして歴史的には、この五〇年代の「順応」主義とヒッピー的反逆という対極から、六〇年代初めの、ケネディ大統領の「ニュー・フロンティア」理念とヴェトナム派兵拡大という大きな矛盾をへて、ケネディ暗殺からジョンソン、ニクソン大統領時代へと、次第に逆転しながら表面上の改革、改善政策が進むにつれて、『ヴァインランド』の登場人物たちも運命の変転に振りまわされはじめる。例えばヘクタは、ニクソンの政策のためにＦＢＮ（連邦麻薬捜査局）は二年も「リストラの大波」を浴びて、捜査官も大勢「お払い箱」になっていると嘆き、拘禁されているマリワナ常用者のゾイドまで、用無しとしてヘクタの手で釈放される始末。しかし、そのあとは却って、落ち目になったヘクタの干渉はうるさく、しつこくなって、ゾイドを悩ます。それに、カリフォルニアへの旅行や移住のラッシュが凄まじくなって、いよいよ西部の夢は潰えていき、ためにいわば聖域《サンクチュアリ》だったこのヴァインランドも、住む場所が乏しくなって、この地の住人のゾイドすら、辛うじて家を作ることができるありさまである。

　しかし、もちろんそうした中でも、ヴァインランドは何と言っても「善なるヴァインランド」であり、運命の逆転は却って、ゾイド父娘のように、立場の弱さのために体制機構の力に振りまわされながらも、どこかに自然な心を保ち、また一途な抵抗心を失わなかった人間たちに、混沌とした中でなお、いつのまにか本来の人間としての幸福を取り戻させることになるのだ。——ただ小説の展開としては、この辺りから結末までの最後の二部（章分けはしていない）は、全体の1/6強の長さに加えて、ストーリーの破片を点綴していくあの目くるめくきらめく技法は、いよいよ極まって、時間的、空間的交錯はまったくの幻覚もしくは夢幻のようなものに見えてくる。
しかももちろんこの技法は、小説の基本の一つであるアクチュアリティを内に秘めていて、背景の時代は、ケネディからジョンソンをへて、いつのまにか、南ヴェトナムからの引き上げに立ちあったフォード、倫理意識は強かったが政治的に弱かった民主党のカーター、さらに一転して、「強いアメリカ」を説くレーガンの八〇年代へと移っている。それも、かのオーウェルが全体主義体制による人間破壊の恐怖の極限として予言した、現代そのものと言うべき「一九八四年」に達しているのだ。

そしてレーガンの右翼的ナショナリズムは、時代の推移によって必要がなくなると、自分で始めた「装備力増強計画《レディネス・エクササイズ》」（ＲＥＸ 84）という超大予算の政策を容赦なく中止してしまって、そのお蔭で陰惨に搾取していたあのヴォンドをさえ失脚させてしまう。かくして、毎年夏に開かれるフレネシの祖父母の両家族の大集会では、彼女の前夫ゾイドと今の夫や、それぞれの夫による子供たちは、共に楽しい時を過し、またプレーリィはこのとき物心ついて以来初めて母フレネシに会うのだ。その上ヴォンドは、ヘリコプターでプレーリィを浚おうとして失敗し、墜落してシンデルロのあの霧の世界の住人となってしまう。……

この思いがけない変化は、実に長い間ヴォンドやヘクタに苦渋を舐めさせられてきたゾイドたちを解放し、ヴァインランド近郊のレッド・ウッドの森は、大自然の象徴のように息を吹き返し、この一大長篇の結末では、娘のプレーリィは、今までの悪夢がすべて眠りの中に消えていく幻覚をもつ。そして

——日の出時、窪地に降りた霧がもやもやと地表を這い、野原で鹿と牛とが草を食《は》み、濡れた草に張っ

た蜘蛛の巣に太陽の光がきらめき、稜線の上に一羽の鷹が舞い上がり、新しい日曜日の朝が明けていくころ、プレーリィは自分の顔のいたるところを舐め回す暖かく執拗な舌の攻撃に目を覚ました。そこにいたのはデズモンドだった。祖母のクローイとうりふたつのムク犬の毛は長旅でもじゃもじゃになり、ブルージェイの羽を顔面にいっぱいつけて、眼に微笑みを浮かべ、尻尾をふって、家《ホーム》に帰ってきたぞとばかり喜んでいる。

この結びの情景は、訳者良明氏が巻末注で言うように、まさに「〈時の破滅〉のテーマで迫るアポカリプスの作家から、〈歴史の生〉に自らの語りを重ねる術師への転身を印象づけるエンディング」であると感じられるが、同時にこの情景は、巨大な「迷路」のようなこの一大長篇の冒頭における、「一九八四年」夏の、どこかに不吉なものを孕んだ一日の始まる朝のゾイド、プレーリィ、そして飼犬デズモンドの姿との、壮大な起承転結をなしているのを見てとって、私は深いスリルを感じるのだ。

というのは、最近必要あって、現代（六〇年代以降）の作品を手掛かりにして、アメリカ文学における「迷路《メイズ》」の問題について考える機会をもった私は、例えばピンチョンより一〇歳ほど年長の先輩作家であるジョン・バースの短篇「びっくりハウスで迷って」が、『ヴァインランド』とはおよそ対極的な極小短篇でありながら、ストーリーを語る合間に「書く行為《エクリチュール》」についての談議を入れ子式に挿入していく、一種「迷路」（「びっくりハウス」）的な構造をもち、しかも冒頭と結末が、「愛」の主題によって、一種鮮かであると同時に、形而学的含蓄のある起承転結をなしていることに、強く心を惹かれたことがあったからである。私はそこに、現代文学の深層に潜んでいる深い人間の心の問題を感じとったのだが、この短篇とピンチョンの長篇とでは、スケールがまったく違うにもかかわらず、人間と世界の織りなすはめ絵的な「迷路」を、なおも一筋の「愛」がさし貫いているといった、深い所で両者に通底するものがあるというのは、とりも直さず西洋近代の終焉とも言うべき現代の文学の、運命的な集約点の所在を端的に証《あかし》しているのではないだろうか。

　だからまた、当然これはアメリカ文学だけの問題ではなく、それぞれ差違は無論ありながらも、根底では世界の各文化圏に、正反いずれの形であれ内在している問題であるに違いない。そしてこれはまた、このように差違と通底がさまざまな文化圏で複雑微妙に交錯しあっている上でのことだから、けっして事の解決でも終着でもなく、むしろここから新しい「迷路」的な問題が次々と派生してくる、終りと始まりが凝縮して一点となった、いわば黙示録的な時点であり、地点なのだろう。だからこそまた、『ヴァインランド』のような長篇小説が、こうした運命的とも言うべき歴史的時点において、目くるめくきらびやかな「迷路」的絵模様をもって今日の私たちの心に迫る力をもつのであり、それ故にこそまた、先の引用文に見られるあの「愛」を軸とした起承転結的エンディングが、広く深い象徴的な意味を孕むに至るのである。

　しかし——と、またもやくどくなるのを拒みようがないが——それでもやはり、このことが窮極的な結論でもなく、新しい現実としてのさまざまな曖昧さ《アンビギュイティ》、両面性《アンビヴァレンス》が、私たちの行く手に潜んでいる。だから、先の『ヴァインランド』の結末からの引用文に見られたあの明るい幸福な情景も、やはりプレーリィの夢にすぎないのかもしれないし、彼女も彼女の父も愛犬も、いずれは何らかの異変によって夢破れ、新しい苦悩との戦いに引きこまれるかもしれないのだ。……

――だが、それは、ピンチョンもまだ具体的には書き得ないであろう、未来のことだ。今はただ彼と共に私たちも、父、娘、犬の愛、そしてその愛の根源にある筈の自然をかけがえのない心の現実として、しかとわが身内に受けとめて、「愛」による心の余裕を保ちながら、現実の曖昧さ、両面性にじっくり向きあっていくほかないのであろう。

三枝和子著

伝説は鎖に繋がれ（一九九六）

1

全部で一五章から成る（但し章分けはしていない）この寓意的な短篇集の目次を見ると、一章置きに「白い」という形容辞が表題についているのが、眼につく。——曰く「白い誘惑」、「白い子供」、「白い骨」……。残りの五章の「白い」のあとの題字だけを挙げると、「呪縛」、「闇」、「記憶」、「月」、そして最終章目が「白い鎖」で、これらの章は、形は違っているが、みな「男」と「女」の微妙なやりとりから成り立っている。そしてこれらの章の一つ置きの合間に、それぞれある程度長い、「伝説」を織りこんだ短篇の章が組みこまれている。こういう二組の章群が相対しているのだが、しかし相対しているのはそれだけではない。根本的に相対しているのは、全体の表題にある「伝説」と「鎖」だろうか。

だが、「鎖」とは何か？　最後の表題に「白い鎖」とあるが、この一篇の中には、「鎖」への言及は、走って逃げようとする「男」の足に纏わりついて転ばせる「砂」を、「重い鎖のよう」と書く比喩があるばかりだ。他の諸篇にも、「鎖」への直接の言及は、（私の見落しでなければ）謡曲『紅葉狩』を踏まえた「紅葉の湯」という一篇に、「細い金鎖のペンダント」というのがあるだけである。が、それにしても、「伝説」に相対するものを「金鎖のペンダント」だとすれば、何と意外で奇抜な組み合わせだろうか、しかしまた何と意味ありげな……。

実際、この短篇集を読み解く鍵は、この奇抜な対照にあると私は思うのだが、しかしまた、この短篇集には、「鎖」そのものではなくても、「鎖」が普通に連想させる、先の「砂」よりはもっと束縛的な、いや、破壊的でさえある事物や事象のイメージが随所に見られ、かつ反復されているのだ。だから、まずそれらのイメージを検討して、それから「ペンダント」の方へ赴くことにするのがよいだろう。

「伝説が鎖に繋がれ」るといった、束縛あるいは抑圧の表徴という連想から言えば、ここには、土地の風土とそこに生きる人間に根ざしている筈の「伝説」とはおよそ対極の、西欧近・現代に急速に発展してきた（ハイ・）テクノロジーに繋がる事物や事象のイメージが、頻繁にあらわれる。その一つの極限は「戦争」だが、これには、かなり直接的に、ハイテクの凄惨な破壊力を思い知らせた太平洋戦争に関るもの（例えば、のちに具体的に述べるが、「白い記憶」、「遠野の羅漢」、「白い鎖」など）もあり、また「伝説」的な語りの中で言及されるものもある（「船幽霊の子守唄」）。「戦争」への言及が頻繁になされるわけではけっしてないが、そうであるだけに、却ってその破壊力の衝撃が奥深い心の深層に蟠っている感が深いのである。

だが、深層に関る事物や事象を言い出せば、もちろん「戦争」だけが問題なのではなくなる。むしろここには、その「戦争」をも生み出した、今日極限に達しているテクノロジーそのもの、と言ってもただの観念としてのそれではなく、今日の人間生活の中で日常化され、断片化したそのイメージ（ということはまた、テクノロジーが生活を断片化したことにもなる）が、特に夫婦の関係とも交錯する「男」と「女」の関係に関る形で、そちこちに散りばめられている、と言うことができるのだ。

思いつくままに若干挙げれば、例えば、男が迷いこんだ大雪のような女の世界から響いてくる、白い手術着を着た外科医の「メス」の音（「白い誘惑」）、胎児の運命を警告するかに鳴る踏切の警報機の音、警報灯の「赤」（「白い子供」）、夫のもとを飛び出して遠い所に宿をとった「女」に聞えてくる「救急車」の警笛（「覚束ない虹」）、いや、こうした中では「自動車」（と言うより「車」）も、しばしば破壊力となる文明の利器だ（特に、女が夫よりも愛していたと言っていい猫を車が轢き殺す「白い月」）。「女」はよくタクシーに乗るが、運転手はしばしば魔物、と言うよりギリシア神話の黄泉の国の川アケロンの渡し舟の主カロンの如く、ときに「女」は死の世界の入口に佇む（「葦舟に乗る」）。

いや、そう言い出せば、今は日常事《ごと》になってしまった、テクノ文化の庶子とも言うべき「スーパー」や「アパート／マンション」も、「男」と「女」の関係にどうやら運命的な影響を与えているらしい。例えば、「女」は家事から「自由」になるためには、「男（夫）」の夕食を「スーパー」の「コンビニ」で求めることができるが、この今日的便利さは、かってからの夫婦（従ってまた「男」と「女」）の関係にとっては、「戦争」と同じくらい運命的な事柄ではなかったか。先にも触れた「白い月」では、「女」となった妻は、彼女の手作りを求めてコンビニ料理に文句をつける夫に、食事の準備は「当番制」にしない？と、日常生活の合理化、制度化を提案するが、夫の陰湿な拒否に出あって、「男とのあいだに、ふいに修復しようのない隔てが出来た」（傍点筆者）のを感じてしまうのである。

そして「女」は、先に触れたように、結婚のために可愛がっていた仔猫を元のアパートに置き去りにしながら、隔日にその猫に会いに出かけていたのだが、たまたま夫との「隔て」を感じた翌日会いにいかなかった間に、猫は「車」に轢かれて死に、どうやら「女」自身も、その悲しみを理解せぬ夫の許《もと》を飛び出して駆けつけたもとのアパートの、向かいの窓に「白い月」のような猫の幻を見て走り出した途端、猫と同じ運命に陥ったに違いない。「女」は行手に、「鋭い車のブレーキの音」を聞いただけだったが……。

2

ここまで書いてくれば、この短篇集が、いわば非情な、と言うより無機的な社会体制の「鎖に繋がれた」、「」つきの男と女（夫婦）の関係を、大きな主題にしていることは明らかと言えよう。だが、しかし、もとよりそれにはまた、この短篇集の表題になっている、例えば先の、「車」の運転手をカロンに擬するという神話性、言い換えれば「伝説」性が深く重なっているのであって、そうした、「男」と「女」の問題と「伝説」とが、どのような関係で捉えられ、描き出されているかが、この作品集を解読し、味わうための究極的な課題となるに違いない。

まず例えば、ここに繰り返されている「白」のイメージが、一つには「死」を表徴していることは、既に触れた数篇からも察せられるだろう。その「死」と「伝説」との結びつきはさまざまだが、顕著な一つは、「間引き」あるいは「水子」伝説に見られる嬰児、さらには胎児の「死」であり、これを現代テクノ社会体制下に引きつけると、やはりまた結婚と性《セックス》及び性別《ジェンダー》の問題に関ってくる。

おのが病いを癒すため、男の胎児の肝をとるのに四人の孕み女《め》を殺した丹波守の話を、結婚前に胎児を次々に堕《おろ》させた「男」と「女」の業に被《かぶ》せた「児肝螢」、先に挙げた「白い子供」、「女」の死と共に胎内で死んだ胎児を、「女」の「幽霊」が育てるという、六地蔵にまつわる「伝説」の現代的変奏としての「子育て幽霊」などの諸篇が、今日の男女、夫婦関係における「水子」伝説の皮肉な、しかし不気味な変形を描き出しているが、誕生を予想しなければならぬ子供を巡って、殺意をすら孕みかねない彼らの陰惨なやりとりを寓話化にするのに、これらの伝説の変形は打ってつけと言うべきだろう。そして「遠野の羅漢」という一篇は、『遠野物語』の現代版とでもいった語り口で、昭和年間に供養され、山奥の岩に彫られて五百羅漢となった、大飢饉による「餓死者」の霊が、敗戦後の生活苦のために母親が首吊り自殺をしたので、自分も赤ん坊を殺して自殺を計りながら生き残った、（今この五百羅漢を訪ねている）語り手の前に、死んだ赤ん坊の霊と重なってあらわれ、語り手は束の間その霊と交わるという、「水子」伝説を深く広い日本現代史を背景に捉え直した、すぐれた短篇となっている。

これらの「伝説」は、作者三枝和子氏にとってかなり身近な、京都府と兵庫県の境い目、特に丹波地方のものを根にしているように見えるが、しかしまた、篇を重ねるにつれて、作者は、わが国の古典である謡曲の中の「伝説」へと立ち帰り、作品の寓意性、象徴性をいよいよ深め、高めてゆく。「山姥の里」が謡曲『山姥』を、「飛べない天女たち」が『羽衣』を、「紅葉の湯」が『紅葉狩』を踏まえているが、それぞれに、あるいは現代の社会制度と「男」にかけられた呪縛を、山姥になって破棄しようとする「女」の苦しく悲しい執念が、あるいはまた、飛べなくて人間の「男」の妻となった、子持ちの居残り天女の苛立ちとどうしようもなさが、そして孤独な「男」の心の中に怪しく交錯する紅葉の美しさと鬼女の恐ろしさが、謡曲の詞《ことば》と曲、及びその舞台である奥深い日本の山川《さんせん》のイメージと一体になって、魅惑的な効果を挙げている。

特に「紅葉の湯」では、現代の若い孤独な「男」の心根《こころね》を、鬼女の霊を身に帯びている湯宿の主人の幻が愛《め》でて、本稿の最初の方で触れた、「細い金鎖のペンダント」をその若い「男」に贈る場面が、読む者の心を怪しく揺がす。「伝説」とは、今日ではテクノ的文化の「鎖」に繋がれて、人間の心を離れつつあるかに見えるが、しかし心ある者には、むしろその乖離の極点から逆に甦ってきて、深い歴史の持続する「鎖」となり、豊かな世界の所在を私たちに啓示しているのかもしれない。作者の意図を詮索するのではないが、「鎖に繋がれ」というのが、「伝説」が破壊されると同時に、鮮かにもモダンでみごとな「金鎖のペンダント」となって、人間の胸を飾るという寓意とも読みとれるのである。

ただこの短篇集は、さらに次に、出雲神話の土地松江宍道湖を背景に、老いた義理の親の介護のために縛られるのに耐えられず、夫の家を飛び出した妻（「女」）の、「自由」の夢とその代償としての死の幻覚とが両面的《アンビヴァレント》に入り混じった、極限情況に迫る三篇（「覚束ない虹」、「草舟に乗る」、「潜戸《くけど》の海蛇」）を並べて、「金鎖のペンダント」の象徴に再び暗い影を投げかけている。そして最初に触れた結びの「白い鎖」では、あの「戦争」（「命令」、「軍隊」と記される）に追われて走る「男」が登場するのだが、また彼は、敗戦のために自分が「出撃」を免れたまさにその瞬間に、「女」がその敗戦の衝撃のための「自決」で白い砂浜で死んだのを知って、走ったのでもあった。しかし同時に、その彼を転ばせる砂の「白い鎖」とは、「戦争」をもたらした元凶としてのあのテクノ的社会体制の「鎖」であったのかもしれない。彼「男」は、今「妻」と、輸入物のしゃれた紅茶を飲んでいるが、その紅茶の「薄赤い」色は、死んだ「女」の「白装車の胸に小さく拡がった血の色」と重なってくるのだから。

かくして、その「血の色」を幻覚するとき「男」が感じる「目まい」は、ついに解き放ちがたい今日の

「男」と「女」、いや、テクノ文化と「鬼女」のいる「山奥」の自然との関係の、根源的な両面性《アンビヴァレンス》を表徴しているかに見える。そのことこそが現実そのものに他ならず、そこへ立ち戻り、そこから常に新しく出発し直さねばならぬことを、この多様多彩で、深く暗示的な短篇集は私たちに啓示していると、私には思えるのである。

大庭みな子著

むかし女がいた（一九九四）

言うまでもなく『伊勢物語』を踏まえた小篇集だが、かの古典の物語集に、殆ど完全に伝説化され、寓話化されながらも、なお歌人在原業平の像がその根底に紛う方もなく揺曳していたのと同じように、「むかし女がいた」で始まる、独特な散文詩風の文体によるこの本の二八篇の「物語」（詩の形をとったものをも含めて）にも、「むかし女」としての寓話化、物語化が徹底している中に、作家大庭みな子像が抜き去りがたい影を落している。あるいは逆に、業平像、みな子像が紛れもなく根底にありながら、寓話化、物語化が徹底している、と言った方がいいかもしれない。――かしここでは古典歌人の姿、ここでは現代女性作家の姿が、さまざまに変身、変容して、物語そのものを作りあげている、と……。

かくして、「むかし女」の物語には、それ独自の幾つかの個性的な特質が読みとられる。物語そのものは、それら個性的なものを越えたところに成立しているのだが、そのことを明らかにするためにも、ひとまずはその特質について述べておくのが便宜だろう。――

まずここには、作者自身が身近に体験した戦争（それも、高等女学校の生徒のとき、原爆投下直後の広島へ救援に出て、その惨状をつぶさに見たのだった）の衝撃が、ほの暗い原体験の影を落している。と言っても、直接その戦争を踏まえた物語は、最初の三篇だけで、中でも作者らしい主人公が登場するのは⑴のみ、⑵では、「女」は戦勝国の青年と結ばれて異国に渡り、詩の形をとった⑶では、「女」は「星占い」をしていて、再び戦場に駆り出される戦勝国の若い兵隊たちの不安に向かって、死のあとには必ず生が再生することを歌いあげる。

そしてそれ以下の諸篇は、どこかになおも戦争の影を引きずりながら、「女」と「男」（しばしば妻と夫）の馴合い的な関係から、危機へと急転する姿を描く。それぞれが五、六ページ、あるいはそれ以下、長くて八ページ位の小篇だから、当然描き方は暗示的、寓意的で、形は散文詩、煮つまれば詩となる。そして危機とは、言うまでもなく、別離あるいは離婚だが、主題は、現実にそうなることではなく、なろうとするときの「女」=「男」、妻=夫の心の揺れなのだ。

例えば(4)は、夫が関係しているに違いない裕福な女の長い黒髪が蛇となったのを、切り刻んで炎で焼き、滴る脂《あぶら》に恨みと怒りを叩きつけるという、凄まじい女の怨念をイメージ化した作品だが、離婚は女の意志とはなっても、物語の中ではこの怨みのイメージの蔭に薄れ去ってしまう。そのわけは、別れるとか離婚とかいった現実的な行為だけでは、事は終わらぬばかりか、逆に、その行為の裏に潜んでいる、蛇の脂のようにぬらぬらした心の定めなさを露《あらわ》にしてしまうからだ。小島信夫氏のかつての大長篇の場合にも似て、「別れる理由」はまことに定めなく、むしろ別れられぬ理由とどこかで重なってしまうのである。

それに現実を言い出せば、離婚などよりもいっそう（意識の深層部で）強圧的な、結婚という制度がある。例えば(6)の「むかし女」は、結婚を強要する母親に逆らいながら、結局「身分の保証」という「習慣」に流されて結婚し、娘を生むが、その娘自身は結婚を拒否し、今日《こんにち》の女性らしく生んだ娘を自分で育てる。ところが、その孫娘は、大きくなったら「アキラちゃんと結婚するの」と言うのだ。——「どうしてこの子《こ》は結婚という言葉を知っているのかしら」……（傍点筆者）。
そんな重い制度の下《もと》でも、時節の移り変わりと共に「女」が上位になり、「男」が「女」に縋るようになると、「女の言うなりになっている男なんて大嫌い」、「別れましょう」と、「女」は言うが、しかし、それもどうやらただ、かつての「男」と「女」の立場が今や入れ替わっただけで、両者の関係には何の進展もないらしい⑾。また、子供の頃叔父に、幼い従妹と一緒に銀座のモナミに誘われてご馳走になった話を、夫が繰返し聞かせるのが「悲しく」て、「女」はついに「別れ」ることを夢見るが、実はそれは実際に夢そのもので、彼女はそのとき夫から離れて「雪山」で行き倒れる夢を見ながら、実は「男の傍らに眠ってい」るのだ。――その叔父というのは、アンゴラ羊を飼って失敗したりする、全く甲斐性のない、しかしその野放途さの故に、抵抗しがたい魅力をもった人物でもあったのだが。……㉓
このような物語を書くのは、しかし決して制度に屈服した姿勢ではない。ただ叫んだり、宣言したりすることの空しさ、無意味さを拒否して、生活の根に下り立ち、自己と他者、内なる心と外なる世界のあるべき関りを探る、恐るべき挑戦的な姿勢なのだ。紙幅の都合で詳しくは書けないが、この小篇集の物語では、一対の「男」と「女」だけでなく、その一対と、彼らに関る他者としての「男」と「女」との心理的な関係が、無意味さ、空しさのままさまざまに寓意的に語られて、性を媒介にした生の不思議な、しかし真実の姿が、皮肉に、しかし目もあやに浮き彫りにされるのだ。
寓意の絵図はまことに多彩である。例えば虫籠の中の鈴虫の雌雄の性と死、それを見つめる「女」の心の揺れ⑹、あるいは雌に貼りつく深海の雄のアンコウ、ハタラキバチと女王バチ、そして「女」と五〇年暮らした夫という名の「男」とが、互いに交錯させながら描き出す皮肉な性《セックス》と性別《ジェンダー》の絵模様(8)。一転して「栂の森に囲まれた湖」のほとりでの、アイススケートを共にした赤毛の女と黒髪の「女」とが交す、ケネディ暗殺とジャクリーヌを巡る噂話、そしてその時氷の中に「女」が見た赤と黒の異様な対照と、心に聴く権力者の死を象徴するかの如き「割れる湖の氷の轟音」(15)、また、自然の森の中で育って、まるで木のように無為な人間になった「女」と、金持で「ブランド」の家具や食器を並べた家で暮らしているもう一人の「女」との、皮肉な、どちらがどちらともつかぬ微妙な対照(21)等々……。
まことに目くるめく多様多彩な物語たちだが、しかし詮ずる所、最後の(28)に書かれているように——

女の姿がよく見えない者を男という
男の姿がよく見えない者を女という
いや　全然べつの　ありもしないものを
女だと思っている者を男という
そして　全然べつの　ありもしないものを
男だと思っている者を女という
何もかも　よく見えるようになった者は

女でも　男でもない
女でも男でもない
両性具有の無性の者が増えて来た
……［略］……
人は一度生まれたら
決して消えてなくなることはない
この世の全てのありようは
むかし生まれて逝った人たちの織る
模様　かたときも休まず
少しずつ　変る　だが　変らない
不思議な　模様　（傍点大橋）

もう説明するまでもあるまい。そしてこれらの「物語」は、「むこうからやって来た話」なのであり、「どういうわけか昔めぐり逢った人たちが遠いところから次つぎにやって来て、話し始めるのを、書きとめた」ものなのだ。「漂っているのやら、流れているものやら不確か」な「時」を貫いて往き来する「物語」たちなのだ。

マリーズ・コンデ著／風呂本惇子、西井のぶ子訳

私はティチューバ—セイラムの黒人魔女 （フランス語原著一九八六／英語訳一九九二［日本語訳一九九八］）

不思議な小説だ。「不思議な」とは、不可解なという意味ではない。むしろ逆なのだ。ともかくも展開のままにじっくり読んだあとで、読後感をまとめようとすると、事の筋道は極めてすっきりと見えてくる。だが、そう見えてくるのは、作者マリーズ・コンデの語りが、巻末に付されている「史実に関する注」をも含めて、すべて終ったあとのことで、そこに至るまでは（ということはつまり、作品を読み進んでいる間は、ということだが）、次々と人物が目まぐるしく現れては消え、また過去から呼び戻されてくるばかりでなく、その間《かん》に現実の人間と人間の霊とが交流、交錯、また反撥しあい、読者はその中に捲きこまれて、あたかも迷路の中で事の筋道を見失うような不安を感じるかもしれない。

が、不思議なことに、捲きこまれ、迷路の不安を感じるからこそ、すべてが語り尽されたときには、読者は究極のメッセージ——恐るべく多様なるが故に深く重大なメッセージ——を、却って揺るぎなく受けとめることができるのである。多様《マルチ》と言えばまさに多様《マルチ》の極限——多様なエスニシティ、多様な職種、身分の登場人物、カリブ海のバルバドスからアメリカのボストン、そしてセイラムという、地理的、歴史的背景の変転、そのセイラムも、魔女裁判の行われた町と、陰湿な魔女騒ぎの起る、森に接した村とでは、さらに多様化する。そのうえまた、さまざまなエスニシティの生者と死者の霊的な交わり……。

だが、まずティチューバとは何者か。先に挙げた巻末の作者自身の「注」によれば、有名なセイラムの魔

女裁判は、一六九二年三月ティチューバと他の二人の女性の逮捕に始まり、一九人が絞首刑になったが、翌年五月には、五〇人余の被告人が英本国からの恩赦によって釈放された。ところがティチューバは、入牢諸経費を賠償するために奴隷として売られたが、誰に売られたかは、「歴史家の意図的な、あるいは無意識の人種差別のおかげで」、まったく分からなくなってしまったと、強い批判的語調で著者は書く。ティチューバその人のことは、例えばアーサー・ミラーの戯曲『るつぼ』に言及があり、訳者の「あとがき」によれば、ほかにも彼女の経歴を詳しく辿った著書もあるということだが、ただそういう言及があるというだけのことであり、著者の「歴史家」告発（と敢えて言う）は、まさにこの小説のライトモチーフとして、それ自体歴史的意味を孕み、そうだからこそ、この作品の目くるめく次々と展開（もしくは転回）していく多様さは、究極的には極めて筋道立ったメッセージを啓示するのである。

つまり、この著名な事件の歴史学的空白を最も重要な鍵として、作者は「自分で選んだ結末をティチューバに与え」、メッセージの筋道を明らかにしたわけなのだが、その「結末」とは、要約して言えば、数限りない不運や苦難に噴まれても、「わたし」ティチューバは、何度も他者からの「愛」に恵まれ、またみずからも最後まで他者への「愛」を失わず、そのことによって常に自分の「選ぶ」道を見出し、かくして常に未来を孕んでいるということ。――例えば「わたし」の母である黒人奴隷のアベナは、イギリス人水夫に犯されて、バルバドスで「わたし」を生んだあと、持主の白人の侮辱に刃向かったために縛り首になるが、彼女を愛した黒人奴隷ヤオは、「わたし」をも深く愛して、「愛」の所在を心の中に刻印してくれた。彼と母アベナは、黒人奴隷の心を無意識の層で支える霊ママ・ヤーヤと共に、常に「わたし」に「愛」を思い出させてくれるのである。

以上のような「愛」の情況を基底として展開していく、多様な事の経緯を要約することは、なかなかむずかしいが、「わたし」を中心に敢えて試みれば——まず舞台は大きく分けて、バルバドス→（船で）ボストン→セイラム、そして魔女事件が終ったあと再び船で故郷バルバドスへ、と変転する。次に主題としては、何と言っても「魔術」という深く象徴的な現象がある。「わたし」は、ママ・ヤーヤの霊から、薬草の交配によって人間の病気や神経障害を癒す術を教わるが、これは一種の「魔術」でありながら、「よいことのため」の術だから、もともと「わたし」はこれを悪とは考えもしていない。むしろそれは、彼女の「幸福」のしるしだったのに、それが次第次第に悪魔的な「魔術」として恐れられ、憎まれていくようになっていくところに、この主題の複雑多様な展開が浮き彫りにされるのである。

その展開を促すものは何か。まずカリブ海の諸島における黒人奴隷制度がある。ということは、この制度に乗じて、奴隷売買を含む非人間的な差別行為を強行する白人と、彼らの属する白人社会機構があるということだ。黒人たちは、当の白人ですら人間としての自己を見失ってしまうようなその機構の中で、二重三重に自己を見る眼を奪われ、「わたし」の善意の術を恐ろしい「魔術」的なものと思いこんで、むしろ「わたし」の「魔術《ウィッチクラフト》」を強調する役割を担ってしまう。「わたし」がごく若かった頃は、まだよかった。ジョン・インディアンという偉丈夫の黒人に愛されて、性の喜びを享受しつくす。肉体的な性愛は、「わたし」の「愛」の原動力となるに至った。

ところが、もう既にかの白人社会の機構は、この「愛」を「魔術」的なものへと、決定的に変化させ始めている。ジョンは、黒人奴隷の役割をわざと演じて、まだ差別社会を人間的に笑いとばしているが、彼の持主である病身の、プランテーションの白人夫人は、ジョンと睦みあう「わたし」を、自分の病気をもたらしたまったくの「魔女」として敵視し、「わたし」から見れば白い悪魔《ワタシ》としか思われぬサミュエル・パリスという牧師に託して、黒人奴隷たちをアメリカへと追いやる。かくして十七世紀始めの初期アメリカ・ピューリタニズムが、いっそう大きな社会機構の象徴として、カリブ海出身の黒人奴隷たちをいっそう複雑な苦難苦悩へと追いこむことになるのだ。

しかも彼らが上陸して住まう所は、まずそのピューリタン・アメリカの象徴とも言うべきボストンである。このボストンでは、さすがの悪魔的なパリスも牧師職につけず、貧窮のうちに彼の白人家庭内でも、妻や娘たちと彼自身との間に「魔術」の表徴のような確執が起り、そのためにティチューバは、いよいよ悪の根源としての「魔女」の役割へと追いこまれ、ジョンの陽気さも次第にどこかに翳りを帯びていく。そしてやっとパリスの牧師職が決まったのが、この小説の題名になっているボストン北東の港町セイラムの村。しかもこの偏狭なピューリタンの時代の、偏狭な地方的ピューリタンの村社会では、黒人奴隷の存在そのものが悪魔の表徴なのだ。

もちろん、それだけではない。この偏狭な社会では、白人、いや、性別《ジェンダー》によって差別されている白人女性たちが、「悪魔=魔女」コンプレックスに取り憑かれて、一種の狂気の集団となり、「魔女」告発によってわが身を守ろうとする幻覚に捉えられている。パリス一家の母娘も、そのために苦しめられている始末である。実際にいわゆるセイラムの「魔女狩り」(一六九二・六—九)では、一九人の白人が絞首刑になったが、この小説では、登場人物たちの幻覚と、「わたし」ティチューバの霊との交わりが怪しく交錯して、この歴史的事件の根底にあった、人間の深層心理の様相が克明に描きとられているのだ。

そして「魔女裁判」となると、歴史学的には、すべて奴隷制度をかかえた白人自身の問題ということになってしまい、黒人奴隷自身は歴史の舞台からすら追い払われて、牢獄の黒い穴の中に閉じこめられてしまうが、まさしくここからこそ、この小説の作者が与えた「結末」の意味が浮かび上がってくる。その顕著な契機は、二つあると言っていい。一つは――これはまったくの作者の創作だが――「わたし」が獄中でヘスター（言うまでもなく、セイラム出身の作家ホーソーンの『緋文字』の白人のヒロインである）に出合って、「愛」の心を通いあわせることであり、今一つは、「わたし」の「魔女」性を理由にこの「魔女裁判」事件を惹き起しておきながら、黒人奴隷はその裁判にも値しないものとして歴史から抹殺してしまう、奴隷制に乗じる白人社会、いや、きっと後の世まで彼らの存在を認めぬであろう歴史研究者に対する、痛烈な根源的批判にほかならない。

ヘスターは、姦通（Adultery）の罪で緋文字Aを胸につけさせられたのだが、ここでは、女性の性《セックス》と性別《ジェンダー》を認めぬこのピューリタン社会の暗い獄舎《ひとや》で、彼女と、同じ社会によって人格を抹殺された「わたし」とが、女性のために、そして同じ社会によって否定された「愛」を根幹とする性《セックス》のために、心を通じあうのだ（ヘスターが背いた夫のチリングワースが、薬草を手段とする怪しげな医者《リーチ》であったことや、原作でもヘスターは女性の未来の力を予見する信念を抱いていたことをも、作者は、この牢獄での二人の間の意外な「愛」の根拠として踏まえていたのかもしれない）。そのことは、まさしく歴史研究家の思い及ばぬ所であり、歴史的事実だけを辿っても、最初の方に書いた恩赦のあとでは、実際にはユダヤ人差別の問題をも含む複雑多様な経緯があったにも拘わらず、もう歴史学的にはセイラムの「魔女」事件は終ってしまい、最後に「わたし」が故郷バルバドスへ帰っても、元の奴隷状態は変るどころか、「わたし」の「魔女」性は極限にまで憎まれることになってしまう。

しかし、それでも「わたし」は、胸の内で戦いを宣言しながらも、なお「愛」を身上《しんじょう》とし、かつ性《セックス》へと反転して、かつてのジョン・インディアンを思いつつも、次の男と交わって妊娠し、また奴隷たちに治癒の薬草の「魔術」を施して、心を満たしもする。だが、心を通じあったヘスターは牢獄で自殺し、「わたし」は、セイラムならぬこの故郷の土地でも「魔女」として痛め付けられ、ついには絞首台に吊されてしまうのだ。……しかし、むしろそのことによって「わたし」は、アベナやママ・ヤーヤの霊に救われ、このクレオールの地で（作者自身はカリブ海グアドループ生れの黒人女性だが、長じてからパリで勉学し、作家となり、いわゆるクレオール文化のエッセンスを体現していたと言える）、自分を継ぐ子供を選びとって、アメリカではとうてい得られぬ、「愛」に貫かれて未来へ向かう生き甲斐を手に入れるのである。

これが彼女の歴史研究家の歴史に対する根源的な批判であり、この批判の故にこの目まぐるしく展開する複雑多様な小説は、物語の究極的な筋道と整合性を獲得するのだ。まことに迂余曲折の筋道だが、それだけにこの究極的な整合性は、読者の心を底深く打って、この小説の文学作品としての真実性と迫力を感じとらせ、同時にこの迂余曲折の筋道こそが、また、この小説の方法そのものであったことを証《あかし》するのである。

小島信夫著

うるわしき日々（一九九七）

1

今日新聞の連載小説を書く場合、作家の実際上の手続きはどんなふうになるのだろうか。おそらく最初に漠とした全体の構想はあるだろう。だが、それが一日一日そのまま形になっていくとは、到底考えられない。自然に何回分か繋がる時もあるだろうが、原理的にはむしろ逆ではないか。たぶん自分一人で俳諧の付合《つけあい》をするようなもので、いわば一日一日前回の稿に戻っては次の一回を書く。そんな中で（言葉は悪いが）いわばなしくずしに、全体が形になっていくのではないか。[1]……これは、私の貧弱な想像力からする推量にすぎないが、もしそうだとしたら、小島信夫氏の『うるわしき日々』は、その特質そのものを意識的に（ということは、小島流に言えば無意識的に、ということとも重なっている筈だが）自家薬籠中のものにして、独特なエクリチュールを試みた極めて実験的な小説と言うことができるだろう。

というのも、一つには「あとがき」に、大庭みな子氏から『抱擁家族』の人物たちは、あの後どんなふうに生きたのか、一般読者に向って語ってもらいたい」と言われた（と「思った」）とあるが、日々読み進むにつれて「一般読者」に分かってくることは、ここに「語られて」いるのは、三〇年余前の小説の人物たちの後日譚などではけっしてない、それをも含みつつさらにその前の、それも遙か前の物語でもある——いや、それどころか、かつての人物たちと、遠く近くにあって彼らと関る（もしくは連動する）人物たちとの、まことに複雑、多様、かつ微妙な時間的（過去、現在、そしておそらく未来に亘る）、空間的（家族、男と女、そして他者との間に亘る）関係の網《ネットワーク》の目に他ならぬ、ということだからだ。

あるいは読者は、（私がそうだったが）その複雑多様な関係を整理し理解するために、幾つかの家系図と何種類かの年譜を作ってみたくなるかもしれないが、しかしそんなことをすれば、もう小説どころではなくなって、何のためにこの小説を読むのか分からなくなってしまう。家系図や年譜は、当然一般的な歴史を含んでいるが、ここにあるのは、「歴史」といった抽象的、観念的なものではさらさらなく、どこかで一つの、あるいは幾つかの物語に収斂されそうでいながら、基本はあくまでも事実としての個別的な出来事、人間関係、人物の挙措、言動、感性の（描写ではなく）表出もしくは表情に他ならない。そしてそれらの事実を語り手がすべて抱きとめて、それらを刻々に小説へと昇華《サブリメイト》していくのだ。

いや、語り手と言っても、それは『抱擁家族』の後日譚の主人公らしい「老作家」三輪俊介ではない。俊介の傍らには、当然小説全体の語り手（それは書き手でもある）がいるのであり、しかも一度などは、「この〈麗しき日日〉（連載中の表題）の直接の作者である、小島信夫」が、こう「思う」とばかりに名乗りを上げることもある（第五章「家族の誕生」）。そして、「三輪俊介は小島信夫にそっくりであるが、何と言っても小島信夫そのものではない」と言うが、この「小島信夫」は、現実に今この小説を語り、書いている「直接の作者である、小島信夫」そのものなのだろうか。……このように「小島信夫」と客体的に書かれてしまうと、今現に語り、書いている主体的な作者そのものとは、別人とは言わぬまでも別者としか思えないではないか。……実は、何気ないながらここにこそ、作家小島信夫氏のまったく新しい、極めて実験的な方法を見てとることができるのである。

近代小説の伝統からすれば、わが国の場合でも、語り手＝書き手は、書き、語っている自分自身の意識を作中に取りこむことなどせずに、ただ客体的なものとしてのストーリーを、あるいは私小説的に客体化された内的体験を、そのまま語り、書いていくのが本道であろう。それだからこそ、新しく確立された近代的自己（自我）が把捉する外界の明確な映像としての、近代小説《ノヴェル》（英語の語源から言えば「新しい型の物語」の意だが、ラテン系の文学では「物語《イストワール》」になる）は、強力な長い生命を保ち得たのだった。

だが、「だった」と単純過去形で書かざるを得なかったように、この強力な生命は十九世紀後半、殊に世紀末から徐々に力を弱め、二十世紀後半、殊に七十年代以降には、その弱化の極限からの転倒が起りはじめて、書き手＝語り手が書き、語る自己を意識し、その自意識が、いわゆる「書く行為《エクリチュール》」そのものを小説の主題の中に織りこむことを、新しい作家の課題としたと言うことができる。それが今日の小説の不可避な構造と見えてきているのだ。

小島氏がこの小説に、その「直接の作者である、小島信夫」を登場させたのは、まさにそうした小説の構造の不可避性を受けとめたからだと思われるが、しかしそれは、小島氏自身深く意識している通り一種の極限情況の把捉に他ならず、それで新しい小説が安定し、定着するわけではけっしてない。それどころか、むしろそこからさらに、「書く行為《エクリチュール》」の次の一歩をどうするかという課題が作家に課せられてくるのであり、だからこの大長篇の中に右のような「小島信夫」が登場するのは一回きりで、常套的に繰り返すことはできないのだ。

作家はその曖昧《アンビギュアス》な、両面的《アンビヴァレント》な地点に立ちながら、なお文学の言葉によってストーリーを書き続けなければならないが、それだからストーリーそのものは、最初の方で述べたように、いわゆる「ストーリー」は徹底的に解体されて、時間的、空間的に複雑多岐に交錯する、一つの網の目《ネットワーク》を構成することになるのであり、「書く行為《エクリチュール》」の問題もその網の目《ネットワーク》の中に組みこまれざるを得ない。それはいわば作家の意識と無意識が、深層において刻々複雑に交錯する、けっして疎《おろそ》かには出来ぬ新しい文学実験と言うべきだが、それを敢えて貫き通した所に、この『うるわしき日々』の稀な新しい達成はある、と言うことができるのである。

2

前置きが長くなってしまったが、右に述べたことを、いよいよ作品の展開に即して点検してみなければならない。――結果はどのように出るだろうか。

ところで、先にこの小説から家系図や年譜を抽出するのは空しい作業だと書いたが、そういう作業ではなく、この小説の解読のために、やはり物語を重点的に整理しておくのが便利であろうし、それはまた、この特異な作品そのものが強いる所でもある。――まず何と言っても、『抱擁家族』の主人公だった三輪俊介とその（後）妻京子の「老夫婦」が、扇の要《かなめ》のようなところにいる。ようなと書いたのは、かの内在的な曖昧性、両面性の故に、必ずしも決定的に要とはなり得ない作中人物だからだが、それでも二人のうちでも「老作家」俊介は、何と言っても「小島信夫」の分身像であることを否定できないから、要《かなめ》として強いか弱いかは別にして、ともかくもまずその位置にあると言わなければならないだろう。

しかし、この「老作家」の物語は、後述するように個人的な特殊な要素は当然含んでいるが、それ自体独立しているのではなく、妻京子と、先妻トキ子との間の息子良一を最も重要な存在とする、周辺の人物たちとの相関関係から立ちあらわれてくるのである。だから、まずこの二人と周辺の人物たちの物語――それも全八章の章順にではなく、そちこちに記され、結局全体の中からその意味もしくは象徴性は立ちあらわれるのだが――を、一応整理しながら見ておく必要があろう。

ところで、俊介の一途な求婚によって三〇数年前彼の後妻となり、良一とその妹のノリ子を引き受けた京子は、良一の幼い頃の小児麻痺や、長じて後の不運な結婚、酒の飲みすぎからのコルサコフ氏病といった重荷と、勇敢に戦おうとしてきた。しかしおそらくその精神的負担が主な原因で、彼女は現在記憶が中断する知的障害を起している。そして彼女の経歴の中でかなり特殊な事実に、銀座の商家で母が夫の死後番頭と関係して生まれたという出生の秘密があり（第一章「家の記憶」、第八章「デュエット」）、また若い頃男と約束していたのを断って遊びに出かけたため、男に安全カミソリの刃で頬を切られたといった事件があった（第八章）。

さらにまた彼女には、（『抱擁家族』でも既に暗示されていたが）離婚の前歴があり、前夫との間に生まれた子供を他人に託して、不動産屋で経理の仕事をした（同）という、元々活動的な女性でもあったが、それとは反対に、過去に二度自殺未遂を起したという鬱的な面もあったという。しかし、俊介と結婚する頃は至極元気で、極めて計画的、そのうえ山へ出かけるというスポーティな所もあり、特に主婦たちを相手の料理教室を一〇年以上も続けて、海外料理研修旅行に出かけたものだった（同）。

だが、そうした間にも、彼女は次第に精神的不安を昂じさせ、既に書いたように今では知的障害に悩んでいるが、それはただ、引きとった俊介の先妻の子供たち、特に良一に感じる無意識の心の負担だけのせいだったのだろうか。確かに良一は、俊介の先妻で彼の母であるトキ子が妊娠中に、階段を踏みはずしたアパートの女主人に抱きつかれて、一緒に転げ落ちた（第五章）ことからおそらく始まる、幼時からの心身障害に加えて、年輩になってからも不運な再婚で妻から離婚訴訟を起され（第七章「別れの記録」）、酒に浸り、今五四歳にしてコルサコフ氏病で痴呆患者病棟に入院する始末である。それを、生来勝気な京子は、何としても自分で引き受ける「覚悟」をし（第一章、第二章「父と息子」）、彼女自身の高齢と内的障害も手伝って、今の症状に落ちこんだに違いない。しかし、それでは肝心の俊介自身が宙に浮いてしまう。いったいこうしたことすべての根底には、俊介こそが元凶として関っていたのではないか。

自分こそが元凶ではないかというこの疑惑もしくは恐れ、不安が、まさにこの小説の根本主題だったと言っても過言ではないだろう。ということはまた、この疑惑、恐れ、不安が、ただ作中人物三輪俊介だけのものではない、ということだ。俊介はむしろ、ただそれを小説の中で表明している、あるいはその身ぶりをしているだけなのかもしれない。彼の言動には、表裏ただならぬものがある。またそれは、一度名乗りを上げる作家「小島信夫」のものでもなさそうだ。彼はそのあとまったくの小島信夫として村上春樹論をぶっており、小説の外にいるとしか言いようがない。その小島信夫が作品の主題と覚しいものを分かちもつのは、やはり前に書いた、文学の根源としての、また人間存在の根としての、暗い無意識の中においてではないだろうか。

その無意識の中でこそ、三輪俊介や他の人物たち、そして小島信夫自身も物語に加わることができるのであり、その物語は誰が作るというのでもなく、一種の自動筆記《オートマティック・ライティング》のように語られ、かつ書かれていくと言うべきだろう。ただその筆記《エクリチュール》をなすもの、ロラン・バルトが言う、作家(écrivant)ならぬ書き手(écrivain)が小島信夫氏であることは否定すべくもなく、こうした「書く行為《エクリチュール》」全体の複雑微妙な構造こそ、氏が過激にも実験的な、まことに新しい小説家であることを証《あか》していると言わなければならないのだ。

しかし、この自在な語り兼筆記による物語の中には、もちろん京子や良一に関る事柄ばかりではなく、要《かなめ》とも言うべき三輪俊介自身の特殊な個人的事実が、折り折りに取り上げられて、物語全体の相貌を微妙に彩っているから、やはりそれについても重点的に触れておかなければならない。——まず先妻トキ子との間だが、『抱擁家族』に描かれていること以外に、かなり多くの細目が書きこまれている。例えば、旧制高校生のとき俊介が下宿していた家へ、二〇代半ばのトキ子があらわれて何人かの男と識りあっていたが、あるとき俊介の蒲団へ、寝かせてくれと言って入りこみ、しかもただ眠るだけでそのまま朝戻っていく。若い俊介も、むしろ心でそれを喜んでいたという(第五章)。

やがて二人は、入籍せずに世帯をもち(その為の家族の反対で、トキ子も二度自殺未遂を起したことがある)、俊介は徴兵検査を受けたその日に子供を作る決心をし、入籍も果して、かくは良一が生まれることになったのだった(同—その誕生を知らせるトキ子の手紙は、戦地の彼のもとに届いた)。さらにまた、今の俊介がしばしば洩らす溜息に通じる、七〇年前の、再婚した彼の父(仏壇修理師)の「唸りとも、叫びともつかぬ」溜息(第二章)とか、あるいはまた、実にさまざまな職業をへたのち書家として活躍した、俊介の九つ年上の男勝りの姉テル子のこと。テル子も、中年になってから子供を生む決心をし、結核のために出産のあとで死んだのだが、彼女や父親の風貌や振舞いは、不思議に俊介に繰り返されているように見えるのだ（第五章）。

こんなふうに俊介の家族の八〇数年、いや、それ以上の長い経歴を辿ってくると、戦争を含む混沌たる歴史的経緯と連動するその複雑さは、俊介自身にも及ぶ、現代の人間の心身障害的徴候を暗示しているように思えてくる。いや、書き手としての小島氏自身が、それを今日の世界の、そしてもちろん日本人の心的症候の表徴として捉え、それとの対峙、相剋を通じて、心を活性化する真実の文学（小説）を創造したのだと言うことができる。だからここでは、さまざまな細目が一見アト・ランダムに記述されていくうちに、次第に、漠たるながらにその全体の構造が定まり、その網の目のなかにおのずから、今日の現実社会と人間の心との関係を浮き彫りにする幾つかの象徴的な情況が、ハイライトを浴びることになるのである。

3

それらの象徴的情況を要約的に述べつつ、本稿の結論へと赴きたいが、まず第一に、『抱擁家族』以来小島氏の小説の主題となってきた、建物としての家にも関る現代の家族――特に夫婦、親子――の関係情況ということ、今日的な問題がある。第五章の表題に「家族の誕生」とあるが、既に見てきたように、同時にそれは家族の崩壊であり、それを防ごうとして俊介が建て直す建物の家は、最新の設計にかかるものでありながら、ついに未完成のままで、例えば「雨漏り」をどうにも止めることができない。頻出するこの「雨漏り」のイメージは、家族崩壊の情況と象徴的なパラレルをなしていると言っていい(2)。

それに、既に挙げた俊介、京子両側の家族には、離婚、再婚等の夫婦関係の問題が多いが、いったいこの小説に点綴的に描かれるこのような家族、夫婦の関係情況とは、今日の世界における社会の情況と関連しながら、どういう根源的な問題を表徴しているのだろうか。その根源的な問題とは、煎じつめれば今日の世界における男と女の関係という問題点に帰着するかもしれないが、それはこの『うるわしき日々』ではどのような形になっているのだろうか。いささかこちたき問題提起になって自分ながら鼻白むが、しかし小島氏のこの小説は、そうしたこちたさを誘発する幅の広さと底の深さを孕んでいると言わざるを得ないのだ。

例えば京子は、既述のように、良一をも引き受ける「覚悟」を示すが、現代の心的障害の表徴とも言うべき彼の病《やまい》は、彼女の手に余って、みずからも記憶が途切れる知的障害を起す。すると夫の俊介は、先に触れた、自分こそが家族の不幸の元凶ではないかという恐れと裏腹になった、彼女と良一を守らねばならぬという義務感と、一個人としての無力感との間に挟まれて、ひどく苛立つが、他方また、このような医学的障害の前では、自分の無力は、一個人として当然だという自己正当化の根拠も充分にあり、そうした中では義務感もいわば形式的な一種の義理感覚に堕しがちになるという、まことに厄介なディレンマをどうすることもできないのである。

こんな状態では、伝統的（もしくは因襲的な）家長のイメージが既に消え失せてしまっているのは当然だが、いっそう悪いことに、そのイメージの残像がどこかに揺曳しているために、あるいはそれに替わる決定的なイメージがないために、俊介のこの中途半端な、曖昧で両面的な状態は、今日の人間と世界のどうしようもない現実の情況の表徴のように見えてくるのだ。

これを男=女の視点へ収斂すれば、性別《ジェンダー》としての男の伝統（因襲）的な優位性は、もとより崩壊しているが、かと言って女の優位性が確認されているわけではまったくない。京子は、俊介などより遥かに積極的で頼りになる女性だが（車の運転は常に彼女が引き受け、俊介は端《はた》で気遣いしながらも便乗している始末である）、心的障害のためにその積極性と力を対他的に作動することはできない。これは、作者小島氏の作為ではなく、小島氏が見る周縁の人間の事実《アクチュアリティ》なのだが、それを小説の中に織りこむという書き方《エクリチュール》は、当然その事実の文学的普遍性、表徴性、を前提としていると言っていい。そしてこれには、そうした男=女関係の情況を不可避にする、今日の人間と社会の制度化、もしくは体制化についての、作者の側における広く深く、かつ痛切な認識が関っていると見ざるを得ないのだ。

　というのは、例えば先に触れた、良一と京子の病理的障害の前では、一個人としての自分の無力は当然だとする俊介の、見ようによっては横着な気持の半面には、こうした障害は、国家が法的に作らせている公的な医療専門施設（病院）が引き受けるべきで、私的な一個人が徒《あだ》や疎《おろそ》かにするべきではないという、極めてまっとうな考えがあり、しかもその国家と個人、公的制度と私的関りとの関係自体は、現実には決してどちらがどちらというふうにいかぬ、まことに曖昧な、両面的なものに他ならないからである。（いささか脱線するが）今日のわが国における介護保険の問題にしても、制度そのものがしばしば空転して、介護の努力はさまざまになされながら肝心の被介護者の身体的、精神的位置がなかなか安定しない、と言うよりむしろ疎かにされがちであるように、良一のような心的障害者を医科学的に扱うべき病院は、ついに決定的には決まらず、従って、（京子も障害者とすれば）個人としての最終的庇護者とならざるを得ない俊介は、そうした公私の関係の不安定の中で、まことに苛立たしい動揺を強いられていると言っていいのだ。

もちろん作家小島信夫氏は、この小説の中でそういうことを主張しているのでは毛頭ない。以上のような公的な制度と私的な個人との関係が、今日において一つの極限情況的な曖昧性、両面性に達しているという、いわば歴史的真実を、文学(小説)の言葉で表徴しているに他ならない。そしてその真実とはまた、広く深く今日における人間と世界の情況を象徴していると言わなければならないのである。

4

またもやいささかこちたき言辞となったことは、真実に免じて許して頂くとして、以上のような家族関係の情況の中で俊介は、同時に文学芸術の徒としてその関係の仲間との交友を深め、またその対極とも言うべき公共性の代表としての法律の世界に、良一に対する離婚訴訟で彼を弁護する弁護士と深く関っていく。そしてこの皮肉にも対照的な二つの世界の、彼個人との微妙な関りが象徴的に語られ、描かれて、この長篇の意味深長な結びとなるのである。——

八二歳になる本格的な小説家である俊介には、当然文学仲間だけでなく、すぐれた芸術家との交友があり、例えば、北村巠《ひとし》という立体像の彫刻家がその一人である。そして北村の黄金律による制作方法は、H氏が設計した俊介の家の構造ともどうやら関連していて、彼に懐かしい思いを抱かせる(第一章)。それに、時に披露される俊介の文学芸術への造詣には並々ならぬものがあり、一々ここでは言及しないが、本格的な感じを与える。

ところが、それとは反対に、俊介が時に相談する近所の医者は、日常生活における彼に「過干渉症」という辛辣なレッテルを貼り（第六章「林の中の病院」）、また良一の弁護士のI氏は、俊介に向かって、あなたは息子を甘やかしすぎる、それにまた「反省の虫」に煩わされすぎる、あなたの小説からそれがわかるが、小説と実生活は正反対だから、むしろ「スキを見せては」いけない、と直言するのだ（第七章）。

「過干渉症」を引き起す「反省の虫」と、「スキを見せぬ」戦闘的な姿勢との両面性、また小説と実生活とのそれは、既に述べたこの小説『うるわしき日々』の根本主題に連なっているが、三輪俊介も作家小島信夫も、そしておそらくこの作品の書き手（écrivain）も、それら対極の間に挟まって、それぞれ深く揺れ動いているに違いない。しかし、この点から言えば、俊介と小島信夫はむしろ揺れの少ない方かもしれない。俊介が「スキを見せぬ」ことのできない「反省の虫」であることは否定できないし、ここに登場する小島信夫が作家（écrivant）として小説（文学）に賭けていることは明らかだ。そこで大きく揺れ動いているのは、その書き手N・Kということになるが、そこにこそ真実の文学は成立するとその彼が考えていることは、その書き手が『うるわしき日々』という題名の説明の代りに引用している、西脇順三郎の詩『旅人かへらず』〈一〇〉の詩行から察せられるだろう（第六章）[3]。

詩人は、年の暮《くれ》に「落葉の林」を彷い、「枯れ枝」にさまざまな「葉の蕾」が出ているのを見て、感動し、

枯木にからむつる草に
億万年の思ひが結ぶ
数知れぬ実がなつてゐる

人の生命より古い種子が埋もれてゐる
人の感じ得る最大な美しさ
淋しさがこの小さい実の中に
うるみひそむ……

そして詩人は、「この実こそ詩であろう／王城にひばり鳴く物語も詩でない」と結ぶのだが、枯れ枝やそれにからむつる草になっている無数の実に、「人の生命より古い種子」が埋もれていて、それが「最大な美しさ」にして「淋しさ」だと言うのは、（既に本稿で縷々述べてきた）生命を枯らす人間世界の冷酷な機構の中で、実にさまざまな人間個々の孤独な営みが、その「淋しさ」の故に「美しい」種子を孕んで、永遠の時を啓示している、それは、外なる世界と内なる心の間を揺れ動く小説（文学）の書き手こそが捉え得る、人の命の形象、またその証明としての人の言葉（文学）の姿に他ならぬ、とそう作家である書き手が言っているものと、私は思うのである。

そしてこれはまた、無意識の層、従って「夢」の世界に関る事柄であり、その傍らには、やはり時間と空間に縛られた現実の世界があることを否定できない。それあるが故にまた無意識や「夢」の世界は真実の深みを帯びてくるのだが、この小説の最後に掲げられている「若い小説家の手紙」は、そのことを暗示して、この複雑多様な長篇小説にふさわしい結びとなっている（第八章）。この「若い小説家」は、既にこの章の冒頭に、飼猫の死に、「知人の死」以上の悲しい思いをする人物として紹介されていたが、この「手紙」では、チェーホフを引きあいに出して、「小島先生」は彼の成熟した戯曲を買っておられるが、自分はむしろ「青臭い表現」が頻繁に出てくる小説の方が好きです、というふうに書く。

　そのチェーホフの「モチーフ」を、百年たった現代でも一般の小説は発展させなかったので、自分は小説というものをけなし続けてきました。「小島先生」と自分の間の違いは、「時代」、「世代」、「世界観」といったものの差かもしれぬが、自分の小説批判はけっして「情緒的なものでなくて、とても知的なものです」と言い、「こう書いているうち、猫の死のあと、ぼくがチェーホフに浸っている理由に少し近づいたのかもしれません」と結ぶ。そして「追伸」として、この『うるわしき日々』に出てくる作家は、「先生」の『十字街頭』の主人公（一灯園の教祖西田天香がモデル）と同じように、「赤子」となって、「神社」もしくは「往来」、つまり新聞紙上で泣くことになると思います。「そこで投げあたえられる糧」は何か知りませんが、とつけ加えるのである。

　私流に言えば、「老作家」と「若い小説家」とのこの対極は、再び「頭」と「心」、「知」と「情」の両面性、二重性という現実の人間世界の根本問題の表徴である。そして二人の関係に結論的な判定が与えられていないところにこそ、その問題の真実性はあり、そこへこの複雑な網の目の小説は収斂され、そこからまた既述のような広く深く複雑に拡がっていく契機を与えられていたのだった。そしてその収斂と拡張は、今日の人間と世界のアクチュアルにして根源的なあり方を象徴する、稀な小説の世界を作り上げているのである。

　そして不思議な暗合だが、その小説の世界は、かのピンチョンの『ヴァインランド』と、およそ方向は裏と表の正反対でありながら、どこかで底深く通底するものをもっていると言うことができるのだ。こうしたことを可能にするのに新聞もしくはピンチョン流にTVというメディアが与《あずか》って力があったとすれば、新聞礼讃、TV礼讃ということにもなるかもしれぬが、どうやらそうではない。真相は、『ヴァインランド』から察せられるように、むしろ逆にそれらのメディアの行き詰り、あるいは限界の根源を作家が見てとったが故に、こうした稀な小説は生まれ出たと言うべきではないだろうか。

（註）

（1）新聞小説を創作の場とした漱石は、短篇を重ねて、その個々の短篇が合して一長篇を作るという方法を、最初『彼岸過迄』で試み、のちの『心』でも用いた。「彼岸過迄に就て」（明治四五年［一九一二］）という文章では、「書進んで見ないと」どうなるか分からないが、「よし旨く行かなくっても離れるとも即くとも片の附かない短篇が続く丈の事だらう」し（傍点大橋）、「自分は夫でも差支へなからうと思ってゐる」と書いている。これは、新聞小説の一日分と一短篇との違いはあるものの、付合《つけあい》のようなものだと私が言う小説の方法と、実質的に似ているのではないだろうか。

（2）この「雨漏り」は早く第一章に書かれているが、これは、俊介の家が新築された昭和三〇年代～四〇年代には、どうにもならぬ建築上の問題であったと、いわば歴史的情況へと普遍化されている。他にも建築上の問題は多くあって、作者は一々克明に書いているが、中でも「雨漏り」は、そういう普遍性を踏まえて最も象徴的なイメージとなった。他に第三章「階段のある場所」、第四章「夢」、第七章「別れの記録」にも、顕著な言及がある。

（3）次に掲げる詩行引用の前に、著者は西脇氏の長詩『壌歌』の冒頭三行――「野原をさまよう神々のために／まずたのむ　右や／左の椎の木立のダンナへ」――のような、「三河万歳めいた口上」で、自分の小説も書き始め得たら、「どんなに楽しいだろう」と考えた、と書き、これは芭蕉の著名な「先ずたのむ椎の木もあり夏木立」（『幻住庵記』）を下敷にしたもので、「椎」は「四位」にかけてあるという、とつけ加えている。次の引用は、著者の手許にあった西脇の詩集から。

エピローグ――これからも読み続けるということ

「プロローグ」に書いたように、過去三〇年余の間に発表した書評を本書に纏め、数度に渡る校正を終えて、やっと一書としてざっと読み返した今、一種感無量の気持になるのに不思議はないが、同時に、所期の願いや夢が果してどんな形で、どの程度に満されたかという懸念が、心の底に蟠っていることを否定し得ない。繰り返して言えば、その夢あるいは願いとは、長年月の間時に応じて書いた書評が、それ自体としての役を果しながら、その積み重ねの内に総体として何か意味を孕んだもの——言うなれば、現代文学を作り上げている要因の網《ネットワーク》の目とも言うべきもの——を浮かび上らせるとは言わぬまでも、少なくとも色濃く暗示することになるのではないか、という願いもしくは夢であった。

一つには、本書に収めた書評が、主にアメリカ文学とわが国現代文学に関《かかわ》る本に対するものだから、その両者に通じる総体的な特質の網《ネットワーク》の目ということであったが、さらにそれが、日米以外の文化圏の文学にも及ぶ、いっそう総体的な文学的特質の網の目にも繋がり得るのではないか、といった夢にまで拡大していったのだった。ところで、「プロローグ」では、筆者である私がいささか気負いすぎていたためか、あたかもそれらの夢が実際に実現するかのような、性急な印象を与えたのではないかと危ぶまれるが、もちろんその文章自体が証明しているように、これが夢あるいは願い以上のものでないのは言うまでもなく、ために四部に渡るさまざまな書評を分類整理して纏め上げた挙句に、さらにその夢の、現実性と言うより真実性を示そうとして、書き下ろしの書評五篇からなる最終部をつけ加える仕儀となったのである。

ただ、これも「プロローグ」で暗示したところだが、夢は夢としての現実性をやはりどこかに持っているのであって、またもや私はその夢としての現実性——それは、言い換えれば真実性ということでもある——

を、ここで繰り返し読者に訴えたい誘惑に駆られる。しかし、その訴えは、本書に収めた数多くの私の書評そのものに託してあるのだから、ここでそれを繰り返せば、まさに同義語反復《トートロジー》の愚を犯すことになるのは言うまでもない。だから、ここでは読者に、できればざっとでいいからもう一度全体を見渡して頂きたい、とお願いしておくに留めねばならない。

ただ、この場を借りて更に述べておきたいのは、実は著者である私自身が、長々と続いた本書の校正中に、いわば改めて新しく発見した本書の特質といったものについてである。自分の本の特質を改めて発見するとは、まことに異な言い分ではあるが、実はこれには、私の恣意ではない、今日の文学そのものの特質が関っていると考えられるのである。

というのは、実は本書の第Ⅲ部の校正にかかって、日本の文学に関する数篇の書評を読み返しているうちに、評者である私が同じ趣旨のことを何度も繰り返し述べているのに気づいて、はっとし、その背後の事情のことに思い当ったのである。この第Ⅲ部は、大岡昇平氏の『萌野』に始まる我が国の現代文学についての書評から成り立っているが、端的に言ってしまえば、評者である私は、殆どすべての作品に、何らかの形での二重性《アンビギュイティ》もしくは両面性《アンビヴァレンス》を読みとることを主眼点としているのである。例えば『萌野』評では、「オトギ話」と現実、あるいは私的な事実と象徴性が二重写しになっているが、その二重性こそが今日の小説、そして「文学の原点」であることを強調している。紙幅の関係上もう一例だけを挙げておくと、例えば小島信夫氏の『寓話』評では、「自己と他者、過去と現在、事実と虚構、あるいは男と女、日本と異国、個別と普遍」といった、さまざまな「対立」が、対立したままで「一つのマンダラの世界」を現出しようとしている、といったふうに書くのだ。

私が二重性《アンビギュイティ》とか両面性《アンビヴァレンス》とか言うのは、時に揶揄の対象となるほどに常套句《クリシェ》化していて、アメリカ文学（例えばメルヴィルやフォークナー）を論じても、また日本の漱石を論じても、いつも顔を出していたのだが、その顔の出し方は、右に述べた本書第Ⅲ部における反復ほど極端ではなかったのだ。それがここに至って急に目立ってきたということは、おそらく一九七〇年代以後の日本文学において、作家が、その主題ばかりでなく書き方そのものに著しく自意識的になり始めたことの、私の深層意識における反響であると思われる。それは、漱石が明瞭に意識していた、西洋近代が日本の精神風土に与えた衝撃に遙かに繋がっているが、特に戦中、戦後の一大激変によって加速度化したに違いない。そのことが、いわゆる「戦後派」文学以後、「第三の新人」、「内向の世代」へと変転するにつれて、作家の内面における、文学として常に避けることのできぬ外向性（現実性《アクチュアリティ》への挑戦）と、その対極の内向性（自己省察《セルフ＝レフレクション》の要請）との二重性、両面性を強く顕在化し、かくしてまた書評者としての私の、先の常套句《クリシェ》的志向を促進したと思われるのである。

もっとも、この「エピローグ」でその問題を詳しく論ずるのはむしろ冗漫で、先述の通り、すべてはこのまま読者に委ねるべきだが、右の私の自己発見もまた、何らかの参考になればと願いつつ、敢えて書きつけた次第であった。それにまた、この日本的現象が、現代世界のさまざまな文化圏における文学の情況に繋がっているであろうことも、例えば最終部の拙論から感じとって頂ければ幸いであるが、それはそれとして、このような私のいわば一種こちたき理論（もしくは理屈）が、逆に本書の瑕瑾となって、収録した書評のあるもの、特にこの第Ⅲ部の書評の多くを、いささか読みにくく、解りにくくしているようにも見受けて、内心忸怩たるところもあるのである。その点読者には、筆者の意のある所を汲んでのご海容を切にお願いしたい。

それにしても、今本書の仕事をすべてなし終えて息を継ぐと、我ながらよくもこれだけの数の書評を書きついだものだと、溜息のようなものが喉元にこみあげてくる。三〇年余と言えば一世代《ジェネレーション》の長い期間だから、それほど不思議でもないはずなのだが、老齢になって振り返るとやはり、よくぞと言うよりむしろよくも書き連ねたものだな、と一種の業《ごう》のようなものさえ感じる。そして、書評の対象となった本およびその著者の方々に失礼があったなら、この場を借りて深くお詫び申し上げたいが、同時に著書を読み、考え、書評を書き記すうちに、実に多くのことを私が学んだこと、そして「プロローグ」で述べたような夢を抱き、それについて書き記し得たことに対して、深甚の謝意を捧げなければならない。巻末に、収録した書評の対象となった書名と著者名を、本書の編集者に掲げてもらったが、それは本書の著者である私からの謝意のそこばくの現れと受け取ってもらえれば、幸いこれにすぎるものはない。

それに巻末に掲げてある、本書に収録した書評の掲載紙、誌の編集者あるいは編集委員の方々には、それらの書評を書かせて、啓蒙、啓発して頂いたことに対し、さらに、最後になったが、実に多様、多面な私の書評を綿密に整理収録し、あらゆる点に目を配って、私の労を最小限に留め、本書をこのような充実した姿に仕上げて頂いた、出版元松柏社の森有紀子さんに、言葉にもならぬほどの心からの感謝の気持をお伝えしたい。以上の方々の好意がなかったなら、こんな一種臆面もない本が世に出ることは到底あり得なかったのである。——一言《ひとこと》余計事をつけ加えれば、世に出たからには、どこかにこの本の書評が現れることになるだろうが、書評集の書評というものがどんな姿になるか、著者編集者ともども、悲喜こもごもの意味でわくわくしながら見守ることになるだろう。

1977. 12. 5／『燕のいる風景』（筑摩書房）、『東京大学新聞』1979. 6. 25／『約束の土地』（講談社）、『週刊読書人』1973. 8. 27／『斑猫』（河出書房新社）、『群像』1980. 1月号／『井戸の星』（講談社）、『群像』1981. 5月号 ／『さらば、山のカモメよ』（集英社）、『文學界』1982. 1月号／『山を走る女』（講談社）、『群像』1981. 1月号／『蝉の声がして』（講談社）、『群像』1982. 1月号／『ミモザの林を』（講談社）、『群像』1986. 11月号／『夜ごとの揺り籠、舟、あるいは戦場』（講談社）、『群像』1983. 11月号

第Ⅳ部（以下9点は『群像』《新著月評》にて掲載された書評です。各書評タイトルの後に『群像』掲載年・号を明記しております。また【　】内は扱わせていただいた書籍名、（版元名）です。）

「私」の変容　1975. 4月号【『あの日この日』上・下（講談社）、『櫛の火』（河出書房新社）、『追放と自由』（新潮社）】／男と女——ある相対感覚　1975. 8月号【『青い狐』（講談社）、『男嫌い』（新潮社）、『魂の犬』（講談社）】／「語り」の言葉について　1975. 12月号【『本のなかの歳月』（新潮社）、『異床同夢』（河出書房）、『ぼくの余罪』（筑摩書房）】／事実・真実・想像力　1976. 3月号【『不帰』（中央公論社）、『吉本隆明全著作集9・作家論Ⅲ・島尾敏雄』（勁草書房）、『一つの季節』（筑摩書房）、『ある愛』（新潮社）】／「時」を繋ぎとめるもの　1976. 7月号【『時に佇つ』（河出書房新社）、『田紳有楽』（講談社）、『火山の歌』（新潮社）】／場所の感覚について　1976. 11月号【『一九四五・夏・神戸』（中央公論社）、『夢の碑（いしぶみ）』（新潮社）、『拳銃と十五の短篇』（講談社）】／「世界」と「歴史」について　1977. 3月号【『丸山蘭水楼の遊女たち』（新潮社）、『深く目覚めよ』（講談社）、『上海の螢』（中央公論社）、『最後の親鸞』（文藝春秋）】／日本および日本人の姿　1977. 6月号【『当世凡人伝』（講談社）、『冬の明り』（集英社）、『水西書院の娘』（中央公論社）】／景色、人、そして旅　1977. 11月号【『列人列景』（講談社）、『時の終りへの旅』（新潮社）、『観察者の力』（筑摩書房）】

最終部　すべて書き下ろし
（書評させていただいた書籍名（版元名）は下記のとおりです。）
『ヴァインランド』（新潮社）
『伝説は鎖に繋がれ』（青土社）
『むかし女がいた』（新潮社）
『私はティチューバ』（新水社）
『うるわしき日々』（講談社）

第Ⅱ部

『赤い武功章　他三篇』(岩波書店)、『週刊読書人』1974. 9. 30／『アリス・B・トクラスの自伝』(筑摩書房)、『英語青年』1974. 4月号／『アメリカ浮浪記』(新樹社)、『東京新聞』1992. 6. 28／『U・S・A (一)』(岩波書店)、『週刊読書人』1977. 3. 28／『八月の光』(中央公論社)、『週刊読書人』1973. 4. 9／『エデンの園』(集英社)、『産経新聞』1989. 2. 9／『市民トム・ペイン』(晶文社)、『週刊読書人』 1985. 6. 24／『レンブラントの帽子』(集英社)、『日本読書新聞』1976. 1. 1／『サムラー氏の惑星』(新潮社)、『波』1974. 8月号／『性の囚人』(早川書房)、『日本読書新聞』1972. 1. 31／『なにかが起こった』上・下 (角川書店)、『朝日ジャーナル』1983. Vol. 25／『草の竪琴』(新潮社)、『日本読書新聞』1971. 4. 12／『ナット・ターナーの告白』(河出書房)、『波』1971. 1、2月合併号／『ソフィーの選択』(新潮社)、『The New English Classroom』1984. 6月号／『ルーシィの哀しみ』(集英社)、『朝日ジャーナル』1973. Vol. 15／『迷宮の将軍』(新潮社)、『東京新聞』1991. 10. 27／『浮世の画家』(中央公論新社)、『翻訳の世界』1988. Vol. 13

第Ⅲ部

『萌野』(講談社)、『群像』1973. 7月号／『事件』(新潮社)、『週刊読書人』1977. 11. 14／『釣堀池』(作品社)、『週刊読書人』1980. 4. 21／『美濃』(平凡社)、『群像』1981. 8月号／『別れる理由』Ⅰ・Ⅱ・Ⅲ (講談社)、『週刊読書人』1982. 11. 22／『寓話』(福武書店)、『群像』1987. 4月号／『夏』(新潮社)、『日本読書新聞』1978. 5. 22／『秋』(新潮社)、『群像』1981. 3月号／『未青年』(新潮社)、1977. 8月号／『黄色い河口』(岩波書店)、『週刊読書人』1984. 7. 23／『憂愁』(講談社)、『週刊読書人』1985. 9. 30／『花と虫の記憶』(中央公論社)『淡交』(河出書房新社)、『群像』1979. 9月号／『二百年』(講談社)、『東京新聞』1993. 8. 1／『眠り男の目』(インタナル出版社)、『週刊読書人』1976. 2. 2／『夢かたり』(中央公論社)『めぐり逢い』(集英社)、『日本読書新聞』1976. 5. 17／『嘘のような日常』(平凡社)、『赤旗』1979. 3. 26／中上健次著『岬』(文藝春秋)、『週刊読書人』1976. 3. 29／『水の女』(作品社)、『群像』1979. 6月号／『鳳仙花』(作品社)、『群像』1980. 4月号／『地の果て　至上の時』(新潮社)、『日本読書新聞』1983. 9. 4／『相生橋煙雨』(文藝春秋)、『群像』1984. 8月号／『月は東に』(新潮社)、『朝日ジャーナル』1972. Vol. 14／『帰路』(新潮社)、『日本読書新聞』1980. 4. 14／三浦朱門著『峠』(河出書房新社)、『群像』1980. 9月号／『試みの岸』(河出書房新社)、『すばる』1972. Vol. 10／『栖 (すみか)』(平凡社)、『群像』1980. 2月号／『ジュラルミン色の空』(講談社)、『文學界』1981. 5月号／『思いがけず風の蝶』(冬樹社)、『日本読書新聞』1980. 11. 10／『風の地平』(中央公論社)、『週刊読書人』1976. 7. 5／『禁域』(新潮社)、『日本読書新聞』

初出一覧

※第Ⅰ、Ⅱ、Ⅲ部は、書評した書名（版元名）、書評の掲載諸紙・誌、掲載年月日・号の順に明記しております。また対象とさせていただいた書籍の副題は省略しております。

第Ⅰ部

文化論を読む

『サーカスが来た！』（東京大学出版会）、『東京大学新聞』1977. 10. 31／『摩天楼は荒野にそびえ』（日本経済新聞社）、『諸君！』1978. 10月号／『内なる壁』（TBSブリタニカ）、『東京新聞』1990. 8. 26

文学論を読む

『アメリカ自然主義の形成』（冨山房）、『英語青年』1973. 10月号／『「失われた世代」の作家たち』（冨山房）、『日本読書新聞』1974. 8. 12／『アメリカ文学における科学思想』（研究社）、『自然』1974. 6月号／『フランス短篇24』『ドイツ短篇24』『イギリス短篇24』『アメリカ短篇24』（集英社）、『読書情報』1980. 5. 15／『自然と自我の原風景』上・下（南雲堂）、『東京新聞』1981. 3. 2／『ヨーロッパの批評言語』（晶文社）、『日本読書新聞』1981. 11. 16／『日米関係のなかの文学』（文藝春秋）、『週刊読書人』1985. 2. 4／『アメリカ文学覚え書　増補版』（研究社）、『週刊読書人』1977. 8. 8／『わが古典アメリカ文学』（南雲堂）、『不死鳥』1988. No. 57／『文学する若きアメリカ』（南雲堂）、『週刊読書人』1989. 4. 17／『生半可版　英米小説演習』（研究社）、『英語青年』1998. 5月号／『アメリカ女性作家小事典』（雄松堂）、『図書新聞』1993. 11. 20／『土居光知　工藤好美氏宛　書簡集』（渓水社）、『英語青年』1999. 1月号／『現代アフリカ文学案内』（新潮社）、『波』1994. 3月号

作家論を読む

『ポー』（冬樹社）、『英文学研究』1979. 12／『小説家ヘンリー・ジェイムズ』（集英社）、『英語青年』1991. 8月号／『ジャック・ロンドンとその周辺』（北星堂書店）、『週刊読書人』1982. 6. 28／『フォークナー』（筑摩書房）、『第三文明』1976. 1月号／『ヘミングウェイと猫と女たち』（新潮社）、『波』1990. 2月号／『トマス・ウルフの修業時代』（英宝社）、『週刊読書人』1996. 11. 8／『カーニヴァル色のパッチワーク・キルト』（學藝書林）、『週刊読書人』1996. 5. 24／『アイリス・マードック』（彩流社）、『英語青年』1996. 3月号／『文学における虚と実』（講談社）、『日本読書新聞』1976. 9. 6

著者紹介

大橋健三郎（おおはし　けんざぶろう）

一九一九年（大正八年）、京都に生まれる。
一九四三年、東北大学卒業。一九六二年、東京大学助教授、一九六八年、教授。
現在、東京大学、鶴見大学名誉教授。

著書　『危機の文学』（南雲堂）、『荒野と文明』（研究社）、『小説のために』（研究社）、『フォークナー研究』（全三巻、南雲堂）、『私のうちなるフォークナー』（南雲堂）、『古典アメリカ文学を語る』（南雲堂）、『「頭」と「心」—日本の文学と近代』（研究社出版）、『フォークナー』（中央公論社）、『夏目漱石—近代という迷宮（メーズ）』（小沢書店）、『ウィリアム・フォークナー研究』（全一巻・増補版、南雲堂）、『心ここに—文芸批評集』『心ここに—エッセイ集』（共に松柏社）など多数

訳書　スタインベック『怒りのぶどう』（岩波書店）、フォークナー『行け、モーセ』（冨山房）、フォークナー『サンクチュアリ』（冨山房）など多数

文学を読む

二〇〇一年六月五日　初版発行

著　者　大橋健三郎
発行者　森　信久
発行所　株式会社　松柏社
〒一〇二―〇〇七二　東京都千代田区飯田橋二―八―一
電話〇三（三二三〇）四八一三（代表）
ファックス〇三（三二三〇）四八五七
製版・印刷・株式会社　モリモト印刷

ISBN4-88198-964-2
定価はカバーに表示してあります。

大橋健三郎の本

心ここに
エッセイ集
大橋健三郎 著

ハイテクの世界の中で、やはり自然に、人に、文化の伝統に思いを馳せる。文学がその思いを代弁してくれる。著者はそうした心の動きを、過去30余年の間に書き下ろしたエッセイ数十篇を通して浮き彫りにしたいと願い、かくして、わが心ここにあることを改めて発見し、確認することになった。現代世界の錯雑した風景、若干の文芸断想、様々な個人的体験、その間に出会ったすぐれた師、先達、交友、そして自然…等々、読者を貴重なその確認の場に誘う好エッセイ集。文学愛好家必読の書。
A5判上製349頁　¥2,800　*1998年*

• •

心ここに
文芸批評集
大橋健三郎 著

『心ここに—エッセイ集』と同じく、著者が過去30余年の間に書き下ろしたアメリカ文学及び現代日本文学に関する文芸批評から30篇程を選び、一書とした。『エッセイ集』と同様、今日の世界の中での自然、人、文化伝統への思いにほかならぬことを改めて発見し、確認したが故の『心ここに』となった。論じるところはしかし、著者が長く親しんできたアメリカ文学、特に97年に生誕百年を迎えたフォークナーに関するものと、常に心にかけてきたわが国現代文学に関するものを大きな柱とし、かつ「愛の主題」についての連載論考が両者に橋を架けている。文学研究者必読の書。
A5判上製456頁　¥3,800　*1998年刊*

モダンの近似値
スティーヴンズ・大江・アヴァンギャルド

阿部公彦 著

文学テキストに潜む「退屈」「つまらなさ」「不機嫌」「単調」などの、否定的なものに見られがちな部分こそが実は20世紀の広い文化領域において決定的なモチーフとなったのだ！ 鋭利な分析が向けられるのは、スティーヴンズ、J・H・プリンなどのモダニズム系の文学者、ショーン・スカリーといった前衛画家、日本文学では大江健三郎、横光利一、夏目漱石と幅広い。

モダンの近似値　4/6判上製・438頁
本体3,000円+税

モダンの近似値————目次

序　文学の営業
第Ⅰ部　近さ　第１章「近さ」とモダニズム―スティーヴンズの遠近法／第２章ご機嫌の悪い詩人はお愛想のネットワークを拒絶する―アフォリズムとスティーヴンズの「退屈」／第３章「近さ」の事件―大江健三郎と距離の方法　**第Ⅱ部　縦と横**　第４章グリッド＝根拠か？ 絵画と文学の前線で／第５章行（ぎょう）の問題―日本現代詩の制度性　**第Ⅲ部　折々の営業**　第６章横光と漱石と白鳥の「胃」／第７章テッド・ヒューズの「呼びかけ」**第Ⅳ部　根本的な問い**　第８章ジェーン・オースティンの小説は本当におもしろいのか、という微妙な問題について
引用文献一覧／あとがき／索引